Myriane Angelowski ist 1963 in Köln geboren und zum Teil im Bergischen Land aufgewachsen. Nach einem Jahr Auslandsaufenthalt in Israel schloss sich ein Studium der Sozialarbeit an und nach mehreren Jahren Arbeit als Referentin für Gewaltfragen 2001 die Aufnahme einer selbstständigen Tätigkeit als Coach. Myriane Angelowski lebt und arbeitet in Köln. Im Emons Verlag erschienen »Gegen die Zeit« und »Tödliches Irrlicht«.

Dieses Buch ist ein Roman. Handlungen und Personen sind frei erfunden. Ähnlichkeiten mit lebenden oder toten Personen sind rein zufällig.

Myriane Angelowski

Der werwolf von köln

emons: mystery

© Hermann-Josef Emons Verlag
Alle Rechte vorbehalten
Umschlaggestaltung: Weusthoff-Noël, Hamburg (www.wnkd.de)
Druck und Bindung: CPI – Clausen & Bosse, Leck
Printed in Germany 2010
ISBN 978-3-89705-772-2
emons: mystery
Originalausgabe

Unser Newsletter informiert Sie
regelmäßig über Neues von emons:
Kostenlos bestellen unter
www.emons-verlag.de

Für meine Amsterdam-Mädels:
Tuyet, Margita, Pia und Sabine

*»... und das Licht leuchtete in der Finsternis,
aber die Finsternis hat es nicht ergriffen ...«*
Aus der Offenbarung des Johannes (Joh 1,5)

Prolog

Die Farben des Sommers verblassten unter einem Schleier aus feinstem Staub. Seit Wochen war kein Regen gefallen.

Das störte die Kinder nicht, die laut schwatzend aus dem Wäldchen strömten und den Pfad entlanghüpften. Für sie rochen die heißen Tage nach Schwimmbad und Brausepulver. Ihre hellen Stimmen wehten über die Felder, in deren Furchen farblose Maisstangen vertrockneten. Als der Weg schmaler wurde und einen Hügel hinaufführte, riss die Gruppe auseinander.

Die Älteren, ausnahmslos Mädchen, liefen vor. Lachend, unbeschwert, während sich die jüngeren Kinder bemühten, Schritt zu halten. Aber sie fielen schnell zurück, unbemerkt von den Großen, die laut schnatternd die Anhöhe hinaufgaloppierten. Kurzzeitig wurde der Lauf zu einem Wettkampf. Der Impuls verflog jedoch schnell wieder, denn die Kräfte waren gleichmäßig verteilt. So erreichten alle Mädchen beinahe gleichzeitig eine der Aussichtsbänke und purzelten kreischend und lachend übereinander. Die Gefahren der Welt schienen Lichtjahre entfernt, und für das Böse, das ihnen seit Stunden auf Schritt und Tritt folgte, hatten sie keinen Blick.

»Hier muss ein Hinweis sein!«, rief Zoe. Sie war die Älteste und Wortführerin. »Los, los! Wir müssen suchen.«

Kichernd gehorchten die anderen.

»Da!«, riefen die Zwillinge nur Sekunden später wie aus einem Mund und zeigten auf einen Kreidepfeil. Jemand hatte ihn auf einen Stein gemalt, der unter einem eingezäunten Wegkreuz lag.

Zoe inspizierte den Hinweis, dabei streifte ihr Blick den am Kreuz hängenden Jesus. Zu seinen Füßen stand eine Schale mit Beeren.

Sie zog die Stirn in Falten.

»Das sind Wacholderbeeren.« Die Zwillinge verblüfften wieder einmal durch ihr Wissen, doch Zoe ließ sich ihr Erstaunen darüber nicht anmerken.

»Wachholderbeeren kennt doch jeder«, sagte sie stattdessen.

»Kranewitt, Kranewitt, das mag der Teufel nit«, sangen die Schwestern.

Zoe ließ sie stehen und wandte sich an die restliche Gruppe.

»Hier hinauf! Weiter! Wir müssen den zweiten Hügel hoch.«

Schon stürmten die Ersten davon, doch die Zwillinge hielten Zoe am Arm zurück.

»Sollten wir nicht auf die Kleinen warten?«, fragten sie und deuteten auf die jüngeren Kinder die mit der leichten Steigung kämpften. »Schnitzeljagd ist ein Teamspiel!«

Zoe verdrehte die Augen. »Ihr könnt euch ja um die Knirpse kümmern. Außerdem heißt zusammen ankommen nicht, dass man permanent zusammenbleiben muss. Das ist für euch mit Sicherheit nicht leicht zu verstehen!«

Ida und Ines überhörten die Spitze und zeigten auf einen Jungen im Fußballdress, der sich mit hängenden Schultern die Wiese hochschleppte. Er war höchstens elf und extrem übergewichtig. Sein Gesicht war rot wie eine überreife Tomate, die Brille hing ihm schief auf der Nase.

»Der kann nicht mehr«, stellten sie fest.

»Na und?« Zoe baute sich vor den Zwillingen auf und stemmte die Hände in die Hüften. Sie hasste die Synchronsprecherinnen, die aus Süddeutschland zur Ferienfreizeit angereist waren. Seit zwei Wochen spielten sie sich als Gewissen des Zeltlagers auf, weigerten sich, Würstchen zu essen, weil sie überzeugte Vegetarierinnen waren, und trugen nur Sachen aus hundert Prozent Ökobaumwolle, um ein Zeichen gegen Billigkleidung aus Niedriglohnländern zu setzen. Dass sich die meisten Eltern der über hundert anderen Kinder, die an der Caritas-Ferienfreizeit teilnahmen, solche Sachen nicht leisten konnten, interessierte Ida und Ines nicht. Mit ihren vierzehn Jahren waren sie ziemlich kompromisslos.

In der Zwischenzeit hatten die jüngeren Kinder die Bank erreicht. Der Dicke, dessen Namen Zoe vergessen hatte, ließ sich bäuchlings auf die Wiese fallen. Unter seinem schwarz-rot-goldenen Trikot zeichneten sich Speckrollen ab. Auf dem Rücken stand die Zahl »7« und darüber in großen Lettern »Schweinsteiger«.

»Ich … kann … nicht … mehr«, keuchte er.

Zoe schaute zum zweiten Hügel. Ihre Freundinnen verschwanden gerade hinter einer Tannenschonung. Sie sah sich suchend um. »Wo ist eigentlich Schweinis Schwester? Ich finde, die sollte sich um das Dickerchen kümmern.«

Die Zwillinge, die normalerweise nie um eine Antwort verlegen waren, schwiegen und sahen zu Boden.

»Was ist?«, hakte Zoe nach, und ihr Misstrauen wuchs, als Ida und Ines wieder nicht antworteten. »Hallo? Ich warte!«

Die Mädchen zuckten mit den Schultern. Gleichzeitig natürlich.

Zoe verschränkte die Arme vor der Brust und trat näher an die beiden heran.

»Die haben sich abgesetzt«, sagte Ines schließlich.

»*Die?* Wer?«

Erst jetzt fiel Zoe auf, dass nicht nur Schweinis Schwester fehlte, sondern auch Joshua. »Was geht denn hier ab?«

»Die wollten zum Knutschen auf den Hochsitz«, platzte Ida heraus.

Zoe wich die Farbe aus dem Gesicht. Joshua und diese Bohnenstange? Das konnte einfach nicht sein! Joshua gehörte ihr! Seit über einer Woche dachte sie nur an ihn. Seine braunen Kulleraugen waren wahnsinnig süß. Und er mochte sie auch, da gab es keinen Zweifel. Warum küsste er jetzt Schweinchen Dicks Schwester?

Zoe verlor keine Zeit. Die beiden wollten Stress? Den konnten sie haben. Sie machte auf dem Absatz kehrt und jagte den Hügel hinunter. Mit jedem Schritt wurde ihre Wut größer, Eifersucht brannte in ihrem Herzen und erstickte jeden vernünftigen Gedanken. Ihre Beine überschlugen sich fast, einmal stürzte sie, sprang aber sofort wieder auf die Füße. Sie musste die beiden aufspüren. Die konnten vielleicht was erleben!

Sie lief schneller, stolperte über die Wiese und spurtete den Feldweg entlang. Bevor sie den Waldrand erreichte, gewann ihr Gewissen kurzzeitig die Oberhand.

Team B stand unter ihrer Leitung. Für die Schnitzeljagd trug sie die Spielführerbinde am Arm. Auch im Zeltlager fielen einem Sonderrechte nicht einfach zu, und normalerweise übernahm Zoe gern

Verantwortung, denn Pflichten brachten häufig auch Privilegien mit sich.

Sie hielt kurz inne und verschaffte sich noch einmal einen Überblick. Die Zwillinge scheuchten die Nachzügler den großen Hügel hinauf. Auch der Dicke war nicht mehr zu sehen. Anscheinend hatte er es geschafft, sich aufzuraffen und weiterzulaufen.

Sie atmete durch. Dabei streifte ihr Blick für den Bruchteil einer Sekunde über den Mais. In diesem einen Moment nahm sie einen dunklen Schatten wahr. Er huschte durchs Feld. Zoe stutzte, kniff die Augen gegen die Sonne zusammen.

War da jemand? Sie zögerte einen Wimpernschlag lang. Nein. Da war nichts, den Schatten hatte sie sich nur eingebildet. Von Wut getrieben setzte sie ihren Weg fort.

Später fiel es ihr schwer, Fragen nach Anzeichen des Verbrechens eindeutig zu beantworten. Hatte sie das Rascheln der vertrockneten Blätter im Maisfeld wirklich nicht gehört? Hatte sie die Staubwolke tatsächlich übersehen, den Dicken nicht um Hilfe schreien hören, während er verzweifelt versuchte, der Gestalt zu entkommen, die aus dem Nichts aufgetaucht war und ihn packte? Nein, keinen Gedanken hatte sie an ihn verschwendet.

Genauso wenig wie irgendjemand sonst. Niemand aus Team B vermisste den Jungen. Erst am Abend, als sein Schlafsack leer blieb, verständigten die Betreuer die Polizei. Doch die Beamten fanden nur ein zerrissenes Fußballtrikot im Staub und eine in zwei Hälften gebrochene hellblaue Brille.

Das Böse nimmt seinen Anfang

BEDBURG, HERZOGTUM JÜLICH, DEZEMBER 1565

In diesem Jahr brach der Winter besonders früh über das Rheinland herein. Schon einen Tag nach Allerseelen tobten heftige Stürme, und es fiel so viel Schnee, dass ein Durchkommen zu den Dörfern vor den Toren Kölns kaum möglich war.

Die Menschen waren leidgeprüft. Das gesamte Jahr hatte es nicht gut mit ihnen gemeint: Im Frühjahr hatte eine ungewöhnliche Dürre das Land ausgetrocknet, und kaum war diese Plage vorbei, richteten Raupen auf den Feldern so große Schäden an, dass es sich vielerorts später kaum lohnte, die Sense auf die Weiden zu tragen. Um Johannis dann hatte eine solch kalte Witterung geherrscht, dass sich dergleichen niemand entsinnen konnte. Im August zerstörte schließlich starker Hagelschlag die ohnehin mageren Ernten. Scharenweise war das Vieh verendet, weil es feuchtes Heu kaute. Der Preis für Korn schnellte in die Höhe und machte es für die meisten Menschen unbezahlbar; eine Hungersnot raffte die Menschen in weiten Teilen des Landes dahin.

Nun war es Dezember, und in den Städten, Weilern und einsam gelegenen Höfen lebte das Leid mit den Menschen unter einem Dach.

In dieser kalten Winternacht bahnte sich ein junger Mann unter großen Mühen einen Weg durch den klafterhohen Schnee. Seine Wangen waren rot, und sein Atem ging schnell, doch trotz der enormen Anstrengung fror er in seinem dünnen Hemd.

Einige Raben flogen krächzend nach Norden. Der Bursche hob den Kopf und sah ihnen nach.

Ihm war nicht wohl in seiner Haut, ängstlich blickte er über seine Schulter. Doch niemand schien ihm gefolgt zu sein. Das Dorf lag schlafend unter Frost und Schnee.

Nach wenigen Schritten erreichte er den Kirchhof. Gespenstig wirkte der Ort um diese Stunde, auch wenn der Schnee dem Bild etwas Liebliches gab. Doch er ließ sich nicht täuschen: Der Winter bedeckte die Trostlosigkeit nur. Unter dem glitzernden Weiß blieb das Leben trüb und aussichtslos.

Er fand das Grab sofort. Kraftvoll stieß er den hölzernen Spaten in den frischen Totenhügel, der eine dicke Schneehaube trug. Immerhin war der Boden hier nicht gefroren. Sein Blick flog unruhig umher, während er das Werkzeug unaufhörlich in den Boden trieb, Stoß um Stoß, bis Leinen sichtbar wurde.

Zitternd wuchtete er das Leichentuch aus der Tiefe, riss es auf, strich Würmer aus den Augenhöhlen des Toten und bedeckte den Schädel mit Küssen.

»Ich hätte bei dir sein müssen in der Stunde deines Todes«, schluchzte er und wiegte den Leichnam im Arm. »Verzeih, dass ich mich nach unserem letzten Streit in der Stadt herumgetrieben habe und erst heute den Weg nach Hause fand! Glaub mir, ich hätte gerne deine Hand gehalten.«

Unter Tränen spähte er immer wieder zum Grab neben dem frischen Erdloch. Hier ruhte seine Mutter. Auch ihren Tod hatte er nicht verwunden, denn auch von ihr hatte er zu Lebzeiten nicht Abschied nehmen können.

»Hast allen Grund, Gott und der Welt zu zürnen«, flüsterte eine Stimme hinter ihm. Tief. Eindringlich und unerwartet.

Er erschrak zutiefst und fuhr herum. Der Leichnam seines Großvaters fiel ihm aus den Armen und rutschte ins Grab zurück. Sein Blick war auf die Gestalt geheftet, die einige Schritte von ihm entfernt unter einer Eibe saß und deren Gesicht von einem Schatten verhüllt wurde.

Die Luft um ihn herum schien mit einem Mal noch kälter zu werden.

»Dein Los ist nicht einfach zu tragen«, fuhr der Fremde mit heiserer Stimme fort. Er trug einen seltsamen schwarzen Umhang. »Erst nahm dir der Tod die Mutter und nun den geliebten Großvater. Das ist wahrlich nicht gerecht.«

Die Worte verfehlten ihre Wirkung nicht.

Schlagartig spürte er die Kälte nicht mehr, und alle Beklemmung wich von ihm. Ganz gleich, wer der Fremde war, Recht sprach er!

Von Geburt an hatte er kämpfen müssen. Sicherlich, das mussten viele, aber er war es so leid, immer und immer wieder den Kürzeren zu ziehen.

»Was willst du jetzt tun?«, fragte der Unbekannte. »Hältst du weiter die Wange hin? Soweit ich weiß, haben dich deine Brüder bereits des Diebstahls bezichtigt, dich um dein Erbteil betrogen, nur weil du der Liebling deines Großvaters warst, und nun werfen sie dir auch noch Hexerei vor. Das kann dein Todesurteil sein!«

»Was kann ich denn schon tun?«, schrie er und sprang auf die Beine. »Ich kann nicht kämpfen, mir fehlt die Kraft.«

Der Fremde erhob sich geschmeidig wie eine Katze, blieb jedoch im Schatten des Baumes. »Was würdest du hergeben, um dich auf Erden an all denen zu rächen, die dir das Leben schwer machen?«

»Treib keine Späße mit mir!«

»Es ist mein Ernst. Was würdest du mir geben, wenn du dafür dein Recht durchsetzen könntest?«

»Das kann ich auch ohne dich. Ich werde mich an die Obrigen wenden und meine Ehre wiederherstellen.«

»Ha! Dann bist du verloren! Deine Brüder haben die Gerichtsbarkeit bestochen, auf diesem Weg wirst du unterliegen.«

»Wer bist du?«, fragte er und schlotterte nun wieder vor Kälte.

»Nenn mich Gefährte, Tröster oder Retter.« Die Gestalt schwieg einen Moment. »Sag, hast du nicht lange genug in Tatenlosigkeit verweilt?«

Er schloss die Augen. »Es ist Gottes Wille, und dem muss ich mich fügen.«

»Aber die Vergeltung ist sehr menschlich und in deinem Fall verständlich, findest du nicht?«, fragte der Fremde, und seine Stimme klang jetzt schmeichelnd.

Der Bursche schüttelte den Kopf. Heftig. Doch sein Herz stimmte zu.

Schon immer war ihm das Leben schwierig erschienen. Als Kind hatte er oft hintenangestanden. Von den Brüdern gequält und vom Vater zu harter Arbeit angehalten. Kein leichtes Los, doch er hatte es ertragen. Nach dem Tod der Eltern war die Kluft zwischen ihm und den Brüdern noch größer geworden, weil der Großvater ihn wegen seiner Klugheit förderte. Neid und Missgunst der Geschwister wuchsen. Auch im Dorf galt er als Sonderling, weil er gelehrig war und sich mit den Wissenschaften beschäftigte. Den meisten schien er deshalb nicht geheuer. Und Genefe, seine Geliebte, hatte sich von einem seiner früheren Freunde zum Altar führen lassen, weil sie das Gerede der Leute nicht mehr ertragen hatte, und das, obwohl sie sein Kind unter dem Herzen trug. Das nahm er dem Kameraden und den Menschen im Dorf bis heute übel. Einzig sein Großvater hatte seine Hand schützend über ihn gehalten, nichts auf die Schmähreden gegeben. Doch nun war der alte Mann gestorben. Gott hatte ihn am ersten Advent heimgerufen, und seine Brüder ließen keinen Zweifel daran, dass er damit auch sein Heim, die Arbeit und die Gemeinschaft verloren hatte. Als Hexer hatten sie ihn bezichtigt. Öffentlich. Eine schwere Anschuldigung.

Der Unbekannte riss ihn aus seinen Gedanken. »Was würdest du hergeben?«, wiederholte er.

»Sag mir erst, wer du bist!«

»Ist das von Bedeutung?«

»Vielleicht.«

»Nun gut. Ich war einmal ein Engel deines angeblichen Erlösers.«

»Gott hat dich geschickt?«

»Ich dachte, du seist so klug, nun erweist du dich als einfältig.« Der Fremde lachte. »Ich stelle die Frage anders: Was würdest du mir geben, wenn ich dir verspräche, dass du von diesem Tag an ein gutes Leben haben wirst?«

»Alles, alles was ich habe!« Er wischte seine Tränen fort. »Aber … ich besitze nichts von Wert.«

»Sag das nicht.« Der Unbekannte trat einen Schritt heran. Eine heftige Windböe wehte Schnee von den Grabsteinen, und die Gestalt klatschte einmal in die Hände.

Wie von einer unsichtbaren Kraft niedergestreckt, fiel der Bursche zu Boden. Der Schnee wehte zur Seite, und die Erde riss auf. Arme streckten sich nach ihm aus und versuchten, ihn zu greifen.

Ihm stockte der Atem, der Mund blieb ihm offen stehen. Unwillkürlich wich er zurück.

Der Fremde kam noch einen Schritt näher. »Ich hörte, du bist geschickt im Umgang mit Mensch und Tier. Zudem nennt man dich schon jetzt einen guten Geschäftsmann. Was ist, willst du eine noch glücklichere Hand in geschäftlichen Dingen haben?«

»Ja!«, sagte er, doch es klang nicht entschlossen. Ihm wurde heiß und kalt.

»Ich hörte, du bist triebhaft, aber Glück bei den Weibern ist dir bisher nur einmal beschieden gewesen. Selbst einfachste Mägde verweigern sich dir. Soll sich das ändern?«

»Ja!«

»Willst du Besitz und Reichtümer anhäufen und deine Brüder unbändigen Neid spüren lassen?«

»Das will ich!«

Der Fremde kam noch näher. »Ich kann dir jeden deiner Wünsche erfüllen.«

Nun konnte der Bursche den Unbekannten beinahe berühren. Dessen Gesicht war bärtig, die Hände grob und gewaltig behaart. Sein Atem roch faulig. Ihn durchfuhr ein kalter Schauer. »Bist du der, für den ich dich halte …?«

»Für wen hältst du mich denn?«

»Den Fürsten … bist du der Fürst der Finsternis …?«, flüsterte er und versuchte, das Gesicht seines Gegenübers zu erkennen.

Just nahm der Wind an Kraft zu.

Der Bärtige stampfte mit dem Fuß, und ein tiefer Krater tat sich auf. Flammen schlugen daraus hervor. Heiß und lodernd. Gleichzeitig wandelte sich der Sturm zu einem Orkan und fachte die Flammen weiter an. Blitze schossen aus dem Himmel. Äste wirbelten durch die Luft, und der Höllenfürst versteckte sich nicht länger. Sein Umhang flatterte im Wind. Hörner, Bocksschwanz und Bestienfratze wurden sichtbar.

»Luzifer!«, stammelte der Bursche und wich zurück.

Der Höllenfürst schnellte vor und legte ihm eine Pranke auf die Schulter. In dieser Sekunde fuhr unbändige Niedertracht in ihn, und Lüge, Falschheit, Hass, Geilheit und Mordlust nahmen von ihm Besitz.

»Wie groß ist deine Rachsucht jetzt?«, fragte der Teufel.

»Unendlich!«, rief er und stemmte sich gegen den Wind.

»Was bist du bereit, dafür zu geben?«

»Alles!«

»Auch deine Seele?«

»Ja!«

»Bist du sicher?« Satans Stimme war ohne Aufregung. Heiser und ruhig. »Was ist, wenn dein Heiland sie möchte?«

»Er hätte sie haben können und wollte sie nicht. Ich bin es leid, auf Gott zu warten.«

»Es gibt kein Zurück, wenn du mit mir diesen Handel eingehst!«

»Ich weiß!«

»Dann soll es so geschehen. Du wirst töten, zerstören und alle Grausamkeiten dieser Welt begehen können, doch dafür musst du eine andere Gestalt annehmen.« Der Höllenfürst zog einen Gürtel unter seinem Umhang hervor und hielt ihn ihm entgegen. »Wenn du ihn trägst, wirst du dich verwandeln, alle Gebrechen werden von dir abfallen. Dann kannst du tun, wonach dir ist.«

»Verwandeln? In was?«

»Das wirst du früh genug erkennen.« Der Höllenfürst hielt ihm den Riemen vor die Augen.

Dem Burschen kam ein letzter Zweifel. »Was mache ich, wenn ich genug habe von Blut und Mord?«

»Das wird nicht geschehen.«

»Und wenn doch? Was ist, wenn ich den Gürtel wegwerfe und mich nicht weiter um diese Sache schere?«

»So kehrt der Riemen immer wieder zu dir zurück. Ich allein bin es, der den Gürtel jemandem übergeben kann, der deine Arbeit weiterführt, vergiss das niemals! Alsdann, was sagst du? Deine Seele gegen diesen Gürtel. Überleg es dir gut.«

»Da brauche ich nicht zu überlegen«, rief er aus und griff gierig zu.

Geschmeidig lag der Gürtel in seiner Hand. Weich fühlte er sich an, weich und rau zugleich.

Als er wieder aufsah, war der Höllenfürst verschwunden, und er fand sich zwischen den Gräbern seiner Lieben kauernd wieder. Der Sturm hatte sich gelegt, aus der Erde schlugen keine lodernden Flammen mehr. Die Welt sah aus, als sei nichts geschehen.

Es begann zu schneien. Die Morgendämmerung umarmte die Nacht. Schon kündigte sich im Osten die Sonne an.

Er fühlte sich wie erschlagen, während er die Erde in das Grab seines Großvaters zurückschaufelte.

Mit hängenden Schultern stapfte er durch den Schnee nach Hause. Das Erlebte schüttelte er als bösen Traum ab, bis er etwas in seinem Lederbeutel ertastete.

Mit klopfendem Herzen zog er es hervor, und im gleichen Augenblick wusste er, dass er alles andere als einen Traum gehabt hatte.

KÖLN-KLETTENBERG, AM SILVESTERABEND

Amanda schob ihre Leggins bis zu den Waden hoch, steckte Wattebäusche zwischen ihre Zehen und begann ihre Fußnägel schwarz zu lackieren. Zwischendurch schielte sie zu Leo. Es war ihr nicht recht, dass er sich auf ihrem geliebten Plüschsofa räkelte. Sie war kurz davor, ihm genau das zu sagen, schwieg dann aber doch lieber und fragte sich, was er von der Einrichtung ihres Zimmers hielt, das er heute zum ersten Mal sah. Schwarze Wände, Totenkopfkerzenhalter und Vorhänge aus rotem Samt waren bestimmt nicht nach seinem Geschmack, aber Leo zeigte keine Reaktion.

»Brauchst du noch lange?«, fragte er, und seine Stimme war voller Ungeduld. »Die Fete hat längst angefangen.«

Amanda antwortete nicht. Sie hatte keinen Bock auf diese Party, aber das brauchte Leo nicht zu wissen.

Im Prinzip fuhr sie nur mit, um ihren Stiefvater zu beruhigen. Curt Jordan vertrat die Ansicht, dass sie mehr mit ihren Freunden unternehmen sollte; ständig versuchte er, sie aus dem Haus zu treiben. Amanda vermutete, dass dahinter nichts weiter als das Bedürfnis nach Ruhe steckte, das er bloß nicht offen äußerte. Das Wohlergehen seiner Stieftochter stand jedenfalls nicht im Vordergrund, denn Curts Interesse an ihr war nur geheuchelt, da machte sich Amanda nichts vor. Diese Vermutung hatte sie ihm neulich sogar an den Kopf geworfen, und zu ihrer Verwunderung hatte ihr Stiefvater diese Unterstellung im Raum stehen lassen. Eine erstaunliche Reaktion, wenn man bedachte, wie aufbrausend Curt

Jordan sein konnte. Ein Wutausbruch wäre Amanda allerdings hundertmal lieber gewesen. So wurde sie das Gefühl nicht los, dass sie tatsächlich ins Schwarze getroffen und ihren Stiefvater nur noch mehr gegen sich aufgebracht hatte.

Ihre Mutter hielt sich dagegen seit einiger Zeit deutlich zurück. Ob sie einfach aufgegeben hatte oder zu sehr mit sich selbst beschäftigt war, durchschaute sie nicht. Jedenfalls versuchte Amanda so wenig wie möglich aufzufallen und den Argusaugen ihres Stiefvaters zu entgehen; sie befürchtete, dass er nur auf eine Gelegenheit wartete, um sie wieder in die Psychiatrie abzuschieben. Also versuchte sie seinem Wunsch zu entsprechen. Allerdings gab es da ein Problem: Eigentlich hatte sie keine Freunde. Und da kam Leo ins Spiel.

Viel wusste Amanda nicht über ihn. Er ging wie sie in die Oberstufe. Normalerweise beachtete sie die Gleichaltrigen an ihrer Schule nicht, und Leo war im Prinzip keine Ausnahme. Amanda wusste nur, dass auch er einen Haufen Schwierigkeiten hatte, und diese Tatsache verband sie miteinander. Freunde waren sie deshalb noch lange nicht. In Wahrheit hatten sie einen Deal. Einen sehr einfachen: Er half ihr, und sie half ihm.

Leos Schulnoten waren eine einzige Katastrophe und damit eins seiner Probleme. Amanda gab ihm Nachhilfe und schrieb gelegentlich seine Hausarbeiten. Dafür spielte er die Rolle ihres besten Freundes und bewahrte sie damit vor Curts bohrenden Fragen. Ein schlechtes Gewissen hatte Amanda deshalb nicht. Lügen war für sie mittlerweile so selbstverständlich, dass sie überhaupt nicht mehr darüber nachdachte. Und ihr Plan ging auf. Seitdem sie von Leo erzählte und er sie gelegentlich abholte, ließ ihr Stiefvater sie merklich in Ruhe.

Und trotzdem nervte es sie, das sie ihre geliebten vier Wände verlassen musste, nur damit Curt sie für normal und damit ungefährdet hielt. Ausgerechnet Curt, der sich aus ihrer Sicht ziemlich auffällig verhielt und offensichtlich alles andere als normal sein wollte. Er toupierte seine Locken, damit sie voluminöser wirkten, liebte schrille Outfits und trug zu jeder Gelegenheit einen roten Seidenschal, ob er farblich zum Rest passte oder nicht. Und seit Neuestem fuhr er jeden Sonntag mit einer Gruppe Fünfzigjähriger Motorrad und machte einen auf »jungen Wilden«. Wie peinlich. Und dieser extrovertierte, alles andere als unauffällige Stiefvater verlangte von ihr Normalität. Allein das Wort kotzte Amanda an. Wer oder was war schon normal? An wessen bescheuerten Werten orientierte sich diese hohle Phrase? Nein, Curt wollte getäuscht werden, daran bestand für Amanda kein Zweifel. Er ließ sich lieber von ihren Lügen blenden, als Tatsachen zu akzeptieren. Und Amanda spielte das Spiel mit, verabredete sich offiziell mit Leo oder Kira.

Dabei war Kira ein Produkt ihrer Phantasie, und Amanda wunderte sich ein wenig, dass diese dicke Lüge bisher nicht aufgeflogen war.

»Heute Morgen ist mir Felix beim Brötchenholen über den Weg gelaufen«, sagte Leo und riss Amanda aus ihren Gedanken. »Er hat mich gefragt, ob es stimmt, dass du wieder in der Klapse bist. Irgendjemand hat das Gerücht in die Welt gesetzt, dass du den nächsten Selbstmordversuch gestartet hast.«

Amanda stellte ihre Ohren auf Durchzug und bestrich seelenruhig ihre Nägel. Sie mochte den aufdringlichen Geruch des Lacks, der ihr jetzt in die Nase stieg.

»Die werden nie aufhören, über dich zu reden«, fing Leo wieder an. »Warum musstest du dir die Pulsadern auch ausgerechnet in der Umkleide der Turnhalle aufschneiden? Seitdem machen alle einen Bogen um dich, weil sie Angst haben, du könntest es wieder versuchen.«

Leos Worte versetzten ihr einen kleinen Stich. Sie ging auf Konfrontation. »Ist mir egal, was die Idioten denken«, sagte Amanda. »Das Ganze ist Ewigkeiten her.«

Leo lachte. »Hey, du warst in der Psychiatrie, weil du zweimal versucht hast, dir das Leben zu nehmen. Du bist eine Art Freak, ein Grufti, und deine Aufmachung bietet Gesprächsstoff bis ins nächste Jahrtausend, dass muss dir doch klar sein.«

Amanda hörte den provozierenden Unterton in Leos Stimme, aber sie wollte nichts spüren. Die Leere, die sie fühlte, war wie eine Art Pufferzone zwischen ihrer Seele und der Außenwelt. Dabei ging es ihr mittlerweile wesentlich besser als früher. Und überhaupt, was wusste Leo schon? Wie die meisten Schüler der Oberstufe wähnte er sie wohl auch immer noch am Rand der Klippe ins Jenseits.

Borderliner, den Stempel wurde Amanda einfach nicht los. Borderliner mit ausgeprägter dissoziativer Störung, so hieß die genaue Diagnose, die sie im Bericht der Ärzte aus der Psychiatrie gelesen hatte. Lächerlich! Wie konnten sich die Weißkittel da so sicher sein? Hatten die damals in sie reinsehen können? Nein, die wussten gar nichts, und sie hatte ihnen aus deren Sicht auch nicht wirklich dabei geholfen, etwas über sie herauszufinden. Egal. Amanda wollte jetzt nicht an die Zeit in der Psychiatrie denken, und genauso wenig wollte sie wissen, was andere über sie dachten.

Aus den Augenwinkeln sah sie, dass Leo aufstand, seine übergroßen Jeans hochzog, vor ihr Musikregal trat, den Kopf schräg legte und ihre CDs betrachtete.

»Death Metal, Black Metal, Dark Electro.« Er zog eine CD der Band Children of Bodom heraus und betrachtete das Cover, auf dem der Schatten eines Sensenmanns zu sehen war. »Du pflegst dein Image bis zum Erbrechen, was?«

»Du raffst gar nichts«, sagte Amanda, zog die Wattebäusche zwischen ihren Zehen hervor, stand auf und setzte sich vor die Spiegelkommode. Ihr Gesicht hatte sie schon vor Leos Eintreffen weiß geschminkt. Jetzt betrachtete sie noch einmal kritisch das Resultat. Zufrieden war sie mit ihrem Aussehen nicht. Die dunklen Augen, die ihrer Meinung nach zu eng beieinanderstanden, die viel zu breite Nase, die wie ein Fremdkörper ihr schmales Gesicht dominierte, und dann die Lippen, die, wie Amanda fand, viel zu dünn waren. Seufzend nahm sie schwarzen Kajal, akzentuierte ihre Wangenknochen, malte sich anschließend einen dicken Lidstrich unter die Augen und um die Kontur ihres Munds. Danach schloss sie die obersten Knöpfe ihrer schwarzen Rüschenbluse, sie wollte nicht, dass ihr die Jungs in den Ausschnitt schielten, nahm eines ihrer silbernen Kreuze und hängte es sich um den Hals.

»Können wir jetzt endlich fahren?«, fragte Leo und sah demonstrativ auf seine Armbanduhr.

Amanda schminkte ihre Lippen blutrot, schnürte ihre Boots und warf einen letzten prüfenden Blick in den Spiegel.

»Draußen ist es bitterkalt«, sagte Leo mit Blick auf ihre dünne Jacke.

Amanda ging zur Tür. »Bist du mein Kindermädchen, oder was?«

***

Das Wochenendhaus, in dem die Silvesterfete stattfand, lag mitten in der Einöde, irgendwo bei Bedburg, und gehörte den Eltern eines Freundes von Leo. Amanda kannte ihn nicht und wäre am liebsten gleich wieder nach Hause gefahren, denn die Party war noch öder, als sie gedacht hatte. Unzählige Menschen drängelten sich in sämtlichen Räumen, die Technomusik nervte, und harte alkoholische Getränke suchte sie vergebens. Es gab nur Mixgetränke. Bier mit Grapefruitsaft war der Renner. Amanda rümpfte die Nase. Leo sah sie den ganzen Abend nicht, was sie nicht sonderlich störte. Er spielte Wii mit seinen Freunden, während sie auf einem verschlissenen Sofa hockte und hoffte, dass es Mitternacht wurde.

Ihre Wahrnehmung konzentrierte sich auf eine Kuckucksuhr, die an der gegenüberliegenden Wand hing. Aus einer kleinen Holztür in der Uhr schnellte viertelstündlich ein winziger Kuckuck hervor. Amanda sah ihn, hören konnte sie ihn nicht. Tief in ihr rührte sie der kleine Vogel, der so geflissentlich, pünktlich und voller Hingabe seine Arbeit erledigte, obwohl ihn niemand beachtete. Ich sehe dich, flüsterte Amanda ihm zu und spürte die Leere in sich größer werden.

Als endlich die Raketen gezündet wurden, hätte Amanda den Augenblick beinahe verpasst, wenn Leo sie nicht mit in den Garten geschleppt und ihr einen feuchten Kuss auf den Mund gedrückt hätte.

»Happy new year«, schrie er und reichte ihr einen vollen Sektkelch. Er trank Cola. Sie stießen an. Amanda leerte das Glas in einem Zug.

Danach war Leo auch schon wieder weg. Amanda füllte Sekt nach und warf die leere Flasche in den Vorgarten zu den Dutzenden anderen. Als sie schließlich wieder ins Haus ging, taumelte sie leicht. Autofahren konnte sie jetzt nicht mehr. Sie ärgerte sich

über ihre Dummheit, denn jetzt bestimmte Leo, wann sie zurück-
fuhren, und sie hatte den Eindruck, dass er die Situation ausnutz-
te. Jedenfalls machte er, auch als es schon auf drei Uhr zuging, keine Anstalten, aufzubrechen. Sie hockte einfach weiter auf dem
Sofa.

Neben ihr plumpste ein Pärchen in die Kissen. Sie knutschten
wild und lagen sofort aufeinander. Der Idiot rammte Amanda seine Turnschuhe in die Hüfte und schien es nicht einmal zu bemerken, während er dem Mädchen unter den Pullover ging. Amanda
stand auf, ging in die Küche und fand zu ihrer Erleichterung noch
volle Bierflaschen. Jetzt war sowieso alles egal.

Und dann quatschte sie dieser Typ an. Er war der Einzige hier,
der ihr überhaupt aufgefallen war. Groß, blass. Schwarz gekleidet.
Die Haare fielen ihm strähnig ins Gesicht.

Es war fast fünf Uhr, als Leo schließlich loswollte. Amanda löste
sich sofort von Tommy. Er sollte ja nicht denken, dass sie ernsthaft
an ihm interessiert war. Im Prinzip hatten sie sich sowieso den
ganzen Abend nur angestarrt. Einmal hatte er versucht, sie zu küssen, aber Amanda wollte sich auf so etwas nicht einlassen. Wahrscheinlich suchte Tommy nur was für einen Abend. Silvesterfrust.
Mit Sicherheit hatte seine Freundin ihn verlassen oder sie war mit
ihren Eltern im Skiurlaub. Warum sonst sollte sich ein so gut aus-
sehender Typ wie er ausgerechnet mit ihr abgeben? Trotzdem.
Das Gefühl, das sie bei seinem Annäherungsversuch gehabt hatte,
war intensiv und unbeschreiblich gewesen. Nicht unbedingt gut,
aber es hatte ihre Stimmung für einen kurzen Augenblick geho-
ben. Leo schien dagegen schlecht gelaunt zu sein. Angeblich war
er sauer, weil sie so viel getrunken hatte, denn er fuhr nicht gern
Auto.

Amanda glaubte ihm nicht, bis sie bemerkte, wie unsicher er hinter dem Steuer saß. Dummerweise versuchte er, seine Angst hinter
einem besonders aggressiven Fahrstil zu verstecken, und fuhr mit
Vollgas über die Landstraße. Amanda schwieg, wollte sich nicht
mit Problemen belasten und drehte die Musik bis zum Anschlag
auf. »Angels don't kill«. Sie dachte an Tommy. Alles andere war
ihr gerade egal.

Erst nach mehreren Songs registrierte sie, dass dichter Nebel über dem Asphalt schwebte. Die Mittellinie war gerade noch zu erkennen. Leo ließ den Motor aufheulen und raste in die Kurven. Amanda war mit einem Mal hellwach, drückte sich in den Sitz und umklammerte den Sicherheitsgurt.

»Musst du so schnell fahren?«, brüllte sie, um die Musik zu übertönen.

Die Straße wurde schmaler und der Wald zu beiden Seiten dichter. Die Strecke war kurvenreich und abschüssig.

»Verdammt!«, schrie Amanda, als Leo auch in die nächste Kurve viel zu schnell hineinfuhr und den Wagen nur mit Mühe abbremsen konnte. »Was ist los mit dir? Willst du uns umbringen, oder was?«

Er drehte die Musik leiser. »Du magst doch den Tod«, sagte er betont lässig und gab im selben Moment wieder Gas. »Oder hängst du auf einmal am Leben?«

»Fahr langsamer, das ist mein Ernst!«

Leo lachte und nahm mit quietschenden Reifen eine scharfe Rechtskurve.

»Mensch! Lass den Scheiß! Entweder du fährst jetzt vernünftig oder …«

Leo machte eine Vollbremsung. Schlingernd kam der Wagen mitten auf der Straße zum Stehen.

»Oder was?«

Er starrte Amanda an. Seine Wangen waren gerötet, seine Stirn schweißnass. »Was läuft da zwischen dir und Tommy?«

Die Frage überraschte Amanda. Leo überraschte sie. So wütend hatte sie ihn noch nie gesehen. Er fasste sie am linken Handgelenk.

»Warum antwortest du mir nicht?«

»Du tust mir weh.« Amanda entzog ihm ihre Hand. »Entspann dich und fahr den Wagen an die Seite.«

»Was findest du bloß an diesem Penner?«

»Er ist kein Penner.«

Leo stellte den Motor ab. »Jetzt verteidigst du ihn sogar schon.«

»Quatsch …«

Leo drehte die Musik wieder laut.

»Sei nicht kindisch«, rief Amanda. »Was soll das Ganze denn? Wir beide haben doch einen Deal, oder?«

»Klar.«

Amanda starrte Leo an. Für sie waren sie eine reine Zweckgemeinschaft. So deutlich hatte sie ihm das noch nie gesagt, und das Blitzen in seinen Augen riet ihr auch jetzt davon ab. Außerdem verstand sie ihn wirklich nicht. Sie waren zu verschieden, hatten aus ihrer Sicht kaum Gemeinsamkeiten. Auch machte er sich ständig über sie lustig, zog über ihr Gothic-Aussehen her und hatte bisher keine Anstalten gemacht, sie näher kennenzulernen. Oder hatte sie wieder mal nichts mitbekommen?

Leo ließ nicht locker. »Sag schon … was läuft zwischen dir und ihm?«

Amanda zögerte, wusste nicht, was sie sagen sollte.

Leo öffnete die Wagentür und stieg aus. Amanda war einen Augenblick völlig verdutzt. Dann löste sie ebenfalls den Sicherheitsgurt, schwang sich aus dem Fahrzeug und sah, wie er auf dem Seitenstreifen den Weg zurücklief.

Amanda rannte ihm nach. »Was soll der Blödsinn? Leo! Komm zurück!«

Er drehte sich kurz um. »Verpiss dich!«

Amanda blieb stehen und sah ihm nach, bis er vom Nebel verschluckt wurde. Die Kälte kroch unter ihre Rüschenbluse. Schlagartig bekam sie heftige Kopfschmerzen. Die Finger ihrer linken Hand begannen unkontrolliert zu zittern.

In diesem Moment realisierte Amanda, dass sie Leo wirklich kaum kannte. Das Schlackern ihrer Hand wurde stärker, der Schmerz in ihrem Kopf pochte gegen die Schläfen. Sie stand da, war nicht in der Lage sich zu regen. Minutenlang.

Jaulende Gitarren rissen sie aus ihrer Bewegungslosigkeit. Das Auto! Schemenhaft konnte sie das Fahrzeug erkennen, das mit offenen Türen in der Kurve stand.

Sie ging zum Wagen ihrer Mutter zurück, setzte sich hinters Steuer, schloss die Türen, atmete tief durch und fuhr los.

Leo! Was war bloß in ihn gefahren? Shit. Auf so ein Kindergartentheater hatte sie keinen Bock.

Amanda öffnete das Fenster der Fahrerseite. Die Nebelwand

schien jetzt undurchdringlich. Sie schaltete das Fernlicht ein. Sofort verschlechterte sich die Sicht, deshalb stellte sie es wieder aus. Sie legte den Vorwärtsgang ein, schloss das Fenster und fuhr langsam die Straße hinab. Mit jedem Meter entfernte sie sich weiter von Leo und seiner Unkontrolliertheit. Kerzengerade saß sie hinter der Windschutzscheibe, das Lenkrad mit beiden Händen fest umklammert, und starrte angestrengt in die Dunkelheit. Der Schmerz in ihrem Kopf war kaum noch zu ertragen.

Die Straße führte steil bergab. Der kleine Kuckuck drängte sich in ihre Gedanken. Präzise war der kleine Vogel, ackerte, auch wenn ihn niemand beachtete. Amanda bemerkte nicht, dass der Wagen schneller wurde. Sie raste durch die weiße Wand.

Und dann lag die Gestalt auf der Straße.

Für den Bruchteil einer Sekunde sah Amanda in angsterfüllte Augen, fast gleichzeitig überfuhr sie den Körper. Vorderachse. Hinterachse. Dazwischen nicht mal zwei Wimpernschläge.

Amanda schrie. In ihrer Panik verwechselte sie Gas und Bremse. Das Auto schoss vorwärts. Sie konnte nicht aufhören zu schreien. Bremste, vergaß, die Kupplung zu treten, und würgte den Wagen ab. Das Auto stand quer auf der Straße. Ein Schlagzeugsolo hämmerte aus den Lautsprechern. Dazu ein dumpfer Bass.

Entsetzt starrte Amanda in den Rückspiegel, konnte aber nichts erkennen. Der Nebel war zu dicht. Wie in Trance stellte sie die Musik ab.

Absolute Stille. Ihr erster Impuls war, auszusteigen. Helfen. Da lag ein Verletzter irgendwo auf der Straße. Sie hatte die Hand schon am Türgriff, als ihr die Situation klar wurde: Gerade hatte sie einen Menschen überfahren, der nun wahrscheinlich schwer verletzt einige Meter entfernt hinter ihr auf dem Asphalt lag. Sie befand sich auf einer einsamen Landstraße, umgeben von dichtem Nebel und Wald. Allein. Und sie kannte sich nicht aus. Sie wusste nur, dass sie in der Nähe von Bedburg war. Mehr nicht. Köln war kilometerweit entfernt. Amandas Impuls, helfen zu wollen, wandelte sich in Angst.

Instinktiv verriegelte sie das Auto von innen. Panik ergriff sie. Das vermeintliche Opfer konnte ebenso gut eine Falle sein. Ihre Mutter hatte sie vor solchen Tricks gewarnt.

Aber wie groß war die Wahrscheinlichkeit, dass sich jemand um halb sechs Uhr morgens absichtlich auf dieser einsamen Straße überfahren ließ, um sie auszurauben oder ihr sonst etwas anzutun? Abgesehen davon, dass das im überfahrenen Zustand schwierig war. Oder hatte sie sich die ganze Sache nur eingebildet? Spielten ihre Sinne wieder einmal verrückt? Unmöglich. Das Überrollen des Körpers konnte sie sich nicht eingebildet haben. Und dann diese Augen! Voller Entsetzen hatten sie sie angestarrt.

Leo. Sie musste ihn anrufen. Er war der Einzige, der sich in der Nähe befand. Der dumme Streit war jetzt unwichtig.

Amanda kramte das Handy aus ihrem Beutel und drückte die Tasten. Nichts. Der Akku war leer. Eine erneute Panikwelle ergriff sie. Ihr Magen rumorte, und ihre Beine begannen zu zittern. Sie versuchte, ruhiger zu atmen. Es dauerte eine Weile, bis sie sich wieder etwas im Griff hatte, aber schließlich war sie es gewohnt, Gefühle möglichst wegzuschieben.

Amanda gelang es, sich auf ihre Lage zu konzentrieren. Aus ihrer Sicht gab es nur eine vernünftige Lösung. Sie musste bis zum nächsten Haus fahren und von dort die Polizei rufen. Die Idee klang logisch. Hastig legte sie den ersten Gang ein, gab Gas, ließ aber die Kupplung zu schnell kommen und würgte den Motor ab. Mit zittrigen Händen startete sie den Motor erneut und fuhr los.

Doch es kam kein Haus. Nicht nach einem Kilometer und auch nicht nach zehn. Amandas Kehle schnürte sich zu. Die überfahrene Person brauchte Hilfe. In solchen Situationen zählte jede Minute. Einem Menschen in Not nicht zu helfen lag außerhalb ihrer Vorstellungskraft. Aber mit jedem Kilometer entfernte sie sich weiter von der Unfallstelle. Nein. Das ging nicht. Sie hatte nicht nur jemanden überfahren, jetzt kam auch noch Fahrerflucht dazu.

Sie musste zurück, es gab keine Alternative.

Entschlossen wendete sie und fuhr im zweiten Gang die Steigung wieder hinauf.

Nach einer gefühlten Ewigkeit erreichte sie die scharfe Linkskurve. Nicht weit von hier musste der Verletzte liegen.

Die Straße war schmal, doch durch den Nebel war es schwierig, die Fahrbahnränder zu erkennen. Amanda fuhr im Schritttempo, blickte angestrengt zu beiden Seiten, entdeckte aber nichts.

Über dreißig Minuten fuhr sie die Landstraße entlang. Aber sie fand keinen Anhaltspunkt. Weder einen dunklen Fleck auf dem Asphalt noch einen Schuh oder sonstiges. Da war nichts. Fassungslos wendete sie schließlich und fuhr die Strecke zurück.

Wieder blickte sie starr in die Dunkelheit und versuchte, den Nebel zu durchdringen. Abermals kam sie an die markante Linkskurve, fuhr den Wagen noch ein paar Meter weiter, stoppte und stellte den Motor ab.

Vielleicht hatte sich der Verletzte an den Waldrand geschleppt und rief um Hilfe. Amanda öffnete das Seitenfenster.

Die Nachtluft war kalt und feucht. Im Lichtkegel der Scheinwerfer zogen Nebelschwaden vorüber. Äste knarrten leise im Wind. Der Ruf eines Käuzchens. Ganz in der Nähe.

Früher galt der Ruf dieses Vogels als schlechtes Omen. Solche Dinge standen in ihrem Referat über Okkultismus und Aberglaube. Amanda verdrängte den Gedanken daran und lauschte wieder.

Der Ruf des Käuzchens wiederholte sich nicht. Als sie zu frösteln begann, entschloss sie sich, ihr Vorhaben aufzugeben und weiterzufahren. Im gleichen Augenblick hörte sie ein Geräusch. Sie stutzte, lauschte erneut.

Jeder Zweifel war ausgeschlossen: Sie hörte ein Stöhnen. Nein, es war ein Hilferuf. Eine Stimme. Leise nur, aber Amanda vernahm sie jetzt ganz deutlich. Entschlossen öffnete sie die Fahrertür und stieg aus. Gleichzeitig meldete sich ihr Magen wieder. Unaufhaltsam drängten Bier, Grapefruitsaft, Sekt und Käsekräcker nach oben. Amanda würgte und erbrach sich auf den Asphalt. Benommen wischte sie sich den Schweiß von der Stirn; im gleichen Moment hörte sie wieder dieses tiefe Stöhnen.

»Hallo? Ist da jemand?«, rief sie mit kraftloser Stimme.

Sie lehnte sich gegen das Auto.

Die Scheinwerfer waren nach wie vor eingeschaltet, und der Schlüssel steckte.

»Hallo? Wo sind Sie? Brauchen Sie Hilfe?«

Die Antwort war ein erneutes Stöhnen. Lauter diesmal. Es kam von der anderen Straßenseite. Amanda schlug die Autotür zu, überquerte leicht schwankend die Fahrbahn und sah in den Graben. Nichts. Niemand.

»Hier bin ich«, rief sie, diesmal lauter. »Hallo! Können Sie mich hören?«

Keine Antwort.

Amanda drehte sich langsam einmal um die eigene Achse. Im diffusen Licht des Nebels konnte sie den VW-Golf am Straßenrand stehen sehen.

Dann erneut ein Stöhnen, gefolgt von einem Schrei. Nah. Tief. Merkwürdig vertraut. Amanda bekam eine Gänsehaut. So dicht hatte sie den Hilferuf nicht erwartet.

»Wo sind Sie?«, rief sie trotzdem.

Sie sprang über den Graben und lief ein Stück in den Wald hinein. Nach einiger Zeit stoppte sie, konzentrierte sich.

Über ihr knarrende Äste.

In der Ferne jaulte ein Hund.

Direkt neben ihr knackte es im Unterholz.

Amanda fuhr herum, konnte aber nichts erkennen.

Das Herz schlug ihr bis zum Hals, ihr Mund war trocken.

Der Wald stand vor ihr wie eine undurchdringliche Wand. Düster, in Nebel gehüllt. Amanda versuchte, die Straße zu erkennen.

Unmöglich.

Auch das Auto war längst aus ihrem Blickfeld verschwunden. Und dann ging die Musik an. Death Metal. Alexis Laiho, der Sänger von Children of Bodom, dröhnte durch die Nebelwand. Laut und unverkennbar. Amandas Herz setzte einen Schlag aus. Gleichzeitig knackte ein Ast, unmittelbar neben ihr.

Sie drehte sich um.

Da! Ein Schatten.

Amanda schrie, rannte in Richtung Straße und blieb wie angewurzelt stehen. Schemenhaft erkannte sie die Umrisse des Autos. Die Fahrertür stand weit offen. Amanda war wie gelähmt. Sie hatte die Tür geschlossen. Hundertprozentig.

In dem Augenblick legte sich eine Hand auf ihre rechte Schulter. Schwer. Kalt.

Amanda versuchte zu schreien, aber aus ihrer Kehle kam kein Laut. Sie spürte, wie ihre Beine nachgaben.

»Hey! Keine Panik!«

Leo.

Amanda brachte immer noch keinen Ton hervor. Sie taumelte. Leo hielt sie am Arm.

»Sorry, alles klar? Ich wollte dir nur einen kleinen Schrecken einjagen.« Er lachte. »Was machst du denn für ein Gesicht? Wen hast du erwartet? Ben Willis?« Er zog den Ärmel seiner Jacke über die linke Hand und verzog das Gesicht zu einer Fratze. Jetzt hatte er tatsächlich Ähnlichkeit mit dem Fischer Willis aus dem Horrorstreifen »Ich weiß, was du letzten Sommer getan hast«.

Er lachte wieder. »Hat ganz schön gedauert, bis du zurückgekommen bist. Ich dachte schon, du lässt mich hängen. Ich wollte gerade …«

Amanda packte ihn an den Schultern. »Warst du das eben im Wald? Hast du um Hilfe gerufen und herumgestöhnt?«

»Nein, wieso?«

»Ist dir … ist dir jemand begegnet?«

»Quatsch. Hier ist außer uns keine Menschenseele.«

»Hast du die Hilferufe denn nicht gehört? Die Schreie?«

»Was? Nein. Warum?«

»Ich glaube, ich habe einen Menschen überfahren. Es war … es ist schrecklich, er … Ich bin zurückgekommen, und da hat jemand gestöhnt. Ich …«

»Du hast jemanden überfahren?« Leo sah Amanda mit weit aufgerissenen Augen an. »Mit dem Auto?«

»Womit denn sonst?« Amandas Stimme überschlug sich fast.

Leo legte einen Arm um ihre Schulter und drückte sie an sich. »Beruhig dich. Wo ist der Verletzte denn?«

»Ich weiß es doch nicht!«, schrie Amanda verzweifelt. »Ich bin über jemanden drübergefahren. Aber … er ist weg! Ich hab die ganze Straße abgesucht.«

»Okay.« Leo zog Amanda in Richtung Auto. Nach wie vor dröhnte Musik aus den Lautsprechern. »Hast du die Polizei gerufen?«

»Mein Akku ist platt.« Amanda hielt Leo am Arm. »Warst du das mit der Musik? Ich meine … hast du sie eben angemacht?«

»Ja, ich hab das Auto gesehen und nach dir gerufen. Als du nicht geantwortet hast, habe ich die CD reingeschoben. Ich dachte, dann lässt du dich schon blicken.«

»Mann, du hast mich zu Tode erschreckt!«, sagte Amanda, als sie den Golf erreichten. »Ich bin echt am Ende! Leo, hier stimmt was nicht. Hast du dein Handy dabei?«

Er nickte.

Amanda ließ sich auf den Beifahrersitz fallen.

Leo verriegelte die Tür. »Ich rufe jetzt die Polizei, und während wir warten, erzählst du mir die ganze Geschichte.«

***

Obwohl seit ihrem Unfall bereits einige Tage vergangen waren und sich die Wogen etwas geglättet hatten, fiel die Begrüßung an diesem Morgen mehr als frostig aus. Curt saß am Tisch und addierte Zahlen auf einem riesigen Bauplan. Er sah kurz auf, als Amanda in die Küche kam, vertiefte sich aber sofort wieder in seine Unterlagen. Sie setzte sich wortlos, lehnte sich mit dem Rücken an die warme Heizung und warf einen Blick in die ungelesene Zeitung.

Curt stand auf, verschwand im Wohnzimmer und schloss geräuschvoll die Tür. Sekunden später hörte sie ihn telefonieren.

Die Geschäfte von Jordan & Jordan liefen nicht gut, doch darüber machte sich Amanda kaum Gedanken. Sie sorgte sich um ihre Mutter, die seit Monaten einfach nicht auf die Beine kam. Curt strampelte allein gegen die Pleite. Auch jetzt schien er sich mächtig über irgendetwas aufzuregen. Er konnte ziemlich deutlich werden, wenn ihm etwas nicht passte.

Amanda seufzte. Ihrer Meinung nach hatte ihre Mutter mit Curt Jordan eine absolute Niete gezogen. In ihren Augen war er einfach lächerlich, ein Schaumschläger, der im Grunde von nichts wirklich Ahnung hatte, allerdings einen auf Alleskönner machte. So hatte er schon vor Irmelis' Zusammenbruch das Büro an sich gerissen, obwohl er nichts von Architektur verstand, und siehe da, seitdem ging es mit der Firma bergab. Außerdem war Amanda felsenfest davon überzeugt, dass Curt ihre Mutter betrog. Warum sonst verschwand er manchmal einfach und war nicht einmal auf seinem Firmenhandy erreichbar?

Auch jetzt verschaffte er sich gerade wieder einen Freiraum.

Am Mittag reiste er nach Ostdeutschland. Angeblich erwarteten dort irgendwelche Bauherren seine Anwesenheit. Amanda glaubte ihm kein Wort, sie hatte ihn durchschaut. Aber letztlich gingen sie diese Dinge nichts an. Es war Sache ihrer Mutter, Curt zur Rede zu stellen, doch damit war im Augenblick nicht zu rechnen. Irmelis kämpfte mit einer schweren Depression. Es gab Tage, da kam sie gar nicht aus dem Bett. Amanda seufzte erneut, schob den linken Ärmel ihres Pullovers hoch und drückte ihre Fingernägel fest in die Haut ihres Unterarms. Der Schmerz, den sie dabei spürte, beruhigte sie. So saß sie einige Minuten da und versuchte, nichts als den Schmerz zu spüren. Dann rollte sie den Ärmel wieder nach unten.

Curt stürmte in die Küche zurück.

»Jakovic hat die Baugenehmigung nicht bekommen«, knurrte er, als könne sie etwas mit dieser Information anfangen, und knallte eine Akte auf den Tisch.

Amanda verdrehte die Augen.

Statik, Investoren, Baupläne und Ärger mit Bauherren – Curt kannte kaum andere Themen. Die Kinder seiner kranken Frau überließ er hingegen sich selbst, und aus Amandas Sicht zeigte diese Vernachlässigung bereits Folgen: Der sechsjährige Tibor, der überwiegend zu einer Tagesmutter abgeschoben wurde, ging in die erste Klasse und hatte jetzt schon Dutzende Verwarnungen wegen Schlägereien. Offenbar ließ er seinen Frust an seinen Mitschülern aus. Tibor wurde zum Problemschüler, und niemand außer Amanda schien diese Veränderung zu bemerken.

Gleiches galt für Aaron. Er ging seit einiger Zeit auf ein Internat in der Nähe von Kerpen. Auch eine von Curts genialen Ideen, hinter der Amanda einen weiteren Versuch vermutete, die Kinder seiner Frau aus dem Haus zu treiben. Dabei ging Curt wirklich geschickt vor, denn von außen betrachtet war dagegen nichts einzuwenden. Aarons musisches Talent wurde in diesem speziellen Internat gefördert, und mittlerweile fühlte er sich dort angeblich richtig wohl. Er war sogar gleich nach den Weihnachtsfeiertagen wieder zurückgefahren, um sich auf Prüfungen vorzubereiten. Ein Umstand, der Amanda sehr gekränkt hatte.

Obwohl Kerpen nur wenige Kilometer von Köln entfernt lag,

schafften es die Geschwister nicht, sich regelmäßig zu sehen. Aber Amanda vermisste ihn und hasste Curt dafür, dass er Aaron von ihr weggerissen hatte. Denn Aaron und sie hatten eine enge, intensive Bindung. Der Altersunterschied zwischen ihnen betrug nur ein knappes Jahr; Aaron wurde im Sommer achtzehn. Als Kinder hatte man sie häufig für Zwillinge gehalten, auch wenn er übergewichtig und sie spindeldürr gewesen war. Aaron hatte schon als Junge besonnen gewirkt und Verantwortung übernommen. Manchmal war es Amanda fast so vorgekommen, als sei er der Ältere und nicht sie. Schon früher hatte er auf sie aufgepasst und sie vor allem nach den Suizidversuchen im Auge behalten, jedenfalls kam es Amanda so vor. Doch jetzt hockte er in seinem Internat, war schwierig zu erreichen, und sie wurde das Gefühl nicht los, dass er die Zeit ohne sie genoss. Er beantwortete zurzeit nicht einmal ihre E-Mails.

Amandas linke Hand begann wieder unkontrolliert zu zittern. Sie verbarg sie unter dem Küchentisch. Die Sache mit dem nächtlichen Unfall ließ ihr keine Ruhe. Immer wieder sah sie die Gestalt auf der Straße liegen, blickte in die weit aufgerissenen, angsterfüllten Augen. Schon allein bei diesem Gedanken lief ihr ein Schauer über den Rücken.

Merkwürdigerweise hatte die Polizei keinen Hinweis für einen Zusammenstoß gefunden. Weder am Auto noch auf der Straße. Sonderbar und konsequenzenreich zugleich. Vor allem deshalb, weil vonseiten der Polizei Worte wie »Aufmerksamkeitswunsch«, »Überspanntheit« und »Einbildung« gefallen waren.

Immerhin hatte sich Curt am Neujahrsmorgen, als sie erschöpft nach Hause gekommen waren, von seiner fürsorglichen Seite gezeigt, Kakao gekocht und an ihrem Bett gewacht, bis sie eingeschlafen war. Dieses Verhalten löste in Amanda Misstrauen aus. Und wirklich, schon am nächsten Tag betrachtete er sie mit diesem Blick, den sie so hasste, behandelte sie wie ein rohes Ei und stellte Fragen. Außerdem rief er ohne ihr Einverständnis Frau Dr. Schulte-Herder an und verdonnerte Amanda zu zusätzlichen Therapiesitzungen. Dass sie wegen der Sache für mindestens zwei Wochen von der Schule freigestellt war, erleichterte die Situation nicht. Amanda hatte Angst, dass Curt ihr nun wieder im Nacken saß. Sie wollte die Distanz, die sie sich so mühsam erkämpft hatte, nicht wieder aufgeben.

Aber erfreulicherweise hatten ihn seine eigenen Probleme überrollt; anscheinend gab es massive Schwierigkeiten bei dem Bauprojekt in Ostdeutschland. Zudem hatte Amanda mitbekommen, dass die Bank wieder einmal damit drohte, den Geldhahn zuzudrehen. Seit Monaten hing die Existenz der Jordans an einem seidenen Faden, und Amanda wünschte sich mehr und mehr zu ihrem leiblichen Vater in die USA. Doch dieser Kontakt beschränkte sich nur auf wenige monatliche Telefonate.

Curts Handy klingelte erneut. Er ignorierte es, sah nicht einmal von seinen Bauplänen auf.

Amanda hielt den penetranten Rufton hingegen kaum aus und drückte schließlich die Handflächen auf ihre Ohren.

»Was ist denn dein Problem?«, fragte Curt.

»Der Klingelton nervt«, sagte Amanda und bemerkte, dass ihre linke Hand kribbelte.

»Madame fühlt sich durch mein Handy bei ihren Tagträumen gestört«, sagte Curt. »Entschuldige, aber es gibt Menschen in deiner Umgebung, die arbeiten müssen.«

Amanda erhob sich, ging zur Tür.

»Klar«, rief ihr Stiefvater ihr nach. »Hau ruhig ab, wenn es schwierig wird. Zu etwas anderem bist du ja nicht in der Lage!«

Amanda knallte die Küchentür zu, lief die Stufen zum ersten Stock hinauf und klopfte energisch an die Schlafzimmertür ihrer Mutter. Vor ein paar Monaten hatte Irmelis aus heiterem Himmel auf einem eigenen Raum bestanden und aufwendige Umbaumaßnahmen in die Wege geleitet.

Curt betrat dieses Zimmer höchst selten und hatte, soweit Amanda wusste, dem Umbau nur zähneknirschend zugestimmt. Amanda dagegen mochte das Reich ihrer Mutter. Das frühere Gästezimmer war jetzt sehr gemütlich und trug deutlich Irmelis Jordans Handschrift. All ihre Sachen, ihre Bücher und sämtliche Fotos befanden sich hier; an den Wänden waren Metallbügel befestigt, an denen ihre selbst genähten Kleider hingen. Früher, vor Amandas Geburt, hatte sie Designerin werden wollen. Ein geplatzter Traum, wie so viele.

Amanda drückte die Klinke nach unten. Die Jalousien waren heruntergelassen. Nur wenige Sonnenstrahlen drangen durch die schmalen Schlitze. Es roch nach abgestandener Luft. Amandas rechte Schläfe begann zu schmerzen.

»Komm ruhig herein.«

Im diffusen Licht erkannte sie die Gestalt ihrer Mutter nur schemenhaft. Amanda näherte sich langsam dem Bett in der Mitte des Raumes. Der kurze Streit mit ihrem Stiefvater hatte sie aufgewühlt, aber sie wollte ihrer Mutter davon nichts sagen. Irmelis konnte Aufregungen in ihrem Zustand nicht ertragen. Amanda versuchte zu lächeln.

»Wie geht es dir?«, fragte sie leise, atmete tief durch und nahm auf der Bettkante Platz.

»Gut.« Irmelis Jordan setzte sich auf. »Komm näher, ich möchte deine Hand halten.«

Amanda rührte sich nicht.

Der Anblick ihrer Mutter schmerzte sie. Das einst so hübsche Gesicht war eingefallen, die Haut durchscheinend, unter den Augen lagen tiefe Ränder. Von Weitem sah es aus, als hätte sie zwei dunkle Löcher unterhalb der Stirn.

»Kannst du nicht noch einmal mit Curt reden?«, fragte Amanda nach einer Weile. »Ich will für ein paar Tage zu Tante Hedwig. Du gehst ja sowieso in die Klinik, und ich brauche einfach mal Abstand.«

»Ich habe schon mit Curt gesprochen«, sagte ihre Mutter. »Im Prinzip hat er nichts dagegen, dass du für kurze Zeit zu Hedwig ziehst, vor allem jetzt, wo er geschäftlich verreisen muss. Soweit ich weiß, hat er auch schon mit Tibors Tagesmutter gesprochen. Sie wird ihn solange zu sich nehmen, mach dir um ihn also keine Gedanken.«

Irmelis nahm Amandas Hand. »Es ist vielleicht ganz gut, wenn du dich einfach mal ein wenig von Hedwig verwöhnen lässt. Curt und ich machen uns Sorgen um dich. Seit einigen Tagen scheinst du wieder so … so …«

»Labil? Das wolltest du doch sagen, oder? Ist es wegen der Sache an Silvester? Ich gebe ja zu, dass es nicht richtig war, alkoholisiert Auto zu fahren und …«

»Es ist wegen des Mannes, den du überfahren haben willst, ich …«

»Vielleicht war es auch eine Frau. Ich bin mir da nicht sicher«, warf Amanda ein.

»Ich weiß, und dadurch wird alles noch komplizierter. Du musst doch verstehen, dass dein Vater deswegen in Sorge ist.«

»Er ist nicht mein Vater!«

»Schon gut, Amanda. Aber dieses Erlebnis zeigt doch deutlich, dass du … immer noch … na ja …«

»… dass ich nicht ganz dicht bin, willst du das sagen?«

»Natürlich nicht. Aber du weißt, dass die Polizei nichts am Auto gefunden hat. Gar nichts. Nicht einmal eine kleine Schramme.«

Amanda verschränkte die Arme vor der Brust. Sie kämpfte mit den Tränen. »Ich habe mir das Ganze nicht ausgedacht, ich habe doch deutlich den Widerstand gemerkt, als das Auto über die Person gefahren ist. Das kann ich mir unmöglich eingebildet haben.«

»Ja, schon gut«, sagte Irmelis und zog die Decke bis zum Kinn hoch. »Ich glaube dir, aber das macht die Sache nicht leichter.«

Amanda registrierte jetzt die Kälte. Das Pochen ihrer Schläfen wuchs zu einem Kopfschmerz. Im Zimmer ihrer Mutter herrschten eisige Temperaturen. Amanda stand auf und drehte die Heizung höher.

Ihre Mutter hustete leise. »Doch, doch, fahr zu Tante Hedwig. Sie freut sich auf dich, denn sie ist oft einsam und für jede Abwechslung dankbar. Und Curt ist sehr daran gelegen, dass du hier im Haus nicht allein bist, und ehrlich gesagt, mir ist es auch lieber …«

»Mutter! Ich bin volljährig! Im Grunde kann ich tun und lassen, was ich will!«

»Ich weiß, aber du bist von der Schule freigestellt, damit du wieder ins Gleichgewicht kommst und regelmäßig zu Dr. Schulte-Herders Sitzungen gehen kannst. Da sollte sich auch jemand um dich kümmern, und deine Patentante scheint mir da genau die richtige Person. Du musst aber dann von Bedburg immer wieder hierherfahren. Das ist ganz schön aufwendig. Wirst du das geregelt kriegen?«

»Ich könnte ja an den Therapietagen hier übernachten.«

»Das ist mir aber nicht recht. Curt hat für die Zeit, in der alle ausgeflogen sind, einem Geschäftsfreund das Haus angeboten. Ich möchte nicht, dass du mit einem wildfremden Mann unter einem Dach wohnst.«

»Warum nicht? Weil ich verrückt bin, nicht alle Tassen im Schrank habe? Hast du Angst, dass unser kleines Familiengeheimnis ans Licht kommt?«

»Das ist doch Unsinn, und das habe ich mit keinem Wort gesagt ...«

»Aber gemeint!«

»Ach, Kind.« Irmelis strich über die Hand ihrer Tochter. »Ein Besuch bei Hedwig wird dir guttun. Weißt du noch, als Kind hast du deine Ferien oft bei ihr verbracht. Sie hat dich abgöttisch geliebt. Bei ihr gab es kein Vollwertessen, sondern Fastfood, und sie hat dir auch sonst alle möglichen Freiheiten gelassen.«

»Feste Regeln gab es trotzdem«, erinnerte sich Amanda und massierte sich die Schläfen. »Tante Hedwig konnte auch ziemlich streng und nervig sein.«

»Das stimmt, aber du bist immer wieder gern zu ihr gefahren und hast geweint, wenn ich dich nach Hause holen wollte.«

Amanda lächelte. »Sie war einer der wenigen Menschen, die mich in der Psychiatrie besucht haben.«

Irmelis richtete sich auf und machte Anstalten, das Bett zu verlassen.

»Was hast du vor?«, fragte Amanda.

»Ich werde dich jetzt zu Hedwig fahren«, antwortete ihre Mutter.

Amanda spürte eine leichte Übelkeit aufsteigen. »Jetzt sofort? Du kannst dich kaum auf den Beinen halten.«

»Ich will dich aber fahren, das ist mir sehr wichtig. Oder soll Curt dich bringen?«

Das wollte Amanda auf keinen Fall. Aber jetzt sofort, quasi Hals über Kopf aufbrechen? Andererseits, warum nicht.

Amanda zuckte mit den Achseln, zog die Gardinen zurück und schüttelte die Kissen auf. »Aber ich muss mich noch von Kira und Leo verabschieden.«

Sie biss sich auf die Zunge. Warum hatte sie jetzt von Kira angefangen? Ihre imaginäre Freundin erwähnte sie normalerweise möglichst nicht, weil sie Angst davor hatte, sich in ihrem Netz aus Lügen zu verstricken.

»Ich muss packen«, sagte sie schnell und war schon an der Tür.

»Warum habe ich Kira bisher noch nie gesehen?«, bohrte ihre Mutter nach.

Der Schmerz in Amandas Kopf war beinahe unerträglich.

»Ich denke, es ist an der Zeit, dass du mit der Lügerei aufhörst«, sagte Irmelis.

Amanda fühlte einen Kloß im Hals und drehte sich zu ihr um. »Wovon redest du?«

Ihre Mutter antwortete nicht.

»Ich muss mich beeilen«, sagte Amanda schnell und verließ das Zimmer.

Vor der Tür blieb sie einen Augenblick stehen und atmete tief durch. Woher um alles in der Welt wusste Irmelis von ihrer Lüge, wo sie sich doch höchst selten aus dem Zimmer herausbewegte, geschweige denn Interesse an ihren Aktivitäten zeigte?

Amanda hörte, wie unten die Haustür ins Schloss fiel. Ihr Stiefvater war zu seinem Geschäftstermin aufgebrochen, und sie hatte sich nicht einmal von ihm verabschiedet. Egal. Ihre Mutter würde ihn schon informieren.

Wie in Trance packte Amanda ihre Sachen und war abfahrbereit, als ihre Mutter eine halbe Stunde später nach ihr rief.

**

»Ich muss dich hier rauslassen.« Irmelis stoppte den Wagen in Sichtweite des Agatha-Tors und sah sie von der Seite an.

»Das ist nicht dein Ernst!«, stieß Amanda hervor. »Von hier latsche ich ja noch Ewigkeiten bis zu Tante Hedwigs Haus, und jetzt regnet es auch noch!«

Ihre Mutter schlug einen sanften Ton an. »Aber du siehst es doch selbst, die Zufahrt zum Ortskern ist gesperrt.«

Amanda zog ein langes Gesicht und machte keine Anstalten, auszusteigen. Plötzlich hatte sie das Bedürfnis, im Auto sitzen zu bleiben und wieder mit ihrer Mutter nach Köln zurückzufahren. Kaster kam ihr grau und trostlos vor.

»Amanda, bitte«, drängte Irmelis. »Ich muss wieder nach Hause, mich hinlegen. Ich bin ziemlich schlapp.«

»Ich will lieber bei dir bleiben«, sagte Amanda. »Wer soll sich um dich kümmern, wenn ich nicht zu Hause bin?«

»Schatz«, ihre Mutter klang liebevoll, »morgen gehe ich doch schon in die Klinik, und wir halten über Handy Kontakt. Versprochen!«

Amanda wusste, dass sie sich loseisen musste. Abschiede lagen ihr nicht. Sie drückte ihre Mutter kurz an sich, löste mit einer schnellen Bewegung den Sicherheitsgurt und stieg aus.

Sie wuchtete den Trolley aus dem Kofferraum, winkte ihrer Mutter noch einmal zu und marschierte dann in ihren hochhackigen Schnürstiefeln dem mittelalterlichen Tor entgegen. Die Räder des Trolleys rumpelten über das Kopfsteinpflaster.

Amanda drehte sich nicht um, obwohl ihre Mutter noch einmal hupte.

Als sie durch das Agatha-Tor trat, ging der Regen in Schnee über, gleichzeitig zog dichter Nebel auf. Ihre dünne schwarze Strickjacke war schnell durchnässt, und Amanda ärgerte sich, dass sie ein brauchfreies T-Shirt anstelle eines wärmenden Pullovers trug. Mit schnellem Schritt lief sie die Hauptstraße entlang. Gleichzeitig kamen die Erinnerungen.

Wie oft hatte sie mit den Dorfkindern hier in den schmalen Gassen von Alt-Kaster gespielt: Seilspringen, Verstecken, Einrad fahren. Ihre schönsten Kindheitserinnerungen hingen mit diesem Ort zusammen. Und auch heute gefielen ihr die denkmalgeschützten Gebäude. Amandas Herz wurde leichter.

Erst als sie das Erft-Tor am anderen Ende des Ortes fast erreicht hatte, fiel ihr auf, dass in keinem der Häuser Licht brannte. Stromausfall. Das war die einzige Erklärung, merkwürdigerweise aber leuchteten die Straßenlaternen. Der Nebel war nun so dicht, dass Amanda die Fassaden der Häuser kaum noch erkennen konnte.

Fröstelnd zog sie den Trolley hinter sich her und ging weiter geradeaus.

41

Schon nach kurzer Zeit beschlich sie ein merkwürdiges Gefühl. Die Gasse schien kein Ende zu nehmen. Längst hatte sie das Erft-Tor hinter sich gelassen. Normalerweise begannen hier, direkt hinter der Stadtmauer, die Wanderwege, die zum Kasterer See führten, aber jetzt stolperte Amanda über Grasbüschel und versank in weichem, mit einer dünnen Schneedecke überzogenem Boden.

»Was ist denn hier los?«, flüsterte sie und blieb stehen. Offenbar hatte sie im Nebel die Orientierung verloren. Sie schob den Griff ihres Trolleys ein und packte den schweren Koffer am Tragegriff, denn auf dem nachgiebigen Untergrund versagten die Rollen. Amanda ging den Weg zurück. Dabei kam sie nur langsam voran, ihr Gepäck war einfach zu schwer.

Und dann tauchte auf einmal, wie aus dem Nichts, Tante Hedwigs Haus vor ihr auf. Weißes Fachwerk mit kleinen Fenstern und die blassblaue Tür.

Auch dieses Gebäude war, wie fast alle Häuser in Alt-Kaster, in der Feuersbrunst um 1624 niedergebrannt und danach an gleicher Stelle wieder aufgebaut worden. Tante Hedwig war unglaublich stolz auf die Geschichte dieses Ortes und gab ihr Wissen gerne weiter. Amanda machte sich auf lange Vorträge gefasst.

Wenigstens lichtete sich jetzt der Nebel, und Amanda konnte die stark renovierungsbedürftige Fassade sehen. Der Putz blätterte ab, und einige Fensterläden hingen schief in den Scharnieren.

Der Klingelknopf war abmontiert. Aus der Wand hing ein loses Kabel, deshalb schlug sie mit der Faust gegen die Tür. Es dauerte eine Zeit, bis Tante Hedwig öffnete, in der Hand eine dicke Zigarre.

»Warum kommst du so spät?

Amanda berichtete von ihrem Erlebnis im Nebel.

»Im Nebel verlaufen?« Hedwig klang skeptisch, zog an ihrer Zigarre und musterte Amanda. »Dass du mir jetzt nicht andauernd solche Räuberpistolen erfindest.«

»Warum sollte ich mir so etwas ausdenken?«, fragte Amanda. »Ich …«

»Komm ins Haus.« Hedwig trat beiseite.

Drinnen war es kalt, dunkel und eng. Winzige Zimmer, niedrige Decken, die Amandas Beklemmungsgefühl verstärkten. Alles war wie früher, aber als Kind hatte sie die erdrückende Atmosphäre nicht wahrgenommen. Heute machte das Haus insgesamt einen renovierungsbedürftigen Eindruck; Amanda registrierte dicke Staubflächen auf sämtlichen Schränken. Zigarrenrauch mischte sich mit dem Geruch nach Tante Hedwigs Hund. Amanda wunderte sich. Sie hatte ihre Patentante als ordnungsliebend und gewissenhaft in Erinnerung.

Als sie das Zimmer im zweiten Stock sah, in dem sie die nächsten zwei Wochen wohnen sollte, wurde sie noch trübsinniger. Zehn Quadratmeter. Höchstens. Eins der beiden Fenster war ohne Glasscheibe und nur notdürftig mit Pappe abgedichtet; es herrschten eisige Temperaturen. Auch sonst war alles sehr spartanisch. Bett, ein Tisch mit Stuhl. An der Wand ein Kreuz. Früher war ihr das Inventar freundlicher vorgekommen, allerdings tröstete sie der Gedanke, dass sie in diesen vier Wänden immerhin ihre Ruhe hatte. Vor Curt, vor irgendwelchen Ansprüchen und vor dem wirklichen Leben, denn hier bei Tante Hedwig tickten die Uhren anders.

Amanda legte den Trolley auf das Bett und begann ihre Sachen auszupacken.

Beim Abendessen machte Hedwig sie schnörkellos mit den Regeln des Hauses vertraut. Amanda wunderte sich nicht. Die alte Frau hatte ein gutes Herz, war aber auch früher schon streng und verschroben gewesen. Offenbar hatte sich daran nichts geändert.

»Unser Haus, unsere Regeln.« Tante Hedwig sprach, wie immer, in der Mehrzahl und meinte damit sich und ihren Hund Blacky.

Sie legte die Gabel zur Seite und sah Amanda über den Rand ihrer Brille hinweg an. »Zu deinen Pflichten gehört es, nach dem Essen abzuwaschen, den Müll rausbringen und selbstverständlich dein Zimmer sauber zu halten.«

»Klar«, versicherte Amanda.

»Zudem möchte ich nicht, dass unsere gewohnte Ruhe gestört wird. Besuche bitte nur nach Voranmeldung. Herrenbesuche allerhöchstens bis zwanzig Uhr.«

»Ich habe nicht vor, irgendwelche Herren zu empfangen.«
Amanda konnte sich ein Lächeln nicht verkneifen.

»Es ist unser Ernst«, erwiderte Tante Hedwig. »Und bitte! Solltest du uns irgendetwas zu sagen haben, was es auch ist, komm einfach zu uns.«

»In Ordnung!«

Sie aßen schweigend weiter.

»Was ist eigentlich mit der Heizung?«, fragte Amanda und schob sich ein Stück der Pizza in den Mund, die Tante Hedwig extra für sie bestellt hatte. »Es ist wahnsinnig kalt hier.«

»Das Haus ist sehr alt, wie du weißt, und die Heizungsanlage hat auch schon bessere Zeiten gesehen. Sie fällt oft aus, setzt sich aber in der Regel von allein wieder in Betrieb. Also nicht erschrecken, wenn du Geräusche hörst, vor allem nachts.«

»Ist gut.«

Tante Hedwig sah Amanda durchdringend an. »Du fühlst dich doch gut, oder?«

»Ja, alles bestens«, log Amanda.

»Wirklich?«

»Ja«, sagte sie genervt, weil sie Fragen nach ihrem Gemütszustand hasste.

»Und was soll deine Aufmachung?«, fragte die Tante.

Amanda zuckte mit den Schultern. »Was meinst du?«

»Dein bleiches Gesicht, die stark geschminkten Augen und die schwarzen Klamotten. Und dann diese Totenköpfe und diese ganzen Ringe überall, sogar in deinem Gesicht …«

»Was ist denn los mit dir?«, sagte Amanda. »Du warst doch immer ziemlich tolerant.«

»Bin ich immer noch, aber du siehst aus, als seist du gerade aus deiner eigenen Gruft entstiegen.«

»Ist doch meine Sache!«

Tante Hedwig seufzte. »Stimmt, entschuldige.«

Für den Rest des Abendessens verzichteten sie auf weitere Gespräche.

Anschließend zündete sich Tante Hedwig ihre angerauchte Zigarre neu an, paffte einige Male, erhob sich dann schwerfällig, ohne ihren prüfenden Blick von Amanda zu nehmen. Auch Blacky sprang von ihrer Decke. Amanda beugte sich zu dem pechschwarzen Schnauzer und wollte ihn kraulen, doch die Hündin knurrte. Erschrocken wich sie zurück.

Tante Hedwig runzelte die Stirn, schob die Zigarre in einen Mundwinkel und streichelte die Hündin. »Was ist denn, mein Mädchen?« Amanda näherte sich dem Hund noch einmal. Wieder begann Blacky zu knurren.

Hedwig schüttelte den Kopf. »Seltsam«, meinte sie. »Sogar ausgesprochen seltsam.«

LECHENICH, HERZOGTUM JÜLICH, IM DEZEMBER 1575

Genefe wälzte sich auf der Bettstatt. Der Morgen dämmerte bereits, aber sie weigerte sich, ihre Augen zu öffnen. Sie wollte weiterschlafen. Schlafen bis zum Frühling. Wenn nicht noch länger.

Seufzend öffnete sie schließlich doch die Augen. Claaß weinte im Schlaf. Genefe strich ihrem Jüngsten über die Haare. Das Gesicht des Kleinen war von Sommersprossen übersät, die flachsblonden Locken klebten schweißnass an seinen Schläfen. Üblicherweise rührte sie sein Anblick, doch heute fühlte sie sich matt und elend. Wieder hatte sie die halbe Nacht wach gelegen. Ihre müden Augen streiften das ausgemergelte Gesicht ihres Mannes, der röchelnd neben ihr lag.

Kuno wurde einfach nicht gesund. Ein schlimmer Husten quälte ihn seit Martini. Schon bei den Schlachtungen im November hatte er deshalb wenig zupacken können und kaum Lohn erhalten. Vor einigen Tagen hatte er sogar Blut gespuckt. Genefe wusste, dass das kein gutes Zeichen war. Doch Geld für Medizin konnte sie nicht aufbringen. Sie hatte es mit Huflattich versucht, aber das Gewächs verschaffte ihm keine Linderung.

Im Gegenteil, nun klagte er auch noch über heftige Gliederschmerzen und Magenbeschwerden. Genefe legte eine Hand auf seine Stirn und zog die Decke dichter um ihn. Offensichtlich war er endlich in einen leichten Schlaf gefallen.

Ihr Blick wanderte zu den Kindern. Drei waren es. Eins hatte sie vor zwei Wintern tot geboren und ein weiteres vor Jahren an das Fieber verloren. Die schmächtigen Körper der Kleinen lagen zu ihren Füßen. Genefe fröstelte.

Im Februar erwartete sie ihr nächstes Kind. Der Wurm würde es nicht lange schaffen, da machte sie sich nichts vor, auch wenn ihr dieser Gedanke fast das Herz brach. Aber woher sollte Abhilfe kommen? Und der Herrgott schickte immer weitere Prüfungen.

Tags zuvor hatte sie entdeckt, dass das Kraut in den Fässern verdorben war. Kein Zuber war verschont geblieben. Genefe machte sich schreckliche Vorwürfe und traute sich nicht, Kuno die missliche Lage zu beichten. Die Wintervorräte waren schon jetzt beinahe aufgebraucht, dabei war es noch nicht einmal Januar. Elendig verrecken würden sie allesamt, wenn nicht bald ein Wunder geschah. Seit Wochen aßen sie nur wässrigen Rübenbrei. Auch das Brennholz würde höchstens noch für ein paar Tage reichen. Kuno musste dringend in den Wald. Aber er war einfach zu schwach.

Ihren Ältesten wollte Genefe nicht schicken. Kaspar wurde bald dreizehn, ging Kuno fleißig zur Hand, aber draußen regierte ein strenger Frost. Schneewehen machten die Wege unpassierbar.

Und ein Ungeheuer lauerte im Wald.

Genefe bekreuzigte sich hastig. Kaum einer hatte es je zu Gesicht bekommen, aber es hieß, es habe die Gestalt eines riesenhaften Wolfs. Seit zehn Jahren wütete die Bestie nun schon. Manchen Monat blieb das Herzogtum verschont, dann wieder wurde es gleich von mehreren Gräueltaten erschüttert.

Vor einigen Sommern hatte sich das Untier zwei Jungen geholt. Die beiden hatten die Schafherde ihres Vaters vor den Toren von Nideggen gehütet. Nur ihre blutige Kleidung hatte man gefunden. Und im Winter vor einem Jahr hatte es einen Steinwurf von der Gereonspforte vor den Stadtmauern Kölns einer Schwangeren das ungeborene Kind aus dem Leib gerissen und es mit Haut und Haaren verschlungen.

Genefe erschauderte.

Im Dorf erzählte man sich, dass das Scheusal letzten Sommer

einem Korbflechter bei Bedburg das Blut aus den Adern gesaugt und anschließend seine Männlichkeit gefressen habe. Der Pfarrer hatte daraufhin Kreide gesegnet und zum ewigen Gebet gerufen. Fünf Tage lang waren die Bänke der Kirchen voll mit Gläubigen gewesen, und auf jede Tür im Dorf hatte man ein Kreidekreuz zum Schutz gezeichnet, denn alle glaubten, dass es nur ein Geschöpf gab, das zu solchen Taten fähig war. Hinter vorgehaltener Hand flüsterten sich die Menschen zu, was keiner laut auszusprechen wagte: Der Leibhaftige weilte in Gestalt eines furchtbaren Wolfs unter ihnen.

Und dafür gab es eine Zeugin. Die Heilkundige Berbelin hatte dem Bösen in die Augen gesehen, als sie im letzten September, kurz nach Mariä Geburt, spät des Nachts zu einer Gebärenden nach Epprath gerufen worden war. Auf dem Weg dorthin hatte ihr der Dämon im Wolfspelz im dunklen Wald aufgelauert.

Schon ein gewöhnlicher Wolf konnte Angst und Schrecken verbreiten. Und dieses Wesen war alles andere als gewöhnlich dahergekommen. Riesenhaft habe die Kreatur gewirkt. Aufrecht sei sie gegangen, wie ein Mann, mit Zähnen scharf wie Waidmesser und Pranken groß wie Mühlsteine. Auf sie stürzen wollte sich der Wolfsteufel, den sie gleich an seinen Hörnern und dem Bocksschwanz erkannt hatte. Angestarrt hatte er sie mit seinen glutroten Augen. Seine behaarte Fratze sei abscheulich anzusehen gewesen. Das sei so wahr, schwor Berbelin, wie die unbefleckte Empfängnis Mariens!

Bis in sämtliche Glieder war der Schreck in sie gefahren, und doch hatte die seelengute Hebamme Ruhe bewahren können und Luzifer ihr silbernes Kruzifix entgegengehalten. Auf die Knie sei sie gefallen und habe laut und unerschütterlich das Ave-Maria gebetet.

Da habe er sich davongemacht, jaulend wie ein getretener Hofhund. Berbelin hatte sich dann noch bis Epprath geschleppt. Zitternd am ganzen Leib. Dort fand man sie am nächsten Morgen neben einer Scheune. Seitdem war sie ängstlich und ein wenig sonderbar. Das Haus verließ sie seit jener Nacht nur noch, um der heiligen Messe beizuwohnen. Die Geburtshilfe hatte sie ihrer Tochter übertragen.

Genefe schüttelte sich bei dem Gedanken, dass Berbelin dem Teufel in die Augen gesehen hatte, und bekreuzigte sich noch einmal. Nein. Ihren Kaspar wollte sie dieser Gefahr nicht aussetzen. Und obwohl die Bauern der Umgebung seit Berbelins Erlebnis regelmäßig Jagd auf die Bestie machten und dabei etliche Wölfe erlegt worden waren, stillte der Mannteufel weiterhin seinen Hunger. Daran zweifelte kaum jemand. Auch wenn sich mancher Bauer in der Schenke damit brüstete, dem Höllenfürsten den Garaus gemacht zu haben.

Genefe glaubte ihnen nicht, denn noch am Rosenkranzfest waren in einer Nacht unweit von Kaster sechs Kühe, zwei Pferde und vier Schafe getötet worden. So erzählte man es sich auf dem Wochenmarkt.

Und damit nicht genug: An Allerseelen hatte man bei Epprath, nahe der Burg zu Kaster, eine Magd tot im Stall gefunden. Die Bestie musste sie beim Melken gepackt haben. Genefe hatte sie sogar gekannt, flüchtig nur, aber dennoch. Hilfsbereit und fromm war sie immer gewesen. Der Wolfsteufel hatte ihr das Herz aus dem Leib gerissen und sich anschließend an ihr vergangen, hatte eine Nachbarin Genefe sonntags nach der heiligen Messe zugeflüstert. Wie sich so etwas feststellen ließ, war Genefe unbegreiflich, aber allein der Gedanke daran erschütterte sie zutiefst.

Und diese Tat war erst ein paar Wochen her. Genefe konnte ihren Kaspar unmöglich schicken. Der Junge war wankelmütig im Glauben. Da hätte der Teufel leichtes Spiel. Nein, auch wenn die Zeit drängte, sie mussten warten, bis Kuno wieder zu Kräften kam. Wenn er gesund war, schuftete er für zwei und konnte es mit jeder Gefahr aufnehmen. Holz schlagen war für ihn ein Kinderspiel, und Wild konnte er auch gleich erlegen. Das gehörte zwar dem Herzog, und wildern wurde hart bestraft, Genefe sah jedoch keinen anderen Ausweg, wenn sie nicht alle verhungern wollten.

Sie seufzte, stand leise auf, durchquerte die Wohnstube und kniete in der Ecke unter dem Herrgottswinkel nieder. Sie faltete die Hände und bat mit Blick zum Holzkreuz die Muttergottes um Beistand.

Doch trotz der Gebete ging es Kuno im Laufe des Tages wieder schlechter. Die Kinder drückten sich frierend in den Ecken herum und gaben kaum einen Laut von sich, während Genefe ihrem Mann den Schweiß von der Stirn wischte. Kuno wurde von heftigen Fieberkrämpfen geschüttelt. Mal lag er röchelnd da, unfähig, sich zu bewegen, dann wieder begann er wirres Zeug zu reden und wollte aufstehen. Es gelang Genefe nur mit Kaspars Unterstützung, ihn auf dem Lager zu halten.

»Fieber und Kälte sind schlechte Gesellen«, sagte Genefe am Abend zu ihrem Ältesten. »Ich müsste heißen Sud kochen, aber es ist kaum Feuerholz da.«

Kaspar sah seine Mutter an. »Lass mich morgen Brennholz holen.« Er klang entschlossen.

Genefe blickte in die wachen Augen des Jungen. Über der Oberlippe zeigte sich erster zarter Flaum. Er war groß für sein Alter. Groß und schlaksig. Ein hübscher Bengel, der langsam zum Manne reifte. Doch Genefe sah in ihm vor allem das Kind.

»Nirgends gehst du hin«, fuhr sie ihn an. »Niemandem ist geholfen, wenn du im Wald bleibst.«

Kaspar schlief die ganze Nacht nicht. Unruhig lag er auf seinem Lager, und Aufregung ließ sein Herz wie wild schlagen. Bei dem Gespräch mit seiner Mutter am Abend hatte er erkannt, dass er handeln musste. Es war seine Pflicht, etwas zum Wohle der Familie zu unternehmen. Dass er sich damit gegen den Willen seiner Mutter stellen musste, schmerzte ihn, aber er nahm es in Kauf, weil er sicher war, dass sein Vater diesen Schritt von ihm erwartete.

Er musste in den Wald gehen, um Holz zu holen. Und er wollte ein Tier erlegen. Es war seine Aufgabe, wenn er nicht länger in die hungrigen Augen seiner Geschwister schauen und die tiefen Seufzer der Mutter ertragen wollte. Entweder er machte sich endlich auf oder sie würden alle sterben. So viel war sicher. Er war bereit, die Familie zu retten, schließlich war er kein Kind mehr. Solange er denken konnte, hatte er dem Vater auf den Feldern geholfen. Er verstand nicht, warum ihn die Mutter immer noch wie einen kleinen Jungen behandelte. Schließlich arbeiteten andere Burschen seines Alters längst als Knechte oder verdienten ihr Geld in der Stadt.

Kaspars Wunsch war es, den Hof zu verlassen und nach Köln zu gehen. Auf dem Land hielt ihn nichts. Er sah, wie seine Eltern sich schindeten. Tag für Tag, Jahr für Jahr, und doch lebten sie nur von der Hand in den Mund. Und insgeheim zürnte er ihnen, weil sie sich mit ihrem Los zufriedengaben, jedenfalls schien es Kaspar so. Da blieb ihm nur, sein eigenes Glück in der Stadt zu versuchen. Wenn es gar nicht anders ging, wollte er sogar als Abortschöpfer arbeiten und die schweren Fäkalienfässer schieben, zumindest bis sich etwas Besseres fand. Die sogenannten Goldgräber, die Kölns Kloaken leerten, verdienten guten Lohn. Nur zimperlich durfte man dabei nicht sein, es hieß, der Gestank dort sei entsetzlich und die Arbeit mitunter sogar gefährlich. Hin und wieder erstickten Männer in den Gruben, die sie leeren mussten, an den Ausdünstungen der Fäulnis.

Aber immerhin verdiente sich Rudolff, der Vetter seiner Mutter, so auch sein Auskommen. Gut lebte er zwar nicht davon, aber das lag an seiner Lebensweise: Würfelspiel und Saufgelage leerten jedem Manne die Taschen, zumal wenn dann auch noch eine Kinderschar satt werden sollte.

Kaspars Mutter wurde nicht müde, über Rudolff zu schimpfen, doch das änderte nichts an seinem Wunsch. Ihn zog es in die Stadt. Leichter war das Leben dort, da war er sicher. Und Rudolff würde ihn unterstützen, auch wenn er ihn bisher noch nie gesehen hatte. Dann wollte Kaspar seinen Lohn heimtragen und in die glänzenden Augen seiner Lieben blicken. Er lächelte bei diesem Gedanken.

Ein Geräusch ließ ihn in die Wirklichkeit zurückkehren. Auch seine Mutter fand in dieser Nacht wieder einmal keinen Schlaf und wälzte sich unruhig hin und her.

Als sich der Morgen näherte, war Kaspar kurz davor, sein Vorhaben aufzugeben, doch dann vernahm er ein gleichmäßiges Schnarchen. Die Mutter war in wohlverdienten Schlaf gefallen.

Ohne zu zögern, stand er auf, nahm die Axt seines Vaters von der Wand, zog dessen Wollwams über, schnürte die Ledersenkel vor dem Bauch fest und verließ das schlichte Lehmhaus.

Es schneite nicht mehr. Die Luft war kalt und klar. Allerdings lag der Schnee hüfthoch, und es war nicht einfach, sich einen Weg zu bahnen. Immer wieder sackte Kaspar bis zu den Schenkeln ein. Aber er fluchte nicht, sondern dachte an die Seinen und stellte sich ihre Gesichter vor, wenn er mit Holz und einem erlegten Tier heimkäme. Er wollte mindestens einige Hasen fangen. Darin war er außergewöhnlich gut.

Der Gedanke trieb ihn vorwärts. Schon kam der Wald in Sicht. Die Tannen standen mächtig und schweigend. Es würde nicht einfach sein, einen einigermaßen trockenen Nadelbaum zu fällen und heimzuschleifen. Doch Kaspar ließ sich nicht schrecken, nahm die Axt vom Gürtel und hielt Ausschau nach einem geeigneten Baum. Zu groß durfte er nicht sein, und nach Möglichkeit sollte er im Schutz einer anderen Tanne stehen. So war sein Stamm vielleicht nicht gar so feucht. Immer tiefer geriet er in den Wald und rutschte schließlich einen steilen Abhang hinab. Er war dabei, ihn wieder hinaufzusteigen, als ihn jemand beim Namen rief.

»Kaspar.«

Die Stimme klang entfernt. Tief war sie. Tief und heiser, mehr ein Flüstern als ein Ruf.

Er drehte sich zu allen Seiten, konnte aber niemanden entdecken. Verunsichert wandte er sich wieder der Anhöhe zu und versuchte einen sicheren Tritt zu fassen. Doch er rutschte immer wieder ab und fiel in den Schnee. Als er sich abermals aufrappeln wollte, vernahm er wieder das Flüstern.

»Kaspar.«

Näher schien es ihm jetzt. Jäh sprang er auf die Beine und fuhr herum.

Nichts.

Und doch war ihm, als habe er einen kalten Hauch hinter sich gespürt. Seine Nackenhaare stellten sich auf. Er sah sich nochmals um, und ihm fiel auf, wie dicht der Wald hier war. Dicht und düster. Das Gestrüpp undurchdringlich und dornig, dazu mit einer Eisschicht überzogen. Die Strahlen der Morgensonne erreichten kaum den Waldboden.

»Wer da?«, rief Kaspar.

Statt einer Antwort knackte es im Dickicht.

»Wer ist denn da?«, rief er, lauter diesmal, doch mit banger Stimme.

Kaspar kam die Bestie in den Sinn. Jeder in der Gegend fürchtete sich vor dem Ungeheuer. Der Pastor sprach sogar davon, dass der Leibhaftige persönlich das Herzogtum heimsuche und auf der Jagd nach Seelen umherstreife. Gnadenlos riss der Widersacher in Gestalt eines abscheulichen Werwolfs seine Opfer, zerfleischte sie bei lebendigem Leib und trank ihr warmes Blut. Und zuvor rief er sie angeblich beim Namen. Wie Gott kannte wohl auch Luzifer seine Lämmer.

»Kaspar.«

Kalter Schweiß brach ihm aus. Bete!, kam es ihm in den Sinn. Du musst beten!

»Vater unser, der du bist im Himmel. Geheiligt werde dein Name. Dein Reich komme ...«

»Kaspar.« Diesmal glich die Stimme einem Knurren. Nah. Böse. Unheilig.

Kaspar rannte los. Doch im tiefen Schnee kam er kaum vorwärts. Er rutschte aus, fiel hin und rappelte sich wieder auf. Dabei sank er immer wieder bis zu den Hüften ein. Er kämpfte sich vorwärts, bis er schließlich nicht mehr konnte und hinter einer mächtigen Buche verschnaufte. Sein Atem ging stoßweise, er keuchte und japste. Gleichzeitig versuchte er zu lauschen.

Alles blieb still. Sein Atem war das einzige Geräusch. Er beruhigte sich ein wenig. Bebend drückte er sich an den Stamm des Baumes und spähte umher. Ängstlich. Seine liebe Mutter kam ihm in den Sinn, wie sehnte er sich nach ihr. Aber er war hier. Allein. Umgeben von dichtem Unterholz und Schnee. Und einer Ruhe, die das Herz bang werden ließ. Er hörte sich atmen. Lauschte. Viele Augenblicke lang. Schon fühlte er Erleichterung. Hatte ihm sein Geist einen Streich gespielt? Konnte Hunger einen nicht in den Wahn treiben? Sein Vater hatte ihm von derlei Dingen berichtet. Kaspar lauschte abermals.

Nichts. Stille. Erleichternde Stille.

Kaspar atmete durch, klopfte sich den Schnee vom Wams und überlegte, was nun das Klügste sei. Dabei bemerkte er, dass er die Axt verloren hatte. So ein Unglück! Ohne sie durfte er nicht zurückkommen. Sein Vater besaß kaum Werkzeuge, deshalb war die Axt sein Augapfel.

Er musste zurück.

Kaspar war nicht wohl bei diesem Gedanken. Doch er hatte keine Wahl. Widerwillig machte er sich auf den Weg. Dabei orientierte er sich an den Spuren, die er im Schnee hinterlassen hatte. Er war noch nicht weit gekommen, als er erneut das Flüstern vernahm.

»Kaspar.«

Wieder knackte es im Unterholz. Er blieb wie angewurzelt stehen und drehte den Kopf über die linke Schulter.

Die Bestie stürmte im gleichen Augenblick hervor. Mächtig. Behaart. Sie riss ihn zu Boden.

»Heilige Gottesmutter«, stammelte Kaspar, bevor ihm das Scheusal die Zähne in die zarte Haut stieß und ihn bei lebendigem Leib in Stücke riss.

KÖLN-FÜHLINGEN, IM JANUAR

Es passierten eine Reihe seltsamer Dinge in Zacharias' Leben, bevor das Verbrechen geschah und ihn zu der Erkenntnis brachte, dass er etwas unternehmen musste.

An diesem Tag zerstörte der Ton mehrerer Martinshörner den Frieden des Winterabends, als acht Streifenwagen mit rotierenden Blaulichtern die Kriegerhofstraße hinunterrasten. Ein derartiges Polizeiaufgebot hatte keiner der Fühlinger jemals erlebt. Deshalb eilten sie trotz der Kälte aus ihren Häusern, reckten die Hälse über ihre Zäune und standen schließlich aufgeregt schwatzend beieinander.

Zacharias stand im ersten Stock seines Hauses am Schlafzimmerfenster und spähte durch die Gardine auf die gegenüberliegende Seite der Straße. Er sah einige Leute auf Balkonen stehen und entdeckte den pensionierten Lehrer, der schnell und ständig mit sämtlichen Menschen in Streit geriet. Jetzt stand er rauchend vor einer kniehohen Hecke, gestikulierte wild und diskutierte lautstark mit einer älteren Dame. War es seine Gattin?

Nein, die Frau des Cholerikers lag auf dem Friedhof, praktisch in Sichtweite ihres Mannes. Oder nicht?

Zacharias rümpfte die Nase. Hin und wieder brachte er Dinge durcheinander. Er pflegte kaum Kontakte. Mit seinen Nachbarn verband ihn wenig, auch wenn die allermeisten genau wie er schon ewig hier lebten. Um die jungen zugezogenen Leute, die ihre Einfamilienhäuser erst vor ein paar Jahren ein Stück weiter oben in diese Straße gebaut hatten und nun ihre Kredite abbezahlen mussten, scherte er sich sowieso nicht. Zacharias kannte nicht einmal ihre Namen, und niemand von denen hatte sich jemals bei ihm vorgestellt, diese Sitte schien gänzlich ausgestorben zu sein.

Die Streifenwagen stoppten direkt vor seinem Grundstück. Sackgasse. Ende der Straße. Er blieb unbeweglich stehen. Pulsierende Blaulichter tanzten über die Korktapete seiner Zimmerwände, glitten über das penibel gemachte Bett und den stummen Diener, der die Kleidung für den nächsten Tag bereithielt. Zacharias schnalzte mit der Zunge, eine unbewusste Angewohnheit, die seiner inneren Anspannung Ausdruck verlieh.

Sein Grundstück war das Letzte in der Reihe. Vor seinem Haus hörte die asphaltierte Straße auf, und ein Schotterweg führte zum Fühlinger See, einem beliebten Naherholungsgebiet der Kölner, das vor allem im Sommer von Wassersportlern, aber auch von Fahrradfahrern und Rollerbladern nahezu überrannt wurde. Parken war auf beiden Seitenstreifen der Kriegerhofstraße eigentlich verboten. Aber im Sommer hielt sich kaum jemand daran. Dann wurden sogar die rot-weißen Begrenzungspoller zugeparkt und somit der Zugang für Rettungsfahrzeuge beinahe unmöglich gemacht.

Aber nun war Winter, und nichts hinderte die Fahrer der Streifenwagen daran, mit Vollgas zu fahren. Erst die Sperrpfosten in Höhe des Friedhoftors zwangen sie zu bremsen. Rote Rücklichter leuchteten.

Als ein Polizist aus dem vordersten Fahrzeug stieg und die Poller mit einem Schlüssel entfernte, schob Zacharias die Gardine ein Stück zur Seite. Wenige Augenblicke später setzte sich die Wagenkolonne wieder in Bewegung.

Zacharias schloss die Augen. Er hatte gewusst, dass wieder etwas passieren würde. Der See zog Katastrophen und Verbrechen an. Unfälle, Vergewaltigungen, manchmal sogar Mord. Tragödien hatten sich hier schon immer ereignet.

Zacharias schnalzte erneut mit der Zunge.

Er führte Buch, und die Notizen der vergangenen Jahre sprachen eine deutliche Sprache. Mittlerweile füllten seine Aufzeichnungen hundertzwölf Kladden, wobei es in seiner privaten Chronik nicht nur um die Katastrophen ging, die sich hier, an diesem See, ereignet hatten. Nein, seine handschriftlichen Notizen waren stumme Zeugen vieler Verbrechen, die sich überall in Deutschland ereignet hatten. Natürlich nicht sämtliche Fälle, aber große spektakuläre Taten hielt er akribisch fest. Und er sah einen Rhythmus, eine gewisse Logik in allen tragischen Begebenheiten und somit auch in dem Ereignis, das sich am Fühlinger See gerade jetzt, in diesem Moment, zutrug.

Zacharias schob die Hände in die Hosentaschen und verließ den Fensterplatz. Er hatte genug gesehen. Müde ging er die Treppe hinunter ins Wohnzimmer, ließ sich auf sein schäbiges Sofa fallen und stützte den Kopf in die Hände.

Nach einer kurzen Weile stand er auf und fügte der Liste, die er schon lange nicht mehr handschriftlich, sondern am Computer führte, eine weitere Tat hinzu.

Und in diesem Moment fasste er den Entschluss.

Wie bisher konnte es nicht weitergehen. Eine Wolke hing über dem Land. Schwarz und bedrohlich. Doch außer ihm schien sie niemand zu bemerken, und es wurde Zeit, dass sich das änderte. In Gedanken wanderte Zacharias den Rundweg um den See ab. Die Polizei würde wieder nichts finden.

Die Leiche nicht, den Mörder nicht. Und auch keine Spuren.

LECHENICH, HERZOGTUM JÜLICH, DEZEMBER 1575

Beim ersten Hahnenschrei erwachte Genefe aus unruhigem Schlaf und öffnete die Augen. Ihr Hals schmerzte, und sie fühlte sich elend. Trotzdem spürte sie Erleichterung, als sie feststellte, dass Kuno neben ihr ruhig und gleichmäßig atmete. Vorsichtig berührte sie seine Stirn. Sie war nicht mehr heiß. Endlich sank das Fieber. Er schien dem Tod von der Schippe gesprungen zu sein.

Nun konnte alles gut werden, auch wenn sie sich selbst zunehmend schlechter fühlte. Genefe streckte sich, stand auf und zündete die letzten Holzscheite an, die in der Feuerstelle lagen. Jetzt konnte sie die Hütte wärmen. Spätestens am Mittag würde Kuno mit Kaspar in den Wald gehen und Brennholz schlagen.

Genefes Blick streifte das Strohlager unter der Stiege. Kaspar war bereits aufgestanden. Sie dachte sich nichts dabei. Ihr Ältester brauchte wenig Schlaf. Meist erwachte er vor dem ersten Hahnenschrei der Nachbarhöfe, ging hinaus und begrüßte den Tag. Allerdings entfernte er sich niemals weit vom Haus. Bei diesem Wetter schon gar nicht.

Genefe trat an eines der beiden Löcher in der Lehmwand, nahm das Stroh heraus und spähte durch die Öffnung. Ein eisiger Wind blies ihr entgegen. Von Kaspar war nichts zu sehen.

»Weib, wo ist mein Wams?«

Genefe fuhr herum. Kuno saß auf der Bettstatt und rieb sich die Augen. Seine Augen glänzten nicht mehr vom Fieber, und die Wangen waren leicht gerötet. Dem Himmel sei Dank. Gelobt sei Jesus Christus.

»Der Junge wird es genommen haben«, antwortete Genefe und stopfte das Stroh zurück in den Ausguck.

Kuno war inzwischen aufgestanden und machte erste Gehversuche, noch wacklig auf den Beinen. Trotzdem jauchzten Hilger und Claaß vor Vergnügen. Auch wenn sie noch klein waren, spürten sie wohl, dass der Vater die schwere Krankheit überwunden hatte. Genefe stützte Kuno. Er ließ es geschehen, spaßte und strich seinen Jüngsten über die Lockenköpfe.

Die Kleinen lachten und hielten die Beine der Eltern umklammert. Kuno und Genefe sahen sich in die Augen. Dankbar und voller Hoffnung. Gemeinsam würden sie das Leben schon meistern. Genefe drückte Kuno an sich, dabei fiel ihr Blick auf die Wand über der Feuerstelle. Und in dieser Sekunde verschwand alle Leichtigkeit.

Ihr Lachen erstarb.

»Wo ist die Axt?«

Kuno drehte sich um. Die Kinder verstummten.

»Kaspar!«, schrie Kuno und stieß Genefe von sich. Hastig

schlüpfte er in seine Beinlinge, dann in die Filzschuhe, die wenig Schutz vor Kälte und Schnee boten. Anschließend warf er die fellgefütterte Leinenjacke über, die kaum eine Stelle hatte, an der sie nicht geflickt war.

Mit finsterer Miene stürmte er hinaus in den bitterkalten Dezembermorgen, vor Schwäche immer noch leicht schwankend. In der Hand hielt er eine dreispitzige Gerstengabel. Als Stütze und zur Verteidigung, falls dies nötig sein würde.

Das Feuer war schon am Mittag heruntergebrannt. Gegen den Hunger hatte Genefe dünnen Haferbrei gekocht, in dem einige Rübenstücke schwammen. Satt wurden sie und die Kinder davon nicht. Eng aneinandergedrückt hockten sie auf dem Strohlager und lauschten auf die Geräusche vor der Hütte, doch außer dem immer stärker werdenden Wind war nichts zu hören.

Genefe fühlte sich von Stunde zu Stunde kraftloser. Ihr Hals schmerzte nun heftig, sie rief inständig den heiligen Blasius an und bat auch andere Fürsprecher um Beistand für Kaspar und Kuno. Dabei zitterte ihre Stimme vor Angst mehr als vor Kälte.

Hilger und Claaß weinten sich in den Schlaf. So konnten sie wenigstens für eine Zeit ihren Hunger vergessen und spürten die Kümmernis der Mutter nicht. Hin und wieder stand Genefe auf, öffnete die dünne Holztür und sah hinaus. Draußen tanzten Schneeflocken mit dem eiskalten Wind einen stürmischen Reigen. Trotzdem duckte sie sich einige Male unter dem niedrigen Türrahmen ins Freie. Früher oder später mussten Kuno und Kaspar doch heimkommen.

Aber sie kamen nicht. Weder am Nachmittag noch am Abend und auch nicht in der Nacht.

In der Morgendämmerung hielt Genefe das Warten nicht länger aus, deckte die beiden schlafenden Jungen zu und machte sich auf den Weg. Abwechselnd rief sie nach Kuno und Kaspar und schaffte es tatsächlich durch die Schneeberge aus dem Weiler hinaus, doch dann musste sie aufgeben. Der Ostwind blies zu heftig, sie sank immer wieder in den Verwehungen ein. Erschöpft trat sie den Rückweg an, klopfte unterwegs an die Türen der Nachbarn, um die Männer der anderen Familien darum zu bitten, nach ihrem

Mann und dem Sohn zu suchen. Mit mürrischen Gesichtern machten sie sich auf.

Doch die Suche blieb erfolglos. Von den Vermissten fehlte jede Spur, und wenn es eine gegeben hatte, dann fegte nun der Wind über sie hinweg.

Genefe blieb nichts anderes übrig, als bei ihren Kleinen auszuharren und sich in ihr Schicksal zu fügen. Zur Linderung der größten Not halfen einige Nachbarn mit Feuerholz und Milch aus.

Am nächsten Tag schien die Sonne, die weiße Schneelandschaft glitzerte wunderschön und erschien friedvoll. Auch am übernächsten Tag blieb das Wetter versöhnlich. Doch Genefe nahm es kaum wahr. Sie weinte und weinte, schaffte es kaum, sich vom Lager zu erheben, um die Kleinen zu versorgen. Kummer und Angst fraßen sich tief in ihr Herz. Was war Kuno und Kaspar geschehen? Warum kamen sie nicht zurück? Welches Schicksal hatte sie ereilt? Lebten sie und versuchten heimzugelangen oder lagen sie längst steif gefroren irgendwo da draußen? Hatte die Bestie sie gepackt?

Was sollte aus ihr und den Kleinen werden? Im Weiler gab es für sie wenig Hoffnung. Die anderen Familien, die hier lebten, kamen selbst kaum über die Runden und konnten nicht auch noch für Genefe sorgen.

Zu Rudolff nach Köln wollte sie nicht, sie kam mit ihrem groben Vetter nicht zurecht. Außerdem musste er selbst schon zu viele Mäuler stopfen. Nein, es gab nur eine Möglichkeit: Sie musste Peter Stubbe aufsuchen.

Diese Aussicht ließ ihr Herz schwer werden. Bei dem Gedanken, in der Not ausgerechnet an seine Tür klopfen zu müssen, wurde ihr ganz anders. Dabei hatten sie sich einmal geliebt, eine Tatsache, an die Genefe höchst ungern dachte. Zumal sie sich nach wie vor fragte, wie es dazu hatte kommen können. Schon damals war Stubbe unansehnlich gewesen. Eine schlimme Hautflechte verunstaltete Gesicht und Körper und sorgte für übles Gerede, wovon auch Genefe nicht verschont blieb. Die einen waren überzeugt, dass er an der Pest litt, andere wollten ihm beim Tanz mit Hexen und Dämonen gesehen haben. Und jeder, der sich in seine Nähe wagte, war ebenfalls besessen oder nicht bei Sinnen. Zuerst hatte sich Genefe taub gestellt, doch dann hatte ihr die Ablehnung der anderen zu sehr zugesetzt und sie hatte sich von Peter abgewandt.

Zu dem Zeitpunkt trug sie bereits sein Kind in sich. Er war Kaspars Vater, ohne es zu wissen. Genefe hatte weder ihm noch seinem besten Freund Kuno, den sie überstürzt geehelicht hatte, je erzählt, wessen Sohn Kaspar wirklich war.

Peter hatte um sie gekämpft, sie immer wieder aufgesucht und sich schließlich nicht nur mit ihr, sondern auch mit Kuno überworfen. Seitdem hatte sie ihn nur selten gesehen und kein Wort mehr an ihn gerichtet, doch Kaspar hatte sie täglich an diese Geschichte erinnert.

Das Gerede über Stubbe war nie verstummt, und immer noch ließen die Leute kein gutes Haar an ihm, erst recht nicht, seitdem er zu großem Reichtum gekommen war. Wie genau dies geschehen konnte, wusste niemand zu sagen. Er lebte zurückgezogen, brütete über Einfällen, die den Menschen angeblich das Leben erleichtern sollten, aber wer brauchte schon all dieses nutzlose Zeug, wie zum Beispiel eine Linse, mit der kleine Dinge größer erschienen? Deshalb und wegen seines Aussehens machten die Leute einen Bogen um ihn, überdies galt er als kalt und hartherzig. Nicht einmal den Beerdigungen seiner Brüder hatte er beigewohnt, die beide auf ungeklärte Weise den Tod gefunden hatten. Trotzdem war er nicht einmal für ihre Begräbnisse aufgekommen, sie ruhten nebeneinander auf dem Armenfriedhof.

Und doch musste Genefe es versuchen, war der schwere Gang um ihrer Kinder willen nicht zu vermeiden. Peter war der einzige Mensch, der ihr helfen konnte. Und vielleicht hatte sie ja Glück und das Schicksal seines leiblichen Sohnes und ihrer hungernden Kinder rührte sein versteinertes Herz.

Am Barbaratag schnürte Genefe ihre Habseligkeiten, nahm die beiden Kleinen und klopfte an die Tür ihres Nachbarn Engelhard, der an diesem Morgen mit seinem Schlitten nach Bedburg musste. Von dort würde sie dann schon zu Peter gelangen.

Zu ihrer Erleichterung fanden sie und die Kinder auf der Ladefläche des Schlittens reichlich Platz. Zwar wehte ein kalter Wind, doch auch an diesem Morgen schien die Sonne. Genefe wertete dies als Fingerzeig Gottes. Und Engelhard hatte es eilig, nach Bedburg zu gelangen, deshalb trieb er sein Pferd an und schonte es nicht.

Hilger und Claaß waren von der Abwechslung begeistert und lachten seit Langem das erste Mal unbeschwert.

Auf dem freien Feld fegte der Wind erbarmungslos, und zweimal mussten Engelhard und Genefe absteigen, um das Gefährt aus einer Verwehung zu schieben. Anschließend kamen sie nur langsam voran. Zu allem Überfluss verschwand dann auch noch die Sonne hinter dichten Wolken, und es begann wieder zu schneien. Zuerst waren es nur wenige Flocken, doch dann gerieten sie in einen heftigen Schneesturm.

»Ich fahre zurück«, rief Engelhard um die Mittagszeit gegen Schnee und Wind. »Es hat keinen Zweck, wir müssen umkehren oder wir verrecken!«

Genefe war der Verzweiflung nah. Sie wollte nicht zurück, sie konnte nicht zurück. »Dann bring uns bis zum nächsten Weiler. Von dort werden wir schon weiterkommen!«

Engelhard murrte, doch er trieb den Gaul gegen das Schneetreiben an. Und wieder hatte Genefe Glück. Der Sturm legte sich ein wenig, und sie holten einen Fassbauern ein, der nach Brauweiler wollte und anbot, sie und die Jungen mitzunehmen. Peter lebte zwar in der Nähe von Kaster, und damit nicht genau auf dem Weg, doch Genefe blieb nichts anderes übrig, als mit ihren Söhnen auf den mächtigen Transportschlitten umzusteigen und sich zwischen Töpfen und Kesseln ein Plätzchen zu suchen. Die beiden Pferde des Händlers sahen wohlgenährt und kräftig aus. Genefe wähnte sich dem Ziel schon nahe, doch dann begann es wieder heftig zu wehen, und der anfänglich leichte Wind wuchs sich erneut zu einem Sturm aus.

»Es hat keinen Sinn!«, schrie der Fassbauer nach einer Weile vom Bock, und Genefe sah, dass er Mühe hatte, die Pferde zu lenken. »Ich kutschiere den Schlitten für die Nacht zum ›Ochsen‹ und nehme mir eine Kammer. Ihr solltet es mir gleichtun!«

Genefe schüttelte den Kopf. »Ich kann keine Herberge bezahlen.«

Sie legte die Arme um ihre Kinder und versuchte, sie so gut sie konnte vor der Kälte zu schützen. Dabei zitterte sie selbst wie Espenlaub. Nach einer weiteren Stunde im Schneesturm hielt der Schlitten schließlich vor dem »Roten Ochsen«, einer Herberge am Waldrand von Junkersdorf auf der Landstraße nach Köln. Der Fassbauer sprang vom Bock und verschwand ohne ein weiteres Wort in der Schankstube.

Genefe half ihren Kindern vom Schlitten und überlegte, was zu tun sei, als ein Knecht aus der Schenke trat. Er kletterte auf den Bock und lenkte den Schlitten ums Haus. Genefe folgte ihm mit den Jungen durch den tiefen Schnee.

Hinter dem Gasthaus stand eine Scheune. Der Gehilfe fuhr mit dem Schlitten hinein, Genefe huschte mit den Kindern ebenfalls durch das offene Tor, stieß die Knaben ins Heu und bedeutete ihnen, ruhig liegen zu bleiben.

Aber der Knecht entdeckte sie. »He! Wenn mein Herr euch sieht, dann gnade euch Gott!«

»Verrate uns nicht«, flehte Genefe. »Wir bleiben nur die eine Nacht. Morgen ziehen wir weiter.«

Der Bursche schaute unschlüssig.

»Bitte! Ich werde es dir lohnen«, sagte Genefe. »Irgendwann, ich gelobe es. Es ist mein Ernst.«

Er lächelte, aber seine Augen blickten traurig. Genefe erkannte sein gutes Herz.

»Ich habe ein Weib«, sagte er. »Meine Beda ist wieder guter Hoffnung. Vielleicht haben wir diesmal Glück und der Wurm überlebt. Bisher hatte sie vier Totgeburten. Gott meint es nicht gut mit uns, aber vielleicht kannst du für uns beten.«

Genefe nickte und lächelte voll Dankbarkeit. Sie und die Jungen waren vor Wind und anderen Gefahren in Sicherheit. Immerhin in dieser Nacht.

»Wie ist dein Name?«, fragte sie. »Menschen wie du begegnen einem nicht oft.«

»Mathis«, antwortete der Knecht, versorgte das Pferd und verließ die Scheune.

Genefe bedeckte ihre Söhne mit Heu.

»Bleibt hier liegen und verhaltet euch ruhig«, sagte sie, nachdem sie eine Weile so gelegen hatten. »Ich werde uns etwas Brot besorgen.«

Die Jungen waren zu erschöpft, um zu antworten. Claaß fielen bereits die Augen zu. Mit der Ermahnung an Hilger, auf seinen Bruder zu achten, verließ Genefe, von Hunger getrieben, die Scheune.

Sie stemmte sich gegen den Wind und lief zum hinteren Eingang der Gaststätte. Dort vermutete sie die Speisekammer. Und wieder verließ sie das Glück nicht. Gleich hinter der ersten Tür lagerten die Wirtsleute etliche Speisen. Der Geruch in der fensterlosen Kammer ließ sie taumeln. Genefe weinte beim Anblick von fetten Würsten und frischem Brot. Ohne weiter nachzudenken, griff sie eine dicke Scheibe Schinken und schnappte sich einen Laib. Sie war schon aus dem kleinen Raum herausgetreten, als eine Hand sie am Nacken packte, ihr die Leckereien entriss und sie an den Haaren ins Freie schleifte.

»Elendes Gesindel!«, brüllte eine aufgebrachte Männerstimme, und ein Tritt traf Genefe mit voller Wucht im Bauch.

Sie jaulte auf, versuchte auf allen vieren, ihrem Angreifer zu entkommen.

Erfolglos.

Schemenhaft erkannte Genefe einen bulligen Mann mit Lederschürze und gezwirbelten Schnauzbart, der sie erneut griff.

»Rattenpack! Dir werd ich's zeigen! Niemand bedient sich ungestraft an meinem Hab und Gut!«

Ehe sie einen weiteren Gedanken fassen konnte, schlug der Wirt ihr mit der Faust ins Gesicht und schleuderte sie gegen die Wand der Herberge.

»Mach dich fort, elendes Drecksweib, oder ich hetze dir meine Hunde auf den Leib!«

Er trat ihr erneut in den Bauch, hob Wurst und Brot vom Boden auf, griff nach einer Mistgabel und stieß sie mit voller Wucht in Genefes rechten Oberschenkel. Sie schrie auf vor Schmerz, verspürte Höllenqualen und versuchte trotzdem aus seiner Reichweite zu kriechen.

Sie wollte zurück in die Scheune zu ihren Kindern, doch der Wirt griff sie erneut an den Haaren und schleifte sie eigenhändig von seinem Grundstück. Die Wunde am Bein blutete entsetzlich und hinterließ eine tiefrote Spur im Schnee.

»Lass dich hier nie wieder blicken!«, brüllte der Wirt und trat sie ein letztes Mal in die Seite.

Schwer verletzt und stöhnend kroch Genefe vorwärts. Nur einmal wagte sie es kurz, anzuhalten und zurückzuschauen, vielleicht konnte sie sich zur Scheune schleppen, um nach den Jungen zu sehen. Deutlich erkannte sie die blutige Spur, die sie im weißen Schnee hinterließ, und versuchte sich aufzurichten. Aber sie brachte die Kraft nicht auf.

Vage erkannte sie die Silhouette des Wirtes, der mit verschränkten Armen vor der Brust am Tor zu seinem Grundstück stand, Schnee und Wind trotzend wie ein mächtiges Bergmassiv den Stürmen. Genefe war es, als wollte ihr Herz zerspringen.

Schluchzend dachte sie an Hilger und Claaß, die schutzlos im Stroh lagen. Spätestens nach Sonnenaufgang war ihr Schicksal besiegelt, dann würde dieser kaltherzige Unmensch sie entdecken und in den Winter stoßen. Dort erwartete sie der Kältetod, wenn sie nicht hungrigen Wölfen eine willkommene Mahlzeit wurden.

Diese Gedanken ertrug Genefe kaum.

Sie wollte zu ihren Söhnen, sie trösten und beschützen, doch sie musste sich in Geduld üben, einen günstigen Zeitpunkt abwarten.

Mit trüben Augen erkannte Genefe vor sich eine kleine Schonung. Sie schleppte sich bis zu den Tannen, um schließlich völlig entkräftet liegen zu bleiben. Bangend warf sie einen Blick zurück. Der Wirt war nicht mehr zu sehen. Erschöpft bemerkte Genefe, dass ihr Bein kaum noch schmerzte. Komm zu Kräften, mahnte sie sich.

So lag sie da. Voller Angst. Bibbernd.

Langsam sogen ihre Röcke die Feuchtigkeit auf. Kälte umschloss sie. Schon nach kurzer Zeit gelang Genefe nicht einmal mehr die kleinste Regung. Unaufhörlich sickerte Blut aus der Wunde, tränkte den Schnee, der sie umgab, tiefrot.

Schlaf, dachte sie, schlaf ein wenig und kriech dann zum Schober zurück. Schlaf, nur ein paar Augenblicke.

Schneeflocken fielen still, bedeckten sie wie ein reines Laken. Nach und nach spürte Genefe die Kälte nicht mehr. Auch die

Schmerzen schwanden. Leise starb das Beben ihres Körpers. Mit einem Mal wurde ihr Herz ganz leicht. Alle Not zog von dannen. Sie fühlte Frieden. Lächelte, als sie den Ruf eines Käuzchens vernahm.

ALT-KASTER, IM JANUAR

Der Junge stand im strömenden Regen am offenen Grab. Sein Alter war schwer zu schätzen, er konnte zehn sein, aber auch zwölf. Fettpolster zeichneten sich unter seinem Anzug ab, ein weißer Hemdkragen schnürte seinen Hals ein. Das Haar war ordentlich gescheitelt.

Ein eisiger Wind jagte braunes Laub um bemooste Grabsteine. Aber er schien nicht zu frieren. Unbeweglich stand er da, den Blick fest auf das Erdloch im Boden gerichtet.

Amanda ging näher. Stockend. Sie konnte ihren eigenen Herzschlag hören und spürte ein flaues Gefühl in der Magengrube. Düstere Wolken zogen auf. Eine bleierne Dunkelheit legte sich über die Szenerie. Blitze schossen aus den Wolken. Wie aus dem Nichts stand auf einmal ein Pfarrer neben dem Jungen. Er faltete die Hände und streckte sie zum Himmel. Nun hob der Knabe ebenfalls seine Hände. Als Amanda näher kam, hörte sie die beiden beten.

»Widersagst du dem Bösen, um in der Freiheit Gottes leben zu können?«, fragte der Geistliche, den Blick fest auf den Jungen gerichtet.

»Ich widersage.« Die Stimme des Jungen klang feierlich und ernst.

»Widersagst du den Verlockungen des Fürsten der Finsternis, damit er keine Macht über dich gewinnt?«

»Ich widersage.«

Die Stimme des Pfarrers schwoll an. »Widersagst du dem Satan, dem Urheber alles Bösen?«

Der Junge stemmte sich gegen den immer stärker werdenden Wind. »Ich widersage.«

»Glaubst du an Gott, den Vater, den Allmächtigen, den Schöpfer des Himmels und der Erde?«

»Ich glaube.«

»Glaubst du an den Heiligen Geist, die heilige katholische Kirche, die Gemeinschaft der Heiligen, die Vergebung der Sünden, die Auferstehung der Toten und das ewige Leben?« Der Geistliche schrie die Worte jetzt in den Wind.

»Ich glaube.«

Amanda stand nun direkt hinter den Betenden.

Der Pfarrer drehte sich zu ihr um. Er hatte keinen Mund und sah sie aus rot unterlaufenen Augen an.

Amanda schrie und erwachte schweißgebadet.

Ihr T-Shirt klebte feucht an ihrer Haut. Sie brauchte einige Sekunden, um sich zu orientieren.

Wieder dieser Traum!

Wieder dieses extreme Angstgefühl.

Sie versuchte sich abzulenken. Lauschte. Im Haus war es ruhig. Langsam fiel die Anspannung von ihr ab, und sie sah auf den Wecker. 5.15 Uhr. Exakt. In letzter Zeit schreckte sie oft genau um diese Uhrzeit hoch.

Im Zimmer war es bitterkalt. Amanda stand auf, zog sich ihren Pullover über und rollte sich anschließend erneut unter die Bettdecke. In ihrem Kopf hämmerte ein dumpfer Schmerz. Es dauerte eine Weile, bis sie wieder eingeschlafen war.

Ihr Wecker klingelte drei Stunden später. Erneut brauchte sie eine Weile, um sich zurechtzufinden. Währenddessen wurde das lästige Geräusch des Weckers lauter und penetranter. Sie schlug ihn mit der Faust aus. In fünfzehn Minuten musste sie am Frühstückstisch sitzen. Tante Hedwigs Regeln ließen wenig Spiel für Freiräume.

Amanda versuchte sich aufzusetzen, aber es gelang ihr nicht. Sie schaffte es auch nicht, die Augen aufzumachen. Ihr Kopf schmerzte höllisch. An ihren Traum erinnerte sie sich nur noch vage.

Sie fröstelte, zwang sich schließlich, die Augen zu öffnen, stand auf und lief ins Bad. Dort übergab sie sich zweimal.

Als sie eine halbe Stunde später die Treppenstufen hinabstieg, wusste sie selbst nicht, wie sie diese Meisterleistung vollbracht hatte. Die Übelkeit war verschwunden, die Kopfschmerzen waren geblieben. Trotzdem hatte sie es geschafft, sich zu schminken, die Haare hochzustecken und einen Lidstrich zu ziehen. Sie brauchte einen Kaffee und freute sich auf frische Brötchen.

Aber schon auf halber Treppe spürte sie, dass etwas nicht stimmte. In der Küche brannte kein Licht, Geschirrgeklapper war auch nicht zu hören, und der Kaffeegeruch fehlte.

»Tante Hedwig?«

Keine Antwort.

Blacky kam ihr schwanzwedelnd entgegen. Mit gemischten Gefühlen registrierte Amanda, dass die Hündin ihre Aversion gegen sie abgelegt hatte.

Amanda verließ die Küche und warf einen Blick ins Wohnzimmer.

Von ihrer Tante keine Spur.

Unschlüssig stand sie einen Augenblick im Türrahmen. Vielleicht machte sie Besorgungen. Oder es gab heute einfach kein Frühstück. Amanda ging in die Küche zurück und setzte sich auf die Eckbank. Blacky lief unruhig hin und her. Ihr Napf war blank poliert; offensichtlich hatte sie noch nichts zu fressen bekommen. Das sah Hedwig so gar nicht ähnlich. Niemals würde sie das Haus verlassen, ohne Blacky zu füttern. Amanda ging in die Diele. Die Hündin folgte ihr aufgeregt und begann zu bellen.

»Tante Hedwig?«

Amanda durchquerte die schmale Diele bis in den hinteren Teil des Hauses. Es gab zwei Türen. Wo war noch gleich das Schlafzimmer? Amanda erinnerte sich nicht auf Anhieb und klopfte an die erste. Keine Antwort. Sie klopfte noch einmal. Wieder nichts. Sachte drückte sie die Klinke nach unten. Das Badezimmer. Schmutzige Armaturen, herausgebrochene Kacheln. Ein tropfender Wasserhahn. Von Tante Hedwig keine Spur. Blacky bellte nun unaufhörlich.

Amanda zog die Tür ins Schloss und klopfte an die nächste. Wieder keine Antwort. Sie legte ihre Hand auf den Knauf und drehte ihn langsam. Die Tür schwang auf.

Blacky lief sofort in das Zimmer. Es roch nach Zigarre, abgestandener Luft und Farbe.

»Tante Hedwig?«

Beängstigende Stille.

Amanda betrat das Schlafzimmer mit einem bangen Gefühl und Herzklopfen. Fahles Licht fiel durch ein kleines Fenster. Eine Wand wurde von einem Schrank dominiert. Eiche rustikal. Das Bett war gemacht. Vor dem Fenster stand eine Staffelei, darauf eine Leinwand mit einem unvollendeten Ölbild, eine Landschaft im Sturm. In dunklen Farben gemalt. Düster. In einer Ecke lehnten weitere Bilder, mit dem immer gleichen Motiv. Landschaft im Sturm. Daneben eine Kommode. Darauf standen ein Glas, in dem ein Gebiss in Wasser schwamm, und drei Styroporköpfe, die gelockte Perücken trugen. Immer die gleiche Farbe. Haselnuss, in unterschiedlichen Längen. Kurz, mittel und lang.

Blacky bellte pausenlos. Amanda konnte den Hund nicht sehen, machte einen Schritt um das Bett herum und verharrte.

Tante Hedwig lag auf dem Bettvorleger. Blacky leckte ihr über die Wangen.

Amanda ließ sich neben sie fallen und nahm ihren Kopf in beide Hände. Sie hatte Mühe, Hedwig zu erkennen. Ohne Haare. Ohne Zähne.

»Tante Hedwig!«

Keine Reaktion. Behutsam legte Amanda den Kopf ihrer Tante wieder auf dem Bettvorleger ab, lief in ihr Zimmer hinauf und drückte die Handynummer ihrer Mutter.

»Du hast alles richtig gemacht.« Irmelis klang resolut, als sie am späten Nachmittag erneut miteinander sprachen.

»Was haben die Ärzte gesagt?«, fragte Amanda. »Mir erzählt ja keiner was!«

»Alles unverändert. Hedwig liegt im künstlichen Koma.«

»Ja, aber was war die Ursache?«

»Wahrscheinlich ein Blutgerinnsel im Kopf. Gut, dass du sie so schnell gefunden hast. Kommst du klar?«

Amanda zögerte.

»Amanda?«

»Ja, ich komme klar. Allerdings würde ich jetzt lieber zu Hause wohnen als hier in diesem fremden Haus. Zumal die Heizung nicht funktioniert und alles ziemlich heruntergekommen ist.«

»Versuch doch mal den Ofen im Wohnzimmer anzufeuern, Holz findest du bestimmt im Schuppen. Soweit ich weiß, ist Hedwigs Holzvorrat beachtlich, seitdem sie vor ein paar Jahren wochenlang ohne Heizung dasaß.«

»Ich soll Feuer im Ofen machen? Tolle Idee! Du weißt, wie ungeschickt ich in solchen Dingen bin. Nein, ich will nach Hause!«

»Das kannst du ja auch. Du musst nur noch so lange bleiben, bis Hedwigs Bruder da ist. Er wird sich um Blacky kümmern.«

Amanda gefiel die Vorstellung ganz und gar nicht, auf unbestimmte Zeit allein im Haus zu sein. »Wann kommt er denn?«

Ihre Mutter druckste herum. »Das kann ich dir leider nicht genau sagen. Ich konnte ihn bisher nicht erreichen, aber ich klemme mich dahinter.«

»Na toll!«

»Ich weiß, es ist eine schwierige Situation für dich, und ich weiß, dass ich viel von dir verlange, aber es wäre schön, wenn du Tante Hedwig besuchen könntest. Komapatienten brauchen Ansprache. Das hilft ihnen beim Gesundungsprozess, das ist erwiesen. Es ist aber auch zu blöd, dass ich hier nicht wegkann.«

»Kannst du deinen Klinikaufenthalt nicht unterbrechen?«

»Nein, das geht nicht. Ich habe so lange auf den Platz gewartet, jetzt muss ich mal an mich denken.«

»Super!«

»Bitte, Amanda, halte für kurze Zeit die Stellung.« Irmelis räusperte sich. »Versuch es wenigstens, ja?«

Amanda hatte gemischte Gefühle. Wie um alles in der Welt sollte sie einer Komapatientin beistehen? Aber klar, jemand musste sich kümmern. Sie wollte Tante Hedwig jetzt nicht im Stich lassen. Die alte Frau schien kaum Kontakte zu haben. Jedenfalls hatte sich bisher niemand nach ihr erkundigt. Und ihre Mutter hatte wirklich wochenlang auf ihren Klinikplatz gewartet und brauchte die fachliche Unterstützung dringend.

»Amanda?«

»Was?«

68

»Du bist doch … in Ordnung? Du fühlst dich gut, nicht wahr?«

»Suggestivfrage!«

»Ja, du hast recht.« Ihre Mutter lachte. Es klang nervös. »Ich mache mir Sorgen … Ich meine, ich kann natürlich kommen, wenn es unbedingt sein muss.«

»Nein.«

»Gut, okay.«

Amanda hörte ihre Mutter ausatmen. »Dann pass bitte gut auf dich auf. Schließ abends alle Türen ab und bitte treib dich nicht herum.«

»Mutter! Bitte.«

Sie schwiegen einen Augenblick.

»Du wirst schon in der Lage sein, die Situation ein paar Tage durchzustehen, nicht wahr?«, fing Irmelis noch einmal an.

Amanda konnte ihr schlechtes Gewissen durchs Telefon spüren, auch wenn ihre Mutter versuchte, ihrer Stimme eine gewisse Dominanz zu verleihen.

»Ich war im Keller«, sagte Amanda schließlich, um das Thema zu wechseln. »Da gibt es einen Raum, der ist vollgestellt mit Leinwänden. Ich habe gar nicht gewusst, dass Tante Hedwig malt.«

»Das ist mir auch neu.«

»Ich habe einige ihrer Bilder gesehen«, sagte Amanda. »Sie malt immer das Gleiche. Eine Landschaft im Sturm. Die meisten Bilder sind unvollendet. Ich frage mich nur, wofür sie malt? Im ganzen Haus hängt nicht eins ihrer Werke.«

»Kann ich mir nicht erklären.«

»Ein Regal ist bis unter die Decke mit teuren Ölfarben vollgepfropft. Warum gibt sie so viel Geld für Material aus, wenn sie dann doch nichts damit macht?«

»Interessante Frage.« Ihre Mutter räusperte sich erneut. »Aber Hedwig war schon immer für Überraschungen gut. Süße, ich muss jetzt auflegen. Du weißt, wie lieb ich dich habe, nicht wahr?«

»Ich ahne es.«

»Sei nicht albern. Du bist mein Ein und Alles.«

»Ich vermisse dich schrecklich«, sagte Amanda noch, aber ihre Mutter hatte bereits aufgelegt.

Nach dem Telefonat ging Amanda in den Schuppen und stellte erleichtert fest, dass es tatsächlich genügend Holz gab. Sie trug einen Korb ins Haus, brauchte dann aber fast eine Stunde, bis im Ofen endlich ein Feuer brannte. Zufrieden spürte sie, wie sich der Raum aufheizte.

Am Nachmittag meldete sich Curt und wollte wissen, wie es ihr ging. Er rief vom Auto aus an und stellte seine Fragen an sie geistesabwesend. Amanda antwortete einsilbig und beendete das Gespräch schnell wieder. Anschließend streunte sie ziellos durchs Haus, sah in Tante Hedwigs Schränke und blätterte ihre Fotoalben durch. Viele Fotos zeigten sie als Kind. Die Einsamkeit und Ängste der vergangenen Tage machten auf einmal einem Geborgenheitsgefühl Platz, wie Amanda es lange nicht gespürt hatte. Dazu trug auch Blacky bei: Die Hündin war wie ausgewechselt, hörte aufs Wort und wich ihr kaum von der Seite. Und das Wohnzimmer, das zuvor kalt und ungemütlich auf Amanda gewirkt hatte, strahlte nun Behaglichkeit aus, auch dank des Feuers. Das verschlissene Sofa und Gelsenkirchener Barock. Kein Problem.

Amanda fühlte sich gut.

Mit einem Schlag wurde ihr bewusst, dass Tante Hedwig das Krankenhaus nicht so bald wieder verlassen würde. Und es konnte einige Zeit dauern, bis Hedwigs Bruder eintraf, den Amanda noch nie zuvor gesehen hatte. Also beschloss sie, sich im Haus einzurichten. In der Jugendpsychiatrie hatte sie damals entdeckt, dass Malen ihr guttat, dieses Hobby später aber nicht weiterverfolgt. Aber hier, in diesem Haus, würde sie es wieder aufnehmen. Sie hatte Zeit, und Zubehör war in Hülle und Fülle vorhanden.

Amanda verbrachte den restlichen Tag damit, das Wohnzimmer zu putzen und für ihre Zwecke umzuräumen. Ihr Enthusiasmus erstaunte sie. Mit Elan schob sie das Sofa vom riesigen Erkerfenster in die Ecke und schaffte so Platz für die Staffelei und die sonstigen Malutensilien. Als es zu dämmern begann, glich das Wohnzimmer einem Atelier: Leinwände, Farben und Pinsel, alles hatte seinen Platz. Amandas innere Leere war der Vorfreude aufs Malen gewichen.

Erschöpft, aber auch mit Stolz auf ihre Leistung, sank sie aufs Sofa, zog die Decke über die Beine und schloss die Augen.

Ein Poltern riss sie aus ihrem Wohlgefühl. Amanda schreckte hoch, ohne genau zu wissen, wie lange sie so gelegen hatte.

»Ganz ruhig«, sagte sie zu Blacky, die aufgeregt bellend im Kreis lief.

Da, wieder. Ein lautes Klopfen. Es kam von der Haustür.

Amanda sprang auf. Wer schlug denn so energisch gegen die Tür? Sie fasste Blacky am Halsband und öffnete.

Auf dem Treppenabsatz stand eine Frau, deren Alter schwer zu schätzen war, und sah Amanda aus Augen an, die blau waren wie das Meer. Ihr Gesicht war ebenmäßig schön und strahlte Stärke und Sanftmut zugleich aus. Amanda konnte den Blick nicht von ihr abwenden. Blacky schien die Unbekannte dagegen nicht zu mögen. Sie knurrte und zog den Schwanz ein.

Die Frau beachtete den Hund nicht und blickte Amanda geradewegs in die Augen.

»Katharina Ebbust ist mein Name, ich bin die nächste Nachbarin Ihrer Tante«, sagte sie mit einer dunklen, melodischen Stimme und streckte Amanda die Hand entgegen.

Amanda zögerte, ergriff die Hand dann aber doch. Sie fühlte sich kalt und merkwürdig weich an. Gleichzeitig durchfloss Amanda ein warmer Schauer. Verunsichert trat sie einen Schritt beiseite.

»Wollen Sie … hereinkommen?«

»Nein, nein. Ich habe gehört, was mit Hedwig geschehen ist, und wollte Ihnen nur sagen, dass Sie jederzeit bei mir anklopfen können, wenn Sie etwas brauchen. Ich wohne da vorne.« Sie zeigte ein Stück die Gasse hinauf.

Amanda versuchte sich zu erinnern. Sie kannte die Frau nicht, und soweit sie wusste, hatte Tante Hedwig ihren Namen bisher nicht erwähnt. Blacky hörte nicht auf zu knurren.

»In diesen unruhigen Zeiten ist es gut, Nachbarn zu haben und sie zu kennen«, sagte die Frau.

»Wollen Sie nicht doch hereinkommen? Ich könnte uns einen Kaffee machen.«

»Kaffee? Nein. Davon bekomme ich nur schlechte Träume.« Katharina Ebbust wandte sich zum Gehen. »Also, klopfen Sie ruhig, wenn Sie etwas brauchen. In der Nacht müssen Sie allerdings fester gegen die Tür hämmern. Mein Schlaf ist ziemlich tief.«

»Okay, das werde ich.«

Ohne ein weiteres Wort ging die Nachbarin davon. Dabei bewegte sie sich anmutig, schwungvoll und sicher. Amanda sah ihr nach. Zu ihrer Verblüffung nahm Katharina Ebbust nicht den Weg über den Bürgersteig, sondern schritt wie selbstverständlich über Tante Hedwigs Grundstück zur Rückseite des Hauses. Amanda folgte ihr unbemerkt und beobachte, wie sie durch ein kleines Tor in der Hecke verschwand, das Amanda bisher noch nie aufgefallen war. Blacky beruhigte sich nur langsam wieder.

An diesem Abend schminkte sich Amanda schon früh ab und lag, entgegen sonstiger Gewohnheit, vor zehn Uhr im Bett.

Die Ereignisse des Tages hatten sie aufgewühlt. Unruhig wälzte sie sich hin und her, bis sie gegen Mitternacht endlich in einen tiefen Schlaf fiel. In der Nacht hatte sie wieder den Traum.

Der dickliche Junge in dem Anzug stand mit dem Rücken zu ihr am offenen Grab. Strömender Regen. Eisiger Wind. Das frisch ausgehobene Loch im Erdreich. Amanda ging näher. Der Traum glich all den anderen bis ins Detail. Düstere Wolken. Bleierne Dunkelheit, nur von zuckenden Blitzen durchbrochen. Der Pfarrer neben dem Jungen.

Amanda wollte fortlaufen, aber es war, als ob sie von einem unsichtbaren Seil vorwärtsgezogen würde. Näher und näher zum Grab. Der Geistliche und das Kind beteten miteinander.

»Widersagst du dem Satan?«

»Ich widersage.«

»Widersagst du dem Bösen, um in der Freiheit Gottes leben zu können?«

»Ich widersage.«

»Widersagst du den Verlockungen des Bösen, damit es nicht Macht über dich gewinnt?«

»Ich widersage.«

Hier änderte sich die Szenerie diesmal. Amanda spürte es sofort und wollte ausbrechen, aber es gelang ihr nicht. Die Kraft zog sie immer näher an die offene Grube. Der Nieselregen steigerte sich zu einer Sintflut.

Schon nach kurzer Zeit hingen Amandas Kleider nass an ihrem

Körper. Der Boden unter ihr wurde zu Morast. Schon drang er feucht und schwer in die Schuhe. Sie sah zum Grab, kam kaum vorwärts. Mittlerweile versank sie knietief im Matsch.

»Helfen Sie mir!«, rief sie dem Pfarrer zu, doch der Geistliche klappte sein Gebetbuch zu und schritt davon.

In ihrer Panik wandte sie sich an den Jungen. »Bitte! Hilf mir doch!«

Aber er schien sie nicht zu hören. Beharrlich starrte er in das Grab und rührte sich nicht.

Da entdeckte Amanda ihre Brüder. Sie saßen auf einer karierten Decke unter einer Buche und winkten ihr fröhlich zu, beide weiß gekleidet. Aaron trug einen Strohhut. Tibor lachte und hielt sich den Bauch. Sie wirkten entspannt, wie bei einem Picknick. Aaron nahm den Hut vom Kopf und schwenkte ihn übermütig. Amanda sah, dass seine Brille über dem Nasenbügel mit buntem Klebeband umwickelt war.

Gleichzeitig drohte sie völlig im Morast zu versinken.

»Hilfe!«, schrie Amanda in Todesangst.

Aber die beiden winkten nur, während sie der Verzweiflung nah war. Die gesamte Wiese hatte sich nun in ein schwarzes Moor verwandelt. Amanda sank bis zur Brust ein, riss die Arme hoch und schrie nach ihren Brüdern. Doch Aaron und Tibor beachteten sie nicht, hielten sich an den Händen, liefen einen Hügel hinauf und verschwanden in einem dichten Nebel, der blitzartig aufgezogen war.

Amanda stand das schlammige Moor nun schon bis zum Hals. Hektisch drehte sie sich im Kreis und heftete ihren Blick auf den betenden Jungen. Er stand immer noch am Grab, aber jetzt wandte er sich langsam zu ihr um.

Zu Amandas Entsetzen sah sie in ihr eigenes Gesicht.

Ihr stockte der Atem, gleichzeitig überkam sie Todesangst.

Immer tiefer versank sie im Moor, ruderte panisch mit Armen und Beinen und schaffte es schließlich, getrieben von einem ungeahnten Lebenswillen, sich aus dem Schlamm auf festen Grund zu retten. Doch jetzt musste sie mit ansehen, wie der Junge ins Grab sprang.

Amanda robbte bis zu der Grube und blickte hinein.

Dichter weißer Nebel stieg empor. Als er sich für einen Moment etwas lichtete, sah Amanda in zwei glutrote Augen und schrie, so laut sie konnte.

Sie schreckte hoch.

Ihr Blick flog zum Wecker.

5.15 Uhr.

Um das Haus blies ein heftiger Wind. Die Zweige der Kastanie, die im Vorgarten stand, streiften den oberen Teil der Fassade und den Holzrahmen von Amandas Fenster. Übertönt wurde dieses Geräusch von einem Hämmern. Rhythmisch und dumpf. Die Heizungsanlage, versuchte Amanda sich zu beruhigen, doch das Geräusch kam von draußen. Amanda stand auf, wickelte sich in ihre Decke und verließ mit wackeligen Knien das Zimmer. Schweißperlen liefen ihr von der Stirn, als ihr bewusst wurde, dass sie mutterseelenallein im Haus war.

Im Flur war der Lärm noch deutlicher, es glich eher einem Schlagen, klang wie Metall auf Metall. Sie schlich im Dunkeln die Treppe hinab und erschrak heftig, als ihr Blacky entgegenkam. Die Hündin jagte bellend die Stufen hinauf, sprang an ihr hoch und ließ sich kaum beruhigen.

Als Amanda wenige Minuten später mit Blacky an der Seite die Küche betrat, stand das Fenster sperrangelweit offen. Sie war sich sicher, dass sie es am Abend zuvor geschlossen hatte.

Als sie es schließen wollte, bemerkte sie ihn.

Er lehnte an Tante Hedwigs Schuppen und sah zum Haus herüber. Es war ein Mann. Die Umrisse waren deutlich zu erkennen. Amanda wich zurück. Als sie ein paar Sekunden später noch einmal hinschaute, war er verschwunden. Schnell schloss sie das Fenster und überlegte panisch, ob sie wirklich alle Türen verriegelt hatte.

Vorsichtshalber lief sie zur Haustür und sah auch nach dem Hinterausgang. Alles in Ordnung. Sie horchte. Das Klopfen hatte aufgehört. Blacky trottete zu ihrem Schlafplatz in der Küche.

Müde ging Amanda die Treppen hinauf. Als sie beinahe oben war, klopfte es an der Haustür. Sie blieb wie angewurzelt stehen und sah über ihre Schulter. Es klopfte wieder. Irritiert und mit weichen Knien stieg sie die Stufen hinab.

Amanda schaute durch den Spion und sah einen Jungen. Er war höchstens zehn Jahre alt. Zaghaft öffnete sie die Tür einen Spalt. Der Kleine strahlte sie aus großen blauen Augen an.

Amanda musterte ihn, er erinnerte sie an jemanden. Aber an wen? Sie konnte sich nicht entsinnen. Er trug nur ein dünnes Hemd, seine Hose wurde am Bauch von einer Kordel gehalten, und er war barfuß, zitterte aber nicht, trotz Kälte.

»Wer bist du?«, fragte Amanda. »Es ist mitten in der Nacht.«

Der Kleine starrte sie einfach nur an und lief dann auf einmal davon. Amanda trat in den Wind hinaus, konnte ihn aber nirgends entdecken.

Kopfschüttelnd ging sie ins Haus zurück, machte die Tür zu und legte die Kette vor.

Mit einem mulmigen Gefühl stieg sie die Treppe hoch und schloss sich in ihrem Zimmer ein. Ihre Gedanken kreisten noch eine Weile. Wer war der Mann, den sie im Garten gesehen hatte? Sollte sie die Polizei rufen? Sie stand noch einmal auf, schaltete ihr Handy ein und legte es auf den Stuhl, der neben ihrem Bett stand. Mit dieser Vorsichtsmaßnahme und dem Gedanken, dass durch Blacky niemand unbemerkt ins Haus gelangen konnte, beruhigte sie sich schließlich und schlief wieder ein.

Am nächsten Morgen versuchte Curt, sie dreimal zu erreichen, aber Amanda nahm die Gespräche nicht an, blendete die Gegenwart aus, so gut sie konnte, verbrachte Stunden vor der Staffelei und vergaß die Zeit. Die riesige Leinwand stellte eine Hausforderung dar, bisher hatte sie nur kleine Bilder gemalt. Aber sie spürte, dass ihr das große Format lag, weil sie hier unbegrenzter agieren konnte. Ihr Werk war wie immer gegenstandslos. Das Motiv ähnelte am ehesten dem Auge eines Hurrikans. Schwarz. Zerstörend.

Am Nachmittag stand Katharina Ebbust wieder vor der Tür.

»Es ist etwas aufdringlich, ich weiß«, sagte sie, »aber ich muss mich um eine dringende Angelegenheit kümmern und bin in Eile.«

Amanda hatte Mühe, Blacky zu halten, so aufgebracht bellte der Hund. Sie entschuldigte sich kurz, sperrte Blacky in die Küche und trat anschließend wieder an die Tür.

»Ich kann nicht länger warten«, sagte Katharina Ebbust, als würde es ihr eigentliches Anliegen erklären.

»Ich verstehe nicht«, sagte Amanda.

»Oh, natürlich. Entschuldigung, aber ich warte seit dem Mittag auf den Kaminfeger. Der Schornstein zieht nicht. Es ist ganz schön kalt ohne ein wärmendes Feuer.«

»Das stimmt …«

»Nun ist es bald fünf, und der Schornsteinfeger hat sich noch nicht blicken lassen.«

Amanda verstand immer noch nicht.

»Ich wollte Sie bitten, in meinem Haus auf ihn zu warten und ihn reinzulassen. Sie brauchen nicht dazubleiben, wenn er dann vor Ort ist.«

»Natürlich, gerne«, hörte Amanda sich sagen, und ihre Antwort überraschte sie. Normalerweise übernahm sie solche Pflichten nur widerwillig. Aber Katharina Ebbust hatte etwas an sich, dem sie sich nicht entziehen konnte.

»Ich weiß Ihre Hilfsbereitschaft zu schätzen«, sagte die Nachbarin. »Ich brauche auch nicht lange und bin schnell zurück.«

Sie wandte sich zum Gehen, drehte sich dann aber noch einmal um. »Malen ist ein wunderbares Hobby. Ich habe selbst viele Jahre vor der Staffelei gestanden, aber heute gehorchen mir meine Hände nicht mehr so richtig. Deshalb lagern meine Malsachen in Hedwigs Keller.«

Amanda war verblüfft. »Das sind Ihre Sachen?«

»Ja, Ihre Tante hat mir erlaubt, sie unterzustellen. Ich habe keinen Keller, und in meinem Haus ist kein Platz.«

»Dann haben Sie bestimmt auch die Bilder gemalt, die hier überall herumstehen.«

Katharina Ebbust nickte. »Ihre Tante mag meine Landschaften. Warum? Gefallen sie Ihnen nicht?«

»Doch. Es ist nur … ich dachte, die Sachen gehören meiner Tante, und habe … also ich hab sie hochgetragen und benutze sie jetzt zum Malen.«

Katharina Ebbust schien nicht böse. »Aber das ist doch wunderbar, Kindchen. Kann ich Ihre Werke bei Gelegenheit sehen?«

Amanda zögerte. Sie zeigte ihre Bilder nicht gern. Die düsteren

Motive schreckten die meisten Menschen mit Sicherheit ab. Trotzdem nickte sie; sie wollte die Nachbarin nicht vor den Kopf stoßen.

Katharina Ebbust wandte sich um und ging die Stufen hinab.

»Frau Ebbust!«, rief Amanda. »Ich brauche noch den Schlüssel. Wie soll ich sonst ins Haus kommen?«

»Es ist offen, und bitte, lassen wir doch die Förmlichkeiten. Ich heiße Katharina.«

Amanda blieb in der Tür stehen, bis der Wind sie ins Haus trieb. Dann fütterte sie Blacky, stieg in ihre schweren Boots, zog diesmal die Daunenjacke über und machte sich, nur wenige Minuten nach Katharina Ebbusts überraschendem Erscheinen, auf den Weg zu deren Haus.

Amanda ging über Tante Hedwigs Grundstück zu der kleinen Pforte, die Katharina am Tag zuvor genommen hatte. Sie drückte die schmiedeeiserne Klinke hinunter, das Tor schwang quietschend auf. Amanda trat hindurch und erblickte einen schmalen Pfad, der zu beiden Seiten von Dorngeäst gesäumt wurde. Das Gestrüpp war hoch und so dicht, dass der Himmel kaum zu sehen war. Zögernd betrat sie den Weg, der sich schlängelte und kein Ende zu nehmen schien. Amanda hatte das Gefühl, endlos unterwegs zu sein.

Das Haus, das schließlich in Sicht kam, bot einen nicht alltäglichen Anblick. Amanda konnte sich nicht erinnern, es jemals zuvor wahrgenommen zu haben. Efeu wucherte die gesamte Fassade hoch, sogar die Fenster waren überrankt. Es kam Amanda vor, als umklammerten unzählige blättrige Arme das Haus und hielten es im Würgegriff. Der Garten wirkte wild und ungepflegt. Schwarze Tannen standen zwischen dem Gebäude und einem kleinen Schuppen.

Als Amanda die wenigen Stufen zur Haustür hinaufging, sah sie, dass bei einigen Fenstern im oberen Stockwerk das Glas fehlte. Zögernd öffnete sie die Tür und trat ein.

Es gab keine Diele, Amanda stand sofort in einer altertümlichen Küche, in der es extrem nach Rauch roch. Eine riesige erloschene Feuerstelle beherrschte den Raum. Sie war um einen kniehohen schwarzen Felsen gebaut, der genau in der Mitte der Küche lag. Ein gemauerter Kamin reichte fast bis an den Stein. Amanda war erstaunt, dass die Küche trotz der Kälte Behaglichkeit ausstrahlte. Sie war weiß verputzt und sauber. Kochgeschirr und andere Küchenutensilien hingen von der Decke oder standen in Holzregalen, die nicht gerade stabil wirkten. Ein Brett, das in Kopfhöhe angebracht war und ringsum an den Wänden der Küche entlangführte, stand voll mit Keramikgefäßen und verschieden großen Töpfen. Eine Stiege führte zum Obergeschoss hinauf. Es war eine schlichte Holzkonstruktion, die eher in einen Hühnerstall als in ein Wohnhaus passte.

An den Fensterrahmen hingen getrocknete Sträuße. Als Amanda näher ging, erkannte sie Thymian, Majoran und Rosmarin. Durch die Scheiben drang kaum Tageslicht, so dicht rankte das Efeu. An allen Wänden hingen Zweige mit getrocknetem Wacholder oder Stachelbeeren. Amanda runzelte verwundert die Stirn: Auch die Beine des wuchtigen Holztisches waren mit Kräutern umwickelt. Sie nahm sich vor, Katharina nach dem Sinn zu fragen.

Ihr fiel ein großer Kreis auf dem Küchenboden auf. Sie ging in die Hocke. Weiße Kreide. Der Strich führte einmal an allen Wänden entlang.

Ein Sofa oder einen bequemen Sessel suchte sie vergeblich. Also kuschelte sich in die Decke, die auf einer hölzernen Eckbank lag, und setzte sich. Sie zog ihr Buch aus der Tasche und begann Fontanes »Effi Briest« zu lesen. Aber es fiel ihr schwer, sich auf die Schullektüre zu konzentrieren. Nicht nur weil sie der Stoff nicht packte, sondern auch weil sie Probleme hatte, die Buchstaben zu erkennen. Erst jetzt bemerkte Amanda, dass es im ganzen Raum keine elektrischen Lampen gab, genauso wenig wie Steckdosen.

Katharina Ebbust lebte wie vor hundertfünfzig Jahren.

Amanda schüttelte innerlich den Kopf, als ihr die Tragweite bewusst wurde: kein Fernsehen, kein Internet, kein CD-Player, keine Mikrowelle, keine elektrische Zahnbürste, kein Kühlschrank. Unvorstellbar. Aber immerhin standen auf einer Fensterbank mehrere Öllampen. Amanda benötigte etwas Zeit, bis sie die altertümlichen Lampen angezündet hatte. Das Licht war hell und schaffte

78

Gemütlichkeit. So saß sie eingewickelt in eine Decke im Haus einer Frau, die sie gestern nicht einmal gekannt hatte, und vertiefte sich wieder in ihr Buch.

Irgendwann musste sie eingedöst sein und schreckte hoch. Ein stürmischer Wind heulte ums Haus. Blinzelnd sah sie auf ihre Armbanduhr. Fast elf Uhr abends. Das konnte nicht sein. Sie konnte unmöglich sechs Stunden geschlafen haben.

Amanda stand auf, der starke Rauchgeruch brannte in ihrer Nase. Um diese Zeit würde kein Schornsteinfeger der Welt mehr kommen, außerdem wollte sie sich um Blacky kümmern. Die Hündin musste raus und hatte noch nichts gefressen. Amanda wunderte sich, dass Katharina noch nicht zurück war, entschied aber trotzdem, nach Hause zu gehen. Sie löschte die Öllampen und zog die Tür ins Schloss. Im gleichen Moment wurde sie mit Wucht nach hinten gerissen.

»Keinen Mucks, oder ich schlitze dich auf!«, flüsterte eine Männerstimme dicht an ihrem Ohr.

Amanda wurde an die Hauswand gedrückt, der Mann presste sich gegen ihren Rücken, quetschte ihr mit einer Hand die Kehle zusammen und drückte ihr mit der anderen ein Messer an den Hals. Sie sah die Klinge blitzen, spürte kaltes Metall an ihrer Kehle.

»Halt ja dein Maul!«, zischte der Kerl dicht an ihrem Ohr. »Mach keine Zicken, ich will nur dein Geld.«

»Ich … hab keins dabei!«, stieß Amanda röchelnd hervor und schöpfte gleichzeitig Hoffnung, weil sie wirklich nichts von Wert bei sich hatte. Die Spitze des Messers bohrte sich in ihre Haut. Blut lief an ihrem Hals herunter.

»Scheiße!« Die Panik in der Stimme des Mannes war nicht zu überhören. »Dann gib mir was anderes! Handy, MP3-Player, irgendwas!«

Amanda stand regungslos da. Sie spürte nichts. Nicht einmal Angst. »Ich habe nichts, wirklich!«, sagte sie.

Der Mann ließ ihre Kehle los und riss ihr die Tasche von der Schulter.

In diesem Moment sah Amanda aus den Augenwinkeln einen zweiten Mann herankommen, und ehe sie auch nur einen Laut von sich geben konnte, warf er sich auf ihren Peiniger und stieß ihn von ihr weg.

»Hau ab!«, rief er ihr zu.

Amanda stand einen Moment wie erstarrt da und sah den Mann an, der einen dicken Pullover, Handschuhe, Mütze und einen Schal trug, der fast sein gesamtes Gesicht verdeckte. Erst jetzt spürte sie Angst. Das Gefühl traf sie heftig, lähmte sie förmlich.

»Lauf nach Hause«, rief der Unbekannte.

Amanda musste all ihre Kraft aufwenden, um ihm zu gehorchen. Sie raffte ihre Tasche vom Boden und verließ das Grundstück, diesmal über die Steinplatten, rannte bis zu den großen Kastanienbäumen am Bürgersteig. Den Pfad zur kleinen Pforte konnte sie jetzt nicht nehmen, er war ihr viel zu düster und unheimlich. Sie lief und lief, konnte kaum atmen, Rotz lief ihr aus der Nase. Nur einmal riskierte sie einen Blick zurück, sah, wie ihr Retter den anderen mit Tritten attackierte.

Dann lief sie weiter die Straße entlang, erreichte mit rasendem Herzen Tante Hedwigs Haus und blieb wie angewurzelt stehen.

Jemand hatte ein Kreuz auf die Haustür gemalt.

Amanda berührte die Zeichnung.

Weiße Kreide.

Im Haus erledigte Amanda alles wie in Trance. Sie sprach ihrer Mutter eine Nachricht aufs Band, berichtete von dem Überfall und telefonierte kurz mit ihrem Stiefvater, der aber wieder einmal nicht richtig bei der Sache war. Ihm gegenüber erwähnte Amanda den Angriff nicht. Sie wollte auf keinen Fall, dass er sich nach Kaster aufmachte. Anschließend fütterte sie Blacky, ließ sie kurz in den Garten, aß einen Powerriegel, den sie in ihrem Rucksack gefunden hatte, und legte sich aufs Bett. Eigentlich wollte sie sich nur kurz ausruhen, doch schon nach kurzer Zeit schlief sie ein.

Mitten in der Nacht schreckte sie hoch. Im Zimmer brannte Licht.

»Ich hab Tee gemacht.«

»Aaron!« Amanda lächelte, als sie in das vertraute Gesicht ihres Bruders sah. »Wie bist du … Woher weißt du …?«

»Mutter hat mir erzählt, was passiert ist, und da bin ich sofort losgefahren, ist ja keine Entfernung! Ich werde zwar mit Sicherheit Ärger bekommen, aber egal. Wie fühlst du dich?«

»Keine Ahnung. Ich bin einfach froh, dass du da bist.«

Aaron schüttelte den Kopf. »Ich will wissen, wie du dich fühlst. Du musst doch unheimlich Angst gehabt haben.«

Amanda seufzte. Warum wollte alle Welt immer, dass sie etwas fühlte? Ihr ging es definitiv besser, wenn sie nichts fühlte. Aber das brauchte Aaron nicht zu wissen. »Angst, ja. Ich hatte tierische Angst.«

Aaron sah ihr in die Augen, sagte aber nichts.

Amanda bemerkte, dass ihre Schläfen wieder anfingen zu pochen. Gleichzeitig begannen diesmal beide Hände zu zittern. Sie war froh, dass Aaron es nicht sehen konnte, weil sie unter der Bettdecke lagen.

»Die Polizei hat den Typ geschnappt«, hörte sie ihn sagen, »als er ein paar Straßen weiter die Scheibe eines Autos einschlagen wollte. Er ist Junkie und hat den Überfall auf dich gestanden. In der Gegend hier wimmelt es gerade von Polizei, einige waren ganz schön in Plauderlaune.«

»Ein Junkie?«

»Ja. Vermutlich wollte er ins Haus der Nachbarin einbrechen, sehen, ob da was zu holen ist, und dabei bist du ihm in die Quere gekommen.«

»Soll das ein Witz sein? Da ist nichts zu holen. Katharina besitzt nicht einmal einen Fernseher.«

Aaron nahm sie in den Arm. »Wer weiß schon, was in solchen kranken Köpfen vorgeht.«

Amanda drückte ihren Bruder an sich. Bei ihm fühlte sie so etwas wie Geborgenheit. Manchmal hatte sie ein schlechtes Gewissen deswegen. Sollte nicht eher sie als Ältere ihm, dem Jüngeren, dieses Sicherheitsgefühl geben? Sie seufzte.

»Wenn da nicht dieser zweite Mann aufgetaucht wäre, ich glaube, der Typ hätte mir …«

»Da war ein zweiter Mann?«

»Ja. Er hat den Junkie von mir weggerissen.«

Aaron reichte ihr eine dampfende Teetasse.

»Ich bin so froh, dass du da bist«, sagte Amanda noch einmal, löste sich aus seiner Umarmung und nippte vorsichtig an ihrem Tee. »Wie bist du ins Haus gekommen?«

»Die Tür war offen, du hattest nicht abgeschlossen.«

»Ich war so durcheinander«, sagte Amanda und sank in die Kissen zurück. »Hast du Katharina Ebbust kennengelernt?«

Aaron nahm ihr die Tasse ab und stellte sie behutsam auf den Nachttisch. »Ja. Sie ist sehr bestürzt und macht sich schreckliche Vorwürfe.«

»Es war doch nicht ihre Schuld.«

»Natürlich nicht, aber trotzdem. Sie wollte gar nicht so lange fortbleiben … Na ja, ich soll dich grüßen. Sie will morgen nach dir sehen.«

»Wie findest du sie?«, fragte Amanda und sah ihren Bruder aus den Augenwinkeln an.

»Katharina? Ich glaube, sie ist in Ordnung«, antwortete Aaron.

»Wieso?«

»Sie hat etwas an sich … ich weiß nicht.« Amanda suchte nach einer passenden Beschreibung. »Sie ist sehr schön.«

»Findest du?« Aaron lächelte.

»Wie alt schätzt du sie?«

»Ich glaube, sie ist älter, als sie aussieht.«

Amanda schloss für einen Moment die Augen und wechselte dann das Thema. »Wie lange kannst du bleiben?«

»Ich bleibe so lange, wie du mich brauchst.«

Amanda atmete erleichtert auf. »Wo ist Blacky?«

»In der Küche«, sagte Aaron. »Ich habe die Tür zugemacht, weil sie wie verrückt gebellt hat, als ich ins Haus kam.«

»Ich glaube, sie muss noch mal in den Garten.« Amanda leerte die Teetasse. »Hast du das Kreuz auf der Haustür gesehen?«

»Welches Kreuz? Da war kein Kreuz.«

Amanda setzte sich wieder auf. »Aber es ist da. Ein großes weißes Kreidekreuz.«

»Ich habe es nicht gesehen.«

»Sonderbar.«

Aaron deckte sie fürsorglich zu. »Aber ich habe auch nicht darauf geachtet, wenn du möchtest, gucke ich gleich nach.«

Amanda kuschelte sich unter ihre Decke. »Es ist nicht zu übersehen.«

»Okay«, sagte Aaron. »Schlaf jetzt, Schwesterchen, ich bleibe hier sitzen, bis du eingeschlafen bist.«

EPPRATH, HERZOGTUM JÜLICH, FRÜHJAHR 1584

Peter Stubbe saß an diesem ersten warmen Tag des Jahres in seiner Kammer über Al-Haitams Werk »Der Schatz der Optik« gebeugt und schob den Lesestein gleichmäßig über die lateinischen Zeilen. Wissbegierig flogen seine Augen über die kunstvoll geschriebenen Lettern. Vieles, was er dort las, wusste er längst. Mit der Lehre des Sehens, der Reflexion und von geschliffenen Linsen war er vertraut, aber Abhandlungen zu diesen Themen waren selten. Aus diesem Grund verschlang er alles, was er zu dieser Wissenschaft in die Hände bekam.

Seit Jahren grübelte er bereits über einer Verbesserung des Sehglases. Der Bügel, der die beiden Gläser miteinander verband, war üblicherweise aus Eisen, Bronze, Holz oder Fischknochen gefertigt. Noch immer saß dieses Gestell nicht sicher auf der Nase, sondern musste festgehalten werden. Eile war geboten. Stubbe wusste, dass einige kluge Köpfe über dieselbe Frage nachdachten. Gerade war die Mützenbrille erfunden worden, die nun vor allem Frauen des höheren Standes trugen. Dabei wurden die Gläser am Rand der Hutkrempe befestigt. Stubbe arbeitete an einer Verbesserung dieser Ausführung, ihm schwebte ein Sehglas vor, das durch Ohrenbügel sicheren Halt bot – nur wie konnte so ein Gestell aussehen? Zudem brütete er über einer Idee, wie man die Eigenschaften der Linse auch über das Lesen hinaus nutzen könnte.

Bisher mit mäßigem Erfolg.

Er seufzte. Sein gesamtes Vermögens war in seine Versuche geflossen, und er war gezwungen gewesen, sich Geld zu leihen, jedenfalls um den Schein zu wahren. Nun bekam er langsam Schwierigkeiten mit seinen Gläubigern. Auch deshalb ging er kaum noch aus dem Haus, er wollte seinen Geldverleihern nicht begegnen.

Überdies fesselte ihn eine Krankheit an sein Heim, die seine Gliedmaßen entstellte. Die Symptome glichen immer mehr denen der Lepra, und er wollte kein Wagnis eingehen. Ihm drehte sich der Magen um, wenn er daran dachte, welches Schicksal ihn ereilen konnte, falls ihn der Pöbel ins Kölner Leprosorium zu Melaten schleifte. Die Kunde vom Umgang mit den Kranken ließ ihn erschaudern. Sie mussten peinliche Befragungen nach ihrer Triebhaftigkeit über sich ergehen lassen, denn es herrschte der Glaube, dass ein Grund für den Ausbruch der Lepra eine außergewöhnliche Sinneslust sei. Zur Demütigung wurden dann sämtliche Haare entfernt, verdächtige Geschwüre aufgeschnitten und Aderlasse vorgenommen. Es galt also auf der Hut zu sein, und aus diesem Grund verließ Peter Stubbe, wenn überhaupt, nur nach der Abenddämmerung sein Haus, wohl ahnend, dass dies den Argwohn der Menschen nur noch mehr anstachelte.

Meist schob er solcherlei Gedanken beiseite. Die Leute würden sich die Mäuler zerreißen, solange sie lebten.

Er unterbrach seine Lektüre, stand auf und zündete sich eine Pfeife an. Rauchend blickte er aus dem Fenster hinaus in den Garten.

Die Sonne ging bereits unter.

Trine stand mit dem Rücken zu ihm, den Blick fest auf die Staffelei vor sich gerichtet. Drei Öllampen erleuchteten die Leinwand. Den ganzen Tag schon arbeitete sie selbstvergessen an ihrem Landschaftsbild. Jetzt sah sie sich zu ihm um und lächelte. Sein Blick streifte den Knaben, der in einer Ecke auf dem Boden hockte. Unaufhörlich drehte er einen Holzkreisel und jauchzte vor Vergnügen, wenn das Spielzeug seine Kreise zog.

Stubbe legte die Pfeife beiseite, näherte sich Trine, umfasste ihren Bauch und drückte sie an sich.

»Nicht«, sagte sie, wand sich vorsichtig aus der Umarmung und legte den Pinsel zur Seite. »Ich bin in Sorge um Belle.«

Er ließ von ihr ab, denn er teilte ihre Unruhe. Ohne Eile trat er ans Fenster zurück. Efeuranken, die wie Unkraut um das gesamte Haus wucherten, erschwerten den Ausblick. Längst hatte er sie stutzen wollen, aber er fand die Zeit nicht. Stubbe zog erneut an seiner Pfeife und war erleichtert, als er eine Gestalt kommen sah.

»Belle«, sagte er ohne Aufregung, aber sein Herz raste. In letzter Zeit bangte er, wie Trine, jedes Mal um die Rückkehr des Mädchens. Heute hatte sie nur Besorgungen gemacht, doch selbst dabei konnte vieles geschehen. Seit einiger Zeit spitzte sich die Lage zu. Die Gründe hierfür verstand Stubbe nicht recht. Jedenfalls nicht die des gemeinen Volkes. Dem hatte er doch nichts getan. Die Obrigen und seine Gläubiger, ja, die sollten voller Zorn seinen Namen aussprechen. Verweigerte er ihnen doch die Ehrerbietung, die sie zu verdienen glaubten.

Aber den Grimm der Bauern konnte er nicht nachvollziehen. Dabei wurde Trine nicht müde, ihm die Zusammenhänge darzulegen.

Er war reich, aus Sicht der Nachbarn allemal, und dazu durch undurchsichtige Umstände zu Geld gekommen. Und auch wenn sein Vermögen mittlerweile erheblich geschrumpft war, er Geldgeber aufsuchen musste und die Leute auch darüber redeten, besaß er immer noch mehr als die meisten. Überdies stand er in dem Ruf, kaltherzig zu sein, denn seine nächsten Verwandten schlugen sich durch Elend und Not. Und wenn dies alles nicht genug hergab für Geschwätz, reichte seine Liebschaft mit Trine, einer blonden, wunderschönen Frau aus dem Norden, mit der er ohne Gottes Segen zusammenlebte, für Gerede bis zum Tag des jüngsten Gerichts. Denn sie war eine Zugereiste, die ihre Zeit mit Müßiggang vergeudete und malte, anstatt einem ordentlichen Tagwerk nachzugehen, und darüber hinaus mit Stubbe einen Sohn hatte.

Der Junge war stumm geboren und daneben von schlichtem Gemüt. Aber Trine kümmerte sich liebevoll um den jetzt zwölfjährigen Ignatius, der zur Freude seiner Eltern die Natur liebte und stundenlang durch die Wälder streifte. Und wenngleich sein Verstand dem eines Siebenjährigen glich, ließen sie ihn gewähren. Mehrfach schon hatte er ihnen bewiesen, dass er stets nach Hause zurückfand. Erstaunlicherweise ließ auch die Dorfgemeinschaft den Jungen zufrieden. Wegen seines sonnigen Gemüts war er überall gern gesehen und fühlte sich in vielerlei Stuben zu Hause.

Ganz anders traten die Leute Belle, Trines Tochter, entgegen, die nun selbst ein Kind erwartete, ohne einen Mann vorweisen zu können. Auch vor ihrer Mutter weigerte sie sich, den Namen ihres

Liebhabers zu nennen, und behauptete beharrlich, wie die Jungfrau Maria zu ihrem Kind gekommen zu sein. Schließlich hatte die Gottesmutter, konnte man der Bibel glauben, auch bei keinem Mann gelegen.

Solche lästerlichen Sprüche brachte die Leute noch mehr gegen Belle auf. Wie konnte sich dieses sündige Mädchen, Tochter eines verstockten Weibes, erdreisten, ihr unwürdiges Dasein mit dem der Mutter des Heilands zu vergleichen? Zudem führte sich diese liederliche Person zeitweise wie ein Mann auf, verstand es, Pferdekarren zu lenken, und verbrachte die meiste Zeit im Schuppen mit Schreinerarbeit. Gründe genug für Tratsch und üble Nachrede.

Obwohl ihm seine Trine die Gründe für die Furcht der anderen immer wieder aufzählte, hatte er sich nicht vorstellen können, dass die Epprather so weit gehen und die Hand gegen sein Weib erheben würden.

Doch genau dies war am vergangenen Sonntag vor dem Kirchgang geschehen: Eine aufgebrachte Menge hatte Trine und Belle den Zugang zum Haus des Herrn verwehrt. Die Gläubigen hatten sich auf die beiden Frauen gestürzt und sie mit Fäusten malträtiert. Angeblich sollten sie mit dem Teufel im Bunde sein.

Gott sei Dank war Ignatius beim Vater zu Hause geblieben. Langes ruhiges Sitzen überforderte den Jungen, allerdings hätte seine Gegenwart der wütenden Menge vielleicht Einhalt geboten. So war es dem beherzten Eingreifen des Pfarrers zu verdanken gewesen, dass nicht Schlimmeres geschehen war.

Stubbe seufzte. Wie er dieses Dasein verfluchte!

Belle kam ins Haus, streifte Kopftuch und Umhang ab, küsste Ignatius und begrüßte ihre Mutter. Ihren Ziehvater bedachte sie nur mit einem stillen Kopfnicken. Er wusste, dass sie ihn ablehnte, weil Trine ihn erhört hatte und in sein Haus gezogen war. Dabei ermöglichte seine Großzügigkeit auch ihr ein einigermaßen unbeschwertes Leben. Nichts Selbstverständliches in diesen Zeiten.

»Beim Müller habe ich kein Mehl bekommen«, sagte Belle. »Er sagt, er schreibt nicht mehr an.«

Stubbe legte die Pfeife beiseite und machte ein bestürztes Gesicht. Doch seine Betroffenheit war nur gespielt. In Wirklichkeit

86

sorgte er sich nicht. Er war reich. Reicher, als es sich irgendjemand vorstellen konnte. Der Geldmangel, die Gläubiger, alles nur Schein und Trug. Hatte er doch gleich geahnt, dass es besser war, die Wahrheit für sich zu behalten. Neid und Missgunst waren leicht vorherzusagen. Deshalb wusste niemand von dem Vermögen, das er unter den Dielen seines Arbeitszimmers verbarg, auch seine Trine nicht. Hin und wieder, bevor die Not zu groß wurde, kniete er des Nachts nieder und nahm einige Geldstücke aus dem Versteck. Und nun war es offenbar wieder einmal Zeit dafür.

**

In diesem Jahr war der Lenz mit so viel Macht hereingebrochen, dass sämtliche Kirschbäume bereits im März in voller Blüte gestanden hatten. Die Menschen hatten die Vorboten des Sommers gierig aufgenommen und schnell die Beschwernisse des Winters vergessen.

Doch diese Leichtigkeit hatte nicht lange gewährt.

Mit Beginn der Fastenzeit war der Regen ausgeblieben, sodass um den Medardustag im Juni die Brunnen, Weiher und Bäche zu versiegen drohten. Das Volk versuchte Vorkehrungen zu treffen: Wegkreuze wurden reicher geschmückt und Stoßgebete zum heiligen Florian gesprochen, dem Schutzpatron gegen Trockenheit. Aber nichts hatte geholfen. Der Rhein führte Niedrigwasser, und die Dürre wandelte sich zunehmend in eine Katastrophe. Zur Not um Ernten und das tägliche Brot kam die anhaltende Angst vor dem unersättlichen Wolf. Beinahe zwanzig Jahre wütete die Bestie nun schon. Immer wieder ging die Kunde über seine Untaten von Tür zu Tür. Kaum jemand traute sich des Nachts aus dem Haus, ob auf dem Land oder in der Stadt.

In diesen Zeiten ließ sich mit dem Verkauf von Abwehrzauber einiges verdienen, denn angeblich gab es allerlei wirksame Mittel gegen Dämonen, Geister und den Verderber selbst.

Für jeden Geldbeutel wurde etwas geboten, die Möglichkeiten waren vielfältig: Getrocknete Wachholderbeeren, Säckchen mit Kräutern wie Baldrian oder Tausendgüldenkraut und gesegnete Stachelbeerzweige waren günstig zu erstehen. Ebenso erschwinglich war es, sich mit geweihter Kreide Kreuze auf Tür und Tor zu zeichnen. Wer sich dagegen Ahornholz an die Rahmen schlagen ließ oder ein silbernes Amulett umhängen wollte, musste tiefer in den Beutel greifen. Auch zierten abgefahrene Holzwagenräder manche Fassaden, Dächer und Scheunentore. Dieses Symbol galt als besonders wirksamer Schutz gegen böse Mächte.

In Köln erwarb man solcherlei Dinge vor allem in der Schmiergasse. Hier lebten Quacksalber, Bader und manch heilkundige Frau, von denen sich einige mit Kräutern oder Amuletten ein Zubrot verdienten. Verrufen war die dunkle Gasse wegen ihrer Spelunken und dem Gestank, der sie durchzog. Tran, Schmalz und Fette wurden hier gewonnen. Der üble Geruch drang durch die Kleidung und sorgte dafür, dass ein jeder gleich roch, woher man kam. Trotzdem schlich so mancher hin, wegen der Huren oder weil es dort den besten Abwehrzauber gab.

Die Bluttaten des Werwolfs waren in der ganzen Stadt bekannt; Wandermusiker sangen lauthals Lieder von dem Scheusal, das seinen unbändigen Hunger mit Menschenfleisch stillte:

> *»Bey Cölen leb ich, im finsteren Tann*
> *und schleich mich an myn Fang heran.*
> *Gar köstlich mundet Menschenfleisch*
> *und frisches Blut trink ich auch gleich.*
> *Hab mich dem Teufel ganz verschrieben,*
> *kann Böses tun und niemals lieben.*
> *So wandel ich auf dunklen Pfaden*
> *und pack dich, um mich zu erlaben.«*

Solche Verse ließen vor allem Kinder erschaudern. Die Furcht wurde noch gesteigert, wenn Mütter oder Väter im Zorn ihrem Nachwuchs ankündigten, ihn im Wald auszusetzen, damit er vom Werwolf gepackt würde.

So hielt es auch Rudolff Weingart. Zu dessen größten Freuden gehörte es, die Seinen das Fürchten zu lehren.

Der Abortschöpfer lebte mit seiner Frau, deren Mutter und seinen fünf Kindern, allesamt Knaben, in einer ärmlichen Hütte innerhalb der Stadtmauer Kölns nahe der Severinspforte. Auch an diesem späten Sommerabend konnte er die derben Späße nicht lassen. Tagsüber hatte es endlich einmal geregnet, ohne dass es allerdings für den vertrockneten Boden gereicht hatte; nun fegte ein ordentlicher Wind durch die Gassen, der den Staub der vergangenen Hitze fürs Erste hinwegwehte.

Nach einem Tag im Wirtshaus saß Rudolff mit seiner Familie bei der letzten Mahlzeit des Tages, hörte den Wind und musterte seine Jungen, die schweigend auf ihren Schemeln saßen.

»Hört ihr das?«, fragte er zwischen zwei Löffeln Kohlsuppe und verzog sein Gesicht zu einer Fratze. »Die Wölfe beginnen wieder zu heulen.«

Die vier Jüngsten rückten enger zusammen.

Rudolff lehnte sich über den Tisch und begann inbrünstig zu jaulen. Es klang einem Wolf sehr ähnlich. »Ja, sie versammeln sich vor den Stadttoren«, sagte er mit verstellter tiefer Stimme. »Jetzt, nach der Trockenheit, sind die Bestien dem Hungertod nahe, wagen sich aus den Wäldern, hoffen auf Beute und würden wohl alles verschlingen: Zigeuner, Bettler oder gar einen wohlgenährten Kaufmann.« Er grinste und sagte flüsternd: »Am liebsten aber mögen sie magere Burschen, Jungen, die so alt sind wie ihr, deren Knochen sie genüsslich abnagen können.«

»Rudolff!« Enne, seine Frau, stellte ihre Suppenschale geräuschvoll auf den Tisch.

Er bedachte sie mit einem kalten Blick. Rudolff mochte es nicht, wenn Enne die Stimme gegen ihn erhob, und fuhr fort: »Ihr kennt doch die Geschichten von dem Ungeheuer, das sich Kuno, Kaspar und dann auch noch die hochmütige Genefe geschnappt hat, nicht wahr?«

Die Kleinen saßen mucksmäuschenstill.

»Rudolff, bitte!«, versuchte es Enne noch einmal. »Das Unglück meines Vetters eignet sich nicht für derlei Geschichten.«

Rudolff rülpste.

»Außerdem ist Genefes Schicksal und das ihrer Kleinen bis heute ungewiss«, setzte Enne mutig nach.

Kaum hatte sie das letzte Wort gesprochen, schnellte Rudolff vor und verpasste ihr eine schallende Ohrfeige. »Halt's Maul, Weib! In meinem Haus sprichst du nur, wenn ich das Wort an dich richte. Wie oft soll ich dir das noch sagen!«

Enne hielt sich die Wange und stand auf. Rudolff griff ihren Arm. »Bleib sitzen!«, sagte er und zog sie auf den Stuhl zurück. Die vier Knaben hatten ihre Schalen vor sich abgestellt, obwohl noch reichlich Brühe darin war. Rudolff grunzte zufrieden, bis sein Blick seinen Ältesten streifte. Hannes saß am Tisch und löffelte ungerührt Suppe in seinen Schlund. Dabei schlürfte er fortwährend.

Rudolff schlug mit der Faust auf die Tischplatte.

Der Junge hob träge den Kopf. »Du hast getrunken«, sagte er nur.

»Wie recht du hast!« Rudolff begann zu lachen. Seine jüngeren Söhne entspannten sich etwas und kicherten schließlich mit.

»Ich habe heute in St. Pantaleon für dich gebetet«, sagte Hannes in ruhigem Ton und aß dann weiter.

Rudolffs Lachen erstarb. Er schleuderte seine Schale zu Boden. »*Du* hast für mich gebetet? Für wen hältst du dich?«

Hannes blieb ungerührt. »Ich habe Gott gebeten, dir eine bessere Arbeit zu verschaffen. Ich weiß doch, dass dir die Goldgräberei zuwider ist.«

Rudolff sprang auf, war mit einem Satz neben Hannes und packte ihn an den Schultern. »Mich stört der Hochmut in deiner Stimme! Was weißt du von meiner Schinderei? Nacht für Nacht steige ich in die Grube, schöpfe stinkende Kloake in Fässer und fahre sie auf Karren zum Stadttor hinaus. Hast du eine Ahnung, wie schwer und gefährlich die Arbeit ist, wie viele Männer in der widerlichen Brühe ihr erbärmliches Leben lassen und ließen?«

»Deswegen habe ich Gott ja …«

»Maul halten, sag ich! Deine Großtuerei ist mir zuwider, weil ich sehr wohl weiß, dass es dich einen Dreck kümmert, unter welcher Knute ich schwitze.« Rudolff riss seinen Sohn hoch und schlug ihn mit dem Kopf gegen die Wand. »Du wirst bald fünfzehn und hängst entweder am Rockzipfel deiner Mutter oder an den Kutten der Mönche von St. Pantaleon! Was glaubst du, dort zu finden? Was bringt uns Armen das fromme Getue der Kirchenleute? Versprechen sie dir einen Platz im Himmelreich? Pah! Wie willst du jemals für dein eigenes Brot auf Erden aufkommen? Wie?«

»Sieh die Vögel am Himmel«, sagte Hannes unter Tränen. »Sie sähen nicht, sie ernten nicht, und der himmlische Vater ernähret sie doch!«

»Deinen Heiland gibt es gar nicht.« Rudolff drückte den Jungen gegen die Wand. »Warum lässt dein Gott ansonsten so viel Schinderei zu? Siechtum, Leid, Böses. Warum gibt es Ungeheuer, die Menschen fressen?«

»Bitte, Vater, nicht wieder diese Geschichten«, sagte Hannes.

»Ha! Willst du mir also auch den Mund verbieten wie deine elende Mutter, ja?« Rudolff rülpste Hannes ins Gesicht.

Der Geruch von Kohl, Gerstensaft und Schweiß schlug ihm entgegen. »Ach, Vater ...« Er versuchte sich wegzudrehen.

Aber Rudolff nahm Hannes' Kopf zwischen seine Pranken. »Noch ein Wort, und ich schwöre dir bei deinem Gott, ich zerquetsch dir den Schädel!«

»Lass ihn los!« Aleidis sprach die Worte kraftvoll, energisch. Rudolffs Schwiegermutter war vom Kräutersammeln auf den Wiesen zurück, stand nun in der Tür, im Gegenlicht der untergehenden Sonne. Groß, aufrecht, stark. »Lass den Jungen sofort los oder du wirst es bitter bereuen.«

»Misch dich nicht ein, Hexe«, stieß Rudolff hervor und hielt seinen Sohn an den Haaren.

Aleidis machte einen Schritt auf ihn zu.

Rudolff hasste die Alte, die, ohne dass es einen ersichtlichen Grund dafür gab, die Nase ziemlich hoch trug und sich für etwas Besseres hielt. Trotzdem durfte er den Bogen nicht überspannen, denn insgeheim fürchtete er sich vor ihrem bösen Blick.

Als Kind war Aleidis mit ihrem Vater durch die Lande gezogen. Er hatte als Wanderprediger das Wort Gottes verkündet und es auch Aleidis mit auf den Weg gegeben. Wohl deshalb hielt sie sich für eine Auserwählte, Nonne hatte sie werden sollen und tat heute noch fromm. Doch das Gelübde war ihr verwehrt geblieben, weil ihr Vater von einem zornigen Sünder totgeschlagen worden war. Der Wucherpreis für einen Ablassbrief hatte den Kerl zur Raserei getrieben und zum Mörder werden lassen.

Aleidis hatte sich einen Ehemann suchen müssen. An einen reichen Bauern war sie geraten, hatte sich krumm gemacht bei der

Arbeit und ihm nebenbei zehn Kinder geboren, von denen vier im Kindbett gestorben waren.

Dann hatte Gott den ungeliebten Mann zu sich gerufen, ohne dass sich der nahende Tod durch irgendein Zeichen angekündigt hätte. Vom Acker war er heim zum Herrn gegangen. Böse Reden hatte es deshalb gegeben, und Rudolff traute Aleidis schon allein deswegen nicht über den Weg. Im Stillen glaubte er, dass die Alte beim Tod ihres Mannes ein wenig nachgeholfen hatte.

»Ich sage es jetzt zum letzten Mal«, sagte Aleidis. »Lass den Knaben los!«

Rudolff stieß seinen Sohn von sich und schwankte auf Aleidis zu. Er musste sich vor ihr in Acht nehmen, weiß Gott, aber seinen Zorn auf sie hatte er längst nicht immer im Griff. Lange schon suchte er nach einer Gelegenheit, sie zu packen und ihr, wenn es nicht anders ging, den Garaus zu machen. Er hob beide Fäuste.

Doch die weißhaarige Frau wich nicht zurück. »Wage es nicht«, zischte sie leise. »Scher dich hinaus. Und wenn du den Jungen noch einmal anrührst, wirst du dir wünschen, dass dich deine Mutter niemals geboren hätte.«

Rudolff zögerte, ließ dann aber seine Fäuste sinken. »Ich erwische dich«, sagte er mit hasserfülltem Blick und sah von Hannes zu Aleidis. »Eines Tages erwische ich dich, und dann gnade dir dein Gott!« Mit diesen Worten wankte er aus der Hütte und ließ offen, wen von beiden er mit dieser Drohung meinte.

Aleidis nahm ihren Enkel an die Hand, zog ihn in den kleinen Garten hinter dem Haus, fort von den Blicken seiner Mutter und denen der Brüder. Sie setzte sich mit ihm unter eine Birke. Von hier aus konnten sie die Obstgärten von St. Pantaleon sehen.

Aleidis brauchte einen Moment, um sich die Worte zu überlegen, die sie nun zu ihrem Enkel sagen wollte. Er musste sie wirklich verstehen. Es musste sich etwas ändern.

Diesen Kampf gegen ihren Schwiegersohn hatte sie gewonnen, doch sie spürte, dass ihre Kräfte nachließen. Lange konnte sie ihre Hand nicht mehr schützend über ihre Lieben halten.

Von Anfang an hatte sie eine tiefe Abneigung gegen Rudolff gehegt, auch wenn er sie nach dem Tod ihres Mannes bei sich aufgenommen und damit hinter die schützenden Stadtmauern gebracht hatte. Aber er war ihr zuwider, und sie traute ihm zu, dass er sie eines Tages in eines seiner Fässer stopfte oder in die Kloakengrube stieß. Er war zu jeder Schlechtigkeit fähig, daran zweifelte sie nicht, denn er war durch und durch gottlos. Vor allem deshalb hatte sie schlaflose Nächte. Denn ein Mensch, der Gott nicht kannte, fürchtete auch nicht das Fegefeuer und lebte seine Verderbtheit ohne Angst. Aleidis bekreuzigte sich.

Überdies versoff Rudolff seinen Lohn, beteiligte sich an jeder Keilerei und betrog Enne, sooft sich die Gelegenheit ergab. Das hatte sie mit eigenen Augen gesehen und die Spatzen pfiffen es von den Dächern.

Aleidis seufzte, richtete ihren Blick auf Hannes und umfasste behutsam seine Schultern. »Zürne deinem Vater nicht. Er ist klein im Geiste und kann nicht anders.«

»Aber warum quält er mich? Warum wird er wütend, wenn mich seine Schauermärchen und Irrreden nicht ängstigen?«

»Irrreden?« Aleidis starrte Hannes aus kohlschwarzen Augen an. »Arglos bist du. Was weißt du von den Abgründen der Welt?«

»Nicht viel und doch genug. Der Schöpfer hat uns gemacht und hält die Hand über diejenigen, die redlich sind.«

Aleidis zog ihn an sich und drückte ihn sanft auf den Boden zu ihren Füßen. »Aber dein Vater hat recht. Das Böse gibt es wirklich.«

Hannes verdrehte die Augen.

»Nein, hör mir zu. Es ist keine Mär. Du glaubst doch an Jesus Christus, unseren Herrn, nicht wahr?«

»Ja, natürlich.«

»Das ist gut so, und die Mönche von St. Pantaleon loben deine Gelehrsamkeit«, sagte Aleidis nicht ohne Stolz. Ihr Vater war Zeit seines Lebens tief mit der Abtei verbunden gewesen. Er hätte Freude an Hannes' Wissbegierde gehabt, und mit Gewissheit hätte ihn auch die selbstlose Hingabe der Mönche erfreut, die seinen Enkel, einen mittellosen Knaben, ohne jede Gegenleistung in Gottes Wort unterwiesen.

Sie lächelte. »Heute erst habe ich mit Bruder Pius gesprochen, er sagte mir, dass du ihm im Klostergarten zur Hand gehst und auch Fortschritte im Lateinischen machst.«

Hannes zog einen Rosenkranz unter seinem Hemd hervor und hielt ihn seiner Großmutter vor die Augen. »Den hat mir Pater Pius geschenkt, ich glaube, er ist aus echtem Silber.« Aleidis streichelte Hannes über den Kopf. Sie war den Mönchen dankbar, dass sie sich des Jungen annahmen. Einiges hatte sie ihm beibringen können, ihm, dem einzigen von Rudolffs Söhnen, der aufmerksam und gescheit zu sein schien. »Was weißt du von Luzifer?«, fragte sie unvermittelt.

Hannes' Antwort kam ohne Zögern. »Er war ein Engel, der Schönste von allen, bis er sich gegen Gott stellte. Da wurde er in die Hölle verdammt, und seitdem führt er das Böse gegen unseren Herrn an.«

»So ist es. Luzifer ist der Fürst der Unterwelt, und er ist mächtig. Es wäre töricht, ihn zu unterschätzen. Er verführt uns Menschen zur Sünde und drängt uns, Böses zu begehen. Und er bleibt nicht ungehört. Es gibt viele, die für Satans Machenschaften empfänglich sind. Und eines kannst du mir glauben: Es sind nicht nur diejenigen, die von Geburt an von Schlechtigkeit durchtränkt sind, die seinen Ruf vernehmen. Auch vormals redliche Geschöpfe können seinen Lockungen verfallen, sei es durch Schicksalsschläge oder weil sie glauben, dass Gott sie verlassen hat.«

»Ja, aber ...«

»Du bist klug«, sagte Aleidis und nahm das Gesicht des Jungen in beide Hände. »In jeder Hinsicht ein Geschenk Gottes. Doch den Widersacher abzutun wäre ein schwerer Fehler. Die Kirche selbst bestätigt uns die Existenz des Teufels. Wir widersagen ihm im Taufgebet und müssen es immer wieder tun.«

Hannes nickte.

Aleidis betrachtete ihn aufmerksam.

Er erinnerte sie an ihren verstorbenen Vater. Das breite Gesicht, die eng zusammenstehenden Augen, die runde Nase und die geschwungenen Lippen. »So wie es Gottes Aufgabe ist, Seelen zu retten, ist es die Pflicht des Satans, sie zu vernichten. Allein zu diesem Zweck hält er Ausschau nach jenen, die bereit sind, ihre Seele zu geben. So handelt der Widersacher seit Anbeginn der Zeit.«

Aleidis zog Hannes an sich. »Er spürt diejenigen unter uns auf, die das Verderben in sich tragen, oder jene, die verzweifelt sind.

Satan nimmt die Witterung auf, und er findet die, welche sich nach Zerstörung sehnen. Diese armen Seelen, die sich von Gott verlassen fühlen oder nichts von der Größe unseres Heilands wissen, sind seine Beute. Denn nicht wenige dieser bedauerlichen Kreaturen sind bereit, ihr Leben im Diesseits ihren eigenen niederen Gelüsten zu widmen, weil ihnen das Himmelreich keinen Heller wert ist. Mit ihnen hat Luzifer leichtes Spiel. Er verspricht und gibt ihnen das, was sie am meisten begehren: dem einen Ruhm, dem anderen Besitz und einem Dritten die Möglichkeit, alle Schlechtigkeiten der Welt auszuleben. Und manch einer nutzt den Handel, um Rache zu üben.«

Hannes lauschte den Worten seiner Großmutter aufmerksam. Er schien zu spüren, wie wichtig es war, ihr genau zuzuhören.

»Verüben kann so ein herzloses Wesen seine Verderbtheit in vielerlei Gestalt. Als grobschlächtiger Mann, als Hexe oder als Vieh. Der Handel mit dem Teufel beschert ihm die Fähigkeit, Unheil anzurichten, ohne entdeckt zu werden.«

»Und doch richten die Obrigen über manchen Missetäter«, gab Hannes zu bedenken. »Ganz unerkannt bleiben wohl nicht alle Schlechten.«

»Dann ist es Gottes Werk. Er offenbart uns die schlimmsten Geschöpfe, wenn wir ihm vertrauen.«

Hannes legte den Kopf schräg und sah seiner Großmutter in die Augen. »Dann wird er uns auch den Werwolf offenbaren, da bin ich sicher.«

»Das wird er wohl.« Aleidis' Blick ging in die Ferne.

»Gott wird ihn bloßstellen, und dann wird dem Unhold der Garaus gemacht«, sagte Hannes voller Eifer.

»Es ist schwierig, einem Werwolf die Stirn zu bieten«, antwortete Aleidis.

»Warum?«

»Der Überlieferung nach lebt er mitten unter uns und verhält sich sogar achtbar. Zur Bestie wird er nur, wenn er sich einen Gürtel umlegt, der aus Menschenhaut gemacht ist.«

Hannes schluckte. »Woher bekommt er ihn?«

»Vom Teufel selbst.«

Hannes sah sie entsetzt an.

Aleidis fuhr fort. »Legt der Mann, der seine Seele dem Teufel versprochen hat, den Gürtel um, verwandelt er sich augenblicklich: Er bekommt übergroße Augen, die in der Nacht feuerrot leuchten, und Zähne scharf wie Säbel. Seine Haut wird mit einem borstigen Fell überzogen, er wächst zu einer riesenhaften Gestalt, und seine Pranken lassen nichts los, was sie einmal zu fassen kriegen.«

Hannes vergaß fast zu atmen.

»In dieser Verwandlung begeht der Seelenlose all seine Taten, ohne dabei Erbarmen zu kennen. Er schändet, mordet und versündigt sich, geradeso wie es ihm gefällt. Und erst wenn er seinen Durst nach Blut und seinen Hunger auf Menschenfleisch gestillt hat, verwandelt er sich zurück.«

»Wie?«

»Indem er den Gürtel abstreift. Dann nimmt er wieder die Gestalt des Menschen an, der er vor seinen Taten war. Das alles geschieht in der Zeit eines Wimpernschlages, sodass es kaum möglich ist, ihn auf frischer Tat zu stellen.«

»Weiß er denn, was er getan hat?«

Aleidis wischte dem Jungen eine Strähne aus der Stirn. »Er weiß es. Schmeckt er doch das Blut auf seiner Zunge.«

»Aber es muss doch möglich sein, ihn zu erkennen«, sagte Hannes und bebte vor Aufregung.

»Das ist es tatsächlich.«

»Wie?«

»Er meidet Tageslicht. Nicht selten verdient er seinen Lohn bei Nacht. Seine Ohren sind wie angewachsen, und sein Haarwuchs ist auffallend. Im Ganzen ist er unansehnlich, für Gottes Wort hegt er Verachtung, und oftmals hat er ein Weib zur Frau, das nicht richtig zu ihm passen will.«

Hannes saß ganz steif. Wort für Wort dieser Beschreibung ließ ihn an seine Eltern denken. Rudolff war kräftig, jedoch von kleiner Statur. Sein Nacken glich dem eines Stiers, die Gesichtszüge waren grob und seine Sprache derb. Dem entgegen war seine Mutter eine Augenweide, schlank, blond, strahlende Augen. Jeder, der sie sah, fragte sich, wie der Kloakenreiniger die Schöne hatte gewinnen können. Hannes starrte seine Großmutter mit offenem

Mund an. Nur zögernd fand er Worte. »Ein Weib, das wunderschön ist, so wie meine Mutter?«

Aleidis schwieg einen Augenblick, bevor sie weitersprach. »Ja. Er schmeichelt ihr und verführt mit Teufelszunge ihr Herz. Wenn sie dann nicht mehr Herrin ihrer Sinne ist, verfährt er mit ihr, wie es ihm beliebt.«

Nun begann Hannes am ganzen Leib zu beben. »Nur Gott kann die Untaten des Scheusals beenden, nicht wahr?«, fragte er schließlich.

Aleidis schüttelte den Kopf. »Manchmal überträgt unser Schöpfer diese Aufgabe einem gottesfürchtigen Knaben.«

»Aber wie? Wie kann der Junge den Diener des Bösen töten?«

Aleidis erhob sich. »Indem er dem Ungeheuer ein silbernes Kreuz ins Herz stößt. Aber es muss gänzlich aus purem Silber sein!«

Hannes war ebenfalls aufgestanden. »Woher soll der Bursche ein solches Kreuz nehmen?«

Ehe Aleidis antworten konnte, kamen Hannes' Geschwister lachend und lärmend aus der Hütte gestürmt, ihre mageren Körper schmutzig, die Haare verfilzt. Aber immerhin hatten ihre Bäuche Ruhe vor der Nacht. Aleidis sah Hannes mit durchdringendem Blick an und zog ihn zur Seite. »Bei den Priestern holt sich der Junge das Kreuz«, flüsterte sie. »Er findet es auf dem Altar der Kirche von St. Pantaleon.«

Das Böse ist allgegenwärtig.

KÖLN, KÖNIGSFORST, IM JANUAR

Ramón spürte den Nervenkitzel wie jeden Donnerstagabend, wenn er das Auto auf dem Parkplatz abstellte. Er sah auf die Uhr im Armaturenbrett. Kurz nach acht. Sein Liebhaber ließ ihn warten. Das irritierte Ramón, denn eigentlich zeichnete Pünktlichkeit seinen Lover aus. Pünktlichkeit und vieles mehr. Er stieg aus dem Wagen und streckte sich. Der Parkplatz war menschenleer. Kälte und Dunkelheit hatten auch Vorteile: Im Frühjahr wimmelte es hier von Hundebesitzern und Joggern. Auch Familien mit Kindern überrannten dann förmlich das kleine Waldstück nahe der A 3, denn das Gehege mit Rehen, Hirschen und Wildschweinen war von hier mit einem kurzen Fußmarsch gut zu erreichen. Ramón atmete tief durch. In ein paar Wochen würden sie sich einen anderen Platz für ihre heimlichen Rendezvous suchen müssen. Er schloss den Reißverschluss seiner Lederjacke und lehnte sich gegen den Toyota.

Eigentlich hätte er zu Hause sein sollen. Sein Lebensgefährte renovierte das Wohnzimmer und konnte jede Hilfe gebrauchen. Er kam sich schäbig vor, wenn er daran dachte, dass Phil die Tapeten allein anbringen musste. Vor allem weil er sich in solchen Dingen ziemlich ungeschickt anstellte.

Ramón versuchte, nicht weiter an Phil zu denken. Die Sehnsucht nach Andy hatte gesiegt.

Andy. Der Name seines neuen Geliebten gefiel ihm nicht. Vielleicht weil er wusste, dass er ihn nur für seine amourösen Abenteuer benutzte. Seine wahre Identität behielt er für sich. Ein zusätzliches Geheimnis, das ihn umwitterte.

Normalerweise interessierte sich Ramón nicht für das Leben seiner Affären, doch bei Andy lagen die Dinge anders. Leider. Ramón gab es nicht gerne zu, aber er hatte seine Gefühle schon lange nicht mehr unter Kontrolle.

Andy war für ihn mehr als nur eine flüchtige Geschichte.

Insgeheim sehnte er sich nach einem Leben an seiner Seite, träumte davon, neben ihm einzuschlafen und aufzuwachen. Längst waren ihm die Zeitfenster zu klein geworden, die Andy ermöglichte. Gleichzeitig spürte Ramón deutlich, dass Andy sein intensives Bedürfnis nach Nähe nicht teilte. Seine Zugeständnisse waren begrenzt, auf Ansprüche reagierte er gereizt, und alle Versuche, ihm mehr Verbindlichkeit abzuringen, blockte er ab.

Ramón verzweifelte zunehmend an der Situation. Mittlerweile litt sogar seine Arbeit. Als Komponist und Musiker benötigte er neben Inspiration auch eine gewisse Kontinuität. Nur wenn sein Seelenleben im Gleichgewicht war, konnte er kreativ sein. Das ausschweifende Leben, das anderen Künstlern wahre Schaffensperioden bescherte, führte bei ihm zu Chaos und schließlich zum Stillstand. Deshalb schützte sich Ramón normalerweise vor gefühlsmäßigen Achterbahnfahrten, verliebte sich nicht in seine Affären und sprang ab, wenn die Geschichte emotional wurde.

Bei Andy hatte er diesen Zeitpunkt verpasst. Dabei war ein gemeinsames Leben mit ihm völlig ausgeschlossen, daran ließ Andy keinen Zweifel. Ramón wusste die Gründe zwar nicht, aber er spürte genau, dass er sich keine Illusionen zu machen brauchte.

Außerhalb ihrer heimlichen Affäre führte Andy anscheinend ein sehr bürgerliches Leben. Vielleicht war er sogar verheiratet, eventuell geschieden, höchstwahrscheinlich war er Vater. Der Kindersitz auf dem Rücksitz seines Wagens deutete darauf hin. Fragen dazu beantwortete Andy nicht. Also hakte Ramón nicht weiter nach. Er wollte seinen Lover nicht in die Flucht schlagen.

Ramón setzte auf Geduld.

Früher oder später würde Andy ihm aus der Hand fressen, so weit vertraute Ramón seinen Qualitäten, und bis dahin wollte er die Stunden mit ihm genießen.

Vereinzelte Schneeflocken schwebten zu Boden. Ramón sah in den Abendhimmel empor, atmete tief und gleichmäßig.

Aus den Augenwinkeln sah er einen Wagen kommen. Andy. Endlich.

Er fuhr mit Schwung auf den Parkplatz. Schotter wirbelte hoch.

Ramón lief ihm entgegen, riss die Autotür auf, zerrte ihn vom Sitz und bedeckte sein Gesicht mit Küssen.

»Warum kommst du so spät?«, flüsterte er dicht an seinem Ohr, zog ihm den Schal vom Hals und begann, sein Hemd aufzuknöpfen. »Jede Minute ohne dich ist wie eine Ewigkeit.«

»Jetzt bin ich ja da«, erwiderte Andy. »Allerdings habe ich nicht viel Zeit. Zwei Stunden maximal, ich muss heute noch arbeiten.«

»Sei still!« Ramón umfasste Andys Handgelenke und sah ihn an. »Ich hab dich schrecklich vermisst.«

Sie küssten sich. Gierig. Leidenschaftlich.

Ramón nahm Andy bei der Hand. »Lass uns zu unserer Bank gehen!«

»Es ist ziemlich kalt.«

»Warmduscher! Es sind nicht mal Minusgrade.«

»Trotzdem.« Andy schloss fröstelnd die Knöpfe seines Hemdes.

Ramón lachte. »Dann treiben wir es eben in deinem Auto.«

Er öffnete die Beifahrertür, sah den Kindersitz auf der Rückbank und stockte. Kindersitze törnten ihn ab.

»Was ist los?«, fragte Andy.

»Es geht nicht«, antwortete Ramón. »Nicht in deiner Karre.«

»Dein Auto ist aber zu klein.« Andy schien genervt. »Dann also doch die Bank. Auch wenn ich erfriere.«

»Ich werde dir ordentlich einheizen«, versprach Ramón und zog Andy mit sich.

Der Pfad, der zur Bank führte, war von ihnen getrampelt worden.

Elf Wochen Heimlichkeit hinterließen Spuren.

Sie rannten und hielten sich dabei an den Händen. Ramón fühlte sich wie ein Schuljunge. Auf einmal roch der Winter nach Abenteuer, und er sog diesen Duft in jede Pore seines Körpers ein.

An einer Stelle wurde der Pfad schmal und war von dichtem Dorngestrüpp gesäumt. Ramón ließ Andys Hand los und ging vor. Er konnte die Bank bereits sehen. Nur Minuten später bebte der Körper seines Liebhabers unter ihm.

»Wir werden uns den Tod holen«, stöhnte Andy.

»Dann wäre es eine himmlische Art zu sterben.«

Sie liebten sich, immer wieder. Vergaßen die Zeit, bis Andy hochschreckte.

»Hast du das gehört?«

»Was?«

Ramón setzte sich ebenfalls auf und lauschte. Nichts. Es war absolut still.

»Da war etwas«, beharrte Andy.

»Was denn?«

»Keine Ahnung. Es hörte sich an wie ein tiefer Seufzer.« Ramón lehnte sich zurück. »Ich hab nur dich gehört.« Andy sah auf seine Armbanduhr. »Verdammt! Schon nach zehn. Ich muss los.«

Andy zog die Anzughose hoch und knöpfte sein Hemd zu. Es spannte im Bauchbereich. Ramón konnte den Blick nicht abwenden. Auch wenn Andy keine Schönheit war, er hatte das gewisse Etwas. Hochgewachsen, graue Schläfen, eine fein geschwungene Nase.

Ramón zerrte ihn auf die Bank zurück. »Komm her.«

»Ich muss wirklich los …«

Ramón riss mit der einen Hand Andys Hemd erneut auf und öffnete mit der anderen in Sekundenschnelle den Reißverschluss seiner Hose. Andy gab nach. Zu Ramóns Freude sehr bereitwillig.

Es war fast elf Uhr, als sich beide anzogen.

»Ich bleibe noch einen Augenblick hier sitzen«, sagte Ramón, als Andy zum Aufbruch drängte. »Ich kann jetzt nicht sofort nach Hause fahren. Bleib doch bitte auch noch einen Moment«, bettelte er. »Ich will nicht, dass du gehst.«

»Mach es mir nicht so schwer«, sagte Andy.

Ramón drückte sich an ihn, aber Andy löste sich aus seiner Umarmung.

»Ich wollte sowieso noch mit dir reden«, sagte er.

»Worüber?«

»Du bist … du hältst dich nicht an unsere Vereinbarungen. Nach unserem letzten Treffen bist du mir schon wieder gefolgt, und dann diese vielen SMS! Außerdem haben wir abgemacht, dass wir uns nicht gegenseitig anrufen. Ich hatte dich gebeten, das zu unterlassen, und es ist mir sehr ernst damit.«

»Ich wollte deine Stimme hören, wollte dir nah sein.«

»Das geht aber nicht.« Andy nahm Ramóns Hand. »Ich will dich nicht verletzen, aber vielleicht ist es besser, wenn wir die Affäre beenden, bevor du ...«

»Das kann doch wohl nicht wahr sein?« Ramón sprang auf. »Du willst mich jetzt abservieren, nachdem du mich gerade noch gevögelt hast? Einfach so?«

»Von ›einfach so‹ kann keine Rede sein. Ich glaube nur, dass es das Beste für uns beide ist.«

»Ach so, das entscheidest du!«

»Natürlich nicht. Aber ich ...«

Ramón trat heftig gegen den Stamm einer Buche. »Und das wusstest du noch nicht, als du mir die Hose aufgemacht hast?«

»Ramón!«

»Ach, verpiss dich!«

Andy knöpfte seine Jacke zu. »Ich muss jetzt wirklich los, ich kann nicht länger ...« Er machte einen Schritt auf Ramón zu.

»Fass mich nicht an!«

Andy blieb einen Moment unschlüssig stehen. »Es tut mir leid. Ich wollte nicht, dass die Situation so abläuft. Wir reden noch mal darüber, aber jetzt muss ich wirklich los.«

Ramón rührte sich nicht.

»Ich rufe dich an«, versprach Andy und ging davon.

Ramón sah ihm nicht nach. Fassungslos blieb er zurück. Er konnte nicht glauben, dass Andy ihre Geschichte beenden wollte, nur weil er einmal die Regeln gebrochen hatte. Gut, genau genommen ignorierte er ständig ihre Absprachen, rief Andy mehrmals am Tag auf dem Handy an oder verfolgte ihn regelmäßig nach ihren Rendezvous, wenn auch mit wenig Erfolg. Andys Adresse kannte er bisher nicht. Aber eine Trennung? Nein, das kam für Ramón überhaupt nicht in Frage.

In Gedanken durchlebte er noch einmal die Liebkosungen, die nicht einmal eine halbe Stunde her waren, spürte Andys Küsse und dachte vor allem an die Augenblicke, in denen sein Liebhaber leidenschaftlich und fordernd gewesen war. Unmöglich, ein Ende der Affäre konnte nicht Andys Wunsch sein. Wahrscheinlich bekam er Angst, weil auch er zu viel empfand, und schlug deshalb um sich. Ramón schöpfte Hoffnung. Dieser Gedanke machte Sinn. Vielleicht gab es doch die Chance auf eine gemeinsame Zukunft.

Ein Geräusch riss ihn aus seinen Gedanken.

»Andy?«

Keine Antwort.

Da. Wieder. Es raschelte im Gestrüpp, dicht neben der Bank.

»Andy? Bist du das?«

Ramón stand auf und blickte sich um, aber es war niemand zu sehen. Er schloss seine Jacke und machte sich auf den Weg zu seinem Auto. Dabei wurde er das Gefühl nicht los, dass ihn jemand beobachtete. Er blieb mehrmals stehen und blickte zurück, doch es regte sich nichts, nicht einmal ein Luftzug. Diese absolute Stille empfand Ramón als nicht weniger bedrohlich. Unwillkürlich ging er schneller.

Als er den Parkplatz erreichte, überblickte er die Situation sofort. Jemand hatte ihn zugeparkt. Obwohl der Platz völlig leer war, stand ein Fahrzeug so nah an seinem Auto, dass er unmöglich an der Fahrerseite einsteigen konnte. Und er selbst hatte seinen Wagen dicht an einen rot-weißen Begrenzungspfeiler gefahren, deshalb konnte er auch nicht an der Beifahrerseite ins Auto steigen.

»Idiot!«, fluchte Ramón und drehte sich um seine eigene Achse.

Im gleichen Augenblick wurde er von einer Gestalt zu Boden geschleudert, die sich auf ihn warf und ihm eine riesige Faust in den Mund rammte.

Ramóns Mundwinkel rissen. Höllischer Schmerz durchfuhr ihn. Verzweifelt versuchte er sich gegen den Mann zu stemmen. Vergeblich. Der Kerl war riesig und schien tonnenschwer.

Bevor Ramón einen klaren Gedanken fassen konnte, zog der Mann ein Messer hervor und stieß es ihm wie ein Wahnsinniger mehrmals in den Brustkorb. Ungläubig starrte Ramón ins Leere, wollte sich wehren, aber sein Körper gehorchte nicht. Unterdessen stach der Mann weiter zu, wieder und wieder. Ramón verlor innerhalb kürzester Zeit Unmengen Blut. Sein Todeskampf dauerte nicht einmal eine Minute. Als die Klinge des Messers sein Herz durchstieß, war er bereits tot. Er bekam nicht mehr mit, dass ihn sein Mörder in ein Gebüsch zog, ihm den Körper vom Bauchnabel bis zum Hals aufschlitzte, die kalten Hände in seinen Eingeweiden vergrub und sie darin wärmte.

***

Zacharias versuchte, die Schlagzeile der Tageszeitung aus seinem Gedächtnis zu streichen. Aber egal, wie sehr er sich auch ablenkte oder von welcher Ecke der Küche er zum Tisch hinübersah, den schwarzen Großbuchstaben konnte er nicht entfliehen: RAMÓN BACKES ERMORDET! BESTIE TÖTET KÖLNER MUSIKER! Er zitterte und seine Hände waren schweißnass, als er die Zeitung schließlich in die Hand nahm und die Titelstory las.

Anschließend setzte er sich auf einen der Holzstühle, den Blick auf eine Fliege geheftet, die versuchte, durch die Fensterscheibe nach draußen zu gelangen. Abwesend nahm Zacharias die Ausdauer des Insekts zur Kenntnis, mit der es unermüdlich in die Freiheit drängte. Nach einiger Zeit stand er gedankenverloren auf, trat ans Fenster, fing das Tier in der hohlen Hand, um es dann zwischen Daumen und Zeigefinger zu zerquetschen.

Anschließend ging er ins Wohnzimmer und ließ sich aufs Sofa fallen. Er wusste, dass er nur in der Lage war, etwas zu unternehmen, wenn er strukturiert vorging. Doch seine Gedanken fuhren Achterbahn, während er sich bemühte, sie zu sortieren.

Er hatte Ramón Backes nicht persönlich gekannt, aber jeder in der Stadt kannte den Frontmann der Band Düvvel & Aap, die bei großen Karnevalsveranstaltungen mittlerweile mit Größen wie den Räubern, den Höhnern oder Brings auf der Bühne standen.

Der Tod des bekannten Musikers erschütterte viele Kölner und ging auch Zacharias nahe. Er hatte erkannt, dass sein Leben eng mit den schrecklichen Morden verknüpft war, die sich in seiner Umgebung ereigneten. Denn immer wenn er von bestialischen Taten erfuhr, reagierte er körperlich. Entweder gehorchten ihm seine Hände nicht mehr, er wurde vorübergehend blind oder er erbrach sich pausenlos. Das konnte kein Zufall sein.

Den Rest des Tages verbrachte er mit Grübeleien und wanderte in Gedanken in seine Kindheit, was er normalerweise vermied.

Aber er fühlte, dass hier der Ursprung lag. Was auch immer es war, hatte hier begonnen.

Im Alter von elf Jahren wurde Zacharias' linkes Bein lahm. Grundlos. Über Nacht. Jedenfalls wenn man seiner Mutter Glauben schenkte. In seiner Erinnerung lagen die Dinge anders. Was er damals wie heute nicht auszusprechen wagte: Seit frühester Kindheit plagten ihn Erscheinungen. Nicht im religiösen Sinn; seine Visionen waren beängstigend, oft gewalttätig und erschreckten ihn zutiefst.

Sie zeigten ihm Verbrechen.

Nicht selten durchlebte er die Taten in allen Einzelheiten, erfuhr Orte, Daten und Namen. Wie diese Vision, die ihn ängstigte, seit er sieben Jahre alt war. Darin tauchte zuerst stets ein rothaariger Junge auf. Er war barfuß, ärmlich gekleidet und führte ihn durch die engen Gassen einer Stadt, vorbei an heruntergekommenen Fabrikgebäuden, trostlosen Arbeiterwohnungen und Sargmagazinen. Schon dabei wurde Zacharias jedes Mal speiübel, denn die Szenerie hatte etwas Bedrohliches. Ein Zeitungsjunge mit Schirmmütze, kaum älter als er, kam ihm und seinem Begleiter entgegen.

»Extrablatt! Extrablatt! Fakten zum Mord vom 11. Juni!«

Zacharias lief es kalt über den Rücken, wenn der Zeitungsjunge an ihm vorbeilief.

Unterdessen bog der Rothaarige in eine düstere Gasse ab. Hier rumpelten nur noch vereinzelt Pferdekarren über Kopfsteinpflaster, und vor wenig einladenden Gaststätten standen Prostituierte und mürrisch dreinblickende Burschen. Der Knabe zog ihn weiter und sang dabei mit heller Kinderstimme: »*In der Ackerstraße zehn ist en jroßer Mord jeschehn. Hat der Lude da en Kind mit 'ne Säge umjebringt. Mit 'ne Säge umjebringt. Lucie hieß det arme Kind.*«

In seiner Vision führte der Junge Zacharias zielstrebig zu einer heruntergekommenen Mietskaserne und verschwand singend im Hausflur. Wie von einem Magnet gezogen folgte ihm Zacharias. Aber jedes Mal verlor sich die Spur des Jungen im Inneren des Hauses, und Zacharias fand sich in einer ärmlichen Einzimmerwohnung, hinter einem Paravent stehend, wieder. Dort musste er mit ansehen, wie ein stämmiger Mann mit Melone auf dem Kopf ein kleines Mädchen mit blonden Zöpfen schändete, dabei drückte ihr der Kerl seine Pranke auf Mund und Nase. Schließlich hörte die Kleine auf zu zappeln. Lag still. Reglos.

An dieser Stelle wanderte Zacharias' Blick zu einem dreibeinigen Schemel, auf dem ein rotbraunes Sommerkleid, eine schwarze Kinderschürze und weiße Kniestrümpfe ordentlich gefaltet lagen. Wie erstarrt stand er da, während das Martyrium des Mädchens weiterging. Denn jetzt stürzte sich der Mann wie ein Wahnsinniger auf sein Opfer und schlitzte es mit einem Brotmesser auf.

Was dann folgte, variierte.

Mal zersägte der Verbrecher das Kind und stopfte die Gliedmaße in einen Weidenkorb, dann wieder wurde Zacharias Zeuge, genauer gesagt er war Teil einer aufgebrachten Menschenmenge, die lautstark den Tod eines gewissen Theodor Bergers forderte. Und immer, egal wie laut die Menschenmenge auch tobte, hörte Zacharias die glockenklare Stimme des barfüßigen rothaarigen Jungen, der ihn hergeführt hatte: *»In der Ackerstraße zehn ist en jroßer Mord jeschehn. Hat der Lude da en Kind mit 'ne Säge umjebringt. Mit 'ne Säge umjebringt. Lucie hieß det arme Kind.«*

Hier brach die Vision abrupt ab, und Zacharias kehrte schweißgebadet in die Gegenwart zurück. Unendlich gern hätte er sich jemandem anvertraut, aber es gab keinen Menschen, mit dem er über diese Dinge sprechen konnte. Einzig seiner Schwester hatte er einmal versucht, sich zu öffnen, und war kläglich gescheitert. Sie unterstellte ihm, dass er wieder einmal im Mittelpunkt stehen wolle. Notgedrungen begann er sich daraufhin mit dem Gedanken zu beruhigen, dass seine Eingebungen nichts als Hirngespinste waren.

Bis er am 20. Oktober 1967 gemeinsam mit seiner Mutter vor dem Fernseher saß, um sich die allererste Folge von »Aktenzeichen XY-ungelöst« anzusehen. Schon in dem Augenblick, als die Erkennungsmelodie erklang und er Eduard Zimmermann sah, spürte er, dass ein neues Kapitel in seinem Leben begann. Wie gebannt verfolgte er die Kriminalfälle und spürte schon da ein heftiges Kribbeln in seinem linken Bein, das er sich nicht erklären konnte. Im Laufe der Nacht hatte er erste Taubheitsgefühle und durchlebte eine Vision, die ihn von da an immer wieder heimsuchte. Dabei sah er sich auf einer niedrigen Mauer an einer stark befahrenen Straße in einer Großstadt sitzen. Es war warm. Er trug kurze Lederhosen und ein kariertes Hemd. Aus den Augenwinkeln sah er, wie ein Mann sich einer jungen blonden Frau näherte, die auf einer Bank saß und eine Zigarette nach der anderen rauchte. Die beiden kamen ins Gespräch, Zacharias hörte sie schwatzen und lachen. Mit einem Schlag war es Nacht. Ein mulmiges Gefühl überkam ihn, leise wehten Tanzmusik und Kneipenlärm zu ihm herüber. Er beobachtete, wie das Paar gemeinsam davonging.

Ohne zu überlegen, folgte er ihnen, registrierte eine Gaststätte, die »Zum Elefanten« hieß, und sah, wie die beiden auf eine kleine Pension zusteuerten. Mit klopfendem Herzen stieg er hinter ihnen die Treppe hinauf und befand sich schließlich im selben Zimmer wie sie. Die Gardinen waren zugezogen, der Raum nicht geheizt, die Möbel zweckmäßig. Der Mann entkleidete die Blondine, drückte sie aufs Bett und legte sich auf sie. Dabei sprachen die beiden kein Wort. Zacharias starrte unentwegt auf die Uhr über der Kommode, deren Zeiger sich keinen Millimeter bewegten. Schließlich stöhnte der Mann auf, ließ von der Blondine ab, zog sich wieder an und verließ das Zimmer. Die Frau wusch sich am Waschbecken, zog sich ebenfalls wieder an und rauchte. Danach verließ sie die Pension und ging zurück zur Bank im Park.

Den Schatten, der sich von hinten an sie heranpirschte, sah Zacharias nur schemenhaft, und er stand hilflos da, als die Gestalt die blonde Frau in ein Gebüsch zerrte und ihr den Hals zudrückte. Im gleichen Moment hörte Zacharias eine helle Stimme. Er sah zu der Häuserzeile gegenüber und entdeckte eine Frau, die sich weit aus einem der Fenster lehnte. »Herr Herkenrath! Herr Herkenrath!« Zacharias drehte sich um und sah einen Mann in Mantel und Hut die Straße hinaufkommen. Er hatte eine Pfeife im Mundwinkel und schaute ziemlich mürrisch. Zacharias bekam Angst und versteckte sich.

An dieser Stelle brach die Vision ab. Auf den ersten Blick schien sie nicht sonderlich spektakulär, und trotzdem ängstigte sie Zacharias ungemein und ließ ihn nicht los.

Am 19. Januar 1968, nur wenige Wochen nach der ersten Sendung, sah Zacharias die Ausstrahlung einer weiteren Folge von »Aktenzeichen XY«. Seine Mutter hatte ihn auf das Sofa im Wohnzimmer gebettet, weil er seit Tagen an Fieber litt, Krämpfe und Durchfall hatte. Er lag unter dem Federbett und erlebte den schlimmsten Moment seines bisherigen Lebens, als ein Fall aus Köln aus dem Jahr 1961 präsentiert wurde.

Anwohner hatten in der Jahnstraße in der Nähe des Zülpicher Platzes die Leiche einer Frau entdeckt, auf einem der letzten Trümmergrundstücke unweit des Vergnügungsviertels. Schon die nachgestellte Szene löste bei Zacharias Schweißausbrüche aus, und sein Bein begann wieder taub zu werden. Jedes Detail dieses Falls glich der Vision, die ihn seit der ersten Sendung heimsuchte. Die leise Tanzmusik, die herüberwehte, die Blondine, die einen Mann mit auf ihr Pensionszimmer nahm, die stark befahrene Straße, die Bank, der Eingang zur Pension hinter einem Maschendrahtzaun und der Gasthof »Zum Elefanten«, in dem die Polizei Ermittlungen anstellte.

Als der Name des Kommissars genannt wurde, musste sich Zacharias übergeben. Der Ermittler hieß Herkenrath, ein groß gewachsener Mann, der Pfeife rauchend im Fernsehstudio saß. Der Schock saß so tief, dass sich Zacharias minutenlang nicht bewegen konnte. Seine Mutter sagte ihm später, dass er geistig völlig weggetreten gewesen sei.

Als er am nächsten Morgen aufwachte, konnte er die Muskeln seines linken Beins nicht mehr anspannen. Weinend und voller Angst kam er zu dem Schluss, dass die Lähmung mit der Fernsehsendung in Zusammenhang stand. Er brachte keinen Bissen herunter, musste alle paar Stunden umgezogen werden, weil er so stark schwitzte, und konnte kaum einen klaren Gedanken fassen. So verbrachte er einige Tage im Bett. Aufstehen konnte er nur mit Hilfe und litt dabei unter heftigen Schmerzen.

Seiner Mutter konnte er sich nicht anvertrauen, sie hätte seinen Visionen keinen Glauben geschenkt, sie als Produkt seiner Phantasie abgetan, wovon er ihrer Meinung nach viel zu viel besaß.

Zum Arzt brachte sie ihn vorerst nicht. Erst wenige Monate zuvor war Zacharias' Vater an Krebs gestorben. Die Mutter hatte die Grenzen der Medizin auf schmerzlichste Weise erfahren und das Vertrauen in die Götter in Weiß verloren. So verstrichen wertvolle Tage, an denen sie ihn lediglich mit Franzbranntwein einrieb und nötigte, widerlich schmeckenden Tee zu trinken. Als das nicht half, schleppte sie ihn zu sämtlichen Heiligen und zur schwarzen Madonna von St. Marien, einer kleinen Kirche in der Kölner Kupfergasse, bis hin zum Herforder Stiftsberg, auf dem die Heilige Jungfrau im Jahr 1011 einem Hirten erschienen war und wo, urkundlich belegt, Lahme geheilt worden waren.

Doch die Gebete seiner Mutter wurden nicht erhört. Am 11. Februar erschlafften Zacharias' Beinmuskeln schließlich vollkommen, Fieberattacken kamen und gingen, während seine Mutter nach einer Erklärung suchte und sich nach wie vor weigerte, mit ihm zum Arzt zu gehen. Daran konnten auch eindringliche telefonische Appelle von Zacharias' älteren Geschwistern nichts ändern, die zu dieser Zeit beide in Berlin studierten und ihre Mutter anflehten, ihn ins Krankenhaus zu bringen.

Zacharias dagegen war mit der Entscheidung seiner Mutter einverstanden: Er brauchte keinen Arzt, weil er die Ursache für sein lahmes Bein zu kennen glaubte. Da konnte kein Doktor helfen, und gegen seine Angst gab es mit Sicherheit auch kein Mittel. Er sprach auch nicht mit seinen Geschwistern darüber, sie waren so viel älter als er und ihm nicht wirklich vertraut. Er versuchte, so gut es ging, zurechtzukommen. Bis die Situation noch einmal eskalierte.

An einem Nachmittag saß Zacharias am Tisch in der Küche, dem einzig warmen Raum im Haus, und versuchte sich auf Coopers »Lederstrumpf« zu konzentrieren. Wieder einmal biss er die Zähne zusammen. Das schlimme Bein ruhte auf einem Schemel und verursachte Höllenqualen. Aber immerhin wurde er an diesem Tag von Fieberkrämpfen verschont.

Draußen trieb der Ostwind Schneeflocken über den Friedhof, der in direkter Nachbarschaft zum Fühlinger See lag. Seine Mutter saß über ihre Nähmaschine gebeugt und kettelte Vorhänge. Mit einem Mal verharrte sie ruckartig in der Bewegung, richtete

111

sich auf und starrte Zacharias über den Rand ihrer Nickelbrille an. Er sah von seinem Buch auf, löste sich von Trappern und Indianern; das fehlende Summen der Nähmaschine hatte ihn irritiert.

»Eine böse Hand ist über meinen Zacharias gegangen«, murmelte sie in die Stille. »Jemand hat meinen Jüngsten in übler Absicht berührt.« Mit diesen Worten sprang sie auf, stand mit zwei Schritten vor dem Wandkalender und blätterte zurück.

»Ich hätte es wissen müssen!«, kreischte sie.

Zacharias stützte die Ellenbogen auf und hielt sich die Ohren zu, ließ seine Mutter aber nicht aus den Augen. Das von grauen Strähnen durchzogene Haar hatte sich aus dem Dutt gelöst, ihr Kittel war verrutscht. Zacharias konnte den fleischfarbenen Unterrock darunter sehen. Seine Mutter nahm den Kalender von der Wand und warf ihn mit Schwung auf das zwanzigste Kapitel des Wildtöters. Zacharias erschrak heftig, obwohl er den Kalender hatte kommen sehen.

»Sieh her!«, herrschte sie ihn an und tippte mit dem Finger auf den 11. Februar. »Hab ich es doch die ganze Zeit geahnt. Endgültig lahm wurde dein Bein an einem Unglückstag!«

Seit dem Tod des Vaters hatte sich seine Mutter verändert, und die Geschichte mit seinem Bein hatte sie noch sonderbarer werden lassen. Mal wirkte sie völlig teilnahmslos, murmelte unverständliches Zeug vor sich hin. Dann wieder hatte sie einen Tobsuchtsanfall, duldete keinen Widerspruch und keine Unterbrechung. Zacharias hatte gelernt, solche Situationen zu erkennen und in Deckung zu gehen.

»Die Elf ist die Zahl der Sünde«, rief seine Mutter und schlug sich mit der flachen Hand vor die Stirn. »Die Elf überschreitet die christlichen zehn Gebote.«

Zacharias vermied es, seine Mutter anzusehen, und starrte auf den Sekundenzeiger der Küchenuhr an der Wand gegenüber. Ständig brachte seine Mutter Zahlen mit Ereignissen in Zusammenhang, konstruierte düstere Verknüpfungen, die niemand sonst erkannte. So viel hatte Zacharias bereits begriffen, denn keiner aus der Familie teilte ihre Meinung. Ihr Getue wurde als harmlos abgetan, denn normalerweise begnügte sie sich mit einem Sermon aus Sprüchen, Gebeten und Flüchen.

Aber dieses Mal beließ sie es nicht beim Reden: Am nächsten Tag holte sie in aller Herrgottsfrühe Zacharias' alten Kinderwagen aus dem Keller, schubste ihn hinein, karrte ihn durch wildes Schneetreiben zur Bushaltestelle und fuhr mit ihm zum Kölner Hauptbahnhof. Dort löste sie zwei Fahrtkarten nach Prüm. Ihr Ziel war der Hof einer Heilerin in der Eifel.

Den halben Tag dauerte der Hinweg. Genauso lange hatte Zacharias sich die Augen zugehalten und geweint. Peinlich war ihm die Situation, schließlich war er viel zu groß für den Kinderwagen. Zudem brachten ihn die Schmerzen fast um.

Am Mittag erreichten sie das abgelegene Gehöft und wurden von einer zahnlosen Alten in einen winzigen Raum hinter dem Schweinestall geführt. Es roch nach Jauche und Lavendel. Zacharias wurde von den Frauen entkleidet, auf eine Pritsche gelegt und mit Weidenruten geschlagen.

»Wir müssen das Böse gegen den Strich bürsten«, erklärte die Zahnlose, vielleicht um ihn zu beruhigen. Doch seine Angst ließ nicht nach. Stundenlang dauerte die Prozedur, bei der er mit Brennnesseln eingerieben und seine Haut mit glühenden Steinen malträtiert wurde. Immer und immer wieder, obwohl er wie am Spieß schrie. Heilung erfuhr er nicht. Und die Schmerzen ließen auch nicht nach.

Auf dem Heimweg sprach seine Mutter von nichts anderem als von bösen Vorzeichen und Unglückszahlen. Sie weinte darüber, dass Zacharias an einem 13. August geboren war. Dass sie versucht habe, ihn früher hervorzupressen, und als das erfolglos geblieben war, ihn bis zum 14. August im Bauch zu halten. Vergeblich. Kein Wunder, dass ihm ständig Schlechtes widerfuhr, genauso wie seinem Bruder Balduin, der am 1. April, dem Tag, an dem Satan in die Hölle gestürzt wurde, zur Welt kam.

Zacharias wurde bei solchen Reden jedes Mal von einer unfassbaren Verzweiflung überwältigt. Und doch glaubte er, den wahren Grund für seine Visionen zu kennen. Immer wieder nahm er sich vor, seiner Mutter zu sagen, dass die Geschichte mit seinem Bein kein Fingerzeig Satans war, sondern seiner Meinung nach irgendetwas mit dieser neuen Verbrecherjagdserie »Aktenzeichen XY« zu tun hatte. Aber er fand nicht den Mut.

Eines Tages stieg das Fieber dann über vierzig Grad. Nach einigen lautstarken Telefonaten mit seiner Schwester gab seine Mutter schließlich nach und rief einen Arzt. Die Diagnose kam prompt und eindeutig: Poliomyelitis. Kinderlähmung. Lange Klinikaufenthalte waren die Folge. Doch die Lähmung war irreparabel. Mit einer Beindeformation und den Symptomen, die eine Wirbelsäulenverkrümmung und eine Beinschiene mit sich brachten, quälte sich Zacharias bis zum heutigen Tag.

Trotzdem hatte er nie aufgehört, daran zu glauben, dass er auf die Erkenntnis, dass seine Visionen reale Verbrechen zeigten, mit der Versteifung seines Beins reagiert hatte. Schon als Jugendlicher hatte er begonnen, alle Fakten, Zeitpunkte, Namen und Orte seiner Eingebungen in tabellarischen Listen zu erfassen. Nie wieder tauchte eine seiner Visionen in einer »XY«-Sendung auf, oder hatte er es ab irgendeinem Punkt vermieden, die Sendung zu gucken? Er erinnerte sich nicht.

Im Laufe der Jahre entspannte er sich ein wenig, die Visionen blieben zeitweise sogar ganz aus. Doch alles änderte sich, als er sich Anfang der neunziger Jahre einen Computer zulegte und regelmäßig ins Internet ging. Aus purer Langeweile recherchierte er an einem Sonntagmorgen die bis dahin handgeschriebenen Daten seines Archivs. Er begann mit seiner frühesten Vision und gab die Eckdaten ein: »*Lucie + 11. Juni + Mord + Mädchenleiche + Ackerstraße 10*«.

Entsetzt sah er zu, wie sich tatsächlich eine Seite aufbaute, die eines der bis dahin schlimmsten Verbrechen Deutschlands dokumentierte, das im Jahr 1904 in Berlin für Schlagzeilen sorgte. Fassungslos überflog er die Daten des Falls: »*Lucie Berlin, geboren 1895 in der damaligen Hauptstadt. Jüngstes von drei Kindern. Vater: Zigarettenverkäufer. Mutter: Wäscherin. Lucie verschwand am 9. Juni 1904 nach einem Gang zur Etagentoilette des Mehrfamilienhauses, Ackerstraße 10. Vermisstenmeldung noch am gleichen Tag durch den Vater. Lucies Rumpf wird am 11. Juni gefunden. Auffindeort: Spreeufer nahe der Marschallbrücke. Auffindeperson: Binnenschiffer. Kopf und andere Gliedmaße werden, verpackt in Teilen einer Ausgabe der Berliner Morgenpost, am Charlottenburger Verbindungskanal nahe der Beusselbrücke entdeckt. Der Tat verdächtigt:*

Theodor Berger, geboren 1857. Zuhälter. Wohnhaft in der Acker-
str. 10. Überführt durch Indizien. Schuldspruch am 23. Dezember
1904. Urteil: Fünfzehn Jahre Zuchthaus. Berger beteuert seine Un-
schuld.«
Beim Lesen der Seite setzte Zacharias' Herz einen Schlag aus.
Als dann noch der Kinderreim des Jungen aus seiner Vision auf
dem Bildschirm erschien, *»In der Ackerstraße 10 ist ein großer Mord*
jeschehn ...«, bekam er eine Gänsehaut.

Nach und nach gab er sämtliche Fakten aller Visionen in die
Suchmaschine ein, und schließlich gab es keinen Zweifel mehr:
Alles, jede einzelne Phantasie, hatte ihre Entsprechung in der Realität. In seinen Horrortrips durchlebte er tatsächliche Verbrechen,
die irgendwann, irgendwo stattgefunden hatten. Es gab also einen
Zusammenhang, sein Gefühl hatte ihn nicht getäuscht. Jetzt verstand er seine Reaktion auf die »Aktenzeichen«-Sendung. Aber
nicht nur hier tauchten seine Visionen auf. Einige Fälle lagen viel
weiter zurück, wie das Verbrechen an einem Kloakenreiniger aus
Köln, der 1584 tot aufgefunden worden war, oder der grausame
Mord an einer alleinerziehenden Mutter aus Sachsen, der, wie Zacharias realisierte, gerade mal ein paar Monate her war.

Verzweifelt stellte er sich die Frage, warum ausgerechnet er von
diesen schrecklichen Visionen heimgesucht wurde. Eine Antwort
fand er nicht.

Zacharias bemerkte, dass der Tag über seine Grübeleien dahinge-
gangen war; längst brannten die Straßenlaternen vor seinem Haus.
Er dachte an die Leiche vom Fühlinger See. Wie zu erwarten war,
hatte das große Polizeiaufgebot nichts gebracht, jedenfalls war
ihm nicht bekannt, dass der Mörder gefunden worden war. Das
wunderte ihn nicht im Geringsten; die Täter seiner Visionen blieben immer unentdeckt. Zu unrecht Verhaftete und Verurteilte gab
es hingegen häufiger, wie Theodor Berger oder dieser Kloakenreiniger aus dem Mittelalter, dessen Namen Zacharias gerade nicht
einfiel.

Er schnalzte mit der Zunge. Er war die Rolle des stummen Zeugen satt. Noch einmal dachte er an den brutalen Mord an Ramón
Backes. Auch dieses Verbrechen hatte er in einer Vision gesehen.

Zacharias erhob sich schwerfällig und fühlte doch etwas wie Tatkraft in sich aufsteigen. Nach über vierzig Jahren konnte er die Dinge nicht mehr einfach geschehen lassen. Er musste sich endlich der Situation stellen.

KÖLN, SOMMER 1584

Hannes fand keine Ruhe. Die Worte seiner Großmutter gingen ihm nicht mehr aus dem Kopf. Er hatte sie verstanden. Sein Vater, Rudolff Weingart konnte nach ihrer Ansicht der Werwolf sein, vor dem die Kölner und vor allem die Menschen des Herzogtums Jülich zitterten.

Derb war er, unwirsch und schroff im Umgang mit seinem Weib. Einige Male hatte Hannes mit anhören müssen, wie er sie in den frühen Morgenstunden, wenn er stinkend heimkehrte, bestieg. Und nicht nur sie. Wie ein räudiger Köter trieb er es mit jedem Rock, den er zu fassen bekam. Oft gegen der Willen der Weiber, das erzählte man sich hinter vorgehaltener Hand. Manchmal bekreuzigten sich die Leute sogar heimlich, wenn Rudolff betrunken an ihnen vorbei durch die engen Gassen wankte. Das hatte Hannes selbst beobachtet. Auch die Mönche von St. Pantaleon sahen ihn mitleidig an und schickten ihn ständig zur Beichte; nicht ohne ihn zu ermahnen, auch für seinen Vater Abbitte zu leisten.

Die Großmutter hatte Hannes erklärt, dass Rudolff von einer nicht zu stillenden Lust getrieben wurde.

»Seiner abscheulichen Begierde, dem Drang, seine Fleischeslust zu stillen und frisches Blut auf der Zunge zu schmecken, gilt all sein Denken, wenn er den Gürtel angelegt hat. Tierisch ist demnach sein Verlangen und hat nichts Menschliches.«

Hannes erschauderte, wenn er daran dachte. Und mehr noch fügte sich zusammen. Sein Vater blühte regelrecht auf, sobald es Abend wurde. Gewiss, er verschlief die meiste Zeit des Tages und ging bei Einbruch der Dunkelheit seinem Broterwerb nach. Aber war nicht auch das ein weiterer Hinweis auf seine Nähe zum Bösen? Suchte er nicht genau deshalb die Dunkelheit und führte die Goldgräberei aus, weil er, wie Satan, die Finsternis liebte?

Aber es war nicht nur seine Triebhaftigkeit, die ihn überführte, und auch sein unansehnliches Äußeres allein war nicht der Grund, ihn zu verdächtigen. Nein, es war vor allem seine Gottlosigkeit. Rudolff betrat niemals eine Kirche, nicht einmal bei der Taufe seiner Kinder hatte er das getan. Zudem lästerte und verhöhnte er Gott, sooft er Gelegenheit dazu hatte, und zeigte keinen Respekt vor rituellen Bräuchen. Auffällig war auch, dass er Kräuter wie Wachholder, Kümmel und Baldrian aus dem Haus verbannt hatte. Angeblich mochte er den Geruch nicht. Deutete dies nicht auf Satan hin?

Trotzdem kämpfte Hannes innerlich.

Vielleicht weil er nicht recht wusste, was die Großmutter von ihm erwartete. Außerdem achtete er die Gebote Gottes. »Du sollst Vater und Mutter ehren«, mehr noch aber »Du sollst nicht töten«. Da konnte die Großmutter ihm immer und immer wieder von den Kreuzzügen und dem Töten im Namen Gottes erzählen. Nein, was Hannes brauchte, war ein deutliches Zeichen Gottes.

Er erhielt es Mitte August, einen Tag vor Mariä Himmelfahrt.

Die Vorbereitungen zum Fest der Aufnahme Mariens in den Himmel waren in vollem Gange. Auch Hannes war gewissenhaft bei der Sache und begleitete seine Großmutter vor dem Morgengrauen durch die Severinspforte aus der Stadt hinaus.

Zuerst gingen sie auf einem schmalen Pfad neben der Wegzollstrecke Richtung Judenbüschel. Es war eine idyllische Landschaft: Rechts des Weges lagen abgeerntete Felder, auf der gegenüberliegenden Seite reichten Wiesen und Schilf bis zum Rhein. Doch Hannes ging die Strecke nicht gern; der Gegend um den Judenbüschel haftete etwas Bedrohliches an. Nicht nur, dass man früher hier die Kölner Juden begraben hatte und deshalb ständig über verwitterte Gräber stolperte. Nein, dieser Ort lag in unmittelbarer Nachbarschaft zur alten Hinrichtungsstätte. Mörder, Straßenräuber und andere Halunken hatten hier ihren letzten Atemzug getan, bevor man ihnen als gerechte Strafe den Kopf vom Rumpf getrennt hatte. Angeblich irrten ihre Körper bei Nebel oder Vollmond umher, auf der Suche nach den abgeschlagenen Häuptern. Solche und andere schauerliche Geschichten rankten sich um diesen Ort, und Hannes, der sich sonst nicht allzu leicht gruselte, verspürte an diesem Fleck Erde ein tiefes Unwohlsein. Und nun zog tatsächlich Nebel auf.

Hannes fröstelte und war froh, als sie hinter dem Judenbüschel auf die Wiesen zum Rhein abbogen. Sieben unterschiedliche Kräuter mussten sie sammeln, so wollte es der Brauch, und diese am nächsten Tag bei der Prozession segnen lassen. Hannes freute sich jedes Jahr ganz besonders auf die Wurzelweihe. Dann strömten Gaukler und Pilger nach Köln. Vormals war dieses Fest ein Brauch vom Lande, gelangte aber nun vermehrt in die Städte, und vor allem das ärmere Volk und die Weiber, die noch immer auch dem heidnischen Glauben anhingen, ließen an Mariä Himmelfahrt Heilkräuter segnen. So hielt es auch Hannes' Großmutter.

Mit leichtem Herzen wanderte Hannes jetzt, wo sie sich vom Judenbüschel entfernten, neben ihr Richtung Rheinufer. Die Sonne setzte sich immer noch nicht durch, der Nebel hing hartnäckig über dem Fluss. Aleidis setzte sich unter eine alte Trauerweide und ließ Hannes die Kräuter sammeln. Tau perlte von den Grashalmen und kühlte seine nackten Füße, während er durch die Gräser lief, um Johanniskraut, Rainfarn, Königskerze, Beifuß, Tausendgüldenkraut, Schafgarbe und Eisenkraut zu pflücken. Schnell hatte er einen dicken Strauß zusammen und brachte Aleidis die Kräuter, die sie zu Kränzen band. Dann lief er wieder los. Eifrig bemüht, seiner Großmutter zu gefallen.

Der Tierkadaver, über den Hannes stolperte, lag in einer Senke, die an ein Kornfeld grenzte. Er erschrak fürchterlich, als er die tote Kuh so liegen sah. Fliegen schwirrten um den offenen Bauch, die Gedärme quollen hervor. Hannes schüttelte sich, setzte dann aber seinen Weg fort. Eine tote Kuh sollte einem nicht allzu sehr aufs Gemüt schlagen. Doch nur wenige Schritte weiter rutschte er auf einer glitschigen Masse aus und fiel der Länge nach zu Boden. Als er sich aufrappelte, betrachtete er den klumpigen Brei, der in der Wiese lag und nun auch an seinem Fuß klebte. Er brauchte einen längeren Augenblick, bis er erkannte, in was er getreten war: Im Feld lagen Überreste von menschlichen Körpern. Hannes sah abgerissene Arme, Beine und ein Ohr. Entsetzt blickte er sich um. Neben ihm lag der aufgeschlitzte Torso eines Mannes.

Sein Magen drehte sich um, und er erbrach sich heftig. Erst dann lief er davon, stolperte über die Wiese, schrie nach seiner Großmutter und ließ sich mit hämmerndem Herzen in ihre Arme fallen.

»Es ist sein Werk«, sagte Aleidis mit dunkler Stimme, als sie zu Hannes unter den Baum zurückkehrte, nachdem sie sich selbst ein Bild gemacht hatte.

»Sie sind noch nicht lange tot«, sprach sie leise weiter und drehte gedankenverloren ein tiefblaues Amulett in den Händen, das an einem Lederriemen baumelte. Es war in der Mitte gebrochen, ein Stück fehlte. Offenbar hatte es einer Seele gehört, die nun in der Wiese lag. »Er wird niemals aufhören. Wir müssen ihn aufhalten, das ist unsere heilige Pflicht.«

Hannes fühlte sich elend. Seine Glieder schmerzten, und seine Gedanken wirbelten im Kreis.

An diesem Morgen hatte er seinen Vater nach Hause kommen hören und ihn dabei beobachtet, wie er am Brunnen seine Hände und Kleidung reinigte. Dabei hatte er keinen Kot abgewaschen, wie sonst nach seiner Arbeit üblich. Sondern Blut. Eindeutig. Rudolff hatte sich dabei verstohlen nach allen Seiten umgesehen, so als fürchte er, ertappt zu werden. Nein, Zweifel an Rudolffs Schuld hegte Hannes nicht mehr. Doch es war sein eigener Vater, gegen den er die Hand erheben sollte. Bei diesem Gedanken füllte sich sein Herz mit Schmerz und Angst. Trotzdem spürte er Entschlossenheit in sich wachsen.

Als Rudolff am Abend zur Arbeit aufbrach, begann Aleidis, einen Brei aus Milch, Tausendgüldenkraut und anderen Wurzeln zu rühren. Dabei murmelte sie unentwegt vor sich hin. Die Worte klangen wie die des Pfarrers, wenn er die heilige Messe las. Hannes drückte sich in der Stube herum. Weder er noch seine Großmutter hatten noch einmal über ihren grausigen Fund gesprochen. Es herrschte stillschweigendes Einvernehmen zwischen ihnen. So verging der Abend, und Hannes legte sich schlafen.

Mitten in der Nacht weckte Aleidis ihn unsanft. »Steh auf. Es ist Zeit.«

Hannes rieb sich die Augen. »Zeit? Wofür?«

»Du musst des Teufels Werk beenden. Es kann nur durch die Hand eines Jünglings oder einer Jungfer geschehen.«

Hannes zögerte, aber seine Großmutter zerrte ihn aus dem Bett. »Sieh her, was ich gefunden habe.« Sie drückte ihm etwas in die Hand.

Hannes traute seinen Augen nicht. Er hatte sogleich erkannt, dass es der fehlende Teil des Amuletts war, das seine Großmutter am Morgen bei dem Toten gefunden hatte.

»Das ist noch nicht alles«, flüsterte Aleidis und reichte ihm einen breiten Riemen. Anschmiegsam war er und rau zugleich.

»Was ist das?«

Aleidis' Gesicht wirkte versteinert. »Es ist einer von Satans Gürteln.«

Hannes konnte kaum atmen. »Der Gürtel aus Menschenhaut?«

»Ja, ich habe ihn, genau wie das Stück des Amuletts, draußen im Versteck deines Vaters gefunden.«

Hannes begann zu schwitzen. Jeder in der Familie wusste, dass Rudolff Teile seines Lohns einbehielt und sie unter einem Stein am Stall verbarg.

»Komm jetzt«, drängte Aleidis. »Du musst zu St. Pantaleon und das silberne Kreuz holen. Wenn dein Vater morgen früh zurückkehrt, muss alles bereit sein.«

Sie zeichnete ihm ein Kreuz auf die Stirn. »Gott ist mit dir«, sagte sie feierlich.

Von da an fühlte sich Hannes gestärkt und bereit. Jeder Zweifel war verflogen. Das Blut, der Gürtel, das Amulett, die Leichenteile. Wie viele Beweise brauchte er noch? Nein, nun galt es, ein Diener Gottes zu sein und dem Teufel Einhalt zu bieten. Hannes wurde zu einem Ritter in heiliger Mission, fühlte sich als Krieger des Herrn, der gegen das Böse zu Felde zog.

»Wenn du im Gotteshaus bist«, mahnte seine Großmutter noch, »bring auch Asche aus der Sakristei mit. Du findest welche im Weihrauchschwenker. Wir brauchen den geweihten Ruß, um dich später damit einzureiben. Damit wirst du für Satan unverwundbar, wenn du deine fromme Aufgabe erfüllst.«

Hannes lief los. Voller Kampfgeist rannte er zuerst im Schatten der mächtigen Stadtmauer, überquerte dann hinter der Karthäusermühle Felder, die bereits zu St. Pantaleon gehörten, und erreichte atemlos die Abtei. Er nahm kaum wahr, dass es zu regnen begann, als er über die Mauer in den Klostergarten sprang und zur Kirche lief. Mit weichen Knien drückte er die Klinke der Pforte am Seitenschiff nach unten. Zu seiner Erleichterung ließ sich die Tür öffnen. Er huschte am Beichtstuhl vorbei zum Altar.

Die ewige Kerze brannte neben dem Tabernakel, in dem das silberne Kreuz aufbewahrt wurde, das der Priester vor jeder Kommunion in die Höhe hielt. Hannes öffnete die goldene Lade. Vor ihm stand das Kreuz. Das Silber schimmerte schwach im Schein der wenigen brennenden Kerzen. Hannes griff danach. Schwer war es, schwer und kalt.

Schon wollte er zum Ausgang eilen, als ihm die Asche in den Sinn kam. Sein Blick fiel auf die Tür, die zur Sakristei führte. Ohne lange zu überlegen, lief er hinüber und drehte den Knauf. Er ließ sich nicht bewegen. Hannes versuchte es noch einmal. Ohne Erfolg.

Behutsam stellte er das schwere Kreuz auf den Boden und versuchte nun mit beiden Händen, die Sakristeitür zu öffnen, doch es gelang ihm nicht. Beherzt griff er wieder das Kreuz. Der Kampf musste auch ohne Asche erfolgreich sein. Er lief gerade am Taufbecken vorbei, als er eine Stimme vernahm.

Sie kam von draußen. Hannes sprang die Stufen zum Altar hinauf, stellte das Kreuz in den Tabernakel zurück, eilte wieder hinab und schaffte es gerade noch, sich in eine der Kirchenbänke zu ducken. Mit klopfendem Herzen wagte er einen raschen Blick über die Schulter.

Er erkannte Bruder Antonius.

Der kleine Mönch mit den dicken Fingern arbeitete in der Backstube des Stifts und steckte Hannes manchmal Brot zu. An seiner Hand führte er einen ärmlich gekleideten Jungen von höchstens zwölf Jahren. Seine flachsblonden Locken leuchteten im Kerzenlicht und umrahmten sein sommersprossiges Gesicht wie ein Heiligenschein. Die beiden gingen an ihm vorbei, ohne ihn zu entdecken.

Hannes wollte gerade aufatmen, wähnte sich schon in Sicherheit, als Bruder Antonius sich auf einmal umdrehte. »Was machst du hier inmitten der Nacht!« Freundlich klangen die Worte nicht. Während Hannes nach einer Erklärung suchte, packte ihn der Mönch schon am Kragen und schleifte ihn zum Ausgang. Hannes warf einen Blick auf den Jungen, der an einem Pfeiler lehnte und mit hängenden Schultern zu Boden starrte.

»Halt dich gerade, Claaß!«, zischte der Mönch ihm zu, während er Hannes unsanft ins Freie beförderte. Dieser wunderte sich darüber, wie grob er angefasst wurde und wie sanft Bruder Antonius anschließend die schwere Pforte schloss.

Es regnete jetzt in Strömen. Hannes verbarg sich hinter einer dichten Rosenhecke und behielt die Tür des Seitenschiffs im Auge. Ohne das silberne Kreuz traute er sich nicht heim.

Er überlegte. Was mochte Bruder Antonius mit dem Jungen nachts in der Kirche zu schaffen haben. Notbeichte? Läuterung? Was es auch war, es konnte nicht ewig dauern.

Hannes kletterte auf eine Kastanie, setzte sich rittlings auf einen dicken Ast und lehnte sich gegen den Stamm. Hier war er vor dem Regen geschützt. So saß er da und versuchte, nicht an die Aufgabe zu denken, die noch vor ihm lag.

Es gelang ihm nicht.

Zweifel begannen an ihm zu nagen. War sein Auftrag wirklich heilig? Hatte er tatsächlich ein Zeichen von Gott erhalten? Hatte sich der Erlöser ihm wahrhaft gezeigt und ihm diese bedeutende Aufgabe übertragen? Angst kroch unter seine Haut. Er begann zu frösteln, zog die Beine an den Körper und umschloss sie mit den Armen. Gottes Beistand schien ihm auf einmal nicht mehr sicher, und er fragte sich, ob er dieser schweren Prüfung gewachsen war.

Sein Vater war ein kräftiger Mann, er würde sein Erdendasein mit Sicherheit nicht kampflos aufgeben, zumal die ewige Verdammnis auf ihn wartete. Erst recht, wenn er tatsächlich den Teufelspakt geschlossen hatte. Hannes' Hochgefühl begann sich aufzulösen, auch weil der Mönch und der Knabe einfach nicht aus der Kirche kamen.

Hannes' Gedanken wanderten zu dem Jungen. Er hatte ängstlich ausgesehen. Ängstlich und traurig zugleich, wie er da so in die

Kirche geführt worden war. In diesem Augenblick durchfuhr ihn ein Gedanke: Es gab viele Wege, das Gotteshaus zu betreten, und es gab genauso viele wieder hinaus.

Er schlug sich mit der flachen Hand vor die Stirn: Wie hatte er nur so tölpelhaft herumsitzen können? Mit großer Wahrscheinlichkeit war die Luft längst rein. Schon graute der Morgen, und bald kam sein Vater von der Arbeit. Hannes musste handeln, wenn er seine Aufgabe erledigen wollte. Die Großmutter sollte stolz auf ihn sein.

Er fasste sich ein Herz, sprang vom Baum und betrat erneut St. Pantaleon. Seine nassen Fußsohlen hinterließen deutliche Abdrücke auf dem kalten Steinboden, aber das kümmerte ihn nicht. Abermals huschte er die Stufen zum Altar hinauf. Leise. Lauschend. Beherzt griff er ein zweites Mal nach dem Kreuz im Tabernakel.

Als er gerade hinauslaufen wollte, hörte er ein lautes Stöhnen. Er erschrak so sehr, dass ihm das Kreuz beinahe aus der Hand geglitten wäre. Schnell verbarg er sich hinter einer Säule. Da, wieder. Das Stöhnen kam aus einem der Beichtstühle. Laut und tief.

Hannes' Herz pochte bis zum Hals. Raus hier, befahl er sich. Raus hier, aber schnell. Er lief los, aus der Kirche, quer durch den Garten, kletterte auf die Mauer und sprang hinüber. Er rannte, ohne sich umzusehen, und war völlig außer Atem, als er die Hütte erreichte.

Die Großmutter wartete ungeduldig. »Warum warst du so lange fort?«

Hannes erzählte, was geschehen war.

»Ohne heilige Asche wird das Unterfangen bedeutend schwieriger!«, sagte sie, sprach ihrem Enkel dennoch Mut zu und führte ihn hinters Haus.

»Du musst dich nun nackt ausziehen«, sagte sie und half ihm behutsam aus Wams und Beinlingen.

Als er entkleidet war, rieb sie ihn mit der Paste ein, die sie am Abend zusammengerührt hatte. Sie stank widerwärtig. Anschließend drückte sie Hannes das silberne Kreuz in die Hand.

»Warte, bis er eingeschlafen ist«, sagte sie. »Dann stoße ihm mit all deiner Kraft eine der Spitzen des Kreuzes ins Herz. Er wird sich nicht wehren. Es wird alles ganz schnell gehen.«

Hannes' Zähne schlugen leise aufeinander. Gedanken wirbelten durch seinen Kopf. Der Mensch, den er gleich töten sollte, war sein eigener Vater. Dieser Mann hatte ihn gezeugt, ihn genährt und ihm ein Dach über dem Kopf gegeben, wie abscheulich seine Taten auch waren.

»Er ist kein Mensch!«, beschwor ihn Aleidis, als könne sie seine Gedanken lesen. »Denk fest daran! Er handelt in Satans Auftrag. Entsinne dich der armen Seelen, die er erbarmungslos gemeuchelt hat!«

Kurze Zeit später hörten sie Rudolff kommen. Aleidis legte ihre Hände auf Hannes' Kopf und begann zu beten.

Es verging nicht viel Zeit, bis Rudolff zu schnarchen anfing. Aleidis geleitete ihren Enkel zur Tür, zeichnete ein letztes Mal ein Kreuz auf seine Brust und schob ihn in die Hütte.

Hannes trat an das Lager. Der stark behaarte Brustkorb seines Vaters hob und senkte sich im gleichmäßigen Rhythmus seiner Atmung. Hannes blieb einen Schritt vor der Bettstatt stehen.

Er zögerte. *Du sollst nicht töten. Er ist der Werwolf. Du sollst Vater und Mutter ehren. Er tötet bestialisch.*

Hin und her gerissen zwischen Gottes Geboten, Pflichtgefühl und Abscheu vermochte er nicht, seinen Auftrag zu erfüllen.

Da schnellte Aleidis vor, umschloss seine Hände mit ihren und stieß das heilige Kreuz aus der Kirche zu St. Pantaleon mit aller Kraft in Rudolff Weingarts Brust.

ALT-KASTER, IM JANUAR

Als Amanda aufwachte, fühlte sie sich besser. In der Nacht war sie von Alpträumen verschont geblieben. Sie stand auf und ging ins Erdgeschoss.

Von Aaron keine Spur. Amanda lief durch das Haus, fand ihn aber nirgends. Es enttäuschte sie, dass er ohne Abschied verschwunden war; nicht einmal eine Notiz hatte er dagelassen. Andererseits passte es zu ihm. Aaron war ein lieber Kerl, der beste Bruder der Welt, aber auch unzuverlässig und zeitweise unberechenbar. Amanda schluckte ihre Niedergeschlagenheit herunter. Sie hatte sich längst abgewöhnt, sich zu viele Gedanken um ihn zu machen. Sie ging in die Küche, trank Apfelsaft aus der Flasche und aß zwei Bananen. Ein Blick in den Kühlschrank zeigte ihr, dass sie dringend einkaufen musste. Außer einem Joghurt und einigen Scheiben Toastbrot war nichts mehr im Haus.

Eigentlich hatte sie sich vorgenommen, ihre Tante zu besuchen, aber nach dem Erlebnis am letzten Abend fühlte sie sich dafür nicht stark genug. Außerdem schneite es schon wieder, dicke Wolken hingen über Kaster. Sie verlümmelte den Tag auf dem Sofa und stand nur auf, um Blacky in den Garten zu lassen. Am Nachmittag telefonierte sie mit Leo. Er drängte darauf, sie besuchen zu dürfen, aber Amanda vertröstete ihn. Viel lieber wollte sie Zeit mit Aaron verbringen, den sie im Laufe des Tages zurückerwartete.

Aber ihr Bruder ließ sich nicht blicken. Auch die SMS, die sie ihm am späten Abend schickte, blieb unbeantwortet. Um sich abzulenken, ging sie gegen Mitternacht noch einmal mit Blacky vor die Tür. Es schneite immer noch, allerdings fielen nur noch vereinzelte Flocken zur Erde. Sie und Blacky hinterließen deutliche Abdrücke im Schnee.

Die kalte Luft tat Amanda gut. Sie blieb unter den mächtigen Kastanien stehen, schloss den Reißverschluss ihrer Daunenjacke bis zum Hals und atmete tief ein. Dabei sah sie Licht im Haus der Nachbarin. Spontan entschied sie sich, ihr noch einen kurzen Besuch abzustatten.

Mit Blacky an der Leine, ihrem Handy in der anderen Hand und dem Finger auf der Kurzwahl zur Notrufnummer machte sie sich auf den Weg zu Katharina Ebbust. Beim Anblick des verschneiten efeuumrankten Hauses wurde Amanda von einem mulmigen Gefühl ergriffen. Der Überfall war gerade einen Tag her, deshalb behielt sie die Umgebung fest im Blick, obwohl sie wusste, dass der Angreifer in Untersuchungshaft saß. Erleichtert sprang sie zusammen mit Blacky schließlich die Stufen zur Haustür hinauf und klopfte.

Ein Mann öffnete. Er trug eine altmodische Kutte mit Kapuze, die ihm tief in die Stirn hing; sein Gesicht war bis zur Nase von einem Schal bedeckt. Seine Augen verdeckte eine Sonnenbrille und seine Hände steckten in feinen weißen Stoffhandschuhen. Instinktiv wich Amanda zurück. Blacky knurrte.

»Amanda«, sagte der Vermummte und sprach ihren Namen so aus, als wären sie alte Freunde. »Schön, dass du vorbeikommst.« Sie versuchte gelassen zu klingen. »Ich wollte eigentlich zu Katharina.«

»Sie schläft. Möchtest du trotzdem hereinkommen?«

Amanda zögerte.

Der Mann lehnte sich lässig gegen den Türrahmen und verschränkte die Arme vor der Brust. »Bist du okay? Ich meine, wegen gestern. Hast du dich von dem Überfall erholt?« Er streckte ihr eine Hand entgegen. »Ich heiße Peer, ich habe den Idioten in die Flucht geschlagen.«

Erst jetzt erkannte Amanda den Mann, der sie gerettet hatte. Sie erwiderte seinen Händedruck. »Danke. Wer weiß, was passiert wäre, wenn du nicht aufgetaucht wärst.«

»Es war keine große Sache.«

»Trotzdem. Danke noch mal.«

»Komm rein«, sagte Peer.

Er ging ins Haus, und Amanda wollte ihm folgen, aber Blacky weigerte sich, die Türschwelle zu übertreten.

Amanda ging in die Hocke und streichelte den Hund, doch Blacky hörte nicht auf zu knurren. Schließlich band sie das Tier am Treppengeländer an. »Ich bleibe nicht lange«, sagte sie und ging ins Haus.

Sofort fühlte sie sich, trotz der Ereignisse vom Vortag, wohl. Im Kamin knisterten glühende Holzscheite. Der Schornsteinfeger musste also da gewesen sein.

Peer bot ihr einen Platz auf einer Bank an, die vor der Feuerstelle stand.

Amanda musterte ihn. »Bist du Katharinas Freund? Mann? Lebensgefährte?«, fragte sie geradeheraus.

Peers Antwort kam stockend. »Katharina und ich ... wir haben ... wir sind Freunde.«

Amanda schwieg, während er Tee zubereitete.

Warum behielt er Schal und Kapuze an, obwohl es im Haus

warm war? Und warum legte er nicht einmal die Sonnenbrille ab? Was war das für ein Freak? Sein Alter konnte Amanda schwer schätzen, nicht nur wegen der Vermummung. Einerseits wirkte er jung, andererseits bewegte er sich etwas schwerfällig. Als sich Peer kurze Zeit später zu ihr setzte, begann er zu reden, ohne dass Amanda eine Frage gestellt hatte. Offensichtlich ahnte er, was in ihr vorging.

»Ich leide an Porphyrie«, sagte er. »Diese Krankheit äußert sich in einer extremen und sehr schmerzhaften Lichtempfindlichkeit. Jeder Kontakt meiner Haut mit Licht kann zu massiven Hautveränderungen und Gewebeschäden führen. Deshalb verbringe ich mein Leben größtenteils in Dunkelheit.«

»Soll das heißen, dass du niemals vor die Tür gehen kannst?«, fragte Amanda.

»Natürlich, ich kann rausgehen. Nur nicht am helllichten Tag.«

Amanda stellte ihre Teetasse ab und starrte Peer an. »Ich mag die Dunkelheit, aber kein Mensch kann ausschließlich in Finsternis leben. Zum Überleben brauchen unsere Zellen die Sonne und UV-Strahlen, das ist erwiesen!«

»Meinen Zellen schaden UV-Strahlen. Es ist ein Gendefekt, damit muss ich leben.«

»Und was soll die Vermummung jetzt? Die Sonne scheint nicht, und hier drin droht dir keine Gefahr, oder?«

»Jede Lichtquelle schadet mir, die Glut des Feuers kann ich noch gerade so ertragen. Aber ansonsten ist es schwierig. Sogar das Mondlicht kann mir gefährlich werden«, sagte Peer. »Na ja, genau genommen ist es Gewohnheit. Ich fühle mich einfach sicherer, wenn ich so angezogen bin. Zumal meine Haut durch frühere Sonneneinstrahlung schon stark geschädigt wurde und ich gerade an den Händen und im Gesicht entstellt bin. Kindheitsverfehlungen und mangelnde Kenntnis.«

»Aber wie kommst du zurecht?«

Peer antwortete nicht.

»Und Katharina?«, fragte Amanda vorsichtig weiter. »Ist sie deine Schwester?«

»Nein, wir sind … ich bin nur selten hier. Ich will keine Belastung für sie sein.«

Amanda sah ihn fragend an.

»Ehrlich gesagt, ganz so ist es nicht«, sagte Peer. »Katharina weiß nicht, dass ich mich manchmal nachts hereinschleiche.«

»Was heißt das?«

»Ich bin schuld, dass ihr vor vielen Jahren übel mitgespielt wurde. Wir hatten einen schlimmen Streit deswegen.« Peer goss Tee nach. Er selbst trank nichts, wie Amanda bemerkte. »Seitdem sprechen wir nicht mehr miteinander. Aber ich vermisse sie, ihre Nähe, ihre Gesellschaft. Deshalb komme ich nachts her, sitze auf der Bank, lese ein Buch oder träume vor mich hin und warte, bis die Glut im Kamin völlig erloschen ist. Zum Glück hat Katharina einen sehr festen Schlaf, nicht einmal ein Erdbeben könnte sie wecken. Ich bin einfach gern in ihrer Nähe, und bevor sie aufsteht, bin ich verschwunden.«

»Und das Feuer?«, fragte Amanda. »Wird sie da nicht stutzig?«

»Ich lege ja kein Holz nach«, antwortete Peer.

Amanda fühlte sich unbehaglich bei dem Gedanken, dass sie hier mit einem ungebetenen Gast in einem fremden Haus saß. Peers Geschichte klang unglaublich, und sie wusste nicht, was sie von der Sache halten sollte. »Und meinst wirklich, dass Katharina nichts von deinen heimlichen Besuchen weiß?«

Peer zuckte mit den Achseln. »Ich glaube nicht.«

Amanda leerte ihre Teetasse und stand auf. Auf einmal begann sie zu frösteln, obwohl das Feuer immer noch brannte. Vor der Tür bellte Blacky wie eine Verrückte, Amanda wollte das Tier nicht länger warten lassen.

»Ich muss los«, sagte sie.

Peer stand ebenfalls auf. »Soll ich dich nach Hause bringen?«

»Nein.« Amanda ging zur Tür und machte einen großen Schritt in die klare Nachtluft. Blacky sprang an ihr hoch und hörte endlich auf zu bellen. In diesem Moment hörte Amanda wieder das laute Klopfen, dass sie nachts zuvor geweckt hatte. Lärmend, wie das Schlagen eines Hammers auf einen Amboss.

»Was ist das?«

»Das ist Isabell«, sagte Peer. »Sie arbeitet in der Werkstatt.«

»Isabell?«

»Katharinas Tochter.«

Amanda war überrascht und gleichzeitig neugierig. »Soll ich ihr kurz Hallo sagen?«

Peer wirkte abweisend. »Lass sie lieber in Ruhe, sie mag Fremde nicht besonders.«

»Er kann niemals bei Tageslicht rausgehen«, sagte Amanda und setzte sich auf das Bett ihres Bruders, der zu ihrer Erleichterung zurückgekommen war, während sie in Katharinas Haus gewesen war. »Das kleinste bisschen Licht hat für ihn enorme Konsequenzen.«

Aaron richtete sich auf. »Ist ja irre! Aber soweit ich weiß, steht ihr Gothics doch auf solche Sachen.«

»Ja, aber diese Variante ist schon ziemlich krass. Überleg mal, was Peer für ein Leben führt. Freunde wird er nicht viele haben.«

»Jetzt hat er ja dich.«

»Witzig.«

»Wirst du Katharina von eurem Treffen erzählen?«

»Das geht nicht. Ich habe ihm versprochen, nicht mit ihr über ihn zu reden.« Sie stand auf. »Ich gehe jetzt schlafen. Frühstücken wir morgen zusammen?«

»Auf jeden Fall.«

»Aber nicht, dass du schon wieder von der Bildfläche verschwunden bist«, sagte Amanda. »Wo hast du dich eigentlich den ganzen Tag herumgetrieben? Wirklich, Aaron, kannst du dir nicht angewöhnen, mich ein bisschen mehr einzuweihen?«

Ihr Bruder machte ein schuldbewusstes Gesicht.

»Ich meine es ernst«, fuhr Amanda fort. »Wieso antwortest du nicht einmal auf meine SMS?«

Aaron sah sie einen Augenblick lang schweigend an.

»Ich war bei einem Freund«, sagte er dann und klang etwas genervt. »Er verbringt die Tage bei seinen Eltern, es sind ja noch Ferien. Aber er fühlt sich da ziemlich allein gelassen.«

»Und warum fährt er dann nicht ins Internat zurück? Ihr könntet dort an den letzten Ferientage gemeinsam was unternehmen. Die Schule fängt doch erst in vier Tagen wieder an.«

»Sein kleiner Bruder ist krank, er sitzt den ganzen Tag an seinem Bett und liest ihm vor. Heute habe ich versucht, ihn aufzuheitern. Er wohnt hier ganz in der Nähe. Allerdings möchte ich auch wenigstens ein bisschen für dich da sein.«

»Du bist lieb.« Amanda bekam fast ein schlechtes Gewissen, weil sie Aaron Vorwürfe gemacht hatte.

Ihr Bruder blieb gelassen. »Ich wollte dich nicht mit meinem Kram belasten. Und jetzt solltest du schlafen. Morgen ist auch noch ein Tag.«

Amanda stand auf und umarmte ihn. »Ich hab dich sehr lieb. Es wäre schön, wenn es von deiner Sorte mehr auf dieser Welt geben würde.«

»Diese Welt?« Ihr Bruder lächelte. »Das ist ein sehr abstrakter Begriff.«

Amanda erwiderte nichts, ging in ihr Zimmer und dachte noch einen Augenblick über Aarons Bemerkung nach. Ihr Bruder steckte voller Geheimnisse, und was er tat oder sagte, warf häufig Fragen auf. Antworten erhielt Amanda dagegen meistens nicht. Deshalb ließ sie diesen Gedanken sofort wieder los, schminkte sich ab, zog sich aus und legte sich ins Bett. Es dauerte nicht einmal zwei Minuten, und sie war eingeschlafen.

Am nächsten Morgen wachte Amanda früh auf, versorgte Blacky, deckte anschließend den Frühstückstisch für zwei, schwang sich auf Tante Hedwigs Fahrrad und fuhr zum Bäcker. Aaron aß zum Frühstück ausschließlich Rosinenbrot.

Doch als sie von ihren Besorgungen zurückkam und nach ihm rief, ließ er sich nicht blicken.

Von einer Ahnung getrieben, sprang sie die Treppen zum Dachgeschoss hoch. Ihre Befürchtung wurde zur Gewissheit. Aaron war mal wieder verschwunden, das Bett glatt gestrichen, von seinen persönlichen Sachen nichts zu sehen. Wieder hatte er nicht mal einen Zettel hinterlassen. Amanda stand einige Minuten unschlüssig da, so groß war ihre Enttäuschung. Der erste Gedanke war, Aaron von ihrer Niedergeschlagenheit zu erzählen. Aber wahrscheinlich hatte er sein Handy sowieso nicht an, und außerdem brauchte sein Freund ihn vielleicht dringender. Der einzige Trost war, dass Aaron jederzeit genauso unvermittelt wieder auftauchen konnte, wie er verschwunden war. Trotzdem fühlte sie sich einsam.

Mit hängenden Schultern stieg sie die Treppe hinunter und stockte. Die Tür zum Garten stand offen, und am Tisch saß der Junge, der neulich nachts an ihre Tür geklopft hatte. Er saß einfach nur da, in den gleichen Kleidern wie bei ihrer ersten Begegnung, und starrte sie mit offenem Mund an.

»Wie bist du hereingekommen?«, fragte Amanda. Sie war sich sicher, dass sie den Riegel von innen vor die Tür geschoben hatte.

Der Kleine antwortete nicht.

Als Amanda einen Schritt auf ihn zumachte, sprang er auf und verschwand durch die Hintertür.

Amanda lief ihm ein paar Meter nach, aber wieder löste er sich geradezu in Luft auf. Amanda ging in die Küche zurück, verriegelte die Tür und versuchte zu frühstücken, bekam aber kaum einen Bissen herunter. Warum kreuzte der Kleine hier bei ihr auf? Was wollte er? Und wo war Aaron? Konnte er sich nicht ein Mal anständig von ihr verabschieden?

Amanda leerte eine Coladose und versuchte anschließend ihre Mutter zu erreichen, um zu erfahren, wann Tante Hedwigs Bruder endlich käme. Aber Irmelis' Handy war ausgeschaltet. Amanda schickte ihr eine SMS.

Am späten Vormittag raffte sie sich auf und fuhr von der Haltestelle »Kaster-Rathaus« mit dem Bus nach Bedburg. Sie hatte ihrer Mutter versprochen, Tante Hedwig zu besuchen, und sich viel zu lange davor gedrückt. Sie hasste Krankenhäuser. Um die Anhäufung von Menschen, die von Leid gezeichnet durch die Flure schlichen, und den Geruch, der allen Kliniken eigen war, machte sie normalerweise einen riesigen Bogen.

Sie stieg am »Kölner Platz« aus und ging die wenigen Meter zum Krankenhaus zurück. Immerhin war das St. Hubertusstift kein seelenloser Betonklotz, sondern ein rotes Backsteinhaus in Nachbarschaft einer Kirche.

Tante Hedwigs Zimmer befand sich auf der Intensivstation am Ende des Flurs in der ersten Etage. Es roch nach Krankheit.

Maschinen übertönten Tante Hedwigs Atmung. Obwohl der Raum überheizt war, behielt Amanda ihre Jacke unter dem Hygienekittel an, als sie sich auf den Stuhl neben dem Bett setzte. Sie würde nicht lange bleiben.

Tante Hedwigs Wangen waren eingefallen, und ihre Haut schimmerte durchsichtig wie Transparentpapier, sodass die Adern sichtbar waren. Sie trug ein OP-Hemd. Amanda erschrak. Sie hatte vergessen, frische Wäsche mitzubringen. Sie nahm sich fest vor, beim nächsten Mal daran zu denken.

Ihr Blick fiel auf Hedwigs linken Arm, der auf der Bettdecke lag. Eine blaue Kanüle steckte in einer Ader ihrer Hand. Rund um die Einstichstelle war ein dicker Bluterguss zu sehen.

Um sich abzulenken, fixierte Amanda das Bild an der Wand hinter dem Bett. Picassos Friedenstaube. Der Druck hing schief. Sie stand auf und rückte das Bild gerade. Anschließend setzte sie sich wieder und vermied es, Tante Hedwig anzusehen. Angestrengt dachte sie über ein Gesprächsthema nach.

»Reden Sie einfach mit ihr«, hatte die Krankenschwester auf dem Flur gesagt. Das hatte so leicht geklungen, aber Amanda brachte kein Wort heraus.

»Blacky geht es gut«, sagte sie schließlich irgendwann leise. »Sie knurrt mich nicht mehr an, frisst und streunt durch den Garten. Du kannst also ganz beruhigt sein.«

Tante Hedwig zeigte keine Reaktion. Die Bettdecke hob und senkte sich im stets gleichen Rhythmus ihres Atmens.

»Gestern habe ich Peer kennengelernt. Er hat Katharina besucht. Wusstest du, dass er sich nachts heimlich in ihr Haus schleicht? Du musst mir erzählen, was du über ihn weißt, wenn du wieder gesund bist.«

Die Tür wurde mit Schwung geöffnet, eine Krankenschwester flog in den Raum. Sie würdigte Amanda keines Blickes, kontrollierte Hedwigs Geräte und verschwand mit dem gleichen Schwung, mit dem sie gekommen war.

»Aaron hat mich übrigens besucht. Mutter hat ihn geschickt, und er hat in dem Zimmer oben unter dem Dach übernachtet. Ich hoffe, dass es dir recht war.« Sie saß noch einen Augenblick schweigend da. Schließlich stand sie auf und verließ erleichtert das Krankenzimmer. Für heute hatte sie ihre Pflicht getan. Tibor wartete, und sie hatte eine Therapiesitzung bei Dr. Schulte-Herder.

Amanda fuhr nach Köln, holte ihren kleinen Bruder von der Grundschule ab und machte sich mit ihm auf den Weg zur Einsturzstelle des Stadtarchivs. Der Krater sah aus wie eine offene Wunde im Asphalt. Eine Weile beobachteten sie das Treiben in der Tiefe. Bagger trugen Erde ab, die auf Lastwagen verfrachtet und abtransportiert wurde. Tibor hüpfte begeistert umher und plapperte aufgeregt. Er war wie die meisten Jungen seines Alters, lebte in einer Welt, in der Bagger und Star-Wars-Figuren größte Glückseligkeit bedeuteten. Schweren Herzens übergab Amanda ihn am späten Nachmittag seiner Tagesmutter, die ihn am vereinbarten Treffpunkt am alten Polizeipräsidium erwartete.

»Du siehst nicht gut aus«, sagte Christa und musterte Amanda unverhohlen. »Ist irgendwas nicht in Ordnung? Dein Kajal ist ja völlig verschmiert. Hast du geweint?«

»Alles okay«, sagte Amanda schnell, gab vor, es eilig zu haben, und wollte los. Aber Tibor begann zu weinen, schlang seine Arme um ihre Hüften und drückte sich an sie. Es dauerte eine Weile, bis Christa es schaffte, ihn von ihr wegzuziehen und ihn mit einem Besuch in einem Schreibwarenladen zu ködern. Die Aussicht auf neue Star-Wars-Karten verfehlte die Wirkung nicht.

Amanda sah den beiden nach, bis sie aus ihrem Blickfeld verschwunden waren. Sie spürte, wie sehr sie auch an ihrem kleinen Bruder hing. Schließlich wandte sie sich ab und ging in Richtung Rhein. Bis zu ihrer Therapiesitzung war noch Zeit.

Schneeflocken fielen aus dunstiger Höhe, aber sie blieben nicht liegen. Es wehte ein leichter Wind, die feuchte Kälte war unangenehm.

Amanda erreichte die nahezu menschenleere Uferpromenade. Der Rhein floss rechts von ihr dahin. Lastkähne fuhren beinahe geräuschlos vorbei. Ihr Magen knurrte. Seit Tagen hatte sie nichts Vernünftiges gegessen, und überhaupt, wirklich gut ging es ihr nicht. Die Geschichte mit der überfahrenen Gestalt auf der Straße hatte sie nur verdrängt, nicht verarbeitet, und den Überfall hatte sie auch noch nicht verdaut. Nach wie vor spürte sie die Druckstelle des Messers an ihrem Hals. Dazu kreisten ihre Gedanken um Peer. Sein Schicksal bewegte Amanda, gleichzeitig ging von ihm eine undefinierbare Bedrohung aus. Sicher, er hatte ihr beigestanden und diesen widerlichen Junkie in die Flucht gejagt. Er war sympathisch, weder aufdringlich noch völlig verschlossen, aber so ganz traute Amanda ihm nicht über den Weg. Oder wurde ihre Unruhe durch seine Vermummung ausgelöst? Ja, das schien plausibel. Es war schwer, einen Menschen einzuschätzen, dem man weder in die Augen noch ins Gesicht schauen konnte.

Amanda blieb stehen, lehnte sich gegen das Geländer und sah über den Rhein nach Deutz, konnte aber nicht viel erkennen, weil der Schnee nun dichter fiel. Sie rieb ihre klammen Hände aneinander. Dabei fiel ihr Blick auf ihre Finger, und sie bemerkte, dass der schwarze Nagellack an einigen Stellen abgesplittert war. Außerdem hatte sie offenbar heftig an ihren Nägeln gekaut und die Nagelhaut abgerissen. Fast alle Finger waren blutverkrustet. Verunsichert schob sie ihre Hände in die Taschen ihrer schwarzen Jeans. Sie konnte sich nicht erinnern, dass sie auf ihren Nägeln herumgebissen hatte.

Langsam setzte sie ihren Weg fort. Doch sie kam nur bis zur Höhe des Maritim-Hotels. Ab hier war die Promenade unpassierbar. Rot-weißes Absperrband machte ein Durchkommen unmöglich; Rettungsfahrzeuge und Streifenwagen versperrten zusätzlich den Weg.

Amanda sah einen leblosen Körper auf dem nassen Boden liegen. Jemand hatte ein weißes Tuch über ihn gedeckt, nur die Schuhe lugten darunter hervor. Turnschuhe. Weiß mit roten Streifen. Ein Leichenwagen fuhr heran. Amanda drehte sich weg. Eine Leiche war das Letzte, was sie jetzt sehen wollte.

Mit Blick auf ihre Armbanduhr stellte sie fest, dass die Zeit heute einfach nicht verging. Bis zur Therapiesitzung blieb ihr noch über eine Stunde.

Sie entschloss sich, einen Abstecher in die Schildergasse zu machen, entfernte sich von der Promenade, überquerte die Pipinstraße und ging am Gürzenich vorbei zu Kölns bekannter Einkaufsstraße.

Hier herrschte großer Andrang. Die obligatorischen Umtauschaktionen nach Weihnachten hielten offenbar an. Menschenmassen schoben sich an den hell erleuchteten Auslagen der Geschäfte vorbei. Amanda ließ sich treiben, versuchte die Geschehnisse um sich herum wahrzunehmen, um sich vom Kreisen ihrer eigenen Gedanken abzulenken. Auch die Kopfschmerzen, die sie schon wieder plagten, versuchte sie zu ignorieren. Unmittelbar vor dem Eingang zum Kaufhof stand ein Mann, erhöht auf einem Steinpoller, und verkündet lautstark das Ende der Welt, kaum beachtet von den Passanten. Auch Amanda wäre an ihm vorbeigelaufen, hätten sich ihre Blicke nicht getroffen. Schlagartig verstummten alle Geräusche.

Stille.

Amanda blieb abrupt stehen und sah den Prediger mit weit aufgerissenen Augen an. Er trug eine braune Kutte, um den Bauch eine einfache Kordel. Keine Schuhe an den Füßen. Der barfüßige Mann schien sie mit seinem Blick zu durchbohren. Amanda hielt ihm stand. Sekundenlang ließen sie sich gegenseitig nicht aus den Augen, bis sich seine Lippen zu einem Wort formten:

Bete!

Skeptisch schob Amanda den Kopf ein wenig vor und konzentrierte sich auf seinen Mund. Aber es war kein Zweifel möglich. Bete, wiederholte er, ohne einen Laut von sich zu geben. Bete!

Amanda ging kopfschüttelnd und mit schnellem Schritt weiter. Der Lärm der Straße drang wieder an ihr Ohr. Nach wenigen Metern drehte sie sich noch einmal um, aber sie konnte den Mann nicht mehr ausmachen. Noch bevor sich Amanda weiter Gedanken über den merkwürdigen Prediger machen konnte, bemerkte sie eine Traube Menschen, die sich vor dem Portal der Antoniterkirche drängelte. Einige knieten sogar auf den Steinplatten der Fußgängerzone und beteten laut das Vaterunser. Darüber wunderte sich Amanda nicht. Sie wusste, dass in der kleinen Kapelle, die in direkter Nachbarschaft von Peek & Cloppenburg stand, immer wieder außergewöhnliche Veranstaltungen stattfanden.

Die vielen Verkäufer mit altertümlichen Bauchläden, die alle paar Meter vor den Geschäften standen, erregten da schon eher ihre Aufmerksamkeit, vor allem weil sich um sie herum Scharen von Menschen versammelten. Normalerweise interessierte sich Amanda nicht im Geringsten für den Ramsch fliegender Händler, aber offenbar spielten sich hier tumultartige Szenen ab. Die Leute stritten sich um die Ware, rissen sie sich sogar gegenseitig aus den Händen. Neugierig ging sie auf einen Händler zu, der von einer großen Menschenmenge umringt war. Nur sein Kopf überragte den Massenandrang. Er trug eine grüne Zipfelmütze, sein rundes Gesicht war feuerrot. Erst in diesem Moment fiel Amanda auf, dass die Menschen, die ihn bedrängten, aussahen, als seien sie einem Film über das Mittelalter entsprungen. Die meisten Männer trugen dunkle Wolljacken, eng anliegende Stiefel und Filzhüte. Andere waren ärmlich gekleidet, in Lumpen gehüllt und hatten nicht einmal Schuhe. Andere hoben sich dagegen deutlich von der Menge ab, weil sie in farbenprächtige Gewänder gehüllt waren.

Amanda runzelte die Stirn. Noch merkwürdiger empfand sie die Szenerie, als sie erkannte, was der Händler verkaufte. Es waren Amulette, Ketten und Armbänder, allesamt mit einem Pentagramm als Motiv. Sie sah sich um. Köln war eine Medienstadt, nicht selten wurden hier ganze Serien oder Spielfilme gedreht. Aber sie konnte keine Kameras entdecken.

Der Händler mit der grünen Mütze bahnte sich einen Weg zu ihr und hielt ihr geschäftig mehrere Anhänger unter die Nase. Ein dürrer, edel gekleideter Mann schob sich zwischen ihn und Amanda, stellte sich breitbeinig vor den Verkäufer. »He! Ich war zuerst da!«, schrie er. »Gebt mir fünf Amulette und drei Armbänder. Sind die Pentagramme auch geweiht?«

»Gewiss, Herr«, sagt der Händler und blinzelte Amanda zu.

Schon drängelten andere nach. Der Händler bediente sie geflissentlich, ließ Amanda aber nicht aus den Augen. »Kauft ein Pentagramm«, rief er, und Amanda wurde das Gefühl nicht los, dass er sie meinte. »Es ist der einzige wirksame Schutz gegen die Bestie.«

Die Menschen kauften und kauften. Amanda beobachte das Treiben eine Weile und ging dann weiter. Der Händler rief ihr etwas hinterher, aber sie drehte sich nicht um und ging geradewegs und ohne weitere Zwischenfälle in die Seidenmacherinnengasse, zur Praxis ihrer Psychotherapeutin. Vor dem Haus zog sie ihre schwarzen Fingerhandschuhe aus ihrem Rucksack und streifte sie über ihre Hände. Ihre abgekauten Fingernägel sollte die Therapeutin nicht sehen. Amanda wollte vermeiden, dass sie voreilige Schlüsse zog.

Nach der Therapie fühlte sich Amanda wie erschlagen, überquerte gedankenverloren den Alter Markt und machte sich auf den Weg zum Hauptbahnhof. Immerhin war die Psychologin nicht auf ihre Handschuhe zu sprechen gekommen, und sie hatte sich nicht rechtfertigen müssen. Ansonsten hatte sie das Gespräch mit Frau Dr. Schulte-Herder unglaublich angestrengt. Von Peer hatte sie nichts erzählt, auch die merkwürdigen Ereignisse auf der Schildergasse hatte sie für sich behalten, weil sie selbst nicht wusste, was sie davon halten sollte. Ihre frühen Erfahrungen mit Psychiatern und Psychotherapeuten hatten sie vorsichtig werden lassen. Sie wollte möglichst keinen Anlass zu Spekulationen über ihren Gemütszustand bieten.

Dafür war sie noch einmal auf den nächtlichen Unfall im Nebel zu sprechen gekommen und hatte auf Geheiß ihrer Therapeutin versucht, die Gefühle, die sie in dieser Situation empfunden hatte, zu beschreiben. Für Amanda war es eine problematische Übung gewesen; es fiel ihr schwer, etwas zu fühlen, und noch schwerer, diesen Zustand zu beschreiben. Dr. Schulte-Herder gab sich nicht so leicht zufrieden, bohrte nach, wieder und wieder. Amanda hatte sich extrem zusammenreißen müssen, um bei der Sache zu bleiben, und versucht, der Situation auszuweichen, indem sie von dem Überfall vor Katharina Ebbusts Haus berichtete. Aber auch hier vermisste die Ärztin die Emotionen und setzte die Suche nach Amandas Gefühlen fort. Mit mäßigem Erfolg. Amanda war froh gewesen, als die Stunde endlich vorbei war.

Als sie nun den Hauptbahnhof erreichte, stellte sie fest, dass ihr bis zur Abfahrt des Zuges noch Zeit blieb. Da auch kein Bus fuhr, machte sie noch einen Abstecher in die Komödienstraße. Leo hatte ihr von einem Dark-Metal-Laden erzählt, in dem es ausgefallene Klamotten geben sollte.

Amanda fand das Geschäft nicht. Als dann von einer Sekunde auf die andere Nebel aufzog, verlor sie fast die Orientierung. Dichte Schwaden legten sich plötzlich über die vierspurige Straße. Gleichzeitig ließ der Autolärm deutlich nach. Amanda bemerkte einen intensiven Geruch, den sie mit Imbissbuden assoziierte: Fett. Die ganze Straße roch danach.

Schlagartig wurde es kühler, der Nebel verdichtete sich weiter.

Der Asphalt unter ihren Füßen löste sich auf, und sie watete durch knöcheltiefen Matsch. Ungläubig starrte Amanda auf ihre Turnschuhe. Als sie den Blick wieder hob, sah sie, dass die Fassaden altem Fachwerk gewichen waren. Amanda rieb sich die Augen und versuchte sich im Nebel zu orientieren. Was war hier los? Blitznebel mitten in Köln, das hatte sie noch nie erlebt. Auf einmal waren sie wieder da, diese schrecklichen Kopfschmerzen.

Die alte Frau tauchte wie aus dem Nichts auf. Sie ging gebeugt; um den Kopf ein löchriges Tuch, ihr Körper war in Lumpen gehüllt. Die Greisin wirkte, wie der Händler und die Menschen eben auf der Schildergasse, dem Mittelalter entsprungen. Der Fettgeruch wurde immer intensiver, während sich die alte Frau auf einen Stock gestützt auf sie zuschleppte. Als sie auf einer Höhe waren, klammerte sie sich plötzlich an ihren Arm.

»Es geschehen seltsame Dinge dieser Tage«, zischte sie. Ihr Atem roch übel.

Amanda wich zurück, doch die Alte hielt sie fest. Ihr hohlwangiges Gesicht war von tiefen Falten zerfurcht, sie hatte keine Zähne, und die Augen wurden von runzligen Lidern fast verdeckt.

Amanda sah sich hilfesuchend um, doch weit und breit war niemand zu sehen. Nochmals versuchte sie sich dem Griff der Alten zu entziehen.

Aber die Greisin verfügte über unglaubliche Kräfte.

»Lassen Sie mich los!«, sagte Amanda mit Nachdruck.

Statt einer Antwort zog die Frau etwas aus dem Beutel an ihrem Gürtel. Es war ein fünfzackiger Anhänger, der an einem Lederriemen baumelte.

»Nimm es. Es ist ein Pentagramm. Silber ist es, echtes Silber.«

Mit der einen Hand hielt die Alte noch immer Amandas Arm umklammert, mit der anderen versuchte sie ihr das Schmuckstück umzuhängen. »Es beschützt vor allerlei bösem Zauber und Mannwölfen ...«

Amanda schaffte es, sich loszureißen, und wich einige Schritte zurück.

Die alte Frau ließ sich jedoch nicht beirren und machte einen Satz auf sie zu. »Musst es nur in Weihwasser tränken. Hörst du? Geweihtes Wasser! Nur dann kann er es nicht holen! Sankt Andreas ist nicht weit, lauf einfach die Schmiergass bis zum Ende durch!«

»Sie sind ja verrückt«, sagte Amanda und schubste die Frau von sich weg. Die Alte verlor das Gleichgewicht und strauchelte. Amanda erschrak und hielt sie am Arm.

»Gutes Kindchen«, murmelte die Greisin, drehte sich um und schlurfte davon. »Es wird dich beschützen«, rief sie noch einmal, bevor ein Nebelschleier sie verschluckte.

Amanda rührte sich nicht. Sie sah, wie sich die weißen Schwaden lichteten und die Gasse wieder zur lauten, viel befahrenen Komödienstraße wurde. Autoabgase lösten den Fettgestank ab. Sie spürte wieder Teer unter ihren Füßen.

Was war mit ihr geschehen? Konnte es sein, dass sie psychisch doch wieder in einen bedenklichen Zustand rutschte? Dieses Erlebnis glich stark der Situation auf der Schildergasse. Sollte sie Dr. Schulte-Herder informieren? Aber die Therapeutin würde nur nerven, tausend Fragen stellen und ihr womöglich Medikamente verschreiben, starke Tabletten, die sie auf eine ungute Weise ruhigstellten. Schlimmstenfalls würde sie versuchen, sie zu einem Aufenthalt in einer Klinik zu überreden. Nein, Amanda entschied sich dagegen und versuchte das Erlebte so gut es ging zu verdrängen. Wahrscheinlich hatte sie sich die ganze Geschichte sowieso nur eingebildet.

Verstört ging sie zum Bahnhof zurück und starrte fassungslos auf die Uhr in der Halle. Sie hatte zwei Stunden auf der Komödienstraße verbracht und nun, ihren Zug nach Bedburg verpasst. Benommen ließ sie sich auf eine Bank fallen. Sie fühlte sich wie nach einer durchzechten Nacht. Ihr Kopf dröhnte, ihre Glieder schmerzten.

Amanda vergrub ihre Hände in der Jackentasche und ertastete den Schlüssel zum Haus ihrer Eltern. In diesem Augenblick kam ihr ein Gedanke. Ihre Mutter war in der Klinik, und Curts Kontrollanrufe erfolgten auf dem Handy. Amanda zögerte nicht eine Sekunde.

Eine halbe Stunde später betrat sie ihr Zuhause. Wie schnell sich ein Haus unbewohnt anfühlte. Es roch muffig, und die Uhren schienen lauter zu ticken als sonst. Kurz überlegte Amanda, doch nach Kaster zurückzufahren, bei Tante Hedwig erschien es ihr im Augenblick fast behaglicher, aber es regnete jetzt heftig und ein eiskalter Wind fegte ums Haus.

Amanda ging in ihr Zimmer hinauf. In dem Moment fiel ihr der Geschäftspartner ihres Stiefvaters wieder ein. Offenbar hatte er die Villa noch nicht bezogen. Amanda verschwendete keinen weiteren Gedanken an ihn. Mit den vertrauten Gegenständen in ihrem Zimmer wich das Einsamkeitsgefühl, sie fühlte sich geborgen und aufgehoben. Erschöpft ließ sie sich auf ihr Sofa fallen und schlief augenblicklich ein.

Das Knurren ihres Magens weckte sie. Draußen war es stockdunkel, und es hatte zu schneien begonnen. Amanda ging in die Küche, kochte Spaghetti und stellte den Fernseher an. Endlich wich die Stille.

Die Leiche vom Rheinufer war das dominierende Thema der lokalen Nachrichten. Offensichtlich war auch dieser Mann Opfer des Serientäters geworden, der Köln und das Umland seit Wochen in Atem hielt. Der Täter mordete offenbar auf drastische Weise. Amanda schüttete das Nudelwasser ab und aß die Spaghetti mit Butter und Salz, während sie den Blick nicht vom Fernseher nahm.

Bisher hatte der Mörder vier Menschen auf dem Gewissen. Einen Jungen, eine Frau, einen Mann und nun den Toten vom Rheinufer. Von Ausweiden, Aufschlitzen und Kannibalismus war die Rede. Kannibalismus! Amanda schaltete den Fernseher aus. Solche Dinge wollte sie nicht hören.

Sie ging ins Badezimmer hinauf, um sich bettfertig zu machen. Die Schmerzen in ihrem Kopf hatten zum Glück nachgelassen. Beim Ausziehen fiel etwas aus ihrer Hosentasche.

Auf den weißen Kacheln zu ihren Füßen lag das Amulett der alten Frau.

Amanda glaubte im ersten Moment an ein perfektes Trugbild, bis sie sich nach dem Anhänger bückte und ihn aufhob.

Kalt und schwer lag er in ihrer Hand. Kein Zweifel. Er war real.

Amanda taumelte, als ihr klar wurde, dass sie sich die Begegnung mit der unheimlichen Greisin in der Komödienstraße nicht eingebildet hatte. Deutlich sah sie die Frau vor sich, wie sie ganz nah an ihr Gesicht herankam, bis ihre Nasen sich beinahe berührten.

»Es beschützt vor allerlei bösem Zauber und Mannwölfen«, flüsterte die Alte. »Musst es in Weihwasser tränken. Hörst du? Nur dann kann er es nicht holen!« Amanda schrie und lief in Aarons Zimmer, weil es dem Badezimmer am nächsten lag. Der vertraute Geruch ihres Bruders hüllte Amanda ein. Sie steckte das Amulett in ihre Jeanstasche und versuchte nicht mehr an das damit verbundene Erlebnis zu denken.

In Aarons Zimmer verbrachte sie oft mehrere Stunden, auch wenn vor allem Curt das gar nicht gern sah. Aber sie fühlte sich ihrem Bruder hier nah, hatte manchmal sogar das Gefühl, dass er wirklich da war, hier in diesem Raum. Amanda warf sich auf das Bett und schaltete die Nachttischlampe ein. Feuerwehrautos kurvten lautlos im Kreis über die Wände.

Amanda lächelte. Es fiel Aaron schwer, sich von Dingen aus seiner Kindheit zu verabschieden. Spieler der deutschen Fußballnationalmannschaft grinsten von den Wänden, an der Tür hing ein Spiderman-Poster. Amanda nahm sich vor, das Zimmer ihres Bruders umzustylen. Immerhin wurde er achtzehn, und mit Sicherheit besuchten ihn bald Mädchen. Mit den Bildern an den Wänden würde er sich zum Gespött machen, und das wollte Amanda auf keinen Fall zulassen. Mit diesem Gedanken schlief sie ein.

Der Junge stand im Regen am offenen Grab. Diesmal hing sein Anzug schwer an seinem massigen Körper, die Lackschuhe versanken beinahe vollständig im Matsch. Der Wind blies eisig, und der Junge zitterte erbärmlich. Trotzdem blickte er unentwegt in das Erdloch.

Amanda schritt auf ihn zu. Diesmal sackte sie nicht ein. Zügig näherte sie sich ihm, streckte ihm die Hand entgegen, spürte den starken Impuls, ihn von der Kante wegzuziehen.

Der Ruf eines Käuzchens lenkte sie für einen Augenblick ab. Mit einem Mal verfinsterte sich der Himmel. Der Regen wurde sintflutartig. Amanda sah, dass die Erde rund um das Grab in die

Tiefe gespült wurde. Schon drohte der Junge abzurutschen. Sie schnellte vor und bekam ihn zu fassen. Doch anstatt sich an sie zu klammern, begann der Junge wie wild um sich zu schlagen.

»Lass mich los!«, schrie er.

»Du wirst in die Tiefe gerissen«, rief Amanda.

»Lass mich in Ruhe!«

Amanda packte ihn noch fester. »Du wirst sterben!«, schrie sie. Mittlerweile lag sie bäuchlings vor dem Grab und hielt ihn mit beiden Händen fest.

»Ich will sterben. Lass mir endlich meinen Frieden!«

»Niemals!«

»Ich will aber zu ihr!«, brüllte der Junge und zeigte in die Grube.

Diese Worte erschreckten Amanda. Vorsichtig kroch sie näher und blickte über den Rand.

Sie wich zurück.

Ganz tief unten in der Grube sah sie eine Frau. Ihr Gesicht war schmerzverzerrt. Sie kam ihr bekannt vor, aber Amanda fiel nicht ein, wo sie ihr schon mal begegnet war.

»Lass ihn los!«, rief die Frau, und ihre Stimme hatte etwas Flehendes. »Bitte! Er will es so!«

»Nein!« Amanda mobilisierte all ihre Kräfte, riss den Jungen hoch und warf sich schützend über ihn.

Nun gab die Erde am Rand nach und rutschte vollständig ab. Es dauerte nur wenige Sekunden, dann war das Grab zugeschüttet.

»Ich hab dir das Leben gerettet«, flüsterte Amanda und drückte den Jungen an sich.

Er schlug erneut um sich, riss sich los und sah Amanda mit hasserfüllten Augen an, sein rundes Gesicht zu einer Fratze verzerrt. Instinktiv wich Amanda zurück.

»Ich gebe dir einen guten Rat«, sagte er mit einer Stimme, die ein Zwölfjähriger nicht haben konnte. Tief. Heiser. »Lass mich verdammt noch mal endlich in Ruhe!«

Als Amanda am nächsten Morgen aufwachte, brauchte sie einen Moment, um sich zurechtzufinden. Die Feuerwehrautos, die nach wie vor ihre Runden drehten, erinnerten sie daran, wo sie sich befand.

Sie fühlte sich wie gerädert, schaffte es nur mit Mühe ins Bad und unter die Dusche. Bevor sie das Haus verließ, achtete sie peinlich genau darauf, alle Spuren ihres Aufenthaltes zu beseitigen. Nach einer kurzen Putzaktion stand der Nudeltopf wieder gespült im Schrank, Aarons Bett war glatt gestrichen und die Kacheln in der Dusche getrocknet. Amanda wollte keinen Ärger, und sie wollte vor allem nicht, dass Curt oder ihre Mutter herausbekamen, dass sie sich ihrem Verbot widersetzt hatte.

Als sie endlich im Zug nach Bedburg saß, stellte sie fest, dass ihr Stiefvater zwei Nachrichten auf ihrer Mailbox hinterlassen hatte. Sie rief zurück und erklärte ihm, dass sie ihr Handy einfach nicht gehört hatte. Zum Glück fragte er nicht weiter nach.

***

Im Zimmer roch es nach abgestandener Luft. Tante Hedwigs Wangen wirkten ein wenig rosiger. Immerhin lag sie nicht mehr auf der Intensivstation. Sie schien sich langsam zu erholen.

Amanda schob einen Stuhl heran und legte ihre Hand auf die der alten Frau. Erst in diesem Moment fiel ihr Blacky ein. Die Arme konnte nicht raus, und zu fressen hatte sie auch noch nichts bekommen. Lange konnte sie hier also nicht sitzen bleiben.

Tante Hedwig öffnete die Augen. Ihr Blick war erstaunlich wach.

»Blacky geht es gut«, sagte Amanda und hoffte, dass es stimmte. Tante Hedwig verzog keine Mine.

»Die Krankenschwester auf dem Gang hat mir gesagt, dass du auf dem Weg der Besserung bist«, fuhr Amanda fort. »Und auch wenn du noch nicht sprechen kannst, hab keine Angst. Du wirst dich bestimmt bald ganz erholen.«

Ganz so konkret hatte sich die Stationsschwester zwar nicht geäußert, aber Amanda wollte Tante Hedwig etwas Hoffnung geben.

Sie öffnete den Reißverschluss ihrer Jacke. »Ich habe übrigens deine Nachbarin Katharina Ebbust kennengelernt, sie ist total nett.«

Tante Hedwig reagierte nicht.

»Und mit Peer habe ich mich auch angefreundet«, erzählte sie weiter. »Du kennst doch Peer, oder?«

Hedwig zog die Stirn in Falten. Amanda führte vorsichtig einen Becher mit Tee an die Lippen der alten Frau.

»Peers Krankheit ist wirklich der Hammer«, sagte Amanda. »Zuerst hatte ich, ehrlich gesagt, etwas Angst vor ihm, wegen seiner Vermummung und so. Krank sieht er aus, ich meine, viel kann ich ja nicht erkennen, aber diese Krankheit macht ihn, glaube ich, völlig fertig.«

Tante Hedwigs Augenlider flackerten, und sie schüttelte fast unmerklich den Kopf.

»Katharina will ihn nicht zu Hause haben, er ist …«

Tante Hedwig entzog Amanda ihre Hand. Ihre Augen waren jetzt weit aufgerissen, und sie begann am ganzen Körper zu zittern.

»Tante Hedwig! Was ist los? Soll ich die Schwester rufen?«

Amanda stand auf, doch ihre Tante hielt sie am Arm fest und zog sie auf den Stuhl zurück.

»Was ist denn los?«, fragte Amanda noch einmal.

Tante Hedwig versuchte zu sprechen. Es gelang ihr nicht. Aus ihrem Mund kamen nur einige undeutliche Laute.

»Soll ich nicht doch lieber die Schwester rufen?«

Tante Hedwigs Atem wurde hektischer.

Amanda fühlte sich überfordert. Es war bestimmt besser, wenn sie eine der Schwestern rief. Doch Tante Hedwig krallte sich mit beiden Händen an ihrem Ärmel fest. Wieder versuchte sie, etwas zu sagen. Ihre Lippen bewegten sich, und Amanda sah ihr an, wie viel Kraft sie diese Bewegung kostete.

Amanda nahm ihren Rucksack, zog einen Stift und einen kleinen Notizblock hervor und reichte Tante Hedwig beides. Hedwig nahm den Block in ihre zitternden Hände und krickelte etwas auf das Papier. Es dauerte ewig, bis sie Amanda den Zettel zurückgab.

Wer ist Peer? Und ich habe keine Nachbarin!

Amanda starrte Tante Hedwig an, raffte dann wortlos ihre Sachen zusammen und flüchtete aus dem Krankenzimmer.

***

Andy ging Ramóns Tod nicht aus dem Kopf. Immer wieder sah er ihn vor sich, folterte sich mit den Erinnerungen an seinen Geruch, seine Schönheit und Empfindsamkeit.

Sie hatten sich geliebt, draußen im Königsforst, und nun war er tot. Ein Wahnsinniger hatte ihn aufgeschlitzt und ihm die Gedärme herausgerissen.

Soweit die Zeitungen berichteten, tappte die Polizei im Dunkeln. Der Mord an Ramón war ein schreckliches Verbrechen, ein Glied in der Kette einer blutigen Serie, die den Kölner Raum erschütterte. Und die Polizei suchte bereits nach ihm. Nicht nach ihm persönlich, aber bei der Obduktion der Leiche war Sperma gefunden worden; es hatte Aufrufe in den Medien gegeben. Andy ignorierte sie. Er konnte der Polizei nicht helfen, Ramón nicht wieder lebendig machen. Und er hatte eigene Probleme, die es dringend zu lösen galt.

Er stand auf und ging ins Badezimmer. Als er kurze Zeit später ins Bett zurückkam, hüllte er sich fröstelnd in die schwarze Seidenbettwäsche, zündete sich eine Zigarette an und betrachtete den Vollmond, dessen Licht silbern durch die transparenten Vorhänge schimmerte und im Spiegel der Designerkommode reflektierte. So saß er eine Weile rauchend da, bis sein Blick zu der Frau wanderte, die neben ihm lag. Helene.

Die Heirat mit einer reichen Frau konnte einen Teil seiner Probleme lösen. Helene schwamm im Geld, liebte ihn, und sie wollte ihn für immer. Er teilte ihr Bedürfnis nicht, und eigentlich wollte er sich auch nicht binden. Erfahrungsgemäß kam er mit den Erwartungen, die dann an ihn gestellt wurden, nicht zurecht. Deshalb hatte er damals beim ersten Treffen mit Helene eine Ehefrau erfunden; eine Taktik, die er schon seit Jahren bei einem bestimmten Frauentypus anwendete. Doch jetzt, nachdem ihr Verhältnis schon über ein Jahr dauerte, verlangte Helene die Trennung von seiner angeblichen Ehefrau. Scheidungen waren für sie nur eine Formsache. Nach fünf Ehen vielleicht verständlich. Und Andy überlegte ernsthaft, ihrer Forderung nachzugeben beziehungsweise es ihr zumindest vorzuspielen. Da seine Frau in Wahrheit längst nicht mehr lebte, bedeutete dieser Schritt kein großes Opfer.

Ja, umso länger er über diese Idee nachdachte, desto besser gefiel sie ihm. Helene stellte im Grunde keine großen Ansprüche, tolerierte seine Seitensprünge und hatte kein Problem damit, dass seine Geschäfte nicht gut liefen. Die Sache hatte nur einen Haken. Helene konnte Kinder nicht ausstehen. Bisher hatte Andy es geschafft, seine beiden vor ihr zu verbergen. Aber langfristig musste er sich etwas einfallen lassen. Und dieses Problem stellte ihn vor eine fast unlösbare Aufgabe. Mit Banken konnte man verhandeln, lästige Geliebte abservieren, ein Haustier im Wald aussetzen, aber die Kinder?

Gut, es waren nicht seine eigenen. Seine verstorbene Frau hatte sie mit in die Ehe gebracht, und die Beziehung zu ihnen war problematisch. Irgendwie hatte er nie einen richtigen Draht zu ihnen gefunden und wenn er ehrlich war auch nie wirklich tiefe Gefühle für die beiden entwickelt. Doch er versorgte sie, so gut er konnte. Das war er ihrer Mutter schuldig. Aber sollte er sich von den Kindern nun seine Zukunft zerstören lassen?

Wie tief willst du eigentlich noch sinken?, dachte er. Jetzt überlegst du schon, zwei unschuldige Kinder abzuschieben. Aber wozu gab es Großeltern, einen leiblichen Vater und Paten?

»Liebling, du bist ja wach.« Helene lächelte ihn an, und Andy lächelte zurück. Sie war umwerfend schön. Er machte die Zigarette aus und kroch unter ihre Bettdecke.

***

Amanda wurde von einem Geräusch geweckt. Laute Schleifgeräusche schallten durch den Garten herüber. Offensichtlich arbeitete diese Isabell wieder in der Werkstatt. Amanda stand auf, sah aus einem der Fenster und entdeckte Peer. Unbeweglich stand er vor der Pforte, die die beiden Grundstücke verband, beinahe eins mit der Nacht, und starrte den Vollmond an. Amanda zog sich etwas über und lief nach draußen.

»Ich wusste, dass du kommst«, sagte er leise. Sein Gesicht blieb wieder rätselhaft verborgen. Schwarze Lederhandschuhe bedeckten diesmal seine Hände.

Es war sehr kalt, trotzdem lehnte sich Amanda gegen den Stamm einer Weide und ließ Peer nicht aus den Augen. Er dagegen schien sie nicht weiter zu beachten.

Nur die Geräusche aus der Werkstatt durchbrachen die Stille. Die Schleifgeräusche waren ohrenbetäubenden Hammerschlägen gewichen.

»Ich habe heute Tante Hedwig im Krankenhaus besucht«, sagte Amanda zwischen zwei Schlägen.

»Wirklich. Wie geht es ihr?«

»Sie kann noch nicht sprechen, ansonsten ist sie aber auf dem Weg der Besserung.«

»Das freut mich«, antwortete Peer.

Amanda stellte sich direkt vor ihn. »Sie hat noch nie etwas von dir gehört, und Katharina kennt sie auch nicht. Kannst du mir das erklären?«

Peer zeigte keine Reaktion. Er sah in den Nachthimmel hinauf.

»Ich möchte eine Antwort«, beharrte Amanda. »Was wird hier gespielt?«

»Irgendwann wirst du es verstehen«, sagte Peer. »Bis dahin musst du dir die Fakten ansehen und dich damit begnügen.«

»Welche Fakten?«

»Wir stehen vor dem Haus deiner Tante, und Katharinas Haus ist hinter den Tannen, beinahe in Sichtweite. Offensichtlich sind die beiden Nachbarinnen, oder nicht?«

Amanda nickte.

»Siehst du. Deine Tante ist verwirrt. Sie ist mit dem Kopf aufgeschlagen, lag im Koma. Wer weiß, welche Bereiche ihres Gehirns in Mitleidenschaft gezogen wurden.«

Amanda runzelte die Stirn. Peers Argumente klangen plausibel.

»Lass ihr einfach ein bisschen Zeit«, sagte Peer. »Sie wird sich schon an alles erinnern.«

Die Hammerschläge klangen dumpf und stetig.

Amanda und Peer standen eine Zeit lang schweigend nebeneinander.

»Was denkst du über den Serientäter?«, fragte Peer auf einmal.

Die Frage überraschte Amanda vollkommen. »Wie kommst du denn jetzt darauf?«

Peer sah sie an. »Was denkst du über ihn?«, beharrte er.

Sie war perplex. »Nichts, ich denke gar nichts«, antwortete sie schließlich. »Er interessiert mich nicht.«

»Wirklich nicht?«

»Wieso sprichst du von dem Typen? Warum interessiert er dich?«

Peer zuckte mit den Schultern. »Es ist die Art, wie er tötet.«

»Dir gefällt, was er macht«, stieß Amanda hervor und wich unwillkürlich einen Schritt zurück.

Peer schüttelte den Kopf. »Quatsch, ich finde es überhaupt nicht toll oder so was. Aber ich gebe zu, dass ich gewisse Parallelen sehe.«

»Parallelen?«

»Ja, ich sehe Muster in seiner Vorgehensweise, die mich an etwas erinnern.«

Amanda wollte etwas sagen, aber Peer ließ sie nicht zu Wort kommen. »Was weißt du über Werwölfe?«

»Wenn du mir Angst machen willst, hast du dir die Falsche ausgesucht.« Sie lachte. »Nicht bei dem Thema, das sind doch Hirngespinste, Gruselgeschichten, Horrormärchen.«

Peer machte einen Schritt auf sie zu. »Ich möchte dir keine Angst machen.« Seine Stimme hatte nun eine gewisse Schärfe. »Es ist mir sehr ernst mit meiner Frage. Was weißt du über Werwölfe?«

»Nichts«, antwortete Amanda und versuchte das Unbehagen, das sie spürte, hinter Ironie zu verbergen. »Das heißt, ich weiß natürlich das Übliche. Werwölfe sind Menschen, die nachts Wolfsgestalt annehmen, vorwiegend bei Mondschein unterwegs sind und armen Kreaturen das Blut aus den Adern saugen. So eine Art Vampir im Wolfskostüm.«

»Mehr weißt du nicht?« Peer klang enttäuscht.

»Nein, sorry. Mein Wissen über diese Spezies ist relativ beschränkt, aber bisher reichte es vollkommen.«

»Du solltest die Sache ernster nehmen«, sagte Peer und zog seine Kapuze straffer. »Du solltest die Angelegenheit sogar um einiges ernster nehmen!«

Die Geräusche aus der Werkstatt schallten noch immer herüber.

»Sag mir lieber, was Isabell um diese Zeit in der Werkstatt macht.

148

Beschweren sich die Nachbarn nicht? Ich meine, sie macht doch einen höllischen Lärm.«

»Bisher hat noch nie jemand was gesagt.«

Das konnte Amanda kaum glauben. Ohne weiter auf Peer zu achten, öffnete sie das Tor und lief den schmalen Pfad zu Katharinas Haus entlang. Sie erkannte die Umrisse des windschiefen Schuppens; das Tor stand offen. Schemenhaft sah sie eine Gestalt, die einen Hammer in der Hand hielt.

Peer tauchte neben ihr auf und fasste sie am Arm. Amanda erschrak. »Geh nicht weiter«, sagte er leise. »Isabell spricht nicht gern mit Fremden.«

Amanda löste sich aus seinem Griff, zog den Reißverschluss ihrer Jacke hoch und ignorierte Peers Einwand. Sie war einfach zu neugierig und wollte Katharinas Tochter kennenlernen. Langsam ging sie näher.

Isabell stand an einer Werkbank über eine lange Holzlatte gebeugt und schien sie nicht zu bemerken.

Die Werkstatt war genauso altertümlich eingerichtet wie das Innere des Wohnhauses. Erhellt wurde sie ausschließlich durch Petroleumlampen. An den Wänden hingen Äxte, Hobel, Sägen und Werkzeug, das Amanda fremd war. In einer Ecke des Schuppens waren Räder gestapelt. Riesige Wagenräder aus Holz mit kunstvoll gearbeiteten Speichen und Naben. Auf der Werkbank unmittelbar links neben ihr lag ein aufgeschlagenes dickes Buch. Es passte so gar nicht in diese Umgebung, dass Amanda unwillkürlich einen Blick darauf werfen musste. Die Seiten waren hauchdünn, die Buchstaben geschwungen und kunstvoll. Amanda klappte vorsichtig den Deckel um, ohne die Seiten zu verschlagen. Der Einband war aus Leder. »Der Schatz der Optik« von Al-Haitam stand darauf.

»Nimm deine Finger weg«, herrschte Isabell sie an.

Amanda zuckte zusammen und sah Isabell an. Die Ähnlichkeit mit Katharina war verblüffend. Sie war schön, genau wie ihre Mutter. Ihr blondes langes Haar wurde von einem dünnen Band gehalten. Sie trug eine altmodische Lederkluft und eine Art Schürze um den Bauch. Im Gegensatz zu Katharina und Peer war sie allerdings nicht gerade freundlich.

»Was hast du hier verloren?«, blaffte sie.

»Ich …«

»Isabell.« Peer war neben Amanda getreten. »Das ist Hedwigs Patenkind.«

Isabell murmelte etwas Unverständliches und wandte sich wieder ihrer Arbeit zu.

Amanda staunte noch immer über die Werkstatt, die Petroleumlampen und die gigantischen Wagenräder.

»Lass uns gehen«, sagte Peer. Er wirkte nervös.

Doch Amanda sprach Isabell noch einmal an. »Warum baust du so viele Wagenräder?«

Isabell ließ den Hobel rhythmisch über das Holz gleiten. »St. Herbert ist zu weit«, sagte sie, ohne aufzusehen.

»St. Herbert?« Amanda drehte sich zu Peer um. »Was meint sie denn damit?«

»Nichts«, sagte Peer und zog Amanda mit sich.

»Katharina hat Isabell nicht erwähnt, als sie mich gebeten hat, auf den Schornsteinfeger zu warten«, sagte Amanda, als sie draußen standen.

»Isabell kann man mit solchen Aufgaben nicht behelligen.«

»Und sie sagt nichts dazu, dass du nachts hier herumschleichst?«

»Ich bin ihr egal.«

»Und warum stellt sie Wagenräder her?«, fragte Amanda. »Wer braucht denn heutzutage noch so etwas?«

»Mehr Menschen, als du dir vorstellen kannst«, antwortete Peer.

BEI JUNKERSDORF NAHE KÖLN, APRIL 1588

»Du musst los«, stöhnte sie unter Schmerzen. »Bring sie her.«

Mathis nickte, blieb aber am Bett sitzen, betrachtete sein Weib und hielt ihre Hand.

Es brach ihm das Herz, Beda erneut so zu sehen. Wie blass und ausgemergelt sie war. Ihre Stirn war feucht von kaltem Schweiß. Wieder wurde sie von einer Schmerzwelle ergriffen, hechelte und umklammerte seine Hand. Er spürte es kaum, wünschte nur, dass sie bald erlöst war.

»Worauf ... wartest ... du?« Einzeln presste sie die Worte hervor.

Er kühlte ihr das Gesicht mit feuchtem Leinen. »Vielleicht schaffst du es auch allein. Ich kann jetzt nicht hier weg.«

»Es will aber nicht raus!« Beda schüttelte heftig den Kopf. »Willst du wieder eine Totgeburt auf den Kirchhof tragen?«

Sein Blick wanderte zu dem Korb neben der Bettstatt. Darin schlief das einzige Kind, das sie nicht verloren hatten. Nach sieben toten Säuglingen hatte Gott ein Einsehen gehabt und ihnen diese Kleine überlassen.

»Mathis! Los jetzt!«

Er zögerte erneut.

Der Tag neigte sich dem Ende. Das Frühjahr war schonungslos. Seit Wochen wehte ein eisiger Wind, und es fiel unaufhörlich Regen. Mittlerweile waren die Straße unpassierbar, und es gab keine Möglichkeit, nach Köln zu gelangen. Dabei musste er so dringend dorthin. Als Strohdecker war er gefragt, besonders bei diesem Wetter. Löchrige Dächer mussten noch dringlicher neu gedeckt werden als im Sommer. Ein Glück für Mathis. Üblicherweise.

Doch der viele Regen machte gutes Handwerk unmöglich. Bei seinem letzten Aufenthalt in Köln hatte er zwei Strohdächer entfernt und nur behelfsmäßig wieder gedeckt. Der starker Niederschlag hatte ihm damals keine andere Wahl gelassen. Nun waren fast drei Wochen vergangen.

Seitdem regnete es sintflutartig.

Einmal hatte Mathis den Weg nach Köln dennoch auf sich genommen, um nach den Dächern zu sehen, und hatte sich dabei auch ein Bild vom Ausmaß der Lage machen können. Der Rhein führte reißende Fluten, die Kölner Märkte standen gänzlich unter Wasser. Mit eigenen Augen hatte er gesehen, wie der Fluss Häuser, Menschen und Vieh fortriss. Kölns Bürger versanken knöcheltief im Morast, wenn sie in den Gassen unterwegs waren.

Dennoch hatte Mathis versucht, seine Aufträge zu erledigen und das aufgeweichte Strohdach eines Schlachters in der Schmiergasse zu erneuern. Doch bei diesem Wetter war es ihm unmöglich, sich im Gebälk zu halten und den First zu ersetzen. Der Mann hatte gezetert, ihn um seinen Lohn geprellt und ihn für die Misere verantwortlich gemacht. Zu allem Überfluss war er auf dem Rückweg mit dem Karren im Schlamm stecken geblieben. Beinahe wäre der alte Esel vor Erschöpfung verreckt. Das Tier gehörte seinem Bruder, und der zeichnete sich nicht durch Großherzigkeit aus.

»Mathis!«

Er schreckte hoch.

Die Schärfe, mit der Beda seinen Namen aussprach, ließ ihn ahnen, dass er keine Wahl hatte. Sie verlangte nach Aleidis. Seit sie der Kleinen auf die Welt geholfen hatte, vergötterte sein Weib die Alte, und auch er hätte ihr dankbar sein müssen. Aber Aleidis war ihm nicht geheuer. Wilde Geschichte rankten sich um die Zaubersche, einige schworen beim Heiligen Geist, dass sie jedem, der sie auch nur schief ansah, Gevatter Tod ins Haus schickte. Angeblich war es ihrem Vater so gegangen, danach ihrem Ehemann und schließlich auch ihrem Schwiegersohn, dem Abortschöpfer Rudolff.

Vor Jahren war er tot in einem seiner Fässer gefunden worden. Mathis hatte Rudolff gekannt, flüchtig nur, aber immerhin. Nicht gerade freundlich war ihm der »Haymlichfeger« vorgekommen. Ständig hatte er sich in den Wirtshäusern auf der Kölner Marspforte herumgetrieben, Streit gesucht oder derbe Späße mit den Hübschlerinnen getrieben. Das Ende des unangenehmen Goldgräbers war tagelang das Geschwätz in den Gassen gewesen, auch wenn ihm wohl kaum jemand nachtrauerte.

Wahrscheinlich hätte niemand großes Aufhebens um sein Ableben gemacht, wäre nicht bei der Bergung des Leichnams eine riesige Wunde in seiner Brust entdeckt worden. Woher sie rührte, war bis heute nicht geklärt, obwohl der Verdacht schnell auf Aleidis gefallen war.

Doch seine Schwiegermutter schwor, dass sie in der Nacht seines Todes das Haus nicht verlassen und am Bett ihres kranken Enkels gesessen hatte. Der Greven schenkte ihr Glauben. Zunächst. Wie sollte eine Greisin den stämmigen Rudolff allein in ein Fass heben?

Doch das gemeine Volk glaubte die Wahrheit zu kennen. Schließlich wusste jeder, dass Aleidis eine Hexe war. Unverhohlen sprach man auf Plätzen, den Gassen und in den Wirtshäusern über Aleidis, die Hexe. Und hatte sie nicht auch beim Tod ihres Vaters und dem plötzlichen Hinscheiden ihres Ehemanns die Hand im Spiel gehabt? Schließlich hatte auch die Gerichtsbarkeit die Ohren vor dem Geschrei nicht mehr verschließen können und die Alte der Stadt verwiesen. Fortan hauste sie zusammen mit einem ihrer Enkel in einem Wäldchen bei Lechenich.

Ein böser Geist war seit dem Tod des Vaters in den Jungen gefahren. Hinter vorgehaltener Hand sagte man, dass er seitdem wirr sprach und aus seinem Mund unaufhörlich weißer Schaum floss, der übel stank.

Die Leute hätten wohl nie wieder von Aleidis und ihrem Enkel gehört, wenn die Alte nicht einem Neugeborenen in Widdersdorf ihren Odem eingehaucht hätte. Die Kleine war im Beisein der Hexe tot und mit blauem Gesicht geboren worden. Wie man sich erzählte, hatte Aleidis das Mädchen an sich gedrückt und ihre Luft in den kleinen Körper gepresst.

Gerede oder Wahrheit? Mathis wusste es nicht. Doch seitdem genoss Aleidis breites Ansehen. Vergessen schien der Vorwurf, sie sei eine Hexe. Vor allem Weiber strömten in Scharen zu der Alten oder schickten in der Not nach ihr.

So wie jetzt Beda.

Mathis seufzte wieder. Hundertmal hatte er ihr erklärt, dass ihm eine Zaubersche, die Tote erwecken konnte, nicht geheuer war. Doch obwohl sich sein Weib sonst seinen Wünsche fügte, gab sie in dieser einen Sache nicht nach.

»Mathis«, flüsterte sie jetzt, und ihre heißen Hände waren ohne Kraft. »Das Kind und ich ... wir werden beide sterben, wenn du nicht gehst.«

Augenblicklich sprang er auf. Verlieren wollte er Beda nicht, um nichts in der Welt.

»Ich reite«, sagte er und versuchte seiner Stimme Festigkeit zu verleihen. »Mach dir keine Sorgen.«

Schon wollte er zu Tür.

»Du musst sie bezahlen«, keuchte Beda. »Nimm ein paar Heller mit.«

Mathis machte ein zerknirschtes Gesicht. »Es ist keiner mehr da. Ich hab unsere letzten Münzen dem Müller gegeben, sonst gäbe es weder Mehlsuppe noch Brot.«

»Oh Gott.« Beda schnappte nach Luft. »Dann nimm das Ferkel, ich ...«

»Niemals!«, rief Mathis. »Es ist alles, was wir haben.« Die Antwort seiner Frau war ein Schrei. Ein Schrei, der Mathis durch Mark und Bein fuhr.

Widerwillig nahm er das magere Ferkel aus dem Pferch, trat noch einmal an das Lager seiner Frau, küsste sie, streifte mit einem Blick das Kind im Körbchen und verließ die ärmliche Hütte.

Aleidis lebte in einem Steinhaus in der Nähe eines Weilers bei Lechenich. Zu Fuß waren es mühsame Stunden. Auf dem Rücken eines Esels würde er nicht ganz so lange brauchen.

Mathis lief zu seinem Bruder und bat ihn abermals um das Tier. Nur widerwillig half der Geizkragen aus. Mathis kümmerte sich nicht um sein Gejammer, zäumte das Tier und trieb es auf den Weg. In seiner Not merkte er nicht, dass der Esel Mühe hatte, ihn und das quiekende Ferkel zu tragen. Dünn und klapprig war das Vieh, immer wieder blieb es stehen, bis über die Hufe im Schlamm eingesunken.

Wenn doch nur dieser schreckliche Regen einmal aufhören könnte!

Der Esel schrie unaufhörlich und verzweifelt, doch es rührte Mathis nicht. Die Angst um sein Weib war alles, was er empfinden konnte. Ungeduldig schlug er auf das Tier ein, bis es schließlich zusammenbrach und Mathis halb unter sich verbarg.

Er hatte ihm zu viel abverlangt. Der Esel war tot.

Nur unter äußerster Anstrengung gelang es Mathis, sein Bein unter dem Kadaver hervorzuziehen. Dabei verdrehte er sich sein Knie und, schlimmer noch, das Ferkel entwischte.

Mühsam rappelte er sich auf, sein Bein verursachte Höllenschmerzen, sodass es ihm unmöglich war, dem Ferkel zu folgen.

Da stand er nun neben dem toten Esel, auf halbem Weg zwischen Junkersdorf und Lechenich. Seine Frau lag in den Wehen, dem Tod näher als dem Leben, angewiesen auf seine Hilfe und voller Vertrauen auf seine Rückkehr. Und was um alles in der Welt sollte er dem Bruder sagen? Sein Besitz, sein einziger Esel, war verendet. Böse Worte würde es geben. Böse Worte und Streit. Mathis war zum Heulen zumute.

Voll innerer Pein griff er sich einen Stock und setzte den Weg zu Fuß fort. Er würde Aleidis zu seinem Weib bringen, mochte er darüber lahm, taub oder bis ans Ende seiner Tage der Leibeigene seines Bruders werden. Auch den Gedanken an das entlaufene Ferkel schob er beiseite. Ihren Lohn würde die alte Hexe beizeiten schon bekommen.

Mit zusammengebissenen Zähnen schleppte er sich dahin. Mittlerweile umgab ihn Dunkelheit.

Kurz vor Lechenich wurde der Wald dichter. Ungefährlich war die Gegend nicht, Wegelagerer trieben ihr Unwesen. Doch was sollte das Gesindel einem wie ihm schon abnehmen? Die nassen Lumpen, die er am Leib trug? Pah! Die sollten nur kommen!

Doch der einzige Mensch, der ihm begegnete, war Andras. Erleichtert erkannte Mathis den Zigeuner schon von Weitem, sein federnder Gang war unverwechselbar. Mathis war ihm einige Male im »Ochsen« begegnet und sah ihn bisweilen auf Märkten und Schützenfesten. Gesprochen hatten sie noch nie miteinander, nur einen Gruß gewechselt.

Mathis wunderte sich, dass der reiche Zigeuner zu Fuß unterwegs war; bisher kannte er ihn bloß hoch zu Ross. Auch sah Mathis keinen der riesigen Hetzhunde an seiner Seite, ohne die Andras sonst keinen Schritt tat.

Angesprochen hätte Mathis ihn gewiss nicht, dazu war er viel zu scheu. Andras und seine Frau Mechthilde waren aus anderem, edlerem Holz geschnitzt. Und so war er einigermaßen erstaunt, als Andras stehen blieb.

»Hast du nicht vor Jahren als Knecht im ›Roten Ochsen‹ gearbeitet?«, fragte er.

»Ja, aber ich bin längst wieder Strohdecker«, antwortete Mathis.

Der Zigeuner musterte ihn von Kopf bis Fuß. »Was ist dir geschehen?«

Zögernd berichtete Mathis von seiner misslichen Lage.

Andras hörte aufmerksam zu und bot sich zu Mathis' Verwunderung sogleich an, ihm den Weg zu Aleidis abzunehmen und sie zu Mathis' Hütte zu geleiten. In seiner Not überlegte Mathis nicht lange und nahm die Hilfe an. Zu stark waren seine Schmerzen im Bein und zu groß die Sorge um seine Frau.

»Lauf du nur zu deiner Beda«, sagte Andras und reichte Mathis seinen kostbaren Wanderstab.

Mathis wagte es nicht, ihn zu greifen.

»Nimm ruhig«, sagte Andras. »Damit läuft es sich besser. Du kannst ihn mir später zurückgeben.«

Mathis nahm den Stab und umschloss den kunstvoll gearbeiteten Knauf mit der Faust. Mit einem Mal war ihm sonderbar leicht zumute. Kraft und Zuversicht kehrten in seinen geschundenen Körper zurück.

»Nun lauf schon«, hörte Mathis den Zigeuner sagen. »Beda wird dich brauchen in dieser schweren Stunde. Und sorge dich auch nicht um die Bezahlung für die Alte.«

Abermals traute Mathis seinen Ohren nicht. So viel Wohltätigkeit war ihm noch nie widerfahren. Er bedankte sich überschwänglich und machte sich, so schnell er konnte, auf den Weg zurück zu Beda. Sein Knie, die Dunkelheit, seine Verzweiflung, der tote Esel und die Angst wegen des entlaufenen Ferkels – alle Sorge war verflogen.

Seine Gebete wurden doch erhört. Der Schöpfer hielt seine Hand über ihn. Über ihn, den armen Strohdecker. Von nun an würde sich sein Schicksal und das der Seinen wenden. Dass der Regen heftiger wurde und der Weg noch beschwerlicher, nahm er kaum wahr. Bis zu seiner Hütte konnte es jetzt nicht mehr weit sein. Schon machte er ein schwaches Licht in der Dunkelheit aus. Übermütig verließ er den Waldweg und lief querfeldein, hielt geradewegs auf das Licht zu. Doch Baumwurzeln und Geäst erschwerten das Fortkommen. Mit einem Mal stolperte er so heftig, dass er der Länge nach zu Boden fiel. Er rappelte sich auf, wollte schon weitereilen, als er sah, was ihn zum Stolpern gebracht hatte.

Es war eine Erhöhung auf dem Waldboden. Im ersten Moment sah es aus, als seien bloß einige Tannenzweige übereinandergeschichtet worden. Doch dann sah Mathis die Füße. Klein waren sie. Klein und schmutzig. Sie schauten unter den Zweigen hervor.

Zögernd trat er näher, ging in die Hocke und hob einen der Zweige an.

Der Junge war höchstens zwölf. Wie im Schlaf lag er da, die Hände ruhten neben seinem schmalen Körper. Mathis nahm den Zweig hoch, der den Kopf des Knaben bedeckte. Ein gewaltiger Schreck fuhr ihm in die Glieder. Der Schädel des Kleinen war zertrümmert, sodass sein Gesicht nicht zu erkennen war. Mathis bekreuzigte sich und sah hastig zu allen Seiten.

Um ihn herum blieb es still. Er legte Andras' Stock ab und berührte das Kind am Arm. Eine hilflose Geste, eine Tat ohne Sinn. Die Haut des Knaben war noch warm. Neben ihm lagen ein Holzkreisel und eines dieser neuartigen Sehgestelle. Mathis hatte ein solches Augenglas neulich zum ersten Mal auf dem Kölner Markt gesehen. Mit Sicherheit war es von Wert. Er streckte seine Hand nach dem Sehgestell aus, zog sie dann aber zurück, erschrocken über sich selbst.

Hastig sprang er auf und schüttelte sich. Doch im gleichen Moment sah er Beda vor sich, die Armut, in der sie lebten. Das Sehgestell ließ sich gewiss zu Geld machen. Davon konnte er Wolle, Brot und Eier kaufen. Vielleicht ein neues Ferkel. Mathis ging erneut in die Hocke, griff rasch das Sehgestell, bedeckte den Jungen wieder, nahm Andras' wertvollen Stab und machte, dass er wegkam. Mit einem Leichnam im Wald, dazu noch mit dem eines Kindes, wollte er nichts zu schaffen haben.

Er musste weiter, wollte zu Beda. Mathis jagte durch den Wald, ohne auf die Schmerzen in seinem Bein zu achten. Schon schien ihm das Licht seiner Hütte ganz nah. Er wähnte sich in Sicherheit. Gleich würde er sein Weib im Arm halten, und wenn ihm der Schöpfer gnädig war, auch sein Kind. Nichts auf der Welt wünschte er sich sehnlicher.

»Mathis!«

Der Ruf kam aus heiterem Himmel. Ruckartig blieb er stehen und lauschte.

»Mathis.«

Augenblicklich bekam er es mit der Angst zu tun. Rief nicht der Höllenfürst seine Opfer beim Vornamen? Hatte nicht der Pfarrer unlängst beim Gottesdienst genau darüber gesprochen und sie alle vor Luzifer gewarnt? Ja, er erinnerte sich genau. Flieh, lauf, so schnell dich deine Füßen tragen, spornte er sich an. Er musste Satan von Beda und seinem Kind weglocken.

Noch nie in seinem Leben war Mathis schneller gerannt. Er schlug Haken, sprang über Wurzeln und hastete über glitschiges Moos. Sein Ziel war die alte Bärenhöhle unten am Bach. Kaum jemand kannte sie, der Eingang war zugewuchert. Vielleicht hatte er Glück. Vielleicht konnte er seinen Verfolger abschütteln oder sich zumindest verbergen, bis die Sonne aufging.

Schon kam der Walnussbaum in Sicht, der am Eingang der Höhle stand. Mathis hielt direkt darauf zu, warf sich unter dem Baum in die Dornen, kämpfte sich, auch mit Hilfe von Andras' Stock, durch das dichte Gestrüpp und atmete erleichtert auf, als er blutend, aber ohne ernsthafte Verletzungen die dahinterliegende Höhle erreichte. Es dauerte lange, bis sein Herz nicht mehr so laut schlug, dass er in die Finsternis lauschen konnte.

Nur der Ruf eines Käuzchens war zu hören. Mathis' Knie begann wieder zu schmerzen. Er betrachtete seine geschundenen Füße. Dornen und grobe Äste hatten ihm die Sohlen aufgerissen. Vorsichtig begann er einzelne Stacheln aus der Haut zu ziehen. In Gedanken war er bei Beda. Wie um alles in der Welt sollte sie allein die Nacht überstehen, denn sicher schien es ihm nicht, dass Andras Wort hielt und sich mit Aleidis auf den Weg machte.

Tränen liefen ihm über die Wangen. Es schmerzte ihn zutiefst, dass er Beda nicht beistehen konnte und sie sich keine Vorstellung machte, was ihn davon abhielt. So kauerte er in der Höhle, die ihm zwar für die Nacht Schutz bieten konnte, aber es zog ihn zu den Seinen. Wie konnte er Ruhe finden und den Morgen abwarten, wenn seine Frau sich aus Sorge um ihn zu Tode ängstigte? Nein, er musste zu ihr.

Lauschend richtete er sich auf.

Vorsichtig schlug er sich abermals durch die Dornen und kroch aus dem Versteck.

Kein Laut war zu hören.

Mathis biss die Zähne zusammen, klemmte sich den Stock unter dem Arm und rannte los, jagte durch den Wald, hastete den Weg zurück, den er gekommen war. Hin und wieder blieb er kurz stehen. Lauschte. Horchte. Versuchte, zu Atem zu kommen. Aber es blieb dabei, ihn umgab eine tiefe Stille. Schon konnte er abermals ein schwaches Licht sehen. Beda hatte das Feuer nicht ausgehen lassen. Er schöpfte Mut, dankte leise der Mutter Gottes dafür, dass sie ihren Mantel über ihn bereitet hatte und er sicher zu seinem Heim gelangt war.

»Mathis.«

Ihm blieb nicht einmal die Zeit, sich umzudrehen. Die Bestie sprang ohne Vorwarnung auf seinen Rücken, umklammerte seinen Hals und warf ihn zu Boden. Dann riss ihn das Scheusal herum. Mathis starrte in glutrote Augen. Nichts sah er sonst, nichts als dieses abscheuliche Rot. Er rang nach Luft, das Biest schien ihn zu erdrücken, hielt ihn fest umklammert. Ungläubig stierte Mathis in sein widerliches Maul. Schleimiger Geifer rann die Lefzen herab. Der Gestank von Verwesung und Tod kroch Mathis in die Nase. Beda, dachte er, meine arme Beda!

Bevor Mathis einen weiteren Gedanken hegen konnte, brach ihm die Bestie mit einem lauten Knack das Genick. Schmatzend riss sie ihm die Zunge heraus und schlug ihre Zähne anschließend in seinen warmen Bauch.

KÖLN-LONGERICH, IM JANUAR

Zacharias machte sich früh auf den Weg, er mochte die ersten Morgenstunden. An diesem Tag hing eine Dunstglocke über der Stadt, die zu seiner Stimmung passte. Er fühlte sich nicht wohl in seiner Haut. Ganz und gar nicht wohl. Es war das erste Mal, dass er an den Ort eines Verbrechens fuhr, von dessen Vision er heimgesucht worden war. Wie lange die Tat zurücklag, konnte er nicht sagen. Der entsetzliche Tagtraum gab darüber keine Auskunft. Die Gegend war ihm immerhin bekannt. Köln-Longerich. Neusser Straße stadteinwärts. Das Gebiet kannte er wie seine Westentasche, früher war er auf dieser Strecke häufig mit dem Rad in die Kölner Innenstadt gefahren und dabei immer an diesem Waldstück vorbeigekommen.

Seine Vision war ziemlich exakt. Bis zum Parkplatz an der Geestemünder Straße jedenfalls. Zacharias stellte den Motor ab, humpelte um den Wagen herum und wuchtete sein Rad aus dem Kofferraum. Keine fünf Minuten später radelte er fröstelnd los und fühlte sich frei dabei. Das linke Bein ruhte auf einer fest stehenden Metallschiene, und die Behinderung fiel nicht weiter auf.

Als er den Schlagbaum erreichte, wurden seine Handflächen trotz der Kälte feucht.

Zacharias holte tief Luft, ließ den Schlagbaum hinter sich und fuhr in den Wald. Alle paar Meter waren an speziellen Pfosten blaue, gelbe und rote Wegstreckenmarkierungen mit Kilometerangaben für Jogger angebracht. Wenige Minuten später überholte Zacharias den ersten Läufer und drosselte das Tempo. Er hatte es nicht eilig, dorthin zu gelangen, wo er hinmusste. Wenn ihn seine Vision nicht täuschte, kam er sowieso zu spät. An diesem Punkt unterschied sie sich nicht von den anderen.

Er fuhr, bis er eine lang gestreckte Wiese erreichte. Sie lag vor einem dichten Gestrüpp etwas abseits der Waldwege. Die Autobahn befand sich in Hörweite.

Zacharias rang nach Luft, als er die knochige Eiche entdeckte. Der markante Baum hob sich von dem dornigen Geäst ringsum deutlich ab. Genau so hatte er ihn auch in seiner Vision gesehen. Achtlos ließ er sein Fahrrad fallen, ging zu dem Baum und ließ sich genau darunter auf die Knie fallen.

Das Loch in der Dornenhecke war kaum sichtbar, und dahinter sah es wenig einladend aus. Das Gestrüpp war ziemlich dicht, die Dornen würden ihm das Gesicht zerkratzen. Spaziergänger hatten jede Form von Unrat ins Buschwerk geworfen. Leere Getränkedosen, Plastikmüll und sogar eine benutzte Babywindel. Doch Zacharias hatte keine Wahl. Er musste die Sache zu Ende bringen.

Er robbte durch das dichte Gestrüpp. Die Kraft, die er dabei aufbringen musste, war enorm. Mehrere Male legte er eine Pause ein.

Es dauerte eine Weile, bis er sich durch das Dickicht gearbeitet hatte und auf der anderen Seite ein kleiner Abhang sichtbar wurde. Hier konnte er wieder stehen. Zacharias erhob sich mühsam, klopfte den Schmutz von seiner Kleidung und blickte sich um.

Die Wiese hinter den Dornen war schmal. Kein Mensch konnte sie von der anderen Seite des Gestrüpps erahnen. In der Mitte lag ein Blätterberg. Schon von der Stelle aus, an der er stand, konnte er einen Kopf erkennen.

Zögernd ging er näher.

Jetzt sah er schwarzes Haar. Er ging auf die Knie und starrte in ausdruckslose Augen. Das Mädchen war jung, höchstens neunzehn. Ihr Kajal verwischt, der Kopf unnatürlich zur Seite gedreht. Zacharias konnte sehen, dass der Nacken am Hinterkopf ausrasiert war. Die lila Rüschenbluse hing ihr in Fetzen vom Leib, die enge Jeans hatte Löcher und stand vor Dreck. Alles, jedes Detail, glich seiner Vision.

Wie festgefroren kniete Zacharias vor der Leiche. Minutenlang konnte er sich nicht bewegen. Dann wurde ihm klar, dass er hier im Wald neben einem Mordopfer kauerte, und zwar an einer Stelle, die kein normaler Spaziergänger einsehen konnte. Diese Leiche konnte niemand zufällig entdecken, es sei denn, man war acht Jahre alt und spielte Verstecken – oder war der Mörder.

Er brauchte den ganzen Tag, um sich einigermaßen wieder in den Griff zu bekommen. Immer wieder sah er das Mädchen vor sich, wie sie im Gebüsch lag und ihn aus ihren toten Augen anstarrte.

Am späten Abend öffnete er ein Bier, wählte die Nummer der Kriminalwache und machte die nötigen Angaben. Anonym, mit unterdrückter Rufnummer. Den Namen des Täters nannte er nicht, obwohl er sich seiner Identität inzwischen fast sicher war. Aber er wagte es nicht, ihn laut auszusprechen. Trotzdem fühlte er sich nach dem Telefonat von einer enormen Last befreit.

Zu seiner Verwunderung blieb die Berichterstattung sowohl in den Abendnachrichten als auch am nächsten Tag in der Zeitung aus. Getrieben von Unruhe wanderte er durch sein Haus und fragte sich, warum die Medien den Fall nicht aufgriffen. Schließlich nahm er all seinen Mut zusammen und machte sich auf den Weg zur nächstgelegenen Polizeiwache in Köln-Chorweiler.

Die junge Polizistin hörte ihm geduldig zu, blickte ihn gleichbleibend freundlich an, auch als er ihr die Kladde vorlegte, in der er seine wichtigsten Visionen handschriftlich festhielt.

»Hier, sehen Sie«, sagte er und tippte mit dem Zeigefinger auf eine der letzten Seiten in dem Heft. »Ich träume seit Wochen von diesem Mädchen, und alles, alles hat gestimmt. Das Gebüsch, der Auffindeort, die Lage der Toten!«

»Ich glaube Ihnen ja«, antwortete die Schutzpolizistin und klang dabei kein bisschen ungeduldig. »Nur wie ich eben schon sagte: Meine Kollegen sind Ihrem Hinweis nachgegangen, wir haben die Gegend auf links gedreht, sogar mit einem Spürhund, aber da war nichts. Überhaupt nichts! Und somit haben wir keinen Hinweis auf ein Verbrechen.«

Zacharias schüttelte den Kopf. »Aber das kann nicht sein! Jede Vision, die ich habe, hat stattgefunden. Ich ...«

»Vielleicht haben Sie sich im Ort vertan«, sagte die Polizistin, als handele es sich bei Zacharias' Ausführungen um eine wissenschaftliche Arbeit. »Oder die Zeit stimmt nicht, vielleicht hat diese Vision Sie aber auch einfach in die Irre geführt.«

»Unmöglich«, beharrte Zacharias, schnalzte mit der Zunge und lehnte sich vor. »Ich kenne sogar den Namen ...«

»Des Täters?«

Zacharias biss sich auf die Lippe. »Ich meine den Namen des Mädchens ...«

Die Polizistin nahm einen Stift. »Den Namen des Opfers?«

»Amanda«, sagte Zacharias. »Ihr Name ist Amanda.«

Die Polizistin machte sich eine Notiz und sah Zacharias erwartungsvoll an. »Und weiter?«

»Das weiß ich nicht.«

Die Beamtin legte den Stift zur Seite. »Was glauben Sie, wie viele Amandas es in Köln und Umgebung gibt?«

»Ich weiß, es ist nur ein vager Hinweis, aber ...«

»Das ist mehr als vage.« Der Ton der Beamtin wurde eine Nuance schärfer. »Es tut mir sehr leid, aber wenn Sie keine konkreteren Angaben machen können, dann ...«

»Sie waren sehr freundlich«, beeilte sich Zacharias zu sagen und nahm seine Kladde. »Ich weiß, dass Sie mich für einen Spinner halten müssen. Danke, dass Sie mir trotzdem zugehört haben.«

Mit hängendem Kopf verließ er die Wache und dachte darüber nach, wo der Fehler lag. Irgendetwas hatte er in dieser Vision übersehen, irgendwie setzte er die Bilder falsch zusammen. Das war die einzige Erklärung, denn es schien ihm unmöglich, dass er sich gänzlich getäuscht hatte.

Ein Gefühl von Verzweiflung breitete sich in ihm aus, er rang nach Luft. Er konnte sich nicht getäuscht haben. Niemals. Immerhin hatte er neben der Leiche hinter diesem Gebüsch gekniet, die Rüschenbluse berührt, den ausrasierten Hinterkopf gesehen und den dicken verschmierten Lidstrich.

Nein. Er glaubte der Polizei nicht. Sie hatten am falschen Ort gesucht, seine Angaben zu ungenau notiert.

Zacharias machte sich noch einmal auf den Weg, fuhr die Neusser Straße stadteinwärts, bog an der Geestemünder Straße in den Wald ab. Wieder fand er die Stelle im Gestrüpp auf Anhieb, kroch hinein und nahm fassungslos zur Kenntnis, dass es dort tatsächlich nichts zu sehen gab. Der Blätterberg fehlte, und nicht ein Grashalm auf der kleinen Wiese war geknickt, nirgendwo fand sich ein Hinweis auf das schreckliche Verbrechen.

Die Verwirrung in seinem Kopf war größer als jemals zuvor, als er sich schließlich auf den Heimweg machte. Und trotzdem glaubte er nicht einen Moment lang, dass er sich komplett geirrt hatte. Irgendetwas an dieser Vision stimmte nicht, das war offensichtlich. Aber was es auch war, der Fehler lag bei ihm, und es war seine Aufgabe, die Puzzleteile richtig zusammenzusetzen.

***

Andy konnte nicht glauben, dass Helene ihn versetzte. Über eine Stunde saß er nun schon im Neonlicht dieser Raststätte an der A 3. Von Zeit zu Zeit stieß er sauer auf. Natürlich war daran auch der viele Kaffee schuld, den er zu hastig in sich hineingeschüttet hatte. Doch er machte sich nichts vor. Seine ganze Situation war ein einziges Desaster. Wie tief war er gesunken? Helene spielte mit ihm, und er musste mitmachen. Ohne sie ging sein Plan nicht auf.

Am Morgen hatte ihm seine Hausbank den Geldhahn endgültig zugedreht. Selbst die Sparverträge der Kinder, die er schon vor Tagen aufgelöst hatte, halfen ihm nicht weiter. Wenn es hart auf hart kam, verlor er nun auch noch das Haus, sein Auto und die

Harley, die in der Garage stand. Das hatte ihm der Banker mit der Mickey-Maus-Krawatte um den Hals deutlich zu verstehen gegeben. Mickey Maus! Und so einer entschied über sein Schicksal. Aber er hatte keine Wahl, musste die Faust in der Tasche machen und auf Helene setzen. Sie war seine einzige Chance. Als ihr Ehemann war er aus dem Schneider. Aber Helene ließ sich nicht blicken. Sie hatte ihn am späten Nachmittag angerufen und zu diesem Rastplatz bestellt, wollte mit ihm hier eine Kleinigkeit essen und dann weiter zu einem Termin nach Aachen fahren.

Andy sah auf seine Armbanduhr. Es war fast zwanzig Uhr. Er wusste, dass er nicht länger zu warten brauchte, aber er wunderte sich, dass Helene ihn nicht einmal anrief.

Zum hundertsten Mal sah er auf sein Handy. Nichts. Keine Nachricht. Andy stand auf, zahlte, zog seine Jacke über und trat vor die Tür. Es schneite, nicht stark, nur ein paar Schneeflocken schwebten zu Boden. Aber sie erinnerten ihn an sein letztes Treffen mit Ramón. Wie sehr er seine täglichen SMS vermisste. Erst vor Kurzem war ihm klar geworden, wie gut es ihm in der Zeit mit seinem Liebhaber gegangen war. Zu spät. Erst der Verlust zeigte, wie reich er durch Ramón beschenkt worden war. Andy wünschte, er könnte die Zeit zurückdrehen.

Ein kurzer Signalton riss ihn aus seinen Gedanken. Helene. Endlich.

Doch die SMS kam nicht von ihr, sondern von diesem Spinner, der ihn seit einiger Zeit mehrmals täglich belästigte, anonym über einen Internet-SMS-Dienst Nachrichten schickte und ihm drohte, ihn wegen der Geschichte mit Ramón zu outen. Outen, wie lächerlich, solche Drohungen liefen bei ihm ins Leere. Andy überflog die neue SMS.

Helene wird nicht kommen. Geh zur Herrentoilette. Jetzt.

Andy zuckte zusammen und sah sich zu allen Seiten um. Aber außer einem übergewichtigen Mann, der vor dem Bistro stand und hastig an einer Zigarette zog, sah er nur noch eine ältere Frau, die beruhigend auf ihren Hund einsprach, der im Kofferraum kauerte und wie verrückt bellte. Ansonsten war keine Menschenseele zu sehen und erst recht niemand, der Andy verdächtig erschien.

Gut, der Idiot wollte ihn treffen, also dann.

Er vergrub die Hände in den Manteltaschen und ertastete den kalten Griff seines Klappmessers, das er immer dabeihatte. Er würde bis zum Äußersten gehen, war gerade genau in der richtigen Stimmung für eine Auseinandersetzung. Und sollte sich herausstellen, dass das Arschloch seine Geschichte mit Helene in irgendeiner Weise verpatzt hatte, dann Gnade ihm Gott!

Andy machte auf dem Absatz kehrt und stürmte in Richtung Herrentoilette, öffnete die grüne Tür und sah sich um. Die vier Pissoirs waren verwaist, die Toilettentüren standen offen. Es roch nach Urin und billigem Scheuermittel.

»Hallo? Ist da jemand?«, fragte er, obwohl er sah, dass er allein war. »Hallo!«

Seine Stimme hallte von den weißen Kacheln wider. Von draußen war gedämpft der Lärm der Autobahn zu hören. Andy wusch sich die Hände, blieb anschließend einen Augenblick unschlüssig stehen, verließ dann den Waschraum, ignorierte den Teller, auf dem einige Münzen lagen, trat ins Freie und ging zu seinem Auto. Er wollte nach Hause, sofort. Für heute konnte ihm der Rest der Welt gestohlen bleiben.

Er atmete durch, startete den Wagen und fuhr Richtung Köln. Als er gerade vom Beschleunigungsstreifen auf die Autobahn wechselte, hörte er eine Stimme aus dem Fond des Wagens.

»Schön, dass wir endlich losfahren.«

Andy erschrak so heftig, dass er das Steuer verriss und beinahe in einen Sattelschlepper gerast wäre. Es gelang ihm in letzter Sekunde, sein Fahrzeug wieder in die Spur zu bringen.

Angstvoll starrte er in den Rückspiegel, doch er konnte die Person auf der Rückbank nur schemenhaft erkennen. Hektisch drehte er sich um.

»Verdammt! Wer sind Sie? Wie kommen Sie in mein Auto?«

»Diese Frage ist reichlich dumm, weil die Antwort überflüssig ist.«

»Was wollen Sie von mir?«, schrie Andy, kam wieder von der Spur ab und hätte um ein Haar einen Kleinwagen gestreift. Der Fahrer des Wagens hupte energisch.

»Du wirst dich töten!«, sagte der Mann. Seine Stimme klang tief und ein wenig heiser.

Andy zwang sich, den Blick auf die Straße zu richten, versuchte, die Kontrolle über den Wagen zu behalten, und mahnte sich zur Konzentration. Er hatte einen Fremden im Auto, einen Mann, der offenbar gewaltsam in sein Fahrzeug eingedrungen war.

»Was wollen Sie? Geld?«, fragte er so gefasst wie möglich.

»Nein.«

»Es geht um Ramón, nicht wahr? Möchten Sie, dass ich zur Polizei gehe und eine Aussage mache, oder sind Sie etwa sein …?«

Er kam schon wieder von der Spur ab und verfehlte nur knapp einen voll besetzten Renault-Kangoo. Die Fahrerin gestikulierte wild.

»Ramóns Mörder?«, fragte der Fremde seelenruhig. »Das wolltest du doch fragen, oder?«

»Ja.« Andy hielt das Lenkrad nun fest in der Hand, sah wieder zum Rückspiegel, aber der Mann in seinem Auto hatte sich in die rechte Ecke des Fahrzeugs zurückgezogen. Die Beifahrerkopfstütze behinderte Andys Sicht.

»Ramón interessiert mich nicht, und es geht auch nicht um Helene.«

»Nicht?« Andy war irritiert. »Was wollen Sie dann? Woher kennen Sie Helene? Sind Sie Privatdetektiv? Hat Helene Sie engagiert?«

»Nein.«

»Sollen Sie mich ausspionieren?«

»Nein. Ich sagte doch bereits, diese Sache hat nichts mit Helene zu tun.«

»Sie haben ihren Namen ins Spiel gebracht!«

»Helene ist nur ein Köder.«

»Köder wofür?«, rief Andy verzweifelt. »Ich verstehe nicht, was Sie von mir wollen!«

»Das kannst du auch nicht.«

»Verdammt noch mal!«, schrie Andy. »Was soll der Mist?«

Der Mann schwieg.

Die Stille empfand Andy als noch unerträglicher. Um sie zu durchbrechen, redete er wahllos drauflos.

»Wenn Sie so viel von mir wissen, dann ist Ihnen vielleicht auch bekannt, wie wichtig mir Helene ist. Meine Frau ist vor einiger Zeit bei einem Verkehrsunfall ums Leben gekommen. Ein Fahranfänger hat sie bei dichtem Nebel erfasst und überfahren. Sie hatte keine Chance. Seitdem kümmere ich mich allein um ihre zwei Kinder.« Er wusste selbst nicht, warum er ausgerechnet das sagte. Sein Nacken verkrampfte sich, und er verspürte den unbändigen Drang, eine Zigarette zu rauchen. Jetzt. Sofort. Er widerstand dem Impuls, sofort anzuhalten.

»Ich finde nicht, dass du dich besonders gut um die Kinder kümmerst«, sagte der Mann. »Ich weiß, wie sehr sie dich stören. Ist es nicht so, dass du überlegst, sie abzugeben? Das ist ganz legal, du kannst es mit Überforderung oder nicht Gewährleistung des Kindeswohls probieren.«

Andy starrte mit offenem Mund in den Rückspiegel. Er konnte das Gesicht seines ungebetenen Beifahrers noch immer nicht sehen, nur die Hände, die er nun beschwichtigend hob.

»Ich mache dir keinen Vorwurf«, kam es von der Rückbank. »Immerhin sind die beiden nicht deine eigenen, und du lebst erst seit wenigen Jahren mit ihnen unter einem Dach. Da ist es nicht verwunderlich, dass die Bindung nicht so eng ist.«

Andy wollte etwas antworten, doch er brachte kein Wort hervor.

»Aber darum soll es hier und jetzt nicht gehen«, flüsterte der Unbekannte. »Ich bin hier, um dir ein Geschäft vorzuschlagen.«

»Ein Geschäft? Mir? Wie … ich verstehe nicht …?«

»Ich habe Erkundigungen eingezogen, ja, so könnte man sagen, und ich weiß, dass du ganz schön in der Klemme sitzt. Die Bank schröpft dich, du manövrierst dich in den Abgrund, und deine Geliebte will dich nur ohne Anhang. Deshalb biete ich dir meine Hilfe an.«

Andy wurde abwechselnd kalt und heiß. Die Angst vor dem Mann in seinem Wagen schnürte ihm die Brust ein. Trotzdem schöpfte er Hoffnung. Egal, wer der Spinner war, offensichtlich wollte er ihm nichts antun. Gewalttätig schien er jedenfalls nicht zu sein. Andy versuchte ein bisschen mutiger aufzutreten.

»Danke, aber ich brauche Ihre Hilfe nicht. Ich komme ganz gut allein zurecht.«

»Dann ist deine Not vielleicht noch nicht groß genug.«

»Vielleicht!«

»Schlag mein Angebot nicht leichtfertig aus«, sagte der Fremde. »Ich bin vielleicht der Einzige, der dir helfen kann. Wenn du es zulässt, mache ich dich zu einem erfolgreichen Mann. Sorgen und Ängste wirst du dann nicht mehr kennen.«

»Was wollen Sie denn dafür von mir?«, fragte Andy, mehr um Zeit zu gewinnen, als aus wirklichem Interesse.

»Deine Seele.«

Andy lachte laut auf. »Meine Seele? Soll das ein Witz sein?«

»Ich mache keine Scherze.«

»Das hört sich für mich aber so an.« Andy schüttelte den Kopf und lockerte seinen Seidenschal ein wenig. Er lag auf einmal eng wie eine Schlinge. »Sie haben doch nicht alle Tassen im Schrank.« Er hatte einen Entschluss gefasst.

Andy blinkte, fuhr rechts ran und hielt einfach auf dem Seitenstreifen. »Und nun steigen Sie aus. Los!«

Zu Andys Überraschung verließ der Mann tatsächlich das Fahrzeug. »Ich melde mich bei dir«, sagte er. »So schnell wirst du mich nicht los, Curt Jordan! So schnell nicht!«

LECHENICH, HERZOGTUM JÜLICH, MAI 1588

Mechthilde hatte nur wenige Stunden geschlafen, als sie aufschreckte. Sie tastete in der Dunkelheit zur Bettseite ihres Mannes. Andras lag nicht neben ihr. Seine Doggen bellten in der Kammer neben der Küche, in der sie jede Nacht eingesperrt waren. Sollten sie doch bellen. Mechthilde hüllte sich in eine der Decken und schlich hinaus.

Die Kälte überraschte sie nicht. Seit dem Osterfest herrschte Nachtfrost, und es hatte einen solch heftigen Temperatursturz gegeben, dass alles Grün von den Wiesen und Äckern verschwunden war. Der Wind blies seit Wochen unbarmherzig von Norden und überzog alle Gewässer noch einmal mit einer Eisschicht. Nach dem verregneten Frühjahr war der späte Frost verheerend. Die frische Saat auf den Feldern würde erfrieren. Mechthilde hatte schon häufig erlebt, dass ein später Kälteeinbruch den Frühling in die Knie zwang, und jetzt standen die Eisheiligen noch bevor.

Sie seufzte. Das Leben kam ihr schwer vor. Ihre Ehe mit Andras gestaltete sich immer schwieriger, und oft verfluchte sie den Tag, an dem sie ihn näher dem Tod als dem Leben in einem Graben in der Nähe ihres Elternhauses entdeckt 'hatte. Blutig, übel verletzt. Zusammengeschlagen von seinen eigenen Verwandten. Um die Führung der Sippe war es dabei gegangen, und Andras hatte diesen Kampf beinahe mit seinem Leben bezahlt.

Sie hatte sich auf der Stelle in seine Wildheit verliebt, in das feine Gesicht und die gerade Art, mit der er sich ausdrückte. Und er erhörte sie. Sie, die schielende, hässlichste der Kaufmannstöchter, deren bösem Blick ansonsten jeder Bursche auszuweichen versuchte. Mechthilde, die das genaue Gegenteil ihrer jüngeren Schwestern Gerburg und Lioba war, die sich beide vor Heiratsangeboten kaum retten konnten. Mechthilde, die reizlose, hatte Andras eingefangen. Mit rechten Dingen konnte es dabei nicht zugegangen sein.

Die Leute hatten geredet, sich ereifert, weil die Kaufmannsfamilie den Heiden aufnahm; und dann empörten sie sich, weil er blieb.

Einen Zigeuner zur Sesshaftigkeit zu verleiten war ungehörig. Und auch Mechthildes Vater war der Verbindung wenig zugetan. Der Legende nach hatten Zigeuner sich geweigert, die Heilige Familie auf ihrer Flucht vor Herodes aufzunehmen. Deshalb waren sie verflucht und sollten bis an das Ende ihrer Tage umherziehen, ohne jemals in einem festen Bett zu schlafen. Ein Heim zu gründen war ihnen durch päpstlichen Erlass untersagt. Und so pflegte auch Mechthildes Vater einen tiefen Groll gegen das fahrende Volk und somit gegen Andras, dem er weniger Zuneigung zu seiner Tochter, als eher Wohlgefallen an deren Mitgift unterstellte. Dass Andras sich vorzüglich auf das Zähmen und Heilen von Pferden verstand und damit ein beträchtliches Einkommen erzielte, besänftigte ihn nicht. Schließlich sah er, dass er die Taler, die er einnahm, genauso schnell wieder ausgab.

Mechthilde kümmerte dieser Einwand wenig. In dieser einen Angelegenheit zeigte sich die älteste Kaufmannstochter unbeugsam und widersetzte sich nicht nur dem Wort ihres Vaters, sondern auch der Anordnung des höchsten Würdenträgers der katholischen Kirche.

Sie bereute es, noch bevor das erste Ehejahr abgelaufen war.

Andras geriet immer wieder grundlos in Rage, schlug alles entzwei, was in seiner Reichweite lag. Am Ende jeder Raserei stürzte er zuckend zu Boden; sein Gesicht lief blaurot an, die Pupillen wurden starr. Vor seinem Mund bildete sich Schaum, und er gab Laute von sich, die nichts Menschliches mehr an sich hatten. Auch den Dorfbewohnern waren seine Ausbrüche nicht verborgen geblieben, und die Leute raunten, Mechthildes böser Blick habe Andras verhext.

Aber sie wusste es besser.

Zuerst hatte sie vermutet, dass Andras an Fallsucht leide. Ihren Großvater hatten ähnliche Anwandlungen gequält, und er musste bis zu seinem Tod mit einem Heilmittel aus Maulwurfsblut und Gänsefüßen behandelt werden, welches ihm zumindest ein wenig Linderung verschaffte. Mechthildes Mutter hatte es selbst hergestellt und ihre älteste Tochter in die Geheimnisse der heilbringenden Kunst eingeweiht.

Also hatte Mechthilde einen Maulwurf erlegt, sein Blut aufgefangen und getrocknet. Anschließend raspelte sie den Schnabel einer Ente, verfuhr ebenso mit dem Fuß einer weiblichen Gans und stellte aus all diesen Zutaten ein Pulver her. Dieses gab sie in ein Tuch und legte es bei eisigen Temperaturen drei Tage auf einen Maulwurfhügel. Danach knetete sie das grobkörnige Pulver unter eine Masse, die aus Mehl, Wasser und einer frischen zerkleinerten Schweineleber bestand, strich den zähen Brei in eine tönerne Form und stellte sie in eine Öffnung unterhalb der Feuerstelle. Andras aß das Gebäck ohne erkennbare Regung und wurde nach wie vor von Tobsuchtsanfällen heimgesucht. Das Rezept verfehlte bei ihm seine Wirkung.

Zuerst hatte sich Mechthilde keinen Rat gewusst.

Doch dann erkannte sie den Grund für die Nutzlosigkeit ihrer Mühe: Andras war mit dem Teufel im Bunde. Dafür waren nicht nur seine Anfälle sichere Anzeichen, sondern auch seine schier unersättliche Geilheit. Er trieb es mit Männern und Frauen gleichermaßen, das hatte Mechthilde mit eigenen Augen sehen müssen, und auch darüber tuschelte das ganze Dorf. Die Demütigung hätte sie ertragen, doch sie fragte sich immer häufiger, weshalb sie Andras überhaupt aushalten sollte. Sie brauchte ihn nicht. Sinnvolle Aufgaben im Haus oder auf dem Feld erfüllte ihr Mann nicht, und dank des Vermögens ihres mittlerweile verstorbenen Vaters verfügte sie über genügend Geld, das sie mit niemandem zu teilen hatte.

Ihre jüngste Schwester Lioba war mit einer Gauklerhorde durchgebrannt, und die schöne Gerburg vermutlich bereits von Gott heimberufen worden. Angeblich war sie von der Kölner Maternuskirmes nicht wieder heimgekehrt. Offenbar stürzte sie bei stürmischem Wetter in den Rhein. Ein schreckliches Unglück, so wurde erzählt.

Doch der Reichtum brachte Mechthilde kein Glück, und nach Meinung der Leute war dies der gerechte Lohn für ihre Verfehlungen, darüber tuschelten sie jedenfalls hinter vorgehaltener Hand, da machte sich Mechthilde nichts vor.

Auch jetzt hätten sie bei ihrem Anblick wieder die Hälse gereckt, woran Mechthilde allerdings nicht einen Augenblick dachte, während sie nun in aller Herrgottsfrühe, in eine Decke eingewickelt, in gebückter Haltung über den Hof lief.

Sie eilte zum Pferdestall. Die Gäule wieherten leise, als sie die Scheune betrat, der Geruch von feuchtem Heu und Mist schlug ihr entgegen. Sie zog die Decke fester um ihren Körper, durchquerte den Stall und ging zielstrebig auf einige Strohballen zu, die vor einer Bretterwand lagerten. Geräuschlos erkletterte sie die Ballen und lugte durch ein Astloch in der Wand. Ihr Auge brauchte einen Moment, um sich an die Dunkelheit dahinter zu gewöhnen, doch dann erkannte Mechthilde schemenhaft die Gestalt im Verschlag. Gerburg kauerte am Boden. Zu Mechthildes Verwunderung war ihre Schwester allein.

Von Andras keine Spur.

Seit fast zwei Jahren hauste Gerburg nun schon in dem winzigen Bretterverschlag, der einmal als Hühnerstall gedient hatte. Niemand vermisste sie. Tot war sie. Angeblich. Andras hatte das Gerücht vom Unfall in den Fluten des Rheins gestreut. Kaum jemand hatte genauer nachgefragt.

Mitgefühl empfand Mechthilde mit ihrer Schwester nicht; immerhin hatte Gerburg ihr den Mann genommen, ihn bereits kurz nach der Hochzeit zum Ehebruch verführt. So hatte Andras es erzählt. Mechthilde kümmerte es nicht, ob es der Wahrheit entsprach. Im Grunde war sie froh, dass Andras ihre Schwester bestieg. Zu außergewöhnlich waren seine Gelüste, zu ungeheuer seine Triebhaftigkeit und zu gewalttätig sein Vorgehen. Eines Tages hatte Andras Gerburg in den alten Hühnerstall hinter der Scheune gesperrt. Warum, wusste Mechthilde nicht. Andras sprach nicht über seine Gründe. Vielleicht wollte er sich Gerburg so gefügiger machen. Nacht für Nacht war Andras in den Bretterverschlag geschlichen und hatte Gerburg schließlich geschwängert. Es hatte Mechthilde die Tränen in die Augen getrieben, als sie davon erfuhr, denn sie selbst konnte keine Kinder empfangen.

Gerburg kam nieder, doch Mechthilde riss ihr den Säugling aus den Armen und ertränkte ihn im Brunnen. Gerburg reagierte mit Geschrei und Gejammer. Andras mit Flucht. Mehrere Wochen trieb er sich in den Wäldern herum, begleitet nur von seinen widerlichen Hunden.

Nach seiner Rückkehr änderte sich nichts. Tagsüber war er bei den Pferden, und nachts ging er zu Gerburg, um mit ihr Unaussprechliches zu tun. Mechthilde belauschte das schamlose Treiben oft genug. Und während sie über einen Ausweg grübelte, empfing Gerburg ihr zweites Kind und presste den Balg an einem warmen Juliabend hervor. Diesmal tötete Andras das Kind selbst und vergrub es hinter dem Haus.

Wahnsinnig war Gerburg über ihr Los geworden. Wahnsinnig und verwirrt. Von ihrer einstigen Schönheit war nichts geblieben. Trotzdem ging Andras fast jede Nacht in den Schuppen. Ihn schien Gerburgs Verfall nicht zu stören, wieder reifte eine Teufelsbrut heran, das war nicht zu übersehen. Bis zur Niederkunft konnte es nicht mehr lange dauern.

Mechthilde kletterte von den Strohballen herab, nachdem sie sich noch einmal versichert hatte, dass Gerburg allein war. In Gedanken war sie auf dem Weg zurück, als sie aus dem hinteren Teil der Scheune ein Stöhnen vernahm. Sie blieb stehen und lauschte. Da, wieder.

Das schwere Atmen kam aus dem Pferch, in dem die Fohlen standen. Mechthilde schlich heran. Das Stöhnen wurde lauter. Das musste Andras sein. Ja, es war seine Stimme. Was um alles in der Welt trieb er im Fohlenstall, und warum stöhnte er so hingebungsvoll?

Mechthilde duckte sich hinter den Pflug und spähte zu den Tieren. Und dann sah sie ihren Mann. Nackt und mit geschlossenen Lidern verging er sich an einem Fohlen.

Ein Schrei entfuhr Mechthildes wie ausgedörrter Kehle. Voll des Ekels wandte sie sich ab und taumelte rückwärts. In ihrem Kopf kreiste nur ein einziger Gedanke: Sie musste Andras töten.

Als Andras am nächsten Morgen loszog, um nach dem Gaul eines Großbauern zu sehen, verlor Mechthilde keine Zeit. Bisher hatte sie lediglich mit einfachem Abwehrzauber versucht, Andras' Niedertracht in Schach zu halten. Aber Kreidekreuze auf den Toren reichten nicht aus, und auch die Wirkung des großen alten Wagenrads über dem Hoftor schlug offenbar fehl. Dabei hatte Mechthilde bisher gerade den Holzrädern außerordentlich vertraut, denn sie veranlassten Unholde sowie böse Geister, Runden um den Hof zu laufen; genauso oft, wie sich das Rad einst in einem Fuhrwerk gedreht hatte. Dieser Glaube war, wie Mechthilde wusste, aus dem hohen Norden in die Rheinlande gelangt. Aber in diesem Fall schien der Abwehrzauber wirkungslos.

Drei mächtigere Rituale kamen Mechthilde in den Sinn. Das erste war leicht umzusetzen. Sie ging in den Garten, riss Stachelbeerzweige von einem Strauch, sammelte Eichenlaub und strich damit über sämtliche Türschwellen und Fensterritzen im Haus. Angeblich scheuten Dämonen den Geruch und mieden Behausungen, in denen sie ihn wahrnahmen.

Der nächste Abwehrzauber war nicht ganz so einfach zu bewerkstelligen; dennoch zögerte Mechthilde nicht einen Augenblick. Sie ging in die Wohnstatt, nahm eine der handlicheren Äxte von der Wand und trat auf den Hof. Dort griff sie sich den einzigen rabenschwarzen Hofhund und schleifte ihn zum Fallstamm, auf dem sonst die Hühner geschlachtet wurden. Mechthilde fackelte nicht lange. Laut betend schlug sie der treuen Kreatur den

Kopf ab, fing das warme Blut auf und bestrich sämtliche Türpfosten des Hofes damit. Sie hoffte inständig, dass der Teufel es nicht über sich brachte, sie zu überschreiten.

Den Rest des Tages grübelte sie über das dritte Ritual. Es war das wirkungsvollste, wenn auch das schwierigste. Dazu sollte der gesamte Körper mit Schmalz eingerieben werden – doch es musste das Menschenschmalz eines Säuglings sein. Der Leibhaftige scheute diese Paste nicht nur wegen ihres verheerenden Gestanks, sondern auch weil die Reinheit des Kindes auf den Eingeriebenen überging. Zudem schützte die Paste vor Angriffen, was von Bedeutung war, wenn man vorhatte, den Verderber zu töten.

Doch die Möglichkeiten, ein Neugeborenes zu greifen, waren begrenzt. Im Sommer hätte sich vielleicht eine Gelegenheit ergeben: Bauersfrauen und Tagelöhnerinnen legten ihre Kinder nicht selten am Feldrand oder unter einem Baum ab, während sie auf den Äckern schufteten. Doch dafür war es nun zu kalt. Zudem war es ein Vergehen, das besonders hart bestraft wurde, vor allem wenn Dämonenwerk oder Zauberei dahinter vermutet wurde. Und auf dem Scheiterhaufen wollte Mechthilde nicht enden.

Deshalb gab es nur eine Möglichkeit. Sie musste Gerburg ihre Brut entreißen. Leben sollte der Balg ihrer Schwester ohnedies nicht, und von seiner Existenz wusste niemand. Die Beschaffung eines Neugeborenen ließ sich also bewerkstelligen. Doch wie um alles in der Welt sollte das Kind die heilige Taufe empfangen? Und eine Taufe war unabdinglich, denn nur dann konnte der Talg Schutz bieten. Mechthilde grübelte, aber ihr fiel keine Lösung ein. Deshalb schob sie den Gedanken fort. Zuerst musste sie das Kind besorgen, dann konnte sie über dessen Segnung nachdenken.

Sie eilte in die Küche. Unter der Feuerstelle gab es ein geheimes Fach, von dem nur sie wusste.

Das beste Mittel, um einem Weib die Leibesfrucht zu entreißen, war Mutterkorn. In Maßen verabreicht, regte es die Wehen an. Hebammen gaben den Samen, wenn ein Kind schnellstmöglich zur Welt kommen musste. In höherer Dosis verursachte Mutterkorn Krämpfe, Sinnestäuschungen, das Absterben von Fingern und Zehen, und eine zu hohe Bemessung führte gar zum Tod.

Mechthilde nahm zwei der zapfenförmigen Kapseln des giftigen Pilzes aus dem Lederbeutel unterhalb der Feuerstelle, zerstieß sie in ihrem Mörser und kochte das Pulver in heißem Wasser zu einem Sud. Anschließend trug sie das dampfende Gebräu durch die Scheune zum Bretterverschlag.

Mechthilde öffnete die Tür. Es war bitterkalt in dem ehemaligen Hühnerstall. Der Wind pfiff durch die Ritzen.

Gerburg lag nur mit einem groben Leinenkittel bekleidet auf einem Strohsack, das Gesicht zur Wand gedreht. Mechthilde stellte die Schale mit dem Sud auf den Boden und berührte sie vorsichtig an der Schulter.

Gerburg regte sich nicht.

Mechthilde packte fester zu und riss die Schlafende unsanft herum. Gerburg rollte vom Lager und blieb dort liegen. Im fahlen Licht konnte Mechthilde das Gesicht ihrer Schwester erkennen. Die Wangen waren eingefallen, das Haar verfilzt. Unter dem Leinen war sie spindeldürr. Lediglich ihr Bauch wölbte sich unter dem dünnen Hemd.

»Wach auf«, sagte Mechthilde und rüttelte ihre Schwester grob. Als Gerburg sich immer noch nicht rührte, legte Mechthilde ein Ohr an ihre Brust. Sie atmete. Schwach zwar, aber immerhin. Mechthilde setzte die Schale an Gerburgs Lippen.

»Trink«, flüsterte sie und flößte Gerburg das Gebräu ein. Ihre Schwester trank. Gierig.

Als die Schale geleert war, hockte sich Mechthilde auf das Lager und wartete. Lange würde es nicht dauern, bis die Wehen einsetzten.

Und wirklich. Nach nicht einmal einer Stunde war es so weit. Gerburg begann zu stöhnen. Leise zuerst. Dann lauter. Schließlich krümmte sie sich und stieß schmerzerfüllte Laute aus.

Mechthilde hielt sich die Ohren zu. Die Schreie ihrer leidenden Schwester wollte sie nicht hören.

Gerburg wälzte sich wimmernd auf dem Stroh, bäumte sich dann jäh auf, tobte wie im Wahn und erbrach sich dabei. Der säuerliche Geruch des Erbrochenen hing in der Luft. Angewidert hielt sich Mechthilde die Nase zu, während Gerburg bis zur Besinnungslosigkeit schrie.

Nach einer Zeit, die Mechthilde schier endlos vorkam, blieb

Gerburg auf dem kalten Boden liegen, die Glieder merkwürdig gekrümmt. Und dann, gerade in dem Augenblick, als Mechthilde dachte, sie könne das Geheule nicht mehr ertragen, stürzte die Leibesfrucht hervor. Blutige Klumpen schwemmten aus Gerburgs Unterleib vor Mechthildes Füße. Sie kümmerte sich nicht darum und hob den Säugling hoch. Es war ein Junge. Ohne nachzudenken oder ihre Schwester noch eines Blickes zu würdigen, biss Mechthilde die Nabelschnur durch und verließ hastig den Bretterverschlag.

Nun musste alles rasch gehen. Es war unmöglich, dass der Balg die heilige Taufe erhielt, aber sie konnte ihn immerhin ins Taufbecken tunken. Das sollte ausreichen.

Mechthilde schwang sich auf eins der Pferde und jagte den Pfad entlang. Butterblumen und Krokusse säumten den Weg, doch sie ließen die Köpfe hängen. Der Nachtfrost hatte sie geholt.

Plötzlich scheute der Hengst wie aus heiterem Himmel und warf Mechthilde ab. Benommen fand sie sich im Graben wieder. Der Säugling schlug im hohen Bogen auf die Eisfläche des kleines Baches. Er schrie nicht einmal. Mechthilde rappelte sich auf, griff das Kind und eilte zu Fuß weiter.

Die Spitze des Kirchturms von Kaster war schon in Sichtweite, als jemand sie beim Namen rief.

»Mechthilde!«

Sie fuhr herum, doch es war niemand zu sehen. Sie hetzte weiter.

»Mechthilde!«

Die Stimme klang tief. Heiser. Bedrohlich.

***

Belle hielt die innere Unruhe nicht mehr aus, band die lederne Schürze um und lief durch die kühle Nacht zur Werkstatt, während ihre Mutter mit Peter Stubbe den Wald durchsuchte.

Ignatius war nicht nach Hause gekommen.

Die Familie hatte beim Abendbrot vergeblich auf ihn gewartet. Belle spürte Wut aufsteigen. Wenn dem Kleinen etwas zugestoßen war, trug allein ihre Mutter Schuld daran. Stubbe schenkte dem

Knaben recht viel Aufmerksamkeit, doch Trine überließ ihn häufig sich selbst, vergaß die Zeit, wenn sie vor der Staffelei stand. So blieb Ignatius große Teile des Tages unbeaufsichtigt.

Belle spannte ein Brett ein und begann, es mit einem Hobel zu bearbeiten. Gleichmäßig fuhr sie mit dem Werkzeug über das Holz. Die gewohnte Arbeit beruhigte sie ein wenig.

Sie liebte Ignatius. Gerade die Einfältigkeit des Jungen berührte ihr Herz. Und sie war Stubbe insgeheim dankbar, dass er ihn gezeugt hatte, auch wenn sie dies niemals zugeben würde.

Peter Stubbe. Belle wusste nicht recht, was sie von ihm zu halten hatte. Gewiss, er war kein schlechter Mensch, gebildet war er und in mancher Weise großzügig. Und doch war er unendlich abstoßend. Da konnte sich die Mutter taub und blind zugleich stellen.

Belle wurde übel, wenn sie an seine schuppige Haut mit all den widerlichen Verformungen und seine blassroten Haare dachte. Und dieser Mund! Ständig schien er zu sabbern. Belle erschauderte bei dem Gedanken, dass sich ihre schöne Mutter von diesem Mann berühren ließ. Es schien, als habe ihr der Teufel den Blick vernebelt.

Die Bewohner Eppraths waren davon jedenfalls überzeugt. Manche von ihnen sagten gar, dass sie Stubbe selbst für die Bestie hielten, unterstellten ihm die widerlichen Schandtaten, die in der Gegend verübt wurden.

Und in der Tat sprach einiges dafür, dass sie recht hatten. Davor konnte sich Belle nicht verschließen, auch wenn sie wusste, dass das Sonnenlicht Stubbes Haut schädigte. Mit eigenen Augen hatte sie gesehen, wie ihre Strahlen die Verformungen seiner Haut herbeiführen konnten. Trotzdem verteidigte sie den Geliebten ihrer Mutter nicht. Die Dorfbewohner hätten ihr sowieso keinen Glauben geschenkt. Allerdings, wenn sie ihn eines Tages aufknüpften, war ihr auch nicht geholfen. Immerhin gab er ihnen allen ein Dach über dem Kopf, und er war Ignatius' Vater. Der Junge liebte ihn, das konnte Belle jeden Tag sehen. Und sie liebte ihren Bruder.

Ignatius' Schicksal beschäftigte sie an jedem Tag. Sie glaubte, dass der Teufel zeitweise seinen Geist beschlich und so dafür sorgte, dass er nicht war wie andere Kinder. Lange hatte sie sich gegen diesen Gedanken gewehrt, schließlich liebte sie ihren Bruder und freute sich an seinem sonnigen Gemüt. Doch hin und wieder wurde Ignatius unbestreitbar von heftigem Jähzorn gepackt, schlug um sich und gab nichts als zischende Laute von sich. Selbst Stubbe hatte dann Schwierigkeiten, den Jungen zu bändigen, und Belle hatte sich aus Sorge um ihren Bruder an Aleidis, die Zaubersche von Lechenich, gewandt. Die Alte hatte ihre Befürchtung bestätigt, aber auch gleich Rat gewusst.

Ignatius musste nach St. Hubert gebracht werden. An diesem Wallfahrtsort in den Ardennen erfuhren Geisteskranke Heilung. Auch Tollwütige oder von Wölfen Gebissene ließen sich dort ihre Wunden ausbrennen. Aber St. Hubert war weit, und die Reise, die Herbergen und die Heilung selbst kostspielig. Deshalb legte Belle jeden Heller zur Seite und stahl auch Peter Stubbe hin und wieder etwas aus seiner Lade, von der er glaubte, niemand wüsste davon. Und doch würden, bis sie sich mit Ignatius auf den Weg machen konnte, noch Jahre vergehen.

In der Zwischenzeit stellte Belle Wagenräder her. Auch dazu hatte Aleidis ihr geraten. Einen Wall aus Holzwagenrädern sollte sie rund um den Hof errichten. Dieses Bollwerk konnte Satan nicht überwinden und verlor somit Einfluss auf Ignatius' Geist. Wie besessen arbeitete sie deshalb an dieser Aufgabe. Mittlerweile hatte sie schon mehrere Dutzend Räder hergestellt. Unermüdlich schwang sie den Hobel, hämmerte Tag und Nacht, so wie auch heute.

Das Gebell der Hunde nahm sie erst wahr, als eine grölende Schar den Hof betrat. Zu versunken war sie in ihre Arbeit und die Sorge um den kleinen Bruder.

Schon standen die Männer und Burschen in der Werkstatt, Fackelschein erhellte die Gerätschaften. Belle fuhr herum, nackte Angst stieg in ihr auf. Sie wusste, dass eine aufgebrachte Menge unberechenbar war.

Einer der Männer trat vor.

Belle erkannte den glatzköpfigen Medard Grotefels, ein Kaufmann und Blutsauger, dem Stubbe eine beträchtliche Summe schuldete.

»Wo ist er?«, herrschte er sie an. »Wo ist der elende Schuft?«

Belle brachte kein Wort heraus. Dann entdeckte sie zu ihrer Erleichterung den Sohn des Burgherren zu Kaster in den Reihen der Männer. Ihn hatte Peter Stubbe im Lateinischen unterwiesen. Doch er wich ihrem Blick aus und sah betreten zu Boden.

Belle sah sich hilfesuchend um und griff unauffällig nach einer kleinen Sichel. Im Notfall würde sie sich verteidigen. »Meine Mutter und Stubbe suchen nach meinem vermissten Bruder.«

Grotefels baute sich vor ihr auf. »Dann kannst du ihnen sagen, dass die Suche ein Ende hat. Wir haben das schwachsinnige Balg gefunden! Ihn und den Strohdecker Mathis. Sie lagen nicht weit auseinander.«

Bei diesen Worten traten die Männer beiseite, bildeten eine Gasse, und Belle bemerkte erst jetzt einen hageren Burschen, der ein Pferd am Zügel hielt. Auf dem Rücken des Tieres lag eine leblose Gestalt, die in Leinen gewickelt war.

»Ignatius!« Belle ließ die Sichel fallen, stürzte zu dem Gaul, über dem der Leichnam ihres Bruders lag. Sie hätte ihn vom Pferd gerissen, wenn die Männer sie nicht festgehalten hätten.

Grotefels trat dicht an sie heran. »Ihm wurde der Schädel zertrümmert, sein Kopf ist hohl. Das Untier hat sein Gehirn gefressen!«

»Sein Hirn?«, rief einer der Burschen. »Da ist es aber nicht satt geworden.«

Die Meute grölte.

»Nein!«, schrie Belle und wollte sich losreißen, doch der Griff der Männer blieb hart.

»Also, wo ist er?«, fragte Grotefels. »Los, rede! Wo ist die feige Missgeburt?«

Belle versuchte sich zu beruhigen, atmete tief durch und wischte sich die Tränen fort. »Warum? Was wollt ihr von ihm?«

Grotefels verzog seinen Mund zu einem schiefen Lachen. »Peter Stubbe hat Mathis, dessen Frau, die Kinder, eines davon eben erst geboren, und auch seinen eigenen Sohn getötet. Die sterblichen Überreste aller lagen im Wald.«

»Aber das ist völlig unmöglich!«, rief Belle. »Er würde Ignatius niemals ein Haar krümmen.«

Medard Grotefels schnellte vor, packte sie am Arm und hielt ihr etwas vor die Augen. »Erkennst du diesen Gegenstand?«

Belle nickte. Es war eine dieser Sehhilfen, eine der neueren Anfertigungen aus Holz und ohne Zweifel aus Stubbes Sammlung.

»Woher habt ihr das?«, fragte sie tonlos.

»Es lag neben Mathis' Leiche«, antwortete Grotefels. »Stubbe wird sie bei seinem Gemetzel verloren haben. Wie sonst kann sie neben den Leichnam geraten sein?«

»Aber das beweist gar nichts«, rief Belle verzweifelt. »Ignatius hat ständig Dinge vom Tisch seines Vaters genommen. Es war ihm schwerlich beizubringen, nicht daran zu gehen. Vielleicht trug er die Sehgläser bei sich, und wer weiß, wie sie dann in Mathis' Besitz gelangt sind!«

Auf Grotefels' Stirn wurde eine Zornesfalte sichtbar. »Willst du damit etwa andeuten, dass der brave Mathis ein Dieb war?«

Belle sah zu Boden. »Nichts will ich andeuten! Ich denke nur, dass manche Dinge vielleicht nicht so sind, wie sie scheinen.«

»Überlass das Denken uns!«, schrie Medard Grotefels, stieß Belle beiseite und stapfte davon.

Die Männer folgten ihm, auch der Bursche mit dem Pferd.

»Lasst den Jungen hier!«, schrie Belle und versuchte an den toten Körper zu gelangen. Doch Grotefels war schneller, packte sie und warf sie zu Boden.

»Halt's Maul, elende Hure, und sieh dich vor! Du und die Deinen werden gerichtet, das ist gewiss!«

»Aber was habe ich euch denn getan?«, stieß sie hervor.

Grotefels ging neben ihr auf die Knie. »Nicht nur die Bestie, auch seine gesamte Sippe wird getötet«, flüsterte er. »Auf dich wartet die ewige Verdammnis.«

KÖLN-FÜHLINGEN, IM JANUAR

Zacharias stand am Schlafzimmerfenster und blickte über die Trostlosigkeit seines Vorgartens auf den Friedhof gegenüber. Vor der Trauerhalle stand eine überschaubare Anzahl an Menschen in Schwarz. Wem ihr letztes Geleit galt, wusste Zacharias nicht; immer weniger kümmerte er sich darum, was um ihn herum geschah.

Vor ein paar Tagen war ihm in voller Tragweite bewusst geworden, wie sehr er sich im Laufe der Jahre in seine eigene Welt zurückgezogen hatte und damit zum Außenseiter geworden war. Er hatte nach einem Menschen gesucht, dem er sein Erlebnis mit der Leiche von der Geestemünder Straße erzählen konnte. Er war sein Adressbuch von A bis Z durchgegangen, aber es gab insgesamt nur zwei private Einträge. Zwei! Und davon konnte er allerhöchstens eine Nummer wählen, nämlich die seiner Schwester. Die Telefonnummer seines Bruders wählte er nicht. Der Kontakt zu ihm war vor Jahren abgebrochen, und er hatte nicht vor, ihn wieder aufleben zu lassen.

Zacharias schnalzte mit der Zunge und versuchte, nicht an Balduin zu denken, auch wenn er wusste, dass dies unmöglich war.

Außerdem ging ihm die Polizistin nicht aus dem Sinn. *Vielleicht haben Sie sich mit dem Ort vertan, oder die Zeit stimmt nicht.* Immer und immer wieder flüsterte sie ihm diesen Satz zu. Zacharias schnalzte abermals mit der Zunge. Nach wie vor suchte er nach Erklärungen. Warum hatte die Polizei nichts gefunden? *Vielleicht haben Sie sich mit dem Ort vertan, oder die Zeit stimmt nicht.*

Die Ortsangaben konnten nicht falsch sein, gerade diese waren überaus exakt. Die Geestemünder Straße, das Wäldchen mit den Wegstreckenmarkierungen für Jogger, die knorrige Eiche, das Dornengestrüpp mit der kleinen Lichtung dahinter … Er spürte, dass die Aufklärung zum Greifen nah war. *Vielleicht haben Sie sich mit dem Ort vertan, oder die Zeit stimmt nicht … oder die Zeit stimmt nicht …*

Und während er dasaß und über diese Vision grübelte, wurde er von einer Neuen ergriffen. Ihre Bilder trafen ihn mit solcher Heftigkeit, dass er förmlich in die Sesselkissen gedrückt wurde.

Die Vision war düster, und die Person, um die es ging, zuerst nur schattenhaft zu erkennen. Zacharias sah sich selbst in einem Schlafzimmer, roch den Duft von Kaffee und duckte sich vor einem Kanarienvogel, der aufgeregt umherflatterte. Dann wurden die Bilder deutlicher, und er erkannte den Menschen.

Elvira Reineke.

Panik ergriff ihn, gleichzeitig verspürte er unbändigen Durst. Die Vision riss ab. Er saß da, unfähig sich zu bewegen. Minutenlang. Elvira. Was hatte das zu bedeuten? Warum hatte er eine Vision von einem Menschen, den er persönlich kannte? Niemals zuvor in all den Jahren war so etwas geschehen, und es ängstigte ihn zutiefst. Warum ausgerechnet Elvira?

Er mochte Elvira Reineke, hatte immer eine Schwäche für sie gehabt. Gut, seine Gefühle hatten einen Dämpfer erhalten, vor zwei Tagen erst.

Lauschen war sonst nicht seine Art. Aber die beiden Sekretärinnen hatten so laut gesprochen, dass er zwangsläufig jedes Wort verstand, während er eine Akte im Archiv suchte.

Bis zu diesem Tag hatte er tiefe Zuneigung für Elvira Reineke empfunden und geglaubt, dass dieses Gefühl auf Gegenseitigkeit beruhte. Schließlich brachte sie ihm manchmal Croissants mit oder hielt ihm bei Betriebsfeiern einen Platz frei.

»Der ist doch nicht ganz dicht«, hörte er Elvira nun sagen. »Letzte Woche hat er sich doch tatsächlich mit dem Chef der Personalentwicklung angelegt, nur weil der in der Kantine auf dem Stuhl saß, auf dem unser lieber Zacharias normalerweise seine Mittagspause verbringt.«

»Ich dachte, du magst den Spießer«, antwortete die Brünette, deren Namen sich Zacharias nicht merken konnte.

»Quatsch! Anweisung von oben. Jemand muss ja freundlich zu ihm sein, sonst rennt er wieder zum Personalrat oder lässt sich wochenlang krankschreiben.«

Zacharias hatte einen heißen Stich in der Magengrube gespürt.

Elviras Freundlichkeit war nur geheuchelt. Wie hatte er bloß denken können, dass sie ihn mochte? Ihn, den Pedanten, den zwanghaften Spinner mit dem Hinkebein?

Hässlich war er, gestört und neurotisch.

Er mochte sich ja nicht einmal selbst. Wie um alles in der Welt hatte er glauben können, dass die attraktive Elvira etwas für ihn empfand?

Zacharias saß in seinem Wohnzimmersessel und betrachtete den gelben Schein seines Arztes, den er sich sofort nach der Arbeit besorgt hatte. Der Doktor kannte ihn seit Jahren und hatte ihn zehn Tage krankgeschrieben. Mochten sie sich im Büro doch die Mäuler zerreißen. Er brauchte jetzt seine Ruhe.

Er registrierte, dass sein Atem wieder ruhiger ging, wischte sich die Schweißperlen von der Stirn und versuchte, die Vision mit Elvira Reineke wegzuschieben.

Es wurde dunkler. Bis kurz vor den Tagesthemen saß er so da. Unbeweglich. Wartend.

Dann stand er auf und schaltete den Fernseher ein.

Sofort fiel ihm das Datum hinter dem Nachrichtensprecher ins Auge. Heute war der Elfte. Mit einem Mal fühlte er die Anwesenheit seiner Mutter. *Elf. Unglückszahl, weil sie die zehn Gebote überschreitet.* Er hörte ihre Stimme, nah und deutlich.

Und dann ergriff ihn die Elvira-Reineke-Vision wie eine Welle, vermischte sich mit der des Mädchens aus der Geestemünder Straße. Plötzlich hing der Geruch von Blut in der Luft. Zacharias' Herz begann zu rasen, sein Bein schmerzte. Elvira Reineke. Warum hatte er diese Bilder? War sie etwa tot?

Ihm kam ein Gedanke. Er erhob sich schwerfällig, ging zum Telefon und wählte die Handynummer seiner Abteilungsleiterin. Die Frage, die ihm auf der Seele brannte, duldete keinen Aufschub.

»Ist Elvira Reineke heute zur Arbeit erschienen?«, fragte er, kaum dass sie sich gemeldet hatte, und es war ihm völlig gleichgültig, was sie von seinem späten Anruf hielt.

»Ja, natürlich. Aber was …«

Er legte auf.

In diesem Moment fiel Zacharias ein Detail aus seiner Vision mit dem Mädchen Amanda ein, dem er bisher keine Bedeutung geschenkt hatte. Auf seiner fiktiven Autofahrt zur Geestemünder Straße hatte ein Mann im Clownskostüm die Straße überquert, seinen geschminkten Mund zu einem breiten Lachen verzogen und ihm zugewinkt.

Zacharias wurde unruhig.

Ein Clown im Januar. Nichts Ungewöhnliches in einer Stadt, in der quasi das ganze Jahr Karneval gefeiert wurde. Aber etwas an diesem Bild stimmte nicht, Zacharias spürte es genau. Unbeweglich stand er da.

Und dann traf ihn die Lösung des Rätsels mit Heftigkeit. Er begriff, dass sich seine letzten beiden Visionen von allen anderen unterschieden. Zum ersten Mal in seinem Leben hatte er nicht gesehen, was geschehen *war*, sondern was geschehen *würde*. Der Clown hatte einen riesigen Orden um den Hals getragen. Darauf stand »Weiberfastnacht 2010«. Und dieser Tag lag im Februar. Die Visionen zeigten die Zukunft. Amanda lebte und Elvira höchstwahrscheinlich auch.

Noch.

***

Amanda wagte es nicht, die Augen zu öffnen. Da war jemand. Hier in ihrem Zimmer. Ganz nah. Direkt vor ihrem Bett. Sie spürte die Anwesenheit dieser Person genau. Unbeweglich blieb sie unter der Bettdecke liegen. Ihr Herz klopfte laut, ihr Atem ging schnell. Sie fühlte sich ausgeliefert, bedroht. Diese Gefühle kannte sie. Schon als Kind hatte sie nachts stundenlang so unter ihrer Decke gelegen, unbeweglich, ängstlich, während ihre Phantasie mit ihr durchging. Den Weg zur Toilette versperrten Monster und schwarze Gestalten. Doch dieses Mal waren keine eingebildeten Monster in ihrem Zimmer, da war sie ganz sicher.

»Du kannst die Augen ruhig aufmachen.«

Peer. Sofort war sie hellwach. Schweiß brach ihr aus allen Poren, und sie begann am ganzen Körper zu zittern. Im Zimmer herrschten eisige Temperaturen. Bebend zog sie die Bettdecke bis über die Brust.

»Verdammt noch mal, was hast du hier zu suchen? Wie bist du reingekommen?«

»Ich muss mit dir reden.«

Amanda sah auf die Uhr. »Es ist Viertel nach fünf!«

Peer blieb ganz ruhig, zog einen Stuhl heran und setzte sich. »… ich kann nicht mehr warten.«

Amanda versuchte, die Situation einzuschätzen. Peer machte nicht den Eindruck, als wollte er ihr etwas antun. »Okay. Was willst du?«

»Ich möchte dir helfen.«

»Helfen? Wobei?«

»Ich kenne dein Geheimnis, und ich weiß, dass du festhängst.«

Amandas Mund wurde trocken. Irgendwo tief in ihr stiegen Gefühle auf. Schmerz. Trauer. Ohnmacht. Aber sie wollte nichts fühlen. »Du redest Müll«, sagte sie tonlos. »Aaron hat recht, du bist ein Freak.«

»Weißt du, was Zaunreiter sind?«

»Nein, verdammt. Was hat das mit mir …«

»Zaunreiter sind Menschen, die zwischen den Welten unterwegs sind.« Peer lehnte sich vor. »Sie wandeln zwischen dem Diesseits und dem Jenseits, gleiten scheinbar mühelos hin und her. Erleben beide Welten real und halten sich in ihnen auf.«

»Ich weiß wirklich nicht, wovon du sprichst …«

»Es ist eine Gabe. Zaunreiter sind besonders sensibel. Man könnte auch sagen, dass sie eine Art Medium sind, Menschen mit feinen Antennen, die Zugang zur Welt der Geister haben.«

Amanda zog die Bettdecke noch fester um ihren Körper, aber die Kälte kroch förmlich in sie hinein. Ihre Zähne schlugen leise aufeinander. Peers Worte drangen wie durch einen Nebel zu ihr, gleichzeitig spürte sie, wie sich ein weiteres Gefühl in ihr ausbreitete, von dem sie genau wusste, dass sie es lieber nicht wecken wollte: Angst.

»Aber gibt es Menschen, denen das Gleiten zwischen den Welten nicht mehr gelingt.« Peer sprach ruhig weiter. »Aus ganz unterschiedlichen Gründen hängen diese Wiedergänger fest, fühlen sich mehr und mehr in der Welt der Geister zu Hause, wollen sie nicht mehr verlassen. Das passiert meist dann, wenn sie eine geliebte Seele verloren haben und sie nicht loslassen können.«

Amanda zitterte nun so stark, dass ihre Zähne heftig aufeinanderschlugen. In ihrem Kopf hämmerten Schmerzen.

Vor ihrem geistigen Auge sah sie Bilder. Der Junge, der in seinem viel zu engen Anzug am offenen Grab stand. Seine geklebte hellblaue Brille. Regen. Eisiger Wind. Das frisch ausgehobene Loch im Erdreich. Düstere Wolken. Bleierne Dunkelheit, durchbrochen von zuckenden Blitzen. Der Pfarrer neben dem Jungen.

»Hörst du mich?« Peer riss Amanda aus ihren Gedanken und nahm vorsichtig ihre Hand. »Was ich dir jetzt sage, ist sehr wichtig, und du musst mir genau zuhören.«

Amanda wollte Peer ihre Hand entziehen. Aber er hielt sie fest.

»Du musst mir glauben, denn was ich dir sage, ist wahr«, sagte Peer. »Aaron ist tot.«

»Was … was redest du da?«

»Du wehrst dich gegen die Wahrheit, dabei weißt du, dass ich recht habe.« Peer ließ ihre Hand los und lehnte sich wieder zurück. »Dein Bruder Aaron verschwand vor über sechs Jahren bei einer Ferienfreizeit. Er wurde niemals gefunden. Seine Spur verlor sich in einem Maisfeld. Bis heute weiß niemand, was genau passiert ist. Lebt er? Ist er tot? Die Ungewissheit kann zermürben …«

»Du spinnst doch!«

»Aaron ist tot«, wiederholte Peer mit fester Stimme. »Ich sage dir das, damit du ihn endlich loslassen kannst.«

»Woher willst du das denn wissen? Seine Leiche wurde nie gef…«, setzte Amanda verzweifelt an.

»Weil ich seinen Mörder kenne. Er läuft immer noch frei herum, genau genommen tut er das seit Jahrhunderten.«

»Aber … du bist ja verrückt! Ich …«

»Du fühlst dich schuldig«, fuhr Peer ruhig fort. »Schuldig, weil du auf deinen Bruder aufpassen solltest. Stattdessen hast du Aaron an diesem Tag der Gruppe überlassen. Du warst verliebt in Joshua Bender und begeistert, als er dich zum Hochsitz mitnehmen wollte.«

Amanda starrte Peer an. »Woher kennst du Joshua? Wer hat dir von ihm erzählt?«

Peer schwieg.

Amanda wollte die Bilder, die mit Macht in ihr Bewusstsein drängten, nicht groß werden lassen. »Warum musst du mich so quälen?«, fragte sie leise.

»Weil dir jemand die Wahrheit sagen muss.«

»Nein. Aaron ist nicht tot, er war gestern noch hier bei mir. Ich möchte, dass du jetzt gehst. Sofort!«

Peer rührte sich nicht. »Du bist nicht für seinen Tod verantwortlich.«

Amanda begann zu weinen. »Was soll der Mist? Warum verschwindest du nicht einfach und lässt mich in Ruhe?«

»Weil Aaron endlich seinen Frieden finden möchte. Er will, dass du ihn gehen lässt.«

Der Ruf eines Käuzchens riss Amanda in eine andere Welt.

Sie war in ihrem Traum. Der Himmel verfinsterte sich. Sintflutartiger Regen. Und da stand der korpulente Junge. Sie sah ihn nur von hinten. Trotzdem kam er ihr bekannt vor. Gleichzeitig spürte sie die Gefahr, in der er schwebte. Sah, dass die Erde rund um das Grab aufgeweicht war. Schon drohte er abzurutschen. Amanda schnellte vor und bekam ihn zu fassen, doch er begann um sich zu schlagen.

»Lass mich los!«, schrie er.

»Du wirst in das Grab fallen!«, rief sie.

»Lass mich in Ruhe!«

»Du wirst bei lebendigem Leib verschüttet!«, brüllte Amanda und hielt den Jungen noch fester.

»Ich habe keine Angst. Lass mich endlich in Frieden!«

Seine Worte erschreckten Amanda.

»Lass mich los!«, rief der Junge wieder, und seine Stimme hatte etwas Flehendes. »Bitte! Bitte!«

»Nein!« Mit all ihrer Kraft riss Amanda den Jungen hoch und warf sich schützend über ihn. Dabei blickte sie ihm ins Gesicht. Zum ersten Mal sah sie ihn von vorne und erschrak. »Aaron!«

»Lass ihn gehen.« Peer hielt Amandas bebende Schultern fest. »Lass ihn gehen«, wiederholte er eindringlich.

Amanda bekam kaum Luft, schlug die Bettdecke zurück und sprang aus dem Bett.

»Lass mich in Ruhe!«, schrie sie. »Verschwinde und lass dich nie wieder hier blicken!«

<center> * *</center>*

Elvira Reineke bestellte einen doppelten Espresso, löste ein Aspirin in einem Glas Leitungswasser auf und ließ den Blick durch das »Bastians« auf dem Berlich schweifen. Am Ende ihres langen Tisches fütterte eine Frau ihr Kind mit Apfelmus; am Nachbartisch saß ein Mann mit Vollbart, der die Tageszeitung mit Hilfe einer Lupe las. Elvira trank das Aspirinwasser und sah noch einmal in die Speisekarte. Hunger verspürte sie nicht. Trotzdem inspizierte sie die Frühstücksangebote.

Im Grunde waren Ort und Uhrzeit für ein Blind Date ungewöhnlich. Das »Bastians« war für ihren Geschmack zu groß, zu laut, zu hell und übersichtlich. Trotzdem wählte sie für erste Treffen nur noch solche Örtlichkeiten; in den schummrigen Bars, in denen sie sich früher mit Männern getroffen hatte, fühlte sie sich zunehmend unsicher. Immer häufiger wich sie nun auf die Vormittagsstunden aus, denn letztlich blieb das Ergebnis das Gleiche. Entweder der Mann gefiel ihr, sie verstanden sich, lachten und unterhielten sich, oder das Treffen war ein Reinfall, und dann spielte die Uhrzeit keine Rolle.

Von dem Mann, auf den sie jetzt wartete, erhoffte sich Elvira viel. Schon seit Wochen standen sie in intensivem E-Mail-Kontakt, und sie hatte sich verliebt. Verliebt in die Art, wie er sich ausdrückte, wie er seine Gefühle beschrieb und auf sie einging. Elvira konnte sich nicht erinnern, jemals in ihrem Leben so wunderbare Zeilen erhalten zu haben. Worte voller Poesie und Melancholie, die ihr Herz berührten, angereichert mit Versen von Mörike und Storm; der Mann schien Dichter und Realist zugleich zu sein. Er lebte in der Nähe von Köln und suchte schon sehr lange eine neue ernsthafte Beziehung. Darüber hinaus interessierten sie sich für die gleichen Dinge. Wie sie hatte er ein Faible für Ägypten, verbrachte seine Sonntage meist in Museen und liebte die italienische Küche.

Der Mann, der pünktlich zur vereinbarten Zeit das Café betrat, löste in Elvira Reineke eine heftige innere Unruhe aus. Im ersten Moment glaubte sie, den Spinner aus ihrem Büro vor sich zu haben. Zacharias. Die Ähnlichkeit war so frappierend, dass Elvira den Blick nicht abwenden konnte. Wie vom Donner gerührt saß sie da und starrte dem Mann mit offenem Mund entgegen.

»Haben Sie einen Geist gesehen?«, fragte er mit sanfter Stimme, während er seinen Mantel auszog, ihn über die Rückenlehne seines Stuhls hängte und ihr gegenüber Platz nahm.

Elvira suchte nach Worten, kramte in ihrem Gedächtnis nach einem vernünftigen Satz, einer Formulierung, die ihr über ihren Schreck hinweghelfen konnte. Aber ihr fiel nichts ein, ihre Fassungslosigkeit ließ sich so schnell nicht überwinden.

Er streckte ihr die Hand entgegen. Als er seinen Namen sagte, beruhigte sie sich etwas, und trotzdem, die Ähnlichkeit war verblüffend. Es gelang ihr einfach nicht, sich von ihrer Assoziation zu lösen. Obendrein war der Mann, der ihr nun gegenübersaß, ganz und gar nicht ihr Typ, und es fiel ihr schwer, die poetischen Worte seiner Mails mit ihm in Verbindung zu bringen.

Sie hatte einen kultivierten, gebildeten Menschen erwartet. Dieser Mann schien das genaue Gegenteil zu sein. Er war unrasiert, trug ein schäbiges Jackett und machte insgesamt einen ungepflegten Eindruck.

»Bevor Sie vorschnell urteilen«, sagte er, als könnte er ihre Gedanken lesen, »sollten Sie wissen, dass meine Absichten ernsthaft und ehrlich sind. Alles, wirklich alles, was ich geschrieben habe, empfinde ich genau so.«

Die Kellnerin trat an den Tisch. Er bestellte Kamillentee.

Elvira saß da. Stumm.

Die Kopfschmerzen, die sie eben in den Griff bekommen hatte, meldeten sich wieder. Sie schloss die Augen, aber das erhöhte nur das Hämmern in ihrem Kopf. Dieser Mann war auf keinen Fall der Prinz, auf den sie wartete. Wieder ein geplatzter Traum. Dabei hatte sie so viele Hoffnungen in ihn gesetzt.

Aber die Briefe. Er hatte die wunderbaren E-Mails geschrieben. Oder nicht? Die schönen geistreichen Zeilen, all diese wunderbaren Gedichte, die sie so aufgewühlt hatten. Vorbei. Es passte nicht. Sie konnte sich nicht vorstellen, diesen Mann zu lieben. Und dann noch diese Ähnlichkeit mit Zacharias. Nein, es hatte keinen Zweck.

Wie in Trance nahm sie ihre Jacke, stand auf und griff nach ihrer Umhängetasche. »Ich muss … ich kann nicht …«

Er erhob sich ebenfalls. »Bitte, Elvira«, sagte er, stellte sich ihr in den Weg und streifte vorsichtig ihre Hand, eine Geste, die zufällig wirkte. »Geh nicht.«

Sie sah ihn an. Zum ersten Mal blickte sie ihm direkt in die Augen und verharrte. Da war etwas Gütiges. Etwas, das sie berührte, zögern ließ. Etwas, das sie auch in seinen Texten gelesen hatte. Melancholie, Trauer, Sehnsucht und Verlangen. In dieser Sekunde wurde es sichtbar.

Er lächelte. »Die Liebe ist ein Wiegelied, es hüllt dich lieblich ein …«

»… doch schläfst du dann«, vollendete sie Storms Zeilen, »so schweigt das Lied und du wachst auf allein.«

Jetzt lächelten sie beide.

»Ich trinke nur einen Kaffee mit dir«, sagte Elvira und setzte sich wieder.

»Einverstanden«, antwortete er. »Das ist mehr, als ich erwarten konnte.«

***

Amanda verdrängte alle Gedanken an Peer, sie wollte sich nicht mit ihm beschäftigen und verhinderte damit gleichzeitig, dass ihre Gefühle sie überrannten. Stattdessen malte sie wie besessen. Gerade hatte sie wieder ein Bild fertiggestellt, trat einige Schritte zurück, während aus Tante Hedwigs alten Boxen »The Pursuit of Vikings« von Amon Amarth dröhnte. Blacky lag auf dem Sofa und schloss die Augen, als wollte sie das Chaos nicht mit ansehen. Amanda konnte es ihr nicht verübeln. Das Wohnzimmer sah aus wie ein Schlachtfeld. Pizzareste, leere Getränkedosen und anderer Müll türmte sich auf dem Tisch. Leinwände, Farben, Pinsel und Skizzen lagen über den gesamten Boden verstreut. An den Wänden lehnten fertige Bilder. Die meisten waren düster und mit schnellen, groben Strichen gemalt.

Amanda sammelte die benutzten Pinsel in einer leeren Konservendose und wusch sie in der Spüle aus. Blacky begann aus heiterem Himmel zu knurren.

»Was ist los?« Amanda drehte sich nach der Hündin um. Die Hündin fletschte die Zähne.

Katharina Ebbust stand in der Küchentür. Sie hielt einen üppigen Bund Sträucher im Arm.

Amanda fasste Blacky schnell am Halsband. »Wie bist du hereingekommen? Ich habe dich gar nicht kommen hören.«

»Ich habe angeklopft, aber vermutlich hast du mich wegen der lauten Musik nicht gehört.«

»Leider bin ich in Eile«, sagte Amanda und spürte ein beklemmendes Gefühl. Sie überlegte, ob sie Katharina darauf ansprechen sollte, dass Tante Hedwig sie offenbar gar nicht kannte. Doch dann entschied sie sich, die Information noch für sich zu behalten. Eine innere Stimme riet ihr, Katharina Ebbust jetzt nichts davon zu sagen, und Amanda verließ sich auf ihr Bauchgefühl. »Ich will noch nach Köln«, sagte sie so ruhig wie möglich.

Katharina ließ sie für einige Momente nicht aus den Augen, schien sie geradewegs mit ihrem Blick zu durchbohren, dann wandte sie sich abrupt ab. »Und ich dachte, ich sehe mir mal deine Bilder an. Ich interessiere mich wirklich sehr für deine Malerei.«

»Okay.« Amanda sperrte Blacky in die Küche, weil sie nicht aufhörte zu knurren, und ging ins Wohnzimmer vor.

Katharina betrachtete ihre Werke, aufmerksam und lange, ohne ein Wort zu sagen. Amanda wurde ungeduldig. Katharina Ebbusts Besuch passte ihr ganz und gar nicht. Eigentlich wollte sie längst im Haus ihrer Eltern sein. Sie sehnte sich nach ihrem Zimmer. Der Abend und die Nacht in ihren eigenen vier Wänden hatten ihr Frieden und Kraft gegeben. Sie wollte dorthin zurück.

»Du malst sehr eindringlich«, sagte Katharina. »Ich finde deine Bilder wirklich ausdrucksstark.«

»Danke. Vielleicht können wir ein anderes Mal in Ruhe …«

»Natürlich«, sagte Katharina und streckte ihr die Sträucher entgegen. »Hier, ich habe dir etwas mitgebracht. Es sind Stachelbeerzweige.«

Amanda nahm die Sträucher und sah Katharina fragend an. »Ich habe gesehen, dass in deinem Haus überall solche Sträucher verteilt sind. Selbst die Tischbeine waren damit umwickelt.«

»Frische Stachelbeerzweige sind ein guter Abwehrzauber«, sagte Katharina. »Dämonen mögen den Geruch nicht. Es gibt noch wirkungsvollere Mittel gegen Bedrohungen, die nicht greifbar sind, aber sagen wir, es ist ein Anfang.«

Amanda verdrehte die Augen. »Jetzt fängst du schon genauso an wie …« Sie biss sich auf die Lippe. Sie durfte Peer nicht erwähnen, egal wie sehr er nervte.

»Ja, ich bin gekommen, um dich ebenfalls zu warnen.« Katharinas Tonfall besaß jetzt eine gewisse Schärfe.

»Ebenfalls?«, fragte Amanda. »Du weißt also von Peer und unseren heimlichen Treffen?«

»Natürlich. Von Anfang an.« Katharina kam dicht an Amanda heran und fasste sie am Arm. Amanda spürte, wie Gänsehaut ihre Haut überzog. Die Nackenhaare stellten sich auf.

»Hör zu, mein Kind«, flüsterte Katharina. »Du bist in Gefahr, und wenn du nicht auf uns hörst, können wir dich nicht beschützen. Ich habe schon einmal ein Kind verloren und …«

Amanda löste sich aus Katharinas Griff. »Gefahr? Beschützen. Wovor? Was sollen diese bescheuerten Andeutungen? Warum sagt ihr mir nicht einfach, was Sache ist, und lasst mich dann in Ruhe?«

Katharina trat einen Schritt zurück. »Hüte dich vor dem Werwolf«, flüsterte sie. »Er wird kommen.«

»Jetzt erzählst du mir auch noch diese Quatsch!«

»Das ist kein Quatsch. Wenn er kommt, solltest du gewappnet sein.« Katharina Ebbust sah Amanda fast flehend an. »Ich weiß, dass dies alles irrsinnig in deinen Ohren klingen muss, aber bitte, Amanda, sei wachsam, mach dich schlau, damit du weißt, was dich erwartet. Versprich es mir!«

»Du hörst dich schon genauso an wie Peer.«

»Wir wollen dich nicht so einfach aufgeben«, sagte Katharina. »Schau nach deinen E-Mails. Bitte!«

»Lasst mich doch endlich in Ruhe!« Amanda verließ das Zimmer und schlug die Tür zu.

Als sie wenige Minuten später wieder ins Wohnzimmer sah, war Katharina verschwunden. Erleichtert schloss Amanda den Reißverschluss ihrer Jacke und war schon auf dem Weg zur Haustür, als sie einen Lichtstrahl bemerkte, der aus der Küche kam. Sie ging noch einmal zurück. Auf der Anrichte stand ihr Notebook, das sie bisher nicht ausgepackt hatte, weil Tante Hedwig nicht über einen Anschluss verfügte, mit dem sie online gehen konnte. Jetzt aber hatte sich jemand ins Internet eingewählt und sogar ihr gesichertes Postfach geöffnet.

Amanda sah sich alarmiert zu allen Seiten um. Aber außer ihr war niemand in der Küche, und die Tür zum Garten war verschlossen, der Riegel war von innen vorgeschoben. Zögernd ging sie näher, den Blick jetzt fest auf den Bildschirm gerichtet.

Sie haben eine neue Nachricht.

Amanda klickte das Briefsymbol an. Die Mail war mit einer hohen Priorität versehen, und im Betreff stand nur ein Wort: *Werwolf*. Sie zögerte. Im Absender stand *Quis ut Deus*. Was hatte das zu bedeuten? Mit klopfendem Herzen und einem schnellen Mausklick öffnete sie dann schließlich doch die Nachricht:

Amanda! Die Zeichen sind deutlich, und es gibt keine andere Möglichkeit, sie zu bewerten. Wichtig ist jedoch eins: Ich bin nicht verrückt! Das zu glauben wäre ein fataler Fehler! Nun hören Sie: In den Medien wird von einem Serientäter berichtet, der seine Opfer auf unvorstellbare Weise tötet. Solche Dinge passieren, sind von Anbeginn der Zeit geschehen, aber hier es geht um viel mehr als um einen gewöhnlichen Mörder. Denn hinter den Taten steckt ein Wesen, dessen Brutalität nicht von dieser Welt ist, dessen Durst nach Blut niemals gestillt sein wird! Es ist an der Zeit, zu handeln, denn alle Bemühungen, die drohende Gefahr zu verdeutlichen, sind fehlgeschlagen. Die Zeit läuft davon. Der Dämon wird sich zeigen, denn er ist auf der Suche, auf der Suche nach einer Seele, mit der er einen Handel begehen kann.

Sein wahres Gesicht ist nicht leicht zu erkennen, es sei denn, man ist gewappnet. Die Bestie, von der ich spreche, ist ein Werwolf. Nein, kein Mann, der sich bei Vollmond in ein Ungeheuer verwandelt. Der Werwolf, von dem ich spreche, trägt unter seiner Kleidung einen Gürtel aus Menschenhaut, ein Relikt, das seit Jahrhunderten wandert.

Er ist an folgenden Merkmalen zu erkennen: Starke Körperbehaarung, buschige, in der Mitte zusammengewachsene Augenbrauen, klauenartige behaarte Pranken mit blutunterlaufenen Fingernägeln, wobei die Mittelfinger beider Hände außergewöhnlich lang sind. Die Ohren liegen extrem an und sind überdimensional groß. Die Augen leuchten in der Nacht rot und sind tagsüber keiner klaren Farbe zuzuordnen. Der Mannwolf ist umgänglich im Charakter, Frauenherzen fliegen ihm zu, obwohl er nicht selten wenig ansehnlich ist. Er lebt meist zurückgezogen, ist oft ein melancholischer Einzelgänger, sein wahres Wesen aber ist aggressiv, und er gerät schnell in Rage. Überdies gibt es drei Merkmale, die ihn entlarven: Er ist bevorzugt in der Dämmerung oder nachts unterwegs, hat außergewöhnlichen Durst, und Berührungen mit echtem Silber lösen bei ihm Verbrennungen auf der Haut aus.

Amanda, der Mannwolf ist auf der Suche. Er will seinen Gürtel weitergeben, und er wird es auch bei Ihnen versuchen. Tragen Sie das Amulett, das Ihnen von der Botin überbracht wurde, und suchen Sie in akuter Gefahr einen geheiligten Ort auf. Wenn Sie wissen wollen, mit wem Sie es wirklich zu tun haben, gegen welche Macht Sie antreten werden, dann gehen Sie zum Nordportal des Kölner Doms und suchen dort nach dem Schriftzug »Quis ut Deus«. Dann wird Ihnen einiges klarer erscheinen.

Und Sie werden wissen, dass es gilt, keine Zeit mehr zu verlieren.

***

Amanda wusste nicht, wie sie nach Köln gelangt war. Die letzten Stunden lagen wie in einem grauen Nebel, ihre Gedanken kreisten um die verstörende Mail. Sie hätte sich gern jemandem anvertraut, hatte mehrfach versucht, ihre Mutter zu erreichen, allerdings ohne Erfolg. Amanda dachte kurz an Leo, aber der würde sie wahrscheinlich endgültig für verrückt erklären. Es war fast zehn Uhr abends, als sie die Tür zur Villa ihrer Eltern aufschloss. Sie bemerkte sofort, dass jemand im Haus war. Also hatte Curts Geschäftspartner die Villa jetzt bezogen. Musik drang aus dem ersten Stock, Amanda hörte das Lachen einer Frau. Lautlos schlich sie die Stufen hinauf. Die Tür zum Schlafzimmer ihrer Eltern war nur angelehnt. Sie blieb stehen und lugte durch den Türspalt. Einen Moment lang traute sie ihren Augen nicht.

Sie sah Curt. Ihr Stiefvater saß rittlings, nur mit seinem lächerlichen roten Seidenschal bekleidet, auf einer Frau, die vor Vergnügen quietschte. Dieses widerliche Arschloch! Von wegen Ostdeutschland. Und das, während seine Ehefrau mit einer schweren Depression in einer Klinik lag.

Amanda schloss für einen Moment die Augen, versuchte sich zu sammeln, bewegte sich dann rückwärts von der Tür weg und war erleichtert, als sie ohne ein Geräusch zu verursachen ins Erdgeschoss gelangte.

Dort blieb sie auf der untersten Treppenstufe sitzen, stützte den Kopf auf die Hände, schloss die Augen und war nicht in der Lage, klar zu denken. Sie saß Ewigkeiten so da, blendete die Geräusche, die weiterhin aus dem Schlafzimmer zu ihr drangen, aus und spürte die Leere, die auch sonst stets ihre Begleiterin war, so intensiv wie niemals zuvor. Mit ihren Fingernägeln konnte sie ihre Haut nicht mehr verletzten, dafür waren sie viel zu kurz. Sie raffte sich auf, taumelte in die Küche, nahm eins der Obstmesser und begann, sich damit an den Armen zu ritzen. Als die Schnitte bluteten, drehte sie kaltes Wasser auf, hielt erst die Arme darunter und dann ihren Kopf. Dabei kam sie langsam wieder zu sich.

Ihr Blick fiel auf einen Stapel Unterlagen, die auf dem Küchentisch lagen. Amanda überflog die Zeilen, eigentlich mehr, um sich abzulenken, und wollte die Schreiben schon wieder zur Seite legen, als sie einen Briefkopf bemerkte. »Klinik Heiligenfeld«. Sie stutzte. Ihre Mutter war dort nicht untergebracht. Sie faltete den Brief auseinander. Er enthielt einen Einweisungsantrag für eine Borderline-Patientin. Bestürzt steckte sie die Papiere ein und wollte gerade das Haus verlassen, als sie Curt gemeinsam mit der Frau die Treppe herunterkommen hörte. Amanda hielt die Luft an und verbarg sich hinter dem Dielenschrank, der als Garderobe diente. Unbeweglich stand sie da, bis sie endlich die Haustür ins Schloss fallen hörte.

Sie konnte noch immer keinen klaren Gedanken fassen und entschied sich, in Aarons Zimmer hinaufzugehen. Mit schweren Schritten stieg sie die Treppe hoch, warf sich auf das Bett ihres Bruders, schaltete die Drehlampe ein und wurde allmählich ruhiger, als die Feuerwehrautos ihre Kreise über die Tapete drehten.

Sie hörte nicht, dass die Tür geöffnet wurde. Erst als sich jemand zu ihr aufs Bett setzte, schreckte sie hoch.

»Keine Angst.« Es war Christa, die Tagesmutter ihres kleinen Bruders. »Ich habe Licht im Zimmer gesehen. Tibor wollte seinen Bären haben, ohne ihn schläft er einfach nicht so gut. Und du? Was machst du hier?«

»Ich … ich wollte mir auch ein paar Sachen holen«, log Amanda.

»Sachen holen? Wieso?«

Amanda wollte etwas erwidern, aber Christa schien das Interesse an ihr schon wieder verloren zu haben. Sie sah sich im Zimmer um. »Hier ist alles noch so, als würde er jeden Moment hereinkommen.«

Amanda setzte sich auf. »Wie meinst du das?«

Christa sah Amanda an und lächelte. »Aaron, ich spreche von Aaron. Ich wusste nicht, dass ihr sein Zimmer so gelassen habt.«

»Warum sollten wir etwas verändern?«

»Na ja, er ist seit über sechs Jahren verschwunden, oder?« Christa stand auf und ging zur Tür. »Ich glaube nicht, dass ich das Zimmer so lassen könnte.«

Amanda lag wie gelähmt auf Aarons Bett. Christa plauderte weiter, bewegte die Lippen, aber Amanda hörte sie nicht mehr, sah nur, wie sie schließlich aufstand und den Raum verließ. Regungslos blieb sie zurück. Nur ihr Blick bewegte sich durch das Zimmer, streifte die Lampe ... das Poster an der Tür ... Kinderspielzeug.

Eine Ewigkeit später schaffte sie es, aufzustehen und Aarons Schrank zu öffnen. Darin lagen seine Sachen. Hosen, T-Shirts, Pullover. Alles in Größen, die einem übergewichtigen Elfjährigen passten.

Amanda schrie und konnte nicht mehr damit aufhören.

KÖLN, MAI 1588

Bevor der erste Hahn krähte, schnürte Claaß vom Walde sein Bündel und stahl sich aus der Kammer der Bettelherberge »Bouck« auf die Salzgasse. Die Bezahlung für die letzten Nächte blieb er schuldig.

Darüber hätte er sich kaum einen Gedanken gemacht, wenn er nicht auch den Wirt im »Schwendtgen« hinter dem Heumarkt und die Pächter des »Engel« in der Schmiergasse um ihren Zins geprellt hätte. Vorsichtshalber versteckte er deshalb seine blonden Locken unter einem Lumpen. Der Schopf war zu auffällig und hatte ihn schon in manche brenzlige Lage gebracht.

Er spähte zu allen Seiten und lief Richtung Filzengraben. Allerdings kam er nur mühsam voran. Die Gassen waren voller Schlamm. Der elendige Regen hörte einfach nicht auf.

Sein Ziel war ein Acker am Mauritiussteinweg. Dort standen

die Wagen der Gaukler. Seit Tagen schon weilten sie in der Stadt. Akrobaten, Taschenspieler, Musikanten. Eine Seiltänzerin schwebte leicht wie eine Feder über ein Seil, und Claaß hatte, wie die vielen anderen Schaulustigen, die Luft angehalten, als die schöne Lioba in schwindelerregender Höhe ihre Kunststücke zeigte. Und erst der Bärenbändiger! Todesmutig führte Igor einen riesigen Braunbären an einer Kette oder ließ das mächtige Tier nach der Melodie einer winzigen Flöte tanzen. Claaß hatte das Fell des Raubtiers berührt und spürte noch immer den warmen Atem des Bären in der Nase.

Auch Monstrositäten gab es zu bestaunen. Zum Beispiel Arnold, ein Zwerg, dessen beide Hände gelähmt waren. Diese Verkrüppelung machte er mit der Geschicklichkeit seiner Füße tausendmal wett und sorgte allein durch seinen Anblick für einen unvorstellbaren Massenauflauf. Die Menge glotzte unverhohlen, wenn Arnold mit seinen Füßen eine Flasche Wein hob, den edlen Tropfen in ein Glas goss, ohne etwas zu verschütten, oder einen fetten Braten in hauchdünne Scheiben schnitt und Garn so schnell in eine Nadel fädelte, dass das Publikum vor Bewunderung zu applaudieren vergaß. Auch Claaß konnte nicht aufhören, Arnold anzustarren.

Gleichwohl begeisterte ihn auch der Rest der Truppe. Geradezu magisch fühlte sich Claaß vom Leben und der Fremdartigkeit des fahrenden Volkes angezogen.

Ihn hielt nichts mehr in Köln. Der tägliche Kampf um ein Stück Brot, Almosen oder ein Lager für die Nacht zermürbte ihn. Er nahm die Stadt nurmehr als stinkende Kloake wahr, die für ihn eine Ernüchterung nach der anderen bereithielt. Enttäuscht war er besonders von den Mönchen der Abtei St. Pantaleon. Und das war noch milde gesagt. Wütend war er. Wütend und mehr als unchristlich in seinen Gedanken.

Als kleiner Junge war ihm das Leben so viel leichter vorgekommen, auch wenn er zusammen mit seinem älteren Bruder in einem Wald ausgesetzt worden war. Die Gründe dafür hatte er nie erfahren. Geredet worden war allerdings viel. Angeblich hatte sich der Leibhaftige selbst den Rest seiner Familie geschnappt. Ein Quacksalber und seine Frau hatte ihn und seinen Bruder im Winter 1575 bei Eiseskälte in einer Schonung entdeckt, sie auf ihren rumpelnden Wagen geladen und noch am gleichen Tag innerhalb der Stadttore Kölns abgesetzt.

Im Heilig-Geist-Spital am Domhof gab man ihm und seinem Bruder Hilger den Zunamen »vom Walde«, weil der Quacksalber sie in einem Wäldchen gefunden hatte. In diesem Haus der Armenpflege wuchsen etliche »ungeachtete« Kinder heran, und es erging ihnen dort nicht schlecht. Als Hilger und er alt genug waren, durften sie an der Südseite des Domes am »Fündlingstor« für ihren Unterhalt betteln. Bald erkrankte Hilger jedoch am Fleckfieber und konnte nicht gerettet werden.

Von da an musste sich Claaß allein durchschlagen. Seine blonden Locken und die vielen Sommersprossen halfen ihm dabei. Besonders die Frauen fanden ihn niedlich und gaben reichlich, vor allem wenn sie von seinem Schicksal erfuhren. Eine Zeit lang hatte er sogar bei einer Bürgerfamilie gewohnt. Unter der Treppe zwar, aber immerhin. Doch eines Tages fehlte die goldene Schnupftabakdose des Herrn. Daraufhin warf ihn die fromme Gemahlin aus dem Haus schleifte ihn zur Abtei St. Pantaleon. Beichten sollte er dort und seine Sünden bereuen. Der Pfarrer hatte ihn einen undankbaren Bastard geschimpft und ihn zur Strafe zur Feldarbeit auf dem Abteiacker verdonnert.

Claaß hatte das als zutiefst ungerecht empfunden, denn die Tabakdose hatte nicht er eingesteckt. Bis zu diesem Tag hatte er sich nicht das Geringste zuschulden kommen lassen. Doch er musste sich den Befehlen der Mönche beugen und schwere Arbeit verrichten, obwohl er kaum zehn Jahre alt war.

Aber immerhin bekam er hier zweimal am Tag eine Mahlzeit und hatte ein Dach über dem Kopf, auch wenn er sich sein Lager mit sieben weiteren Jungen und drei Schweinen teilen musste.

So wäre er wahrscheinlich einigermaßen zufrieden mit seinem Los gewesen, wenn er nicht eines Nachts dem Teufel begegnet wäre.

Andere Bettelkinder, die wie er für die Mönche schuften mussten, hatten ihm gleich am ersten Tag von der Bestie erzählt. Besonders eindringlich warnte ihn Veyt, ein dürrer Bursche, den es vom Weserland nach Köln verschlagen hatte. Er war mit Abstand der

Älteste. »Der Deubel kommt nachts auf das Lager und steckt dir eins seiner Hörner in de Futt.«

Gelacht hatte Claaß und geglaubt, dass die Jungen ihn, den Neuen, verschaukeln wollten. Wacholderpulver wollte Veyt ihm verkaufen, angeblich scheute der Teufel dessen Geruch. Doch Claaß hatte abgewunken, nur zu gut kannte er die großmäuligen Versprechungen der Kölner Gassenjungen.

Nur wenige Nächte später aber, es mochten drei Tage seit Veyts Warnung vergangen sein, wurde er jäh aus einem Traum gerissen. Eine Gestalt lag schwer auf seinem Rücken und drückte ihm das Gesicht in den Strohsack.

Satan, durchfuhr es Claaß. Er versuchte zu schreien, doch es gelang ihm nicht. Keuchend presste sich der Widersacher an ihn, stöhnte ihm unaussprechliche Worte ins Ohr und rammte ihm dann sein Horn in den Anus. Der Schmerz, der Claaß durchfuhr, war so entsetzlich, dass er dachte, er müsse auf der Stelle sterben. Nach einer schier endlosen Zeit voller quälender Schmerzen ließ der Verderber von ihm ab, allerdings nicht ohne ihm zuzuflüstern, dass er wiederkommen werde. Dann verschwand er, ohne dass Claaß ihn hatte sehen können. Die restliche Nacht verbrachte er starr vor Angst auf seinem Strohsack und wimmerte den Sonnenaufgang herbei.

Erst am Morgen sah er das Blut. Sein Lager war damit durchtränkt, und er konnte tagelang weder laufen noch sitzen.

»Hast mir ja nicht glauben wollen«, höhnte Veyt, als ihm Claaß seine letzten Heller in die Hand drückte und einen Beutel Wacholderpulver verlangte. »Ich kann dir auch noch geweihte Stachelbeerzweige besorgen.«

»Alles, was hilft«, sagte Claaß und war unendlich erleichtert, als Veyt die Zweige brachte.

Trotzdem lebte er von dieser Stunde an in ständiger Angst vor der Nacht. Sobald die Sonne unterging, wurde er unruhig, verließ sein Lager, wenn die anderen Jungen schliefen, und streunte im Abteigarten umher. Er hoffte, dass ihn Satan so nicht überraschen konnte.

Statt mit dem Teufel traf er eines Nachts mit Bruder Antonius zusammen. Claaß kannte den kleinen rundlichen Mönch, der immer freundlich und zu Scherzen aufgelegt war, von der täglichen Brotsuppenausgabe. In der Nacht, als er Claaß im Kräuterbeet entdeckte, war er zuerst allerdings wenig freundlich.

»Weißt du nicht, dass es euch verboten ist, herumzustreunen?«, fragte er scharf.

Claaß begann zu weinen.

Da fragte der Mönch nicht weiter nach und trocknete Claaß' Tränen mit seiner Kutte. Als er ihm dann auch noch einen Apfel zusteckte, fasste Claaß Vertrauen, besonders weil Antonius ihn ermunterte, sich zukünftig mit ihm nach Einbruch der Dunkelheit im Klostergarten zu treffen. Er glaubte, in dem Mönch einen Verbündeten zu haben, einen Menschen, der ihm wohlgesonnen war.

In den darauffolgenden Nächten schlich Claaß in den Garten und wurde dort von Bruder Antonius erwartet, der ihm stets etwas zusteckte, mal eine Hand voller Korinthen, mal ein Stück frisches Brot. Claaß begann sich auf die nächtlichen Begegnungen zu freuen, denn Antonius versorgte ihn nicht nur mit Essbarem, sondern teilte auch sein Wissen mit ihm. Er erklärte Claaß, was in den Kräuterbeeten angepflanzt wurde, erzählte ihm lehrreiche Geschichten und betete mit ihm gemeinsam unter dem Kreuz Christi.

Ungefähr eine Woche später drängte Bruder Antonius Claaß, ihm endlich anzuvertrauen, was ihn bedrückte. Unter Tränen erzählte er dem Mönch von seinem Erlebnis mit dem Leibhaftigen und erwähnte auch, dass wohl bereits der Rest seiner Familie vom Dämon gefressen worden sei.

Die Augen des Mönchs wurden größer. Gierig schien er jedes Wort in sich aufzusaugen, wieder und wieder ließ er sich die Einzelheiten der Erlebnisse erzählen, bohrte nach und wurde beinahe ungehalten, wenn Claaß stockte und Schwierigkeiten hatte, mit seiner Schilderung fortzufahren. Sein Verhalten löste in Claaß Unbehagen aus. Trotzdem erschien er am nächsten Abend wieder am Treffpunkt. Diesmal hatte Bruder Antonius nichts für ihn dabei. Stattdessen nahm er Claaß wortlos bei der Hand und führte ihn in einen der Beichtstühle der Kirche.

»Der Teufel hat Unzucht mir dir getrieben, deshalb muss ich ein Reinigungsritual an dir vollziehen«, flüsterte er, zog das Tuch vor die winzigen, mit Holz vergitterten Fenster, entkleidete ihn mit seinen wurstigen Fingern, und ehe Claaß es sich versah, kniete der Mönch vor ihm nieder.

»Ich muss dich reinigen«, stöhnte er schmatzend.

Claaß wusste nicht, wie ihm geschah; er kannte sich nicht aus mit Ritualen und Buße. Doch er schämte sich, und es kam ihm unrecht vor, dass er mit heruntergelassenen Beinkleidern hier an diesem geweihten Ort stand und der Mönch vor seinen Füßen kniete. Aber er traute sich nicht, das Wort an Bruder Antonius zu richten. Deshalb presste er sich mit dem Rücken an die Wand und fixierte die bordeauxroten Vorhänge, die ihn nach längerer Betrachtung an das Fegefeuer erinnerten.

»Das mache ich nicht zu meiner Freude«, sagte Bruder Antonius, als er schließlich von ihm abließ.

Claaß glaubte ihm. Warum sonst hätte der Mönch so entsetzlich stöhnen sollen, wenn nicht unter der enormen Last der Sühnung? Auch dass der Mönch ihn nun immer wieder nachts in den Beichtstuhl bestellte, wunderte Claaß nicht. Schließlich hatte der Teufel selbst seine Lüsternheit an ihm gestillt, wie ihm Bruder Antonius erklärte, da würde viel Zeit vergehen müssen, bis er wieder rein war.

Gehorsam fügte sich Claaß, auch wenn er es im Laufe der Zeit immer widerwilliger tat; gleichzeitig suchten ihn Alpträume heim. Doch er schämte sich für seine Gefühle, empfand sich selbst als undankbar und schwach im Glauben.

Immerhin, etwas Gutes sah Claaß: Der Teufel blieb aus.

Niemals wieder bestieg er ihn bei Nacht. Das Wacholderpulver, die Stachelbeerzweige und die Reinigung durch Bruder Antonius hielten Satan fern, auch wenn Claaß sich manchmal fragte, ob zwischen dem Mönch und dem Teufel wirklich ein so großer Unterschied bestand. Doch solche Gedanken ließ er nur selten zu. Noch als Jüngling traf er sich heimlich mit dem Mönch im Klostergarten, obwohl er längst nicht mehr unter der Aufsicht von St. Pantaleon stand.

Claaß wäre wahrscheinlich noch bis ins Mannesalter zur Buße gegangen, wenn Veyt ihm nicht eines Abends über den Weg gelaufen wäre und ihm die Augen geöffnet hätte.

Gemeinsam saß er mit einigen Freunden beim Gruit, einem mit

201

Kräutern versetzten Gerstensaft, in der Gaststätte »Zum Ross«, die von den Kölner nur »Pertgen« genannt wurde. Im dunklen hinteren Teil der Spelunke auf der Spielmannsgasse gingen Hübschlerinnen ihrem Geschäft nach, waren hier für ein paar Taler zu haben. Zu ihnen hatte der Weg Claaß eigentlich führen sollen, als er Veyt entdeckte. Beide staunten nicht schlecht; seit Ewigkeiten hatten sie sich nicht gesehen.

Veyt sprang sofort von der Bank, klopfte Claaß auf die Schulter und stellte ihn seinen Kumpanen vor. »Wir haben gemeinsam unter der Knute der Mönche von St. Pantaleon gearbeitet«, sagte er zur Erklärung.

Claaß gesellte sich zu den Burschen. »Du warst eines Morgens einfach verschwunden«, sagte er zu Veyt. »Die Mönche erzählten, dass dich Zigeuner mitgenommen hätten.«

»Was für ein Unsinn«, antwortete Veyt kopfschüttelnd. »Ich bin einfach getürmt, weil ich die Plackerei nicht mehr ertragen habe. Bei einem Schmied bei Worringen bin ich untergekommen. Schuften musste ich da auch, aber er war ein herzensguter Mann. Ich durfte sogar in der Kammer mit seinen eigenen Kindern schlafen.«

Claaß und die anderen stießen die Krüge aneinander, tranken und scherzten. Dann gab Veyt einige Schwänke zum Besten, wofür er eine außerordentliche Gabe besaß. Die Burschen hingen an seinen Lippen, klopften sich vor Lachen auf die Schenkel und leerten Krug um Krug.

Irgendwann wurde Claaß unruhig.

Er musste zur Buße in den Abteigarten. Bruder Antonius hatte ihn bestellt. Hastig stürzte er den letzten Rest Gruit hinunter und stand auf.

Veyt unterbrach seine Geschichte. »Wo willst du hin?«

»Ich muss zu St. Pantaleon.«

»Etwa zu Bruder Antonius?«

Claaß nickte stumm.

Veyt lachte. »Rennst immer noch zur heiligen Läuterung, wie?«

Claaß spürte, wie er weiche Knie bekam, als die Burschen lachten.

»Woher weißt du das?«, fragte er und starrte Veyt an.

Veyt zog ihn auf die Bank zurück und bestellte noch zwei Gruit. »Hör, was ich dir jetzt sage«, flüsterte er nah an Claaß' Ohr. »Bruder Antonius ist der Düüvel.«

Claaß starrte Veyt mit offenem Mund an. Das Gruit rumorte in seinem Magen, und Schweißperlen bildeten sich auf seiner Oberlippe.

»Das kannst du mir glauben«, fuhr Veyt fort. »Mit jedem Burschen, die damals mit uns das Lager teilten, hat er seine Spielchen getrieben.«

Und dann weihte Veyt ihn ein.

Claaß traute seinen Ohren nicht. Die Reinigungsrituale, die jahrelangen Qualen, die Schmerzen – alles vergebens? Der Zweck dieser Handlungen galt einzig der widerlichen Befriedigung eines Mönches und diente nicht Claaß' Seelenheil?

»Aber die Verse und der heilige Ritus …?« Claaß war fassungslos.

»Alles gelogen«, antwortete Veyt. »Glaub es mir, da kann ich dir genauso gut ein paar Ablassbriefe besorgen. Die Wirkung ist die gleiche.«

Claaß sprang auf. »Woher willst du das wissen?«

Veyt zog ihn am Ärmel auf die Bank zurück. »Glaub es oder lass es bleiben. Ich hab keinen Grund, dich anzulügen.«

Im Verlauf des Abends gelang es Veyt, alle Zweifel, die Claaß hatte, auszuräumen. Er klärte ihn über die Mär des Reinigungsrituals auf, erzählte, was Bruder Antonius mit ihm gemacht hatte, und Claaß erkannte, dass sich Veyts Erlebnisse nahezu mit seinen deckten, obwohl der Freund nicht vom Teufel heimgesucht worden war.

Claaß wurde wütend, gleichzeitig schämte er sich zutiefst. Unsagbar töricht kam er sich vor. Wie um alles in der Welt hatte er so einfältig sein können?

Als Veyt endlich endete, traute sich Claaß nicht, in die Runde zu schauen. Er schämte sich unsagbar, und noch am Tisch fasste er den Entschluss, Köln zu verlassen.

Heute nun wollte er sein Vorhaben in die Tat umsetzen. Die Gelegenheit war günstig, denn die Spielleute verließen die Stadt in den frühen Morgenstunden Richtung Nideggen. Claaß wollte sich den Gauklern anschließen, um Köln und Bruder Antonius zu entfliehen. Überdies ging ihm die schöne Lioba nicht aus dem Kopf.

Und Claaß hatte Glück.

Zu seiner Freude nahm ihn das fahrende Volk bereitwillig auf. Sie brauchten dringlich Helfer bei der Versorgung der Tiere. Beide Burschen, die diese Aufgabe zuletzt erledigt hatten, blieben in Köln. Der eine freiwillig, weil er eine Marktfrau liebte und für sie die Wanderschaft aufgeben wollte, der andere gezwungenermaßen. Er hatte beim Würfeln verloren und einen Studenten halb tot geprügelt. Nun saß er im Kerker und wartete auf seine Strafe. Wahrscheinlich würde er öffentlich ausgepeitscht und zum Severinstor hinausgejagt werden.

Des einen Leid, des anderen Freud, dachte Claaß, sprang auf einen der Karren und spürte regelrecht, wie sein Herz hüpfte, als die Wagenkolonne durch die Hahnenpforte hinaus Richtung Melaten fuhr. Er sah nicht zurück. Seine Jahre in Köln gehörten der Vergangenheit an. Sein Blick war nach vorne gerichtet, die Welt stand ihm offen.

Er sog den Duft von Freiheit ein, und je weiter sie sich von der Stadt entfernten, desto größer wurde seine Erleichterung. Niemals zuvor hatte er sich so gelöst und glücklich gefühlt. Zu seiner Freude kam auch noch die Sonne hervor. Claaß' Herz lachte. Er lehnte sich gegen sein Bündel und erfreute sich am blauen Himmel. Als die Gaukler gegen Mittag eine Rast einlegten und ihm Lioba ein Lächeln schenkte, war seine Glückseligkeit vollkommen.

Am Abend erreichten die Spielleute Junkersdorf, stellten ihre Wagen auf die Wiese hinter einem Gasthof in einen Kreis und schlugen ihr Lager auf. Der Wirt war damit einverstanden, weil er sich einige Taler zur Aufbesserung seiner Geldlade erhoffte. Seine Geschäfte liefen schlecht; nur selten verirrten sich Gäste in sein mit den Jahren etwas heruntergekommenes Wirtshaus. Wehmütig dachte der Wirt an bessere Zeiten. Noch vor zwei Jahren hatte er Reisende abweisen müssen, weil sein Schlafsaal aus allen Nähten platzte. Aber seit dem vergangenen Jahr war die Gegend nicht mehr sicher. Eine Bande von Wegelagerern trieb ihr Unwesen. Sie überfielen Kaufleute, hatten im Herbst sogar eine Gruppe Pilger beraubt und vor ein paar Wochen erst einem Geistlichen die Kehle durchgeschnitten. Wer selbst vor Gottes Dienern nicht halt-machte, dem traute man alles zu. Und so nahmen die Leute lieber Umwege in Kauf, als am »Roten Ochsen« vorbeizumüssen, zumal sich das Gerücht hartnäckig hielt, dass dem Wirt die Namen der Halunken bekannt seien, er sogar mit ihnen unter einer Decke stecke. So ein Unsinn!

Die Ankunft der Gaukler sprach sich in Windeseile herum, und der Wirt rieb sich die Hände, als am Abend mehrere Dutzend Gäste in den Schankraum strömten. Musikanten spielten zum Tanz auf, Männer saßen beim Würfeln und schielten nicht selten zu den Weibern, die ihnen schöne Augen machten.

Claaß war nicht nach Würfeln und Tanzen zumute. Seit geraumer Zeit mied er Gasthäuser. Zu oft waren ihm dort die mühsam erarbeiteten Heller aus der Tasche gezogen worden oder er hatte sich, von Bier berauscht, in wilden Schlägereien wiedergefunden. Da saß er lieber mit Arnold dem Zwerg und Bärenbändiger Igor auf der Ladefläche des Fuhrwerks, schaute in die Sterne und atmete die klare Nachtluft ein.

Schon jetzt lagen Köln und die Trostlosigkeit der engen Gassen weit hinter ihm. Niemals wollte er dorthin zurückkehren, auch wenn er im Laufe des Tages hatte erkennen müssen, dass er bei Lioba wohl kein Glück haben würde: Ihr Herz gehörte offenbar einem Flötenspieler. Auch jetzt standen die beiden eng beieinander unter dem Mondlicht und schienen den Rest der Welt vergessen zu haben.

Immer wieder sah Claaß zu ihnen herüber. Was fand die hübsche Tänzerin nur an diesem Hanswurst? Krumm gewachsen war er, dürr, und mit seinen Glupschaugen erinnerte er Claaß an eine hässliche Kröte.

»Schlag sie dir aus dem Kopf«, sagte Arnold. »Lioba hat nur Augen für den schönen Franz. Keiner sonst erreicht ihr Herz. Ich hab's am eigenen Leib erfahren.«

»Du bist ja auch hässlich wie die Nacht«, spottete Igor und versetzte dem Zwerg einen sanften Tritt. »Da kann es Lioba nur übel werden, wenn sie dir das Wams öffnet.«

»Es ist mir ernst«, sagte Arnold und rappelte sich wieder hoch. »Lioba bricht Herzen reihenweise. Deshalb gebe ich dir einen guten Rat: Halt dich fern von ihr, sonst ist dein Herz das nächste.«

»Was ist denn bloß schön an diesem Franz?«, schnaubte Claaß. »Ich kann nichts an ihm finden!«

»Das Auge einer Frau sieht anders«, sagte Arnold. »Vielleicht sind es seine weizengelben Haare oder die zarten Finger, die sich nie in die Erde eines Ackers gegraben haben. Wer weiß das schon! Ich rate dir jedenfalls, sie dir aus dem Kopf zu schlagen!«

Claaß hörte die wohlgemeinten Worte, aber er erreichte ihn nicht. Sein Herz pochte heftig, wenn er an Lioba dachte. Ihr Körper war zierlich und biegsam, anmutig jede ihrer Bewegungen. Lioba ging nicht, sie schwebte über die Erde. Und erst dieses Lächeln! Niemals hatte Claaß etwas Betörenderes gesehen.

»Der Junge ist verliebt«, sagte Igor zu Arnold und kratzte sich am Kopf. »Da kannst du dir die Puste sparen.«

Und wirklich. Claaß hörte nicht mehr zu. Aus den Augenwinkeln sah er, dass Lioba und Franz zum »Roten Ochsen« hinübergingen. Schon sprang er vom Wagen und klopfte sich den Staub von der Hose.

Arnold war ebenfalls aufgestanden. »Wo willst du hin?«

»Ich brauche jetzt ein Gruit«, sagte Claaß. »Kommt ihr mit?«

»Ich denke, du machst dir nichts aus Wirtshäusern?«

»Der will dem Mädchen nach«, sagte Igor.

»Was du nicht sagst«, antwortete Arnold und kletterte behände vom Wagen.

Claaß war inzwischen vorgegangen.

»Warte auf mich«, rief der Zwerg. »Jemand muss doch auf dich aufpassen!«

Im Gastraum ging es laut und wild zu. Die Musikanten spielten immer noch, einige Mägde und Burschen tanzten im Fackelschein auf Bänken, Tagelöhner saßen grölend beim Gruit, und ein paar Bauern würfelten. Der Wirt und seine Frau gingen herum, sammelten leere Krüge ein und stellten neu gefüllte vor die Zecher.

Claaß sah, dass sich Franz und Lioba an einen Tisch setzten, der in einer der Nischen stand. Dort hatte sich ein Grüppchen versammelt und hing einem Geschichtenerzähler an den Lippen.

Claaß ging näher. Gerade beendete der Alte das Märchen vom Schweinehirt und der Prinzessin, die nach vielerlei Erschwernissen letztlich doch zueinander gefunden hatten. Die Leute applaudierten, solche Geschichten hörten sie gern.

»Was wollt ihr nun hören?«, fragte der Grauhaarige, dessen Nase ungeheuer lang und gebogen war, während er eine weitere Kerze anzündete, denn im Schankraum wurde es immer finsterer. »Eine Geschichte würde ich wohl noch zum Besten geben. Wie wäre es mit der vom Wolf und den Geißlein?«

»Kinderkram!«, rief ein Bursche. »Erzähl uns lieber etwas wirklich Furchterregendes, Kejatan.«

»Ja!«, ereiferte sich ein Zweiter. »Wie wäre es mit einer Schauergeschichte über Gottlose und Scheusale!«

»Nein«, schrie eine knochige Magd. »Erzähl uns was über Narren oder Aussätzige.«

»Dann lasst doch den Krüppel hier zu Wort kommen«, grölte ein dicker Kerl mit roten Pausbacken, packte Arnold und schleuderte ihn auf den Tisch. Der Zwerg rutschte über das einfache Holz und stieß dabei einige Kerzen zu Boden. Ein paar Frauen bückten sich geflissentlich danach, während die meisten Umstehenden lachten und sich die Bäuche hielten.

»Tanz für uns!«, rief der Pausbackige.

Arnold versuchte vom Tisch zu springen, doch der Dicke hielt ihn fest. »Du sollst tanzen!«

Nun waren die Leute kaum noch zu halten. »Tanz! Tanz!«

Claaß spürte Zorn aufsteigen, stand mit zwei Schritten hinter dem Dicken, packte ihn am Arm, riss ihn herum und gab ihm eine schallende Ohrfeige. Arnold nutzte die Gelegenheit, sprang vom Tisch und versteckte sich darunter.

Der Dicke hielt sich die Wange. »Was zur Hölle ist denn in dich gefahren?«

Es sah so aus, als wollte er sich auf Claaß stürzen, aber der Wirt hielt ihn am Arm. »Ruhig, Jorge! Ich will hier heute keine Keilerei haben.«

»Ich habe nicht angefangen!«

»Du hast dir den Zwerg gegriffen und deine Späße mit ihm getrieben!«, schnaubte Claaß.

»Seid still! Alle beide!«, sagte der Wirt und drückte Jorge auf einen Schemel. »Setz du dich auch«, sagte er zu Claaß, und seine Stimme duldete keinen Widerspruch. »Kejatan erzählt euch jetzt eine Geschichte, die euch das Blut in den Adern gefrieren lassen wird. Nicht wahr, alter Mann?«

Kejatan nickte.

Claaß setzte sich, ohne Jorge dabei aus den Augen zu lassen.

»Gebt jetzt Frieden«, ermahnte der Wirt die Hitzköpfe noch einmal. »Ich bring euch dann auch gleich noch Gerstensaft.«

Mit dieser Aussicht ließen sich die Streithähne besänftigen.

Vorerst zumindest.

Claaß spürte Liobas Blick auf sich. Sie lächelte ihm zu, und er fühlte Hoffnung aufkeimen. Möglicherweise hatte er der Tänzerin durch sein beherztes Eingreifen imponiert. Claaß wusste, dass sie sehr an Arnold hing. Vielleicht ließ sie sich doch erweichen und schenkte ihm bald schon mehr als ein Lächeln.

»Hört«, begann Kejatan und blickte in die Runde. »Das, was ich euch jetzt erzähle, ist weder eine Geschichte noch ein Märchen, sondern hat sich genau so zugetragen. Vom Blitz möchte ich auf der Stelle getroffen werden, wenn dem nicht so ist. Der Räuber …«

»Spar dir deinen Atem, Gevatter!«, fing Jorge wieder an. »Uns kannst du nichts Grausliches erzählen, denn der Teufel selbst lebt unter uns!«

»Still, Jorge«, zischten einige Weiber und zogen die Köpfe ein, als befürchteten sie einen Angriff.

Doch Jorge stand auf und stellte ein Bein auf die Bank. Bei dem, was er nun zu sagen hatte, konnte er sich der Aufmerksamkeit aller sicher sein.

»Vor einigen Tagen hat Satan in der Gestalt eines Wolfs erneut zugeschlagen. Oben im Wald, wenige Schritte von seiner Hütte entfernt, hat er sich den armen Mathis geschnappt, ihm den Kopf vom Rumpf gerissen und seine Gedärme verschlungen. Zumindest hat man sie nirgends gefunden.«

Zwei Mädchen begannen zu weinen, die anderen starrten Jorge

an. Üblicherweise sprach niemand öffentlich von den Gräueltaten, weil ein jeder fürchtete, dadurch die nächste Beute des Höllenfürsten zu werden.

»Berauscht von Blut und dem unglaublichen Willen zu töten ist das Vieh anschließend in Mathis' Behausung eingedrungen und hat sich dort Bedas Neugeborenes geholt, welches noch an der Nabelschnur hing. Mathis' Frau hatte es gerade erst auf die Welt gebracht.«

Einige Weiber bekreuzigten sich, wussten sie doch, wie schwer sich Beda mit den Geburten ihrer Kinder getan hatte.

»Es ist eine weitere Schandtat des Höllenfürsten, und wir hier am Tisch und alle in der Gegend wissen, wer seine Seele dem Teufel verkauft hat und zu solch abscheulichen Taten fähig ist. Es ist …«

»Schweig, Jorge!«, rief einer der Bauern und erhob sich von seinem Platz. »Es bringt Unglück, seinen Namen auszusprechen.«

»Pah!«, stieß Jorge hervor, unterließ es aber dennoch, den Namen zu nennen. »Wir sollten ihm endlich den Garaus machen. Wenn wir uns alle zusammentäten, gäbe es für den Verderber kein Entkommen.«

»Recht hat er!«, rief ein langer Bursche mit gelben Zähnen, sprang ebenfalls vom Schemel und stellte sich neben Jorge. Offenbar waren sie Freunde. »Wenn ihr Alten euch nicht traut, müssen wir Jungen die Sache eben in die Hand nehmen!«

»Es ist doch gar nicht bewiesen, dass der Zigeuner wirklich der Übeltäter ist«, gab ein alter Mann zu bedenken, der im Winkel unter dem Fenster saß und an seiner Pfeife sog. »Es gibt auch einen anderen, der in Frage kommt.«

»Ach!«, rief Jorge. »Und wer soll das sein?«

»Ich werde ihn gewiss nicht beim Namen nennen«, sagte der Pfeifenraucher. »Aber er lebt in Sünde und hatte einen schwachsinnigen Jungen, und er ist seit den abscheulichen Taten auf der Flucht.«

Jorge drehte sich zu den Umstehenden. »Hört nicht auf das Geschwafel eines Greises. Es gibt sehr wohl Beweise, dass derjenige es war, den ich meine! Diesmal hat er sich selbst verraten!«

»Wie denn?«, fragte Claaß.

Jorge beachtete ihn nicht, antwortete aber trotzdem für die Menge. »Der Stock des Zigeuners wurde neben Mathis im Wald gefunden. Der Heide trug ihn immer bei sich, aber als er sein abscheuliches Werk verrichtet hatte, vergaß er ihn diesmal im Moos. Es gibt keinen Zweifel.«

Ein Raunen ging durch den Gastraum. Jetzt weinten auch einige Knaben.

»Macht euch und eure Familien nicht unglücklich«, sagte der Alte und legte seine Pfeife zur Seite. »Selbst wenn es der Zigeuner war, wie wollt ihr Burschen denn gegen solch eine Macht, solch ein schlimmes Ungeheuer vorgehen?«

Jorge stemmte die Fäuste in die Seiten, blieb aber eine Antwort schuldig.

»Es gibt Möglichkeiten, sich gegen Luzifer zu wehren«, warf Kejatan ein. »Ihr müsst es nur richtig anstellen.«

»Wer ist denn nun der, den ihr für die Fleischwerdung des Leibhaftigen haltet?«, fragte Arnold der Zwerg und lugte vorsichtig unter dem Tisch hervor.

Jorge wollte ihm antworten, doch in diesem Augenblick hörten die Musiker auf zu spielen, um sich einen Becher zu genehmigen, und in der Schenke war es mit einem Mal ruhig. Offenbar zog Jorge es deshalb vor, auf diese Frage nicht zu antworten.

»Wie können wir das Ungeheuer besiegen?«, fragte er stattdessen und wandte sich an Kejatan. »Pfeil und Bogen sind da jedenfalls machtlos!«

Der Geschichtenerzähler beugte sich vor. »Nicht unbedingt, die Pfeilspitzen müssen allerdings aus echtem Silber sein. Das ist das Geheimnis.«

»Woher sollen wir solche Pfeile nehmen?«, fragte der Bursche mit den gelben Zähnen.

»Verflüssigt alles Silber, dessen ihr habhaft werden könnt«, flüsterte Kejatan. »Dann ist eurem Unterfangen vielleicht Glück beschieden.«

In diesem Augenblick fegte ein kalter Windstoß in die Gaststätte und löschte die Talglichter in den Halterungen, die nahe der Tür an den verrußten Wänden angebracht waren. Claaß drehte sich wie die anderen um.

In der Tür stand ein Mann. Er war groß, seine langen grauen Haare waren zu einem dicken Zopf geflochten. Seine Kleidung war edel, schwarzer Zobel, kniehohe Lederstiefel. Grimmig schaute er in die Runde. An der Seite führte er eine riesige Dogge. Der Hund fletschte die Zähne.

»Andras.« Ein Raunen ging durch den Schankraum.

Claaß reckte den Hals, dabei streifte sein Blick Lioba. Ihm entging nicht, dass sie leichenblass geworden war.

Der Mann trat unterdessen auf den Wirt zu. »Gebt mir etwas zu trinken!«

Der Wirt brachte ihm eifrig ein Gruit. Andras leerte den Krug in einem Zug und wandte sich zum Gehen.

Jorge sprang vor und stellte sich dem Zigeuner in den Weg. »Du wagst dich her? Mutig bist du, das muss ich dir lassen!«

Die Dogge knurrte.

Claaß und einige andere erhoben sich von den Bänken. Im spärlichen Licht der Fackeln sah er, dass das weiße Hemd des Mannes blutgetränkt war. Auch an seinen Händen schien Blut zu kleben.

Jorge wies auf den Bauch des Zigeuners, er schien sich weder vor ihm noch vor dessen Hund zu fürchten. »Nicht einmal die Kleider hast du nach deiner abscheulichen Tat gewechselt!«

Einige Frauen kreischten laut auf.

»Du täuschst dich«, sagte Andras mit ruhiger Stimme und trat ohne Eile an die Feuerstelle. »Der Teufel hat meine Mechthilde geholt. Auf halbem Wege zum Dorf ist er über sie hergefallen. Ich habe die Reste ihres Körpers heimgetragen.«

Lioba stieß einen gellenden Schrei aus und sank zu Boden. Claaß wollte zu ihr eilen, doch Franz fiel neben sie auf die Knie und nahm ihren Kopf in beide Hände.

»Das ist doch nur eine Finte, um von dir selbst abzulenken!«, rief Jorge und spuckte Andras vor die Füße. Die Dogge ließ einen gefährlich klingenden Laut hören.

»Jeder hier weiß«, fuhr Jorge ungerührt fort, »dass du dein Weib schlecht behandelt hast und Buhlschaften hattest. Da wirst du dich ihrer eben selbst entledigt haben! Verschone uns also mit deiner geheuchelten Trauer, Zigeuner.«

Andras beachtete Jorge nicht weiter und wandte sich erneut an den Wirt. Der Hund wich ihm nicht von der Seite. »Gebt mir noch ein Gruit!«

»Unbändiger Durst lässt uns den Widersacher und seine Handlanger erkennen«, flüsterte Kejatan. »Und seht, er weint nicht über das Schicksal seines Weibes, denn weder Luzifer noch seine Lakaien können Tränen vergießen. Empfindungen wie Trauer sind ihnen fremd.«

Die Anwesenden, die in Hörweite saßen, nickten mit aufgerissenen Augen.

Aber Jorge konnte seinen Mund nicht halten. »Gib es zu! Hast du dich von deiner Mechthilde befreit, du abscheuliche Bestie?«

Da schnellte Andras vor, packte Jorge am Kragen und zwang ihn in die Knie, bis er mit der Dogge auf Augenhöhe war. Die Schnauze des Tiers berührte beinahe Jorges Stirn. »Halt endlich dein schändliches Maul«, stieß Andras hervor. »Sonst wird es dir schlecht ergehen!«

Jorge rührte sich nicht und behielt die blutunterlaufenen Augen der Dogge fest im Blick. Andras sah sich triumphierend um.

»Nur zu!«, rief er herausfordernd. »Wer von euch will sich mit mir anlegen?«

Stille. Alle Anwesenden waren wie erstarrt.

»Dachte ich mir's doch«, sagte Andras, trank seinen Gerstensaft und versetzte Jorge einen Tritt, sodass dieser gegen einen Tisch prallte. Ein Salzfass fiel zu Boden und zerbrach.

»Wir sind verloren«, flüsterte Kejatan und krallte sich an Claaß' Arm. »Verschüttetes Salz bringt Unheil über die Menschen.«

Claaß bekam eine Gänsehaut, während Andras mit großen Schritten, aber ohne Eile die Gaststätte verließ und die Tür geräuschvoll hinter sich zuschlug.

Augenblicklich ging das Gerede los. Die Leute drängten sich um die Tische, steckten die Köpfe zusammen. Der Wirt ging herum und brachte Krüge mit Gruit, die schnell geleert wurden, während die Münder nicht still standen.

Claaß eilte zu Lioba, die immer noch am Boden lag. Franz hatte ihren Kopf jetzt zwar in seinen Schoß gebettet, trotzdem blickte er unbeholfen drein.

»Was ist mit ihr?«, fragte Claaß.

»Ich weiß es nicht«, antwortete Franz. »Sie ist wieder bei sich, fühlt sich jedoch zu schwach, um aufzustehen.«

Da fasste sich Claaß ein Herz, schob seine Arme in den Nacken und in die Kniekehlen der Tänzerin und trug sie durch den Schankraum hinaus in die kühle Nachtluft.

»Geht es dir besser?«, fragte Claaß und strich Lioba eine Strähne aus dem Gesicht.

Sie nickte stumm.

»Hat dich der Zigeuner so in Angst versetzt?«

Lioba atmete schwer. »Andras ist mein Schwager, er hat vor vielen Jahren meine ältere Schwester geheiratet. Glücklich waren er und Mechthilde nur einen Sommer lang. Die Vermählung hat sie bereut, vom ersten Tag an.«

»Also stimmt das, was Jorge gesagt hat«, sagte Claaß. »Glaubst du auch, dass er der Leibhaftige ist, für den ihn die anderen halten?«

Lioba zögerte. »Er ist ein Schuft, aber den Teufel stelle ich mir ärger vor«, sagte sie schließlich.

Sie begann zu frösteln, und Claaß legte einen Arm um sie. »Willst du deiner Schwester die letzte Ehre erweisen?«

Lioba antwortete nicht gleich. »Ich muss zum Haus meines Vaters gehen und mit Andras reden. Ich bin die Einzige meiner Schwestern, die nun noch lebt, und deshalb hätte ich einiges mit meinem Schwager zu besprechen. Aber ich traue mich nicht allein.«

»Franz wird bestimmt mitkommen«, sagte Claaß nicht ohne ein leichtes Zittern in der Stimme.

»Franz ist herzensgut, und lieb reden kann er auch«, antwortete Lioba. »Aber in dieser Angelegenheit wüsste ich lieber einen starken Burschen an meiner Seite.«

Claaß' wäre ihr am liebsten um den Hals gefallen, aber er hielt sich zurück.

Jetzt sah Lioba ihn unverwandt an. »Mit einem wie dir wäre es mir nicht bang.«

Warmes Glück durchströmte Claaß. »Ich geh mit dir überallhin«, sagte er schnell.

»Ich wusste, dass ich auf dich zählen kann.« Lioba lächelte, gähnte und erhob sich ohne Anstrengung. »Dann reiten wir morgen in der Frühe?«

»Wann immer du willst«, sagte Claaß und stand ebenfalls auf. »Wenn der erste Hahn verstummt ist, werde ich auf dich warten.«

Claaß begleitete Lioba zu ihrem Schlafplatz. »Gute Nacht, Claaß«, sagte sie und schenkte ihm noch einen unerwarteten Augenaufschlag, bevor sie auf dem Fuhrwerk verschwand.

Er hatte einen Kloß im Hals. Lioba kannte tatsächlich seinen Namen.

***

Einen Tag nach den Ereignissen im »Roten Ochsen« führte Jorge die Meute an. Hoch hielt er seine Fackel in den Nachthimmel. Neun Burschen wusste er hinter sich. Jeder trug etwas zur Verteidigung, doch Jorge besaß die einzige Armbrust. Die anderen hielten Beile, Harken, Sensen und anderes Gerät in den Händen. Gemeinsam und mit ihrer wilden Entschlossenheit würden sie Andras, den Diener des Höllenfürsten, in die Knie zwingen.

Daran zweifelten sie nicht.

Als die Lichter von Andras' Anwesen in Sicht kamen, blieb Jorge stehen und wandte sich zu seinen Gefolgsleuten um. Die Männer wirkten unerschrocken und zum Äußersten bereit.

»Schon viele haben versucht, die Bestie unschädlich zu machen!«, rief Jorge und bemühte sich, seine Stimme möglichst tief klingen zu lassen. »Ihn einfach zu verjagen wird hier nichts ausrichten. Der Dämon ist zu gerissen, als dass er es uns so leicht machen würde. Ich schlage deshalb vor, dass wir versuchen, ihn aus seinem Haus zu locken, und ihn an Ort und Stelle töten. Macht die Fackeln aus und kommt näher zusammen!«

Die Männer gehorchten seinen Befehlen, löschten die Feuer und stellten sich in einen Kreis. Zu lange und zu schrecklich wütete die Bestie schon. Zu viel Blut war geflossen, und die Sehnsucht nach Frieden und Schutz für ihre Familien war groß. Manch einen lockte daneben auch der Ruhm. Er war dem gewiss, der das Scheusal endlich erlegte.

Das war auch Jorges Ansinnen, und darauf hatte er sich, so gut er es vermochte, vorbereitet. Den silbernen Schmuck seiner Schwester hatte der Dorfschmied noch in der letzten Nacht über der Glut seines Feuers für ihn geschmolzen und zwei Spitzen für Jorges Armbrust daraus gegossen. Damit, so war er sich sicher, konnte er dem Ungeheuer für alle Zeit den Garaus machen.

»Wie sollen wir ihn dazu bringen, das Haus zu verlassen?«, fragte der Sohn des Schmiedes, der sich Jorge mit flammendem Herzen angeschlossen hatte.

»Mir wird schon etwas einfallen, wenn wir da sind«, beeilte sich Jorge zu sagen. »Und dann werde ich ihn mit meinen Silberpfeilen töten!«

»Was ist mit den Hunden?«, fragte der Schmiedsohn weiter. »Sie werden anschlagen, sobald wir uns dem Hof nähern.«

Jorge zog eine fette Wurst unter dem Wams hervor. »Das wird sie besänftigen.«

Der Bursche lächelte, einige Männer nickten anerkennend, andere bekreuzigten sich.

»Lasst uns heute Nacht den Teufel endgültig zur Strecke bringen«, sagte Jorge nun mit Nachdruck. »Gott steh uns bei.«

»Gott steh uns bei«, wiederholten die Männer wie aus einem Munde und folgten Jorge in gebückter Haltung.

Die Hunde schlugen an, lange bevor sie den Hof erreichten. Jorge zog den gelbzahnigen Burschen beiseite. Er mochte den langen Lambert, der erst vor Kurzem von Köln aufs Land gekommen war, um bei einem Müller seinen Lohn zu verdienen. In ihm hatte er endlich einen Kumpanen gefunden, der saufen konnte wie er.

»Lambert, mein Freund«, sagte er. »Wir beide werden vorlaufen und zuerst versuchen, die Hunde zum Schweigen zu bringen.«

Lambert nickte mit glühenden Wangen.

Jorge wandte sich den anderen Burschen zu. »Ihr wartet hier auf uns. Folgt uns erst, wenn ihr den Ruf eines Habichts vernehmt. Pirscht euch dann an, leise und vorsichtig!«

Bevor sie losliefen, drückte Jorge Lambert eine Axt in die Hand. »Es gibt vier gewaltige Hunde auf dem Hof. Ich werde sie mit der Wurst anlocken, und du musst ihnen, ohne zu zögern, die Schädel einschlagen. Bist du dazu in der Lage?«

Lambert sah Jorge mit großen Augen an.

»Antworte«, herrschte Jorge ihn an. »Bist du Manns genug für diese heilige Aufgabe?«

Lambert schluckte. »Ja.«

Jorge packte ihn an den Schultern. »Es darf kein Zweifel in dir sein! Bist du ein ganzer Kerl oder bist du ein Waschweib?«

Lambert schüttelte Jorges Hände ab. »Ich werde tun, was nötig ist.«

Jorge lief über die Weide in Richtung Hof. Lambert folgte ihm dicht auf den Fersen. Der Mond stand hell und rund am Nachthimmel. Die Hunde bellten nun lauter.

Jorge lief bis zu einem Zaun, schwang sich darüber und hastete zur Rückwand der Scheune. Lambert blieb dicht hinter ihm. Das Gebell der Doggen war nun ohrenbetäubend.

»Sie werden uns verraten«, ächzte Lambert zwischen zwei Atemzügen. »Wir ...«

Ein lautes Knurren ließ ihn verstummen.

Gleichzeitig wirbelten die beiden herum.

Die Gestalt, die im Gegenlicht des Mondes stand, erschien riesenhaft. Das Gesicht war nicht zu erkennen. Trotzdem zweifelte Jorge nicht eine Sekunde.

Andras.

Flankiert wurde der Zigeuner von zwei seiner wütenden Doggen. Sie waren groß wie Schafböcke, fletschten die Zähne und bellten wütend, rührten sich aber nicht von der Stelle.

Zwei Hunde, schoss es Jorge durch den Kopf. Wo sind die anderen beiden?

Die Antwort war ein tiefes Knurren hinter ihm. Jorge drehte sich um. Langsam.

In selben Augenblick sprang eine gewaltige graue Dogge auf ihn zu. Ohne nachzudenken, riss Jorge die Armbrust hoch, schoss und traf. Das Tier sackte schwer zur Erde.

Jorge fuhr herum. Andras starrte ungläubig von seinem Hund zu ihm. Noch rührte sich der Zigeuner nicht. Jorge nutzte dessen Fassungslosigkeit, lud flink nach und schoss erneut. Andras taumelte und hielt sich den Bauch. Augenblicklich stürzten sich seine beiden anderen Hunde auf Jorge. Die Armbrust fiel zu Boden.

»Du hast die Axt! Schlag ihnen die Schädel ein!«, schrie Jorge. »Lambert! Los, verdammt noch mal!«

Doch Lambert rührte sich nicht.

Die Zähne der einen Dogge gruben sich in Jorges Bein, das andere Tier schnappte nach seinem Hals. Jorge wehrte sich verzweifelt.

Als er glaubte, den Kampf verloren zu haben, sah er die Burschen laut schreiend auf den Hof stürzen.

Jorge schlug um sich und versuchte den Hund, der sich in seiner Kehle verbissen hatte, abzuschütteln. Das Letzte, was er wahrnahm, war der Geruch von Blut, der ihm die Sinne raubte.

✳✳✳

Als Claaß am nächsten Morgen die Augen öffnete und vom Fuhrwerk sprang, war das Pferd schon gesattelt. Arnold lächelte, als Claaß sich bedankte.

»Wir werden am Mittag zurück sein«, sagte Claaß und schwang sich auf den Rücken des Tiers.

»Sieh dich vor. Andras hat mehrere dieser riesenhaften Hunde und keine Scheu, sie auf dich zu hetzen«, sagte der Zwerg. »Und wenn er der ist, für den ihn alle halten, wird er sich dein und Liobas Blut nicht entgehen lassen.«

»Er soll nur kommen«, sagte Claaß leichthin, während er Arnold mit einem Säbel vor der Nase herumfuchtelte. »Leicht werde ich es ihm nicht machen.«

Mit diesen Worten trat er das Pferd in die Seiten und trabte an. Lioba erwartete ihn bereits. Mit strahlenden Augen half er ihr auf den Gaul, und sie ritten los.

Begleitet vom Klopfen der Spechte und dem Gesang der Vögel galoppierten sie der aufgehenden Sonne entgegen. Lioba schmiegte sich an Claaß' Rücken, und er dachte, dass es sich für diesen einen Augenblick gelohnt hatte, zu leben. Sollte es dem Herrn im Himmel gefallen, ihn heute zu sich zu nehmen, so würde er seinem Ruf ohne zu murren folgen.

Claaß lenkte das Pferd nach Liobas Anweisung zu dem Gehöft, auf dem sie ihre Kindheit verbracht hatte.

In vollem Galopp erreichten sie den Hof. Claaß sprang vom Rücken des Pferdes und legte einen Finger auf die Lippen.

»Pst«, flüsterte er. »Hier stimmt etwas nicht.«

Lioba sah zu ihm herab. Sie wirkte verschreckt.

»Die Hunde«, sagte Claaß. »Sie müssten längst angeschlagen haben.«

Die Stille war beängstigend.

Sachte hob Claaß Lioba vom Pferd und nahm sie bei der Hand. Während sie sich dem Wohnhaus näherten, zog Claaß den Säbel.

In der Stube fanden sie Mechthilde auf dem Küchentisch. Nackt. Der Bauch war aufgerissen. Überall war Blut. Fliegen schwirrten umher.

Lioba wollte auf ihre Schwester zustürzen, aber Claaß hielt sie zurück, zog sie hinaus auf den Hof und führte sie zu dem Gaul, auf dem sie hergeritten waren. »Warte hier! Ich sehe in den Stallungen nach, ob ich Andras dort finde.«

»Nein!«, rief Lioba aus. »Geh nicht. Er wird dich töten!«

»Ich hab keine Angst vor ihm.«

»Das solltest du aber.« Lioba begann zu weinen. »Meine Familie … Alle, alle sind tot. Warum? Was haben wir Gott getan?«

Claaß drückte sie an sich, ohne den Blick von der Scheune zu nehmen. Leises Gewieher drang von dort zu ihnen.

»Ich muss in den Schober«, sagte Claaß. »Vielleicht finde ich dort die Antwort auf deine Fragen.«

Vorsichtig löste er sich aus Liobas Umarmung, huschte zur Scheune und schlüpfte durchs Tor.

Aber hier gab es nichts Ungewöhnliches zu sehen.

Zwei Fohlen standen in einem Verschlag, ein Schwein wühlte im Schlamm, einige Hühner gackerten aufgeregt. Am Ende der Scheune waren Heuballen gestapelt. Claaß durchsuchte den Schober nicht weiter, sondern ging wieder ins Freie. Lioba hatte die Arme um den Hals des Pferds geschlungen und weinte. Am liebsten wäre Claaß gleich zu ihr gelaufen, aber er beherrschte sich und umrundete die Scheune.

Das Erste, was er sah, war Jorges Kopf.

Er steckte aufgespießt auf dem Pfahl eines Zauns. Trotz der blutverkrusteten Haare und der aufgerissenen Augen erkannte Claaß ihn sofort. Er wandte den Blick ab und zählte weitere Tote, die offenbar regelrecht niedergemetzelt worden waren. Körperteile lagen verstreut. Claaß sah Arme, Füße und sogar einzelne Zähne und abgerissene Ohren in der Wiese liegen. Er erbrach sich. Trotz seiner Übelkeit zwang er sich, in die Gesichter der Toten zu blicken, was ihn einige Überwindung kostete. Zu seiner Überraschung war Andras ebenfalls unter den Opfern.

Taumelnd lief er zu Lioba zurück, hob sie wortlos auf den Rücken des Pferdes und schwang sich ebenfalls hinauf.

»Was ist los?«, fragte sie unter Tränen.

Claaß antwortete nicht, sondern trieb den Gaul an.

»Was hast du gesehen?«, fragte Lioba verzweifelt.

»Da liegen einige tote Burschen hinter der Scheune«, antwortete Claaß schließlich. »Jorge, der Wortführer von gestern Abend, ist darunter.«

Lioba stieß einen hellen Schrei aus. »Und Andras?«, fragte sie schluchzend.

»Auch er ist unter den Toten.«

»Dann hat sich Gott endlich erbarmt«, rief Lioba erleichtert und drückte sich fest an Claaß' Rücken.

»Ja«, rief Claaß. »Der Unhold hat zwar noch die Seelen der armen Burschen geholt, aber einem von ihnen muss es gelungen sein, ihn zu töten.« Er trieb den Gaul an, konnte es kaum erwarten, die gute Nachricht zu verbreiten.

Als sie über einen Acker galoppierten und dabei einige Krähen aufscheuchten, die laut krächzend auseinanderstoben, fragte sich Claaß allerdings, wie es zugehen konnte, dass Andras unter den Toten weilte. Hatte er vielleicht selbst schwer verletzt, mit letzter Kraft, seine Angreifer getötet, oder war er doch nicht der, für den ihn alle hielten, und die Gefahr war nach wie vor nicht gebannt? Claaß kamen Zweifel, aber er gab dem Gaul dennoch die Sporen, lenkte das Tier auf einen Waldweg, trieb es aber nach wenigen Schritten einen Abhang hinunter, um abzukürzen. Doch die Böschung war steiler als erwartet. Das Pferd fand keinen Halt und glitt auf den Hinterflanken das Gefälle hinab. Claaß rutschte aus dem Sattel und riss Lioba mit sich. Kopfüber stürzten sie zu Boden.

Claaß war sofort wieder auf den Beinen. »Lioba«, sagte er. »Hast du dich verletzt?«

Zu seiner Erleichterung rappelte auch sie sich auf. »Du Tölpel«, fuhr sie ihn an. »Kannst du nicht aufpassen?«

Claaß wagte nicht, sie anzusehen.

»Wo ist der Gaul?«, rief Lioba und drehte sich einmal um die eigene Achse. »Ich kann ihn nicht sehen!«

Schuldbewusst lief Claaß umher, rief nach dem Pferd, aber es war verschwunden.

Lioba rannte auf ihn zu und schlug mit der flachen Hand auf ihn ein. »Du Dummkopf! Wie sollen wir zu den Wagen gelangen ohne Pferd! Und wie sollen wir den Wagen bewegen ohne Gaul? Hast du darauf eine Antwort?«

Betroffen schaute Claaß auf seine nackten Füße. Was sollte er Igor sagen? Der Hengst war sein Besitz. Der Verlust des Tieres konnte ihn die Freundschaft mit dem Bärenbändiger kosten. Und Lioba? Warum fuhr sie ihn so an? Verschwunden waren ihre Anmut, ihr Liebreiz und ihr süßes Lachen.

Claaß spürte einen Stich im Herzen. »Es kann uns nichts geschehen«, versuchte er sie zu beruhigen. »Auch wenn uns der Gaul durchgegangen ist. Andras ist tot! Dagegen ist jedes Missgeschick bedeutungslos.«

Kaum hatte er diese Worte gesprochen, drang ein Flüstern zu ihnen. Es kam vom Hügel.

»Lioba!«

Erschrocken lief sie zu Claaß und klammerte sich an seinen Arm. Claaß' Blick wanderte den Hügel hinauf. Er wagte es nicht, einen weiteren Muskel zu bewegen.

»Lioba!«

Diesmal kam die Stimme vom Tal. Claaß fuhr herum und tastete gleichzeitig nach seinem Säbel.

»Lioba.«

»Er … er ruft nur … meinen Namen«, stammelte sie. »Wer mag das sein? Die Bestie ist tot, oder nicht?«

»Schon, ja …«, flüsterte Claaß. »Trotzdem, lass uns laufen.«

»Ich kann nicht.« Lioba klang verzweifelt. »Ich hab mir bei dem Sturz den Knöchel verletzt und kann kaum auftreten.«

»Dann werde ich dich tragen.« Claaß hob Lioba hoch und rannte los, ohne ihre Antwort abzuwarten.

Er hetzte den Abhang hinab, sprang über Äste, fiel, rappelte sich auf und stolperte weiter. Zu allem Überfluss setzte mit einem Mal starker Regen ein. Sie erreichten die Kuppe eines Hügels. Von hier aus konnte er das Tal überblicken. Nicht weit entfernt erkannte er die Umrisse zweier Gebäude. Ein Hof, Schuppen und Wohnhaus. Er hielt einen Moment inne, weil seine Lungen schmerzten, und japste nach Luft.

»Ich glaube, wir sind ihm entkommen«, sagte er und sah sich im strömenden Regen um. »Vielleicht hat uns auch nur der Wind einen Streich gespielt.«

Liobas Haare klebten nass und in dunklen Strähnen an ihrem Kopf. »Lass mich runter!«, herrschte sie Claaß an.

Er gehorchte.

»Du dummer Bauerntölpel! Hättest du das Pferd nicht derart geschunden, wir könnten längst zurück beim Lager sein!«

Claaß spürte Wut aufsteigen. »Du nennst mich Tölpel! Ich habe dich in Sicherheit gebracht!«

»Pah!« Sie strich ihr Kleid glatt, hob die Nase und hinkte durch den Regen davon in Richtung Gehöft. »Wovor? Vor dem Wind?«

Er lief ihr nach. »Lass mich dich stützen.«

»Geh mir aus den Augen!«, rief sie, ohne sich umzudrehen. Weit kam sie nicht. Ihre Beine wollten sie nicht tragen. Claaß sah, dass sie kaum vorwärtskam.

»Lioba.«

Der Ruf war heiser. Nur ein Flüstern. Tief. Eindringlich.

Lioba drehte sich zu Claaß um. »Mein Lieber, bitte lass mich nicht allein!« Ihre Stimme war nun wieder zuckersüß.

Augenblicklich schmolz er dahin, eilte zu ihr, nahm sie auf die Arme und trug sie den ganzen Weg bis zum Gehöft. Sie waren beide nass bis auf die Knochen, als sie die einfachen Behausungen endlich erreichten. Zu ihrem Leidwesen war das Gehöft verlassen, die Hütte stark beschädigt und das Dach der Scheune undicht.

Claaß bettete Lioba in einen einigermaßen trockenen Winkel des Schobers auf einem Heuhaufen. »Warte hier, bis ich zurück bin. Es wird nicht lange dauern, ich bringe ein Fuhrwerk oder einen Esel. Darauf werde ich dich zu deinen Leuten schaffen.«

»Ich mag aber nicht allein bleiben«, jammerte Lioba. »Ich fürchte mich, und hier riecht es übel.«

Claaß gab ihr recht. Der Geruch, der in der Luft hing, war ekelerregend. Wahrscheinlich lag in der Nähe ein verendetes Tier. »Ich bin zurück, eh du dich's versiehst«, versprach er und lief los.

»Ein schlimmer Regen ist das«, sagte der Fremde und blieb am Tor stehen.

Lioba entfuhr ein leiser Schrei. Der Mann war abstoßend. Einen Hässlicheren hatte sie noch nie gesehen. Sie musste eingenickt sein, denn sie hatte ihn nicht kommen hören. Wo um alles in der Welt blieb dieser Dummkopf Claaß bloß?

»Was hat dich hierhergeführt?«, fragte der Mann. Seine Stimme war rau und tief.

Lioba war hellwach. Solche Kerle konnten unangenehm und zudringlich werden. Sie sollte auf der Hut sein.

Fast unmerklich näherte sich der Mann ihrer Ruhestelle. Ihr fiel es erst auf, als er sich nur wenige Schritte von ihr entfernt ins Heu fallen ließ.

»Schön bist du, Lioba«, säuselte er.

Sie überlegte, woher er ihren Namen kennen konnte.

»Du bist nicht nur schön, sondern die schönste Frau, die ich jemals gesehen habe. Und du kannst mir glauben, dass ich mir ein Urteil erlauben kann.«

Sie lächelte, obwohl sie es eigentlich nicht wollte.

»Was ist mit deinem Fuß?«, fragte er.

Bereitwillig erzählte sie, was sich zugetragen hatte.

»Darf ich deinen Fuß vorsichtig berühren?«, fragte der Fremde. »Man sagt mir nach, dass ich heilende Hände habe.«

Sie streckte ihm den wehen Knöchel entgegen.

Seine Berührung war sanft.

Durch den flüchtigen Körperkontakt löste sich etwas in ihr. Sie spürte weder Schmerzen noch Sorge, alle Scheu und Angst verflog. Auf einmal fand sie den Mann weder abstoßend noch hässlich.

Zu ihrer Überraschung ließ sie es wenige Augenblicke später

zu, dass er sie entkleidete. Die letzte Gegenwehr in ihr erstarb, als er sich behutsam auf sie legte und ein Liebesspiel begann, wie sie es nie zuvor erlebt hatte. Fordernd und unendlich sacht zugleich. Dabei flüsterte er ihr Liebkosungen zu, mit denen keiner ihrer Liebhaber sie jemals bedacht hatte. Bereitwillig gab sie sich ihm hin, klammerte sich an ihn, bewegte sich mit ihm im Rhythmus seiner Lust und trieb ihn schließlich an, sie zu beißen, was sich der Fremde nicht zweimal sagen ließ.

Der Biss, der zu ihrem Tod führte, unterschied sich nicht von den anderen. Lioba nahm ihn kaum wahr, so entrückt war sie in berauschender Ekstase.

Es gab nur den Bruchteil einer Sekunde, in dem eine flüchtige Erkenntnis sie durchzuckte.

Doch zu spät. Die Kreatur wühlte sich bereits schmatzend durch ihr zartes Fleisch, labte sich an ihrem weichen warmen Busen und sog so viel Blut aus den Adern, wie es nur möglich war.

Das Böse lebt fort

KÖLN, IM JANUAR

Amanda fiel nichts Ungewöhnliches auf. Dr. Schulte-Herder begrüßte sie freundlich und führte sie in ihren Behandlungsraum. Mit ihrem Designerkostüm und der voluminösen Fönfrisur wirkte sie eher wie eine erfolgreiche Geschäftsfrau denn wie eine anerkannte Jugendpsychologin. Amanda bewertete ihr Aussehen nicht weiter, vermied generell Beurteilungen in diese Richtung. Sie wusste, wie schwer es war, akzeptiert zu werden.

Auf dem Beistelltisch neben der Couch standen frische Blumen in einer Vase, davor zwei Gläser und eine Wasserkaraffe.

Sie nahmen Platz. Amanda auf dem Sofa mit Blick in den Garten, die Therapeutin auf ihrem bequemen Sessel. Alles wie immer.

Dr. Schulte-Herder schlug die Beine übereinander und lehnte sich vor. Die Körperhaltung signalisierte ungeteilte Aufmerksamkeit. »Sie sehen ziemlich mitgenommen aus.«

Amanda antwortete nicht, starrte auf die Handschuhe an ihren Händen und versuchte, den Schmerz in ihrem Kopf zu ignorieren, der sich schon wieder ankündigte.

»Wollen Sie nicht wenigstens die Handschuhe ausziehen?«, fragte die Psychologin. »Ich habe extra die Heizung höher gedreht.«

Amanda antwortete nicht.

»Sie haben einen Termin nicht wahrgenommen, den ich Ihrem Stiefvater in Rechnung stellen werde«, sagte Dr. Schulte-Herder, nachdem sie einen Augenblick schweigend gesessen hatten.

Amanda wusste, dass sie einlenken musste. Dr. Schulte-Herder saß am längeren Hebel, wenn es darauf ankam.

»Es kommt nicht wieder vor«, sagte sie deshalb und sah flüchtig hoch.

»Sie hätten mich anrufen können.«

Amanda gab sich kleinlaut. »Ja, stimmt. Entschuldigung.«

»Beim nächsten Mal denken Sie bitte daran, ja?« Dr. Schulte-Herder lächelte aufmunternd. »Also, wie geht es Ihnen?«

Amanda versuchte, sich zu sammeln. Ihr Leben geriet aus den Fugen, aber sollte sie darüber reden? Nein, sie hatte sich vorgenommen, weder über Katharina noch über Peer oder die merkwürdige Mail zu sprechen, die ihr nicht aus dem Kopf ging. Auch über Aaron wollte sie keinesfalls sprechen.

Dr. Schulte-Herder blickte sie erwartungsvoll an.

Amanda entschied sich für einen Angriff, um von ihrem eigentlichen Gemütszustand abzulenken. Sie zog das Schreiben der Klinik Heiligenfeld aus der Hosentasche und hielt es der Psychotherapeutin hin. »Was soll das?«

Dr. Schulte-Herder nahm das Schriftstück und überflog es. »Woher haben Sie das?«

»Offensichtlich plant mein Stiefvater, mich wieder einweisen zu lassen, und ich denke, dass er dafür Ihre Hilfe braucht!«

Dr. Schulte-Herder schüttelte den Kopf. »Also jetzt mal ganz ruhig. Sie sind volljährig, und niemand kann Sie einfach einweisen, es sei denn Sie gefährden sich oder andere.« Sie reichte Amanda das Blatt zurück. »Ich habe mit der Angelegenheit nichts zu tun«, versicherte sie mit Nachdruck. »Ich würde Sie ansprechen, wenn ich der Meinung wäre, dass Sie in einer Klinik besser aufgehoben sind.«

»Das ist der Grund, weshalb ich nicht zur Therapie erschienen bin«, sagte Amanda, als sie erkannte, dass sie diesen Trumpf ausspielen konnte. Sie steckte die Papiere wieder ein und starrte nach draußen. »Ich war stinksauer auf Sie.«

Dr. Schulte-Herder fixierte Amanda, aber diesmal hielt Amanda dem Augenkontakt stand, wenn auch nur kurz. Dann flog ihr Blick unruhig durch das Zimmer. Es fiel ihr schwer, sich zu konzentrieren.

Dr. Schulte-Herder lehnte sich in ihrem Sessel zurück. »Möchten Sie mir sonst etwas sagen? Ich spüre deutlich, dass Sie etwas loswerden wollen. Und ehrlich gesagt, fange ich an, mir tatsächlich Sorgen um Sie zu machen.«

Amanda kramte in ihrem Gedächtnis nach einem unverfänglichen, allerdings nicht zu banalen Thema. Es dauerte eine Weile, bis ihr ein geeigneter Gedanke kam. Sie atmete tief ein und hörbar aus. »Curt … er plant irgendetwas. Ich glaube, er versucht, uns loszuwerden.«

»Loswerden, wen?«

»Mich und meinen Bruder Tibor. Ich weiß nicht, ich habe ein komisches Gefühl. Er hat Geheimnisse und dann dieser Anmeldebogen.«

Dr. Schulte-Herder legte ihren Block zur Seite. »Was für Geheimnisse, was meinen Sie damit, und was meinen Sie damit, dass er Sie loswerden möchte?«

»Er hat eine Geliebte. Tibor ist bei seiner Tagesmutter und mich ... ich bin ...« Amanda beendete den Satz nicht und wich den Blicken ihrer Therapeutin aus.

Wieder vergingen Minuten, ohne dass Amanda sprechen konnte.

»Ihr Stiefvater hat mich angerufen und mir gesagt, dass er sich Sorgen um Sie macht, weil Sie oft einfach verschwinden. Stimmt das?«, fragte die Dr. Schulte-Herder schließlich.

»Er hat Sie angerufen?«

Es klingelte an der Tür. Amanda erschrak heftig. Frau Dr. Schulte-Herder schreckte ebenfalls hoch und blickte irritiert auf ihre Armbanduhr. Zuerst schien es, als wollte sie die Störung ignorieren; als es aber wiederholt klingelte, erhob sie sich schließlich. »Entschuldigung, ich bin sofort wieder da.«

Amanda sah hinaus in den Garten. Die Beete waren mit Tannenzweigen zugedeckt, einige Topfpflanzen steckten in braunen Säcken. Obwohl die Sonne schien, wirkte alles trostlos und passte zu ihrem eigenen seelischen Zustand.

Frau Dr. Schulte-Herder kehrte ins Behandlungszimmer zurück. »Es ist ein Notfall. Bei meiner Nachbarin wurde eingebrochen. Sie ist eine ältere Dame, ich muss sie kurz beruhigen und warten, bis die Polizei da ist. Es wird nicht lange dauern. Ich kann Sie doch einen Moment allein lassen? Ich bin gleich nebenan.«

»Schon gut, kein Problem.«

Amanda schloss die Augen, froh über die Unterbrechung. Viel zu schnell kehrte Frau Dr. Schulte-Herder wieder und setzte sich.

»Bitte erschrick nicht. Ich muss nur kurz mit dir reden.«

Peer.

Amanda setzte sich kerzengerade auf. Sie starrte den Vermummten an, der ihr im Sessel gegenübersaß.

228

»Woher weißt du … wie bist du …?«

»Hör mir jetzt bitte zu, wir haben nicht viel Zeit.« Peer klang entschlossen.

Amanda versuchte, die Situation einzuschätzen. Bis zur Tür waren es höchstens vier Meter. Wenn sie es bis dahin schaffte, konnte sie um Hilfe rufen.

»Meine Therapeutin wird gleich zurück sein«, sagte sie, um Zeit zu gewinnen.

»Ich weiß.«

Amanda wollte nicht mit Peer in einem Raum sein, spannte ihre Muskeln an und zählte innerlich bis drei. Sie musste hier raus.

»Ich verlange nicht viel von dir«, sagte Peer. »Hör mir einfach zu und entscheide dann selbst. Merkwürdige Dinge geschehen …«

»Das Merkwürdigste, was mir in letzter Zeit passiert ist, bist du!«, rief Amanda. »Deine Vermummung, deine Sprüche und dein ständiges Auftauchen an Orten, an denen du nichts zu suchen hast. Du machst mir Angst!«

»Ich weiß, und ich entschuldige mich dafür. Aber ich will dir helfen.«

»Du bist ein Spinner, ein Freak, ein kranker Idiot. Ich weiß nicht, warum du mich andauernd verfolgst!«

»Weil ich dich beschützen muss und weil ich dir Zusammenhänge erklären kann, die du ansonsten nicht verstehst.«

»Du machst mein Leben kompliziert«, rief Amanda außer sich. »Verschwinde einfach und lass mich in Ruhe!«

»Das geht nicht. Nicht solange ich meinen Auftrag nicht erfüllt habe.«

»Was für einen Auftrag?«

»Aaron schickt mich«, sagte Peer leise. »Wir haben neulich schon darüber gesprochen. Er verschwand vor mehr als sechs Jahren …«

»Lass meinen Bruder aus dem Spiel!«, schrie Amanda und kämpfte mit den Tränen.

»Nein!«, sagte Peer mit fester Stimme. »Diesmal werde ich mich nicht abwimmeln lassen. Ich werde dir alles sagen, was ich sagen muss, und dann kannst du entscheiden, was zu tun ist.«

Amanda fror auf einmal entsetzlich.

»Aaron ist tot«, sagte Peer. »Seine Leiche wurde niemals gefunden, ebenso wenig wie sein Mörder. Du hast es bis heute nicht verwunden, weil du Aaron nicht loslassen kannst. Ich bin hier, um dir zu sagen, wo Aaron ist, damit ihr ihn endlich begraben könnt, denn ich weiß, was damals geschehen ist.«

Amandas Zähne schlugen aufeinander. Ihr war so kalt.

»Aaron wurde Opfer eines Verbrechens«, fuhr Peer fort. »Der Täter war auf der Suche nach einem Kind. An diesem heißen Sommertag hat er Aaron erwischt und ihn ins Auto geschleift. Er hatte es nicht bewusst auf ihn abgesehen. Dein Bruder war zur falschen Zeit am falschen Ort. Es ist vielleicht eine Erleichterung für dich, wenn ich dir jetzt sage, dass Aaron nicht lange gelitten hat. Nach seinem Tod hat ihn der Täter auf seinem Grundstück vergraben. Die Polizei wird sein Skelett unter dem Rosenbusch am Haus find…«

»Aber … aber Aaron ist …«, fiel Amanda ihm ins Wort. »Er ist in einem Internat, neulich hat er mich besucht, er …«

»Weißt du noch, was ich dir über die Zaunreiter erzählt habe? Zaunreiter sind Menschen, die Tote sehen und mit ihnen kommunizieren können. Amanda, du bist eine Zaunreiterin. Deshalb kannst du Aaron sehen und mit ihm sprechen. Aber hast du dich nie darüber gewundert, dass er mit sonst niemandem aus deiner Umgebung spricht?«

Amanda konnte nicht aufhören zu zittern. Es gelang ihr einen Moment, über das, was Peer sagte, nachzudenken. Ja, es war niemals jemand dabei, wenn sie Aaron traf. Sie waren immer allein. In seinem Zimmer, in ihren vier Wänden, bei ihren Spaziergängen am Rhein, im Park, vergangenes Jahr in der Gondel zum Zoo. Und wenn sie nun darüber nachdachte, gab es auch andere Seltsamkeiten. Sein unerwartetes Auftauchen und sein ebenso schlagartiges Verschwinden. Sein Zimmer, das noch immer das eines Elfjährigen war.

»Amanda?« Peers Stimme klang behutsam.

Sie saß ganz still. Die Tränen ließen sich nicht länger zurückhalten. Der Schmerz traf Amanda mit voller Wucht. Ja. Aaron, ihr geliebter Bruder, war tot. Verschwunden während eines Zeltlagers vor über sechs Jahren, und sie gab sich die Schuld, denn sie hatte nicht auf ihn aufgepasst.

Schon in den ersten Wochen der langen Suchaktion war ihr Leben endgültig schwarz geworden. Zuerst hatte sie noch versucht, Aaron zu halten, sein Lachen, seine Stimme, seine Nähe, seinen Geruch. Hatte sich in sein Zimmer verkrochen und an seinen Sachen gerochen, wenn er zu verblassen drohte. Aber dann war diese unglaubliche Leere gekommen, die Dunkelheit nahm überhand. Mächtig. Schwarz. Verlockend. Als er ganz zu verschwinden drohte, hatte sie begonnen sich selbst zu verletzen. Zuerst mit ihrem Taschenmesser, dann mit Deckeln von Konservendosen und Rasierklingen. Sie wollte sich spüren, Aaron spüren. Und es gelang. Der Selbstmordversuch war nichts als der Wunsch, ihrem Bruder endlich wieder nah zu sein. Ihre Rettung und der Psychiatrieaufenthalt führten sie wieder in die Leere. Aber immerhin fand Aaron den Weg zu ihr, kam sie ab und zu besuchen. Damals wie heute.

»Du hast jetzt die Chance, mit diesem Kapitel deines Lebens abzuschließen«, sagte Peer leise. »Du musst mir nur glauben. Aaron will, dass es dir endlich gut geht. Er ist tot, du siehst Tote. Auch ich bin längst im Reich der Schatten ...«

Amanda löste sich aus ihrer Erstarrung. »Willst du mir damit sagen, dass du gar nicht existierst?«

»Ich bin von dieser Erde gegangen, schon vor langer Zeit.«

»Dann bist du wirklich ...«

»Tot. Ja.«

Der Praxisraum verschwamm vor Amandas Augen. Ihr Herz raste, die Stiche in ihrem Kopf waren unerträglich. Sie drückte ihre Handflächen gegen die Schläfen, gleichzeitig fühlte sie ein starkes Beklemmungsgefühl in der Brust. Ihre linke Hand schlackerte unkontrolliert. Schweiß brach am ganzen Körper aus.

Peer erhob sich langsam, nahm den Schal vom Gesicht und zog die Kapuze vom Kopf. Zum ersten Mal konnte Amanda seine Haut sehen. Sie war gelblich, von hellen Haaren bedeckt und von dicken Pusteln übersät. Seine Fingernägel waren außergewöhnlich lang, die Ohren extrem anliegend und überdimensional groß.

Unwillkürlich drückte sich Amanda tief ins Sofa und starrte

Peer mit offenem Mund an. Die E-Mail. Die Beschreibung des Mannwolfs passte vielleicht nicht bis ins Detail auf Peer, aber die Parallelen waren nicht zu übersehen.

»Ich bin keine Schönheit, ich weiß«, sagte Peer, der ihr Entsetzen bemerkt hatte. »Deshalb meine Verkleidung. Schon zu Lebzeiten habe ich mich von anderen zurückgezogen.«

Amanda hörte, was Peer sagte, aber sie konnte nicht reagieren.

»Ich habe im sechzehnten Jahrhundert gelebt.«

Peer zog seine Kutte über und setzte sich wieder. »Ich weiß, für dich klingt das alles verrückt, aber ich habe eine Mission zu erfüllen. Der Werwolf …«

Amanda schüttelte den Kopf. »Nein! Nicht wieder diese Geschichte!«, schrie sie. »Ich weiß nicht, was du vorhast und warum du mir ständig Angst machen willst, aber …«

»Die Bestie wird sich dir zeigen. Sie ist auf der Suche nach einem Menschen, dem er den Gürtel weitergeben kann. Und er ist entschlossen, ihn jemandem aus deiner Familie zu geben. Seit Jahrhunderten wechselt der Gürtel den Besitzer, damit wandert das Böse durch die Welt.«

»Nein!« Amanda sprang auf. »Genug! Verschwinde endlich! Lass mich in Frieden!«

»Amanda, bitte! Glaub mir doch!«

»Nein, Peer oder wie du auch immer heißt«, sagte Amanda. Ihre Angst war auf einmal verflogen. »Ich weiß nicht, wer dich auf mich angesetzt hat. War es Curt oder … Egal! Jetzt hörst du mir zu! Meine Geduld ist jetzt echt am Ende.« Sie setzte sich wieder. »Ich habe eine Mail bekommen. Jemand hat mich gewarnt, und zwar vor dir.« Amanda zog ihren Laptop aus dem Rucksack, klickte die Mail in ihrem Speicher an und las laut: »Die Bestie ist zu erkennen an starker Körperbehaarung, buschigen, in der Mitte zusammengewachsen Augenbrauen. Klauenartigen behaarten Pranken mit blutunterlaufenen Fingernägeln, wobei die Mittelfinger beider Hände außergewöhnlich lang sind. Seine Ohren liegen extrem an und sind überdimensional groß. Die Augen leuchten in der Nacht rot und sind tagsüber keiner klaren Farbe zuzuordnen. Melancholische Einzelgänger. Vom Wesen her ist er allerdings aggressiv und gerät schnell in Rage. Überdies gibt es drei Merkmale, die ihn leicht entlarven: Er ist ausschließlich nachts unterwegs, hat ständig Durst, und Berührungen mit echtem Silber lösen bei ihm Verbrennungen aus.« Amanda machte eine kurze Pause. »Soll ich dir einen Spiegel holen?«

Peer antwortete nicht.

Amanda zog das silberne Amulett hervor, das sie seit ihrem Erlebnis auf der Komödienstraße bei sich trug. »Nimm es in die Hand. Wenn du nicht diese ominöse Bestie bist, sollte es kein Problem für dich sein.«

Peer zeigte sich unbeeindruckt. »Amanda, deine Familie ist in Gefahr. *Du* bist in Gefahr. Zacharias wird versuchen ...«

»Welcher Zacharias? Der Bruder meiner Patentante heißt so, willst du mich jetzt etwa vor ihm warnen? Schon wieder von dir ablenken?«

»Ja, ich will dich vor ihm warnen. Zacharias hat den Gürtel von seinem Bruder übernommen, ihn quasi beerbt. Ich bin mir nicht ganz sicher, aber Zacharias ist müde, er will den Gürtel nicht weiter ertragen, und deshalb sucht der Dämon einen passenden Nachfolger. Er wird versuchen, den Gürtel dir oder deinem Stiefvater zu übergeben. Es kommt darauf an, wer von euch beiden eher zu einem Handel bereit ist. Dir könnte er versprechen, für immer von deinen seelischen Qualen befreit zu sein und ein Leben ohne Angst zu leben. Deinem Stiefvater könnte er finanzielle Sorglosigkeit in Aussicht stellen. Die Gläubiger sitzen ihm im Nacken, und er will dich und Tibor aus dem Weg räumen, damit er an das Geld seiner Geliebten herankommt.«

Amandas Puls begann wieder zu rasen. »Wenn ich doch nur wüsste, ob ich dir vertrauen kann und wer derjenige ist, gegen den ich kämpfen soll.«

»Quis ut Deus«, sagte Peer.

Amanda erschrak. »Was hast du gesagt?«

»Amanda?« Dr. Schulte-Herder betrat den Raum. »Es hat etwas länger gedauert, bitte entschuldigen Sie die Unterbrechung. Mit wem haben Sie gerade gesprochen?«

Amanda starrte ihre Psychotherapeutin an und blickte dann zum Sessel. Peer war verschwunden, er hatte sich förmlich in Luft aufgelöst.

Es war also doch wieder so weit. Die Visionen, die nicht von der Realität zu unterscheiden waren, kehrten zurück. Wie sonst konnte Peer einfach so kommen und verschwinden? Und Aaron? Verhielt es sich mit ihm nicht genauso? Ja, so musste es sein. Peer hatte wahrscheinlich recht, und auch Dr. Schulte-Herder hatte ihr die Zusammenhänge erklärt. Diese Trugbilder, egal wie realistisch sie sich auch anfühlten, entsprangen ihrer Psyche und waren Ausdruck ihrer mentalen Verwirrtheit, egal ob sie nun Tote sah oder einfach Visionen hatte.

Amanda atmete tief ein und wieder aus. Dr. Schulte-Herders Stimme drang kaum zu ihr durch. Sie versuchte, sich trotzdem auf ihre Therapeutin zu konzentrieren; es ging jetzt darum, ihren Rückfall so lange wie möglich zu verbergen. Sie wollte auf keinen Fall wieder in eine Klinik.

Amanda gab sich einen Ruck, versuchte, ihre Gefühle und Gedanken zusammenzuhalten und schaffte es, sich wieder der Sitzung zuzuwenden. Mechanisch beantwortete sie Fragen und entschuldigte ihre zeitweilige Geistesabwesenheit mit einem heftigen Migräneanfall.

Dr. Schulte-Herder beendete schließlich die Stunde.

Amanda nahm ihre Jacke und ging zur Tür.

»Moment«, sagte Dr. Schulte-Herder. »Nehmen Sie Ihren Schal mit.«

Amanda drehte sich um und starrte auf den bunten Wollschal, den ihr Dr. Schulte-Herder entgegenhielt.

Peers Schal.

Amanda nahm ihn zögernd.

»Und ich möchte Sie morgen wiedersehen, Amanda! Das ist kein Wunsch, sondern eine Forderung, um den Therapieerfolg nicht zu gefährden!«

Amanda nickte, öffnete die Tür und war schon an der Treppe, als sie ein Gedanke durchfuhr. Sie ging noch einmal zurück. Dr. Schulte-Herder machte sich Notizen.

»Wir haben Sie doch mal am Dom getroffen, wissen Sie noch, meine Mutter und ich«, sagte Amanda. Die Psychologin sah auf. »Es war ein Samstag, an dem Tag hat es geregnet, und Sie haben für eine Gruppe Touristen eine Domführung gemacht.«

»Ich erinnere mich, ich bin immer noch im Pool der ehrenamt-
lichen Stadtführer.«

»Sie kennen sich aus mit der Geschichte des Kölner Doms,
oder?«

»Es geht, ein wenig. Warum? Was wollen Sie wissen?«

Amanda räusperte sich. »Sagt Ihnen der Spruch ›Quis ut Deus‹
etwas? Er hat irgendetwas mit dem Nordportal zu tun.«

Dr. Schulte-Herder legte ihre Notizen zur Seite. »Ich weiß nicht,
was das mit dem Nordportal auf sich hat, aber ›Quis ut Deus‹
heißt übersetzt ›Wer ist wie Gott‹. Was wiederum die hebräische
Übersetzung für Michael ist.«

»Michael?«

»Damit wird der Erzengel Michael gemeint sein, der Hüter zum
Tor des Paradieses, Michael der Engel, der den Teufel bezwungen
hat und ihn in die ewige Verdammnis stieß.« Dr. Schulte-Herder
legte ihr Klemmbrett beiseite und stand auf. »Sie sind ja ganz
blass.«

»Der Teufel?«, stammelte Amanda.

Die Psychologin machte einen Schritt auf sie zu, doch Amanda
verließ ohne ein weiteres Wort die Praxis und stürmte die Treppe
hinab.

BEI JUNKERSDORF, JUNI 1588

Medard Grotefels kehrte ungern im »Roten Ochsen« ein. Das
Gasthaus war nicht nach seinem Geschmack. Zu viel Gesindel, zu
wenig Behaglichkeit. Auch traute er dem Wirt nicht über den
Weg.

Nur der gerechten Sache wegen setzte er heute einen Fuß in die
Spelunke. Sein Blick streifte abschätzig die rohen Tische und Bänke, kaum ein Lichtstrahl fiel durch die kleinen Fenster.

»Meister Grotefels.« Der Gastwirt wischte sich die dicken Finger an der Schürze ab. »Was kann ich dem werten Herrn bringen?«

Grotefels beachtete ihn nicht, ließ seinen Blick weiter durch das

Wirtshaus schweifen und atmete erleichtert auf, als er Lambert entdeckte. »Bring uns zwei Gruit«, sagte er, ohne den Wirt anzusehen, näherte sich dem Burschen und ließ sich neben ihm nieder.

Der lange Lambert sah nicht auf.

»Siehst mitgenommen aus«, begann Grotefels und strich sich über die Glatze. »Wie ich hörte, hast du dem Teufel in die Augen gesehen. Da kann selbst einem gestandenen Kerl bange werden.«

Lambert drehte langsam den Kopf. Seine Augen waren glasig. Fieber oder zu viel Gerstensaft. Grotefels vermutete Letzteres.

»Sechs tote Männer haben wir auf Andras' Grund gezählt«, fuhr er fort. »Auch Jorge ist darunter. Sein Vater sinnt auf Rache. Und nicht nur er. Also rede! Was ist geschehen?«

Der Wirt stellte die Krüge geräuschvoll ab und blieb neben dem Tisch stehen.

»Ich will ein Gespräch unter vier Augen führen«, herrschte Grotefels ihn an. »Lauscher schmecken mir da gar nicht.«

Der Wirt trottete davon.

»Nun«, sagte Grotefels leise, »erzähl mir, wie sich alles zugetragen hat, und lass keine Kleinigkeit aus. Hat der Zigeuner euch angegriffen?«

»Zuerst ja«, antwortete Lambert leise. »Er stand da mit seinen beiden schrecklichen Hunden, die aussahen, als seien sie der Hölle entstiegen.«

»Und dann? Was ist geschehen?«

»Jorge hat einen der Hunde mit der Armbrust erledigt und anschließend auch Andras verletzt. Und dann … ich weiß nicht, es ging alles so furchtbar schnell.«

Grotefels hob seinen Krug und trank, Lambert fest im Blick. Der Bursche setzte seinen Becher ebenfalls an die Lippen.

»Heißt das, dass Jorge Andras verletzt hat, bevor der Rest von euch den Hof erreichte?«

»Ja.«

»Und der Zigeuner lag also am Boden?«

Lambert nahm noch einen Schluck. »So war es.«

»Und wer hat dann die übrigen Burschen niedergemetzelt?«

Lambert schluckte schwer, seine Augen flackerten, er zog den Kopf ein und sah sich nach allen Seiten um.

236

»Da war noch ein anderer«, flüsterte er nach einer Weile. »Eine grauenvolle Kreatur. Furchteinflößend, mit einem Maul groß wie das Loch eines Brunnens, Zähne krumm gebogen wie die Schneiden unzähliger Sicheln. Ein riesiger Wolf auf zwei Beinen. Er hat sich auf die Burschen gestürzt, sie durch die Luft gewirbelt und ihnen die Knochen einzeln gebrochen. Es knackt mir jetzt noch in den Ohren.«

Grotefels hing an Lamberts Lippen. »Und dann? Was ist dann geschehen?«

»Dann hat er ihre Körper aufgeschlitzt, seine hässliche Fratze in ihre Gedärme geschlagen und sich an ihrem Blut gelabt. Es war entsetzlich …«

»Hast du sein Gesicht gesehen? Hatte er Ähnlichkeit mit einem, den du kennst?«

Lambert schüttelte den Kopf.

»Überleg noch einmal. Welche Farbe hatte sein Fell? Braun? Schwarz oder vielleicht rot?«

»Ich weiß es nicht, ich …«

»Hatte das Vieh Beulen, Pusteln, hässliche Gewächse?«

»Nein …«

Grotefels rückte nah an Lambert heran. »Sah er vielleicht dem Stubbe ähnlich? Du kennst ihn doch, den Widerling, der draußen in der Nähe der Mühle lebt. Ich sah dich neulich mit ihm im Feld stehen.«

Lambert stierte in seinen Krug. »Ach der, stimmt, den hab ich nach dem Weg zur Gaststätte ›Im Hasen‹ gefragt, ich wollte dort …«

»Ist mir gleich, was du da wolltest!«, fiel Grotefels ihm ins Wort und packte ihn am Arm. »Alle wurden getötet. Jorge, deine Freunde, der Zigeuner … nur du nicht. Da könnte einem der Gedanke in den Sinn schleichen, dass du vielleicht selbst der Unhold bist. Vor allem weil Andras zu Unrecht verdächtigt wurde! Denn wie du sicher weißt, hat die Bestie längst wieder zugeschlagen. Diesmal hat sie sich die Tänzerin der Gaukler gepackt. Das gibt Anlass für böses Gerede, und manch einer wird versuchen, dir die Sache anzuhängen.«

»Mir?«

»Ja! Im Dorf stellen sie schon derartige Überlegungen an.«

Lambert brach der Schweiß aus.

Grotefels tat vertraulich. »Aber ich glaube nicht, dass du der bist, nach dem wir suchen. Du scheinst ein ehrlicher Bursche zu sein, der Müller lobt deinen Fleiß. Du möchtest doch weiter für ihn arbeiten, nicht wahr?« Grotefels rieb sich gedankenverloren über den Kinnbart.

Lambert starrte Grotefels mit offenem Mund an.

»Kann es nun sein, dass die Kreatur, der du auf Andras' Hof ins Auge gesehen hast, Peter Stubbe war?«

»Ja«, beeilte sich Lambert jetzt zu sagen. »Ja, der Stubbe war's. Ich habe ihn hinter der elenden Fratze dieser Bestie genau erkannt.«

Grotefels klopfte Lambert auf die Schulter und bestellte noch zwei Gruit. Als der Wirt das Bier brachte, stand der Kaufmann auf, zahlte die Zeche und verließ den »Roten Ochsen« ohne ein weiteres Wort.

KÖLN-EHRENFELD, IM JANUAR

Elvira Reineke stand auf, bevor der Wecker klingelte, stellte die Kaffeemaschine an und ging ins Bad. Ihre Gedanken drehten sich im Kreis, während sie unter der Dusche stand. Sie hatte sich getäuscht, das gab sie unumwunden zu.

Ihre Bekanntschaft, egal wie ähnlich er Zacharias auch sah, war ein unglaublicher Mann und ein wahnsinnig guter Liebhaber dazu. Gestern, gleich bei ihrem ersten Treffen, waren sie im Bett gelandet, eine Tatsache, die Elvira gleichzeitig erschreckte und beflügelte.

Normalerweise ließ sie sich mehr Zeit.

Aber er hatte sie mit seiner charmanten Art, seinem Humor und seiner wunderbaren sonoren Stimme, der sie stundenlang lauschen konnte, eingefangen. Schon im »Bastians« war in Elvira der Wunsch, ihm auch körperlich nah zu sein, so stark geworden, dass sie ihn schließlich ohne zu zögern mit nach Hause genommen hatte. Obwohl ihr durchaus bewusst war, dass sie damit ihr eigenes oberstes Gebot brach. Aber in seinen Armen schienen alle Vorsichtsmaßnahmen fehl am Platz, und für die vergangene Nacht hatte sich jedes Risiko gelohnt.

Sie lächelte bei diesem Gedanken und seifte sich ein.

Zugegeben, bei Tageslicht betrachtet war ihre neueste Errungenschaft keine Schönheit, er wirkte einfach ungepflegt mit diesen zotteligen Haaren, den langen Fingernägeln und dem vernarbten Gesicht.

Elvira schob das Bild beiseite und versuchte, sich ihn als Liebhaber vorzustellen, der sie so erfahren und sanft berührt, sie im Laufe der Nacht viermal zum Orgasmus gebracht hatte. Welche Rolle spielten da Äußerlichkeiten?

Aber das Auge aß bekanntlich mit, und Elvira befürchtete, dass es ihr in der Öffentlichkeit schwerfallen könnte, zu diesem Mann zu stehen. Schließlich sah man ihm seine Qualitäten nicht an.

Sie seufzte, drehte den Wasserhahn zu, stieg aus der Dusche, hüllte sich in ein Handtuch und ging in die Küche. Es duftete nach Kaffee. Die Morgensonne schien durchs Fenster.

»Elvira.« Er rief aus dem Schlafzimmer nach ihr. Sie füllte zwei Tassen.

»Elvira.« Seine Stimme klang heiser. Heiser und tief. Sie glich eher einem Knurren. Vielleicht war er schon wieder bereit, verspürte Lust. Elvira ging durch den engen Flur auf das Schlafzimmer zu.

»Elvira.« Jetzt flüsterte er ihren Namen, aber die Art, wie er ihn aussprach, löste leichtes Unbehagen in ihr aus. Behutsam öffnete sie mit dem Ellenbogen die Tür. Das Bett war leer.

Elvira betrat ihr Schlafzimmer. Ein eigenartiger Geruch hing in der Luft. Sie registrierte, dass ihr Wellensittich erstaunlich ruhig war. Sonst flatterte er unruhig durch den Käfig. Jetzt sah sie ihn nicht einmal.

Elvira stellte die Kaffeebecher auf den Nachttisch, ging um das Bett herum, die Augen auf den Vogelkäfig gerichtet. Das Türchen stand offen. Jetzt sah sie ihren kleinen Liebling auf dem Boden liegen. Der Kopf war ihm vom Rumpf gerissen. Fassungslos stand sie da, im selben Moment konnte sie den Geruch zuordnen, der in der Luft hing.

Blut.

Das ganze Schlafzimmer roch nach Blut.

»Elvira.« Die Stimme war nur der Hauch eines Flüsterns, ganz dicht an ihrem Hals.

Elvira blieb nicht einmal Zeit, sich umzudrehen. Ihre Halswirbel knackten, als ihr Liebhaber seine Zähne in ihren Körper stieß.

KASTER, HERZOGTUM JÜLICH, AUGUST 1588

Wochenlang war Medard Grotefels mit einer Handvoll Männer durch die Wälder gestreift, aber Stubbe blieb wie vom Erdboden verschwunden. Die Moral der Jäger befand sich auf dem Tiefpunkt, als neue Kunde von einem Verbrechen den Landstrich erschütterte. Zwei kleine Mädchen waren verschleppt worden, die ihrem Vater einen Laib Brot aufs Feld gebracht hatten. Von da an verlor sich ihre Spur. Drei Tage und drei Nächte hatte man nach den beiden gesucht und ihre Überreste schließlich unweit des Elternhauses in einem alten Brunnen gefunden.

Wieder kochte der Volkszorn hoch, und es meldeten sich etliche Männer, die Grotefels bereitwillig folgten. Überzeugungsarbeit musste der Kaufmann angesichts dieses schrecklichen Verbrechens an zwei unschuldigen Kindern nicht leisten.

Mittlerweile beklagten viele Männer selbst ein Opfer in der Familie, andere wurden von Missgunst und Neid auf Stubbe getrieben, der Nächste wollte einfach nur dabei sein, um sich später mit der Tat schmücken zu können. Doch welche Motive die Männer auch hatten, eins einte sie: der Glaube an eine gerechte Sache. Sie gingen gegen den Teufel und damit für Gott, beinahe fünfzig Mann im Gleichschritt. Konnte es ein edleres Ziel geben?

Um den Kampfgeist der Männer zu stärken und ihnen das Gefühl eines heiligen Gefechts zu geben, führte Medard Grotefels den Trupp zuerst zur neu errichteten Pfarrkirche St. Georg in Kaster. Dort wurden sie von einer beachtlichen Menschenmenge erwartet. Frauen, Alte und Kinder waren gekommen, um gemeinsam mit ihnen zu beten.

Begleitet vom Jubel der Bevölkerung banden die Mutigen ihre Hunde vor dem Kirchenportal an und betraten anschließend das Gotteshaus. Alle drei Kirchenschiffe waren bis auf den letzten Platz belegt. Gemeinsam mit den Gläubigen und dem Pfarrer riefen die Männer den Erzengel Michael an. Von ihm, Satans Bezwinger, erbaten sie Beistand und Fürsprache.

Anschließend brach Gottes Armee mit grimmigen Mienen, begleitet vom aufgeregten Gebell der Hunde und mit gestärkten Herzen nach Epprath auf.

Die Dorfgemeinschaft blieb betend in der Kirche zurück und hoffte inständig, dass Gott heute ein Einsehen haben würde. Inbrünstig priesen sie die Allmacht ihres Schöpfers und flehten ihn an, den Mannwolf endlich in die Hände der Frommen zu übergeben.

***

Claaß konnte die mächtige Stadtmauer Kölns bereits sehen und hielt eiligen Schrittes auf das Schaafentor zu. Eigentlich hatte er die Stadt so schnell nicht wiedersehen wollen, doch nun schien es ihm der vorläufig sicherste Ort. Schweißnass klebte sein Leinenhemd am Körper. Die Gaukler hatten ihn ziehen lassen, obwohl, ganz so einfach lagen die Dinge nicht. Es war zu Handgreiflichkeiten gekommen. Igor der Bärenbändiger konnte ziemlich ungemütlich werden.

Schon wegen des verschwundenen Pferdes hatte Claaß allen Unmut auf sich gezogen, als dann jedoch noch die Kunde von Liobas Tod die Spielleute erreichte, fehlte nicht viel und sie hätten ihn am nächsten Baum aufgeknüpft. Ihm war keine andere Wahl geblieben, als Fersengeld zu gegeben. Nun fühlte er sich seines Glückes beraubt.

Ein Füllhorn hatte Gott der Allmächtige schon bisher nicht über sein Haupt ausgeschüttet, doch jetzt fühlte Claaß sich so schlecht wie niemals zuvor. Nicht einmal als Bettelkind und auch nicht, als Veyt ihn über Pater Antonius' Machenschaften aufgeklärt hatte, war ihm sein Herz so schwer gewesen.

Liobas Tod erschütterte ihn zutiefst. Er machte sich schlimme

Vorwürfe. Alles, alles würde er geben, wenn er die Zeit zurückdrehen könnte. Und damit meinte er nicht nur die letzten Tage. Sein ganzes Leben war verpfuscht, angefangen von seiner Geburt über seine Zeit in Köln bis zum heutigen Tag.

Tieftraurig überschritt Claaß die Metallschwellen des Stadttores, lief an bäuerlichen Höfen vorbei und ließ sich, begleitet von einer Gruppe Studenten, die dann schließlich in die ruchlosen Gassen Richtung Berlich abbogen, bis zum Neuen Markt treiben. Hier saß er eine Weile im Schatten der kürzlich fertiggestellten Windmühle und beobachtete den Trubel. Eng beieinander drängten sich die Stände. Vom Schweinekopf bis zum Armreif wurde alles feilgeboten. Auch Kesselflicker, Schuster, Spinnerinnen und Lederer hofften auf Kundschaft. Dazwischen hockten Weiber auf dem lehmigen Boden, boten Reisigsträuße an oder hielten den Leuten Kräuter entgegen, meist ohne Erfolg. Bettelkinder schlichen umher, stahlen Äpfel von den Ständen und flüchteten in die nahen unübersichtlichen Gassen. Beim Anblick der in Lumpen gehüllten Kinder fühlte Claaß sich an sein eigenes Schicksal erinnert und spürte, dass ihn Tränen zu übermannen drohten. Wenn er nicht schnell Arbeit fand, würde er sich wieder in die Schar der Bettler einreihen müssen, eine Aussicht, die ihm wenig behagte. Jedenfalls konnte er den Anblick von Bettelleuten heute nicht ertragen. Auch deshalb stand er auf und schlenderte auf die Apostelnkirche zu, bog dann aber kurz entschlossen in die Filzgasse ein. Die Türen der Werkstätten standen offen. Hier wurden Tierhaare von Schafen, Hasen und Ziegen gepresst, mit langen Fachhölzern geschlagen und so letztlich zu Filz verarbeitet. Als Claaß sich dem Ende der Gasse näherte, vernahm er einen lauten Ruf.

»Donnerkeil! Wenn das nicht Claaß vom Walde ist!«

Er fuhr herum. Vor ihm stand Anno, einer seiner Wegbegleiter aus dem Pantaleonsstift. »Du warst aber nicht lange weg! Ich dachte, du willst Köln nie wieder betreten?«

Claaß trat vom einen auf das andere Bein. Ihm war nicht nach einem Plausch, außerdem störte in der Spott in Annos Stimme.

»Und du«, erwiderte er deshalb nicht ohne leichten Hohn, »kehrst du fleißig Pferdehaare?«

Anno überhörte den Seitenhieb und knuffte Claaß in die Schulter. »Pah! Ab morgen verdiene ich mein Brot als Hundeschläger.«

»Ach, haben die Obrigen endlich jemanden für die Plackerei gefunden?«

»Ja, die streunenden Viecher sind ja die reinste Plage. Zwei Burschen braucht man für die Arbeit.«

Claaß überlegte. Dieses Geschäft war grausam. Die Hunde wurden mit Knüppeln erschlagen, anschließend musste man ihnen das Fell über die Ohren ziehen. Entsetzlich. Aber immerhin wurde die Arbeit recht ordentlich bezahlt. »Sie suchen zwei Burschen?«

»Du bist zu spät«, sagte Anno. »Selbst die Posten der Fellzupfer sind bereits vergeben.«

»Mir scheint, es ist mein Schicksal, dass mir nichts recht glücken will.« Claaß lachte, aber es klang bitter.

»Ach Unsinn«, sagte Anno. »Einer wie du fällt immer auf die Füße. Du kommst schon zurecht, immerhin sind diese Gassen deine Heimat.«

»Sicher, irgendetwas wird sich schon finden«, antwortete Claaß.

Ein dürrer Alter mit weißem Ziegenbart kam aus der Filzerei und fasste Anno beim Kragen. »Zahl ich dich fürs Faulenzen? Beine mach ich dir, elender Faulpelz, wir haben noch reichlich zu tun, bis die Sonne untergeht!«

»Warte im ›Bären‹ auf mich«, rief Anno über die Gasse, bevor ihn sein Meister die Stufen zur Werkstatt hinunterschubsen konnte. »Dann spendier ich dir ein Gruit!«

»Ich werde da sein«, rief Claaß. Sein Magen knurrte, und um dieses Geräusch zu übertönen, begann er zu pfeifen. Er überquerte die Breitestraße und kam auf den Berlich. Schon von Weitem sah er das Holzdach des Hurenhauses und überlegte gerade, einen Abstecher dorthin zu machen, weil dort immer einige Kumpanen anzutreffen waren, als Nebelschwaden aufzogen. Gleichzeitig beschlich ihn eine unsagbare Kälte, und sämtliche Geräusche der Gasse verstummten. Claaß fiel eine rote schmale Tür ins Auge, zu der einige Stufen hinunterführten. Nun schwang sie laut quietschend auf, öffnete sich wie von Geisterhand. Zechgeräusche drangen an sein Ohr. Ein wärmendes Feuer wurde sichtbar. Er stutzte, kannte er in Köln doch jeden Winkel, aber diese Tür war ihm vorher nie aufgefallen. Wie von einem unsichtbaren Tau gezogen, ging Claaß näher, schritt die Stiegen hinab und lugte durch die Türöffnung.

Über einem Feuer drehte ein Knabe ein dickes Spanferkel. Fett triefte aus der Schwarte und tropfte in die Flammen, die lodernd zischten. Claaß lief das Wasser im Munde zusammen, mehr aber noch beim Anblick des Weibes hinter dem Ausschank. Sie war das schönste Wesen, das er jemals gesehen hatte. Die pechschwarzen Haare fielen lockig in ihren üppigen Ausschnitt, ihr Gesicht war ebenmäßig und fein, die Wangen rosig, der Mund voll und rot wie der Mohn auf den Feldern. Sie lächelte und winkte ihn heran.

Claaß ging zögernd näher. Im spärlichen Licht saßen vier Männer in einer Ecke beim Wein. Sie waren edel gekleidet und sahen kurz zu ihm herüber, kümmerten sich dann allerdings nicht weiter um ihn und steckten rauchend die Köpfe wieder zusammen.

Die Schöne fing ihn mit ihren Augen ein und stellte ein frisch gezapftes Gruit auf den Schanktisch. »Du siehst durstig aus, trink.«

»Ich kann nicht zahlen«, sagte er leise.

»Trink.«

Da ließ er sich nicht noch einmal bitten, nahm den Krug und leerte ihn hastig. Aus den Augenwinkeln sah er den Knaben herantreten.

»Koste das Fleisch«, sagte er mit heller Stimme und reichte ihm ein beachtliches zartrosa Stück mit brauner Kruste.

»Ich kann nicht zahlen«, sagte er wieder, biss aber sogleich gierig in das Fleisch. Der Geschmack war so überwältigend, dass es ihm vor Freude die Tränen in die Augen trieb. »Meine Taschen sind leer«, sagte er schmatzend, wohl wissend, dass ihm das Fleisch im Schlund nicht wieder genommen werden konnte.

»Sorge dich nicht darum«, flüsterte eine Stimme neben ihm.

Tief. Eindringlich. Unerwartet.

Claaß sah zur Seite, nahm gleichzeitig einen tiefen Schluck aus dem neuen Krug, den die Schwarzhaarige ihm reichte. Neben ihm stand ein Fremder. Er trug einen seltsamen schwarzen Umhang. Claaß begann zu frösteln.

»Du musst einiges aushalten«, sagte der Mann mit heiserer Stimme. »Das Schicksal meint es nicht gut mit dir in diesen Tagen.«

Claaß aß weiter, starrte den Fremden jetzt jedoch unverhohlen an und versuchte, sein Gesicht zu erkennen. Ohne Erfolg. Eine Kapuze verhinderte den Blickkontakt.

»Was willst du jetzt tun?«, fragte der Mann. »Willst du weiter so leben, von der Hand in den Mund, bis ans Ende deiner Tage?«

Claaß kaute, konnte jedoch nicht verhindern, dass ihm Tränen über die Wangen rollten.

»Weine ruhig.« Die Stimme des Mannes war nun weich und voller Zuneigung. »Weine, Claaß vom Walde, du hast allen Grund, traurig zu sein.«

Bei diesen warmherzigen Worten drängte Claaß' ganze Pein nach oben. Er konnte nicht weiter essen, auch das Gruit schmeckte ihm nicht mehr. Aus ihm brach alle Not hervor, und er bemühte sich nicht, seine Tränenflut zurückzuhalten. Er schluchzte laut und herzzerreißend. Die Schöne hinter dem Ausschank wandte sich ab.

»Woher weißt du meinen Namen?«, fragte er, als er sich wieder etwas beruhigt hatte.

»Du bist mir lange schon aufgefallen.«

Claaß fühlte sich ein wenig geschmeichelt.

»Es ist Zeit, dass du dich wehrst«, flüsterte der Fremde im vertraulichen Ton, jetzt dicht an seinem Ohr. »Es ist an der Zeit, dass du das Kämpfen lässt und leichter lebst.«

Claaß umklammerte seinen Krug.

Der Fremde kam noch näher an ihn heran. »Was würdest du dafür geben, bis ans Ende deiner Tage glücklich und zufrieden zu leben?«

»Ich? Ich besitze nichts von Wert.«

»Oh, sag das nicht.«

Claaß versuchte, sich zu fassen, wischte die Tränen fort. »Was … was wollt Ihr denn?«

»Deine Seele.«

»Meine Seele?« Ungläubig betrachtete Claaß die Gestalt. In diesem Moment ließ der Mann den Umhang fallen. Hörner, Bocksschwanz und Bestienfratze wurden sichtbar, sein Atem roch aasig.

Claaß fiel auf die Knie und faltete die Hände zum Gebet. »Weiche von mir, Satan, glaub nicht, dass ich dich nicht erkenne!«

»Überleg es dir gut«, flüsterte der Widersacher. »Diese Gelegenheit bietet sich nur einmal, und was hast du von deinem Leben schon zu erwarten? Lioba ist tot. Die Gaukler haben dich davongejagt, und eine Familie, zu der du zurückkehren kannst, besitzt du auch nicht. Auf dich wartet nichts als Schinderei, Siechtum, Leid und Not.«

Claaß warf einen flüchtigen Blick auf die anderen Leute in der Gaststube und traute seinen Augen nicht. Die feinen Herren sahen zu ihm herüber, aber ihre Gesichter waren nun hässliche Fratzen, dem Knaben wimmelten Würmer in den Augäpfeln, und die Schöne war nun kahlköpfig, ihr Gesicht glich einem Totenkopf.

Claaß schrie.

Der Höllenfürst näherte sich ihm ohne Hast und legte eine Pranke auf seine Schulter. Claaß wollte aufspringen, sich wehren, doch gegen Satan kam er nicht an. Niedertracht, Lüge, Falschheit, Hass, Geilheit und Mordlust nahmen von ihm Besitz. Schließlich brach er erschöpft auf den Holzdielen zusammen und fiel in eine tiefe Ohnmacht.

Als er wieder zu sich kam, war er nicht mehr derselbe, und er war mit Satan allein. Die Trinkstube glich einem dunklen Loch, einem Verlies mit moosigen Wänden und feuchtem Boden.

Der Widersacher kauerte neben ihm.

»Gilt der Handel nun?«, fragte er scheinheilig.

Claaß antwortete nicht gleich, aber er spürte, dass er sich nicht entziehen konnte, und er wollte es auch nicht. Verschlechtern konnte sich seine Lage ohnehin nicht, und wer weiß, vielleicht war dies der Wendepunkt, der ihm endlich das ersehnte Glück bescherte.

»Ja, der Handel gilt«, rief er deshalb, rieb sich die Augen und lachte. »Bei meiner gottverdammten Seele, der Handel gilt!«

»Willst du denn gar nicht wissen, was dich erwartet?«, fragte der Teufel.

»Was hat einer wie ich schon zu erwarten«, antwortete Claaß, denn er wusste, was er getan hatte. So viel hatte er bei den Mönchen von St. Pantaleon erfahren. »Von Stund an hab ich mich mit dem Teufel verbündet, das bedeutet, dass ich brennen werde. Brennen im Herzen, solange ich auf Erden bin, und danach wird sich das Fegefeuer für alle Zeiten an mir laben.«

»Genauso wird es sein«, sagte der Teufel ohne Gnade. »Doch dafür werden hier auf Erden all deine Wünsche in Erfüllung gehen.«

»Das ist es mir wert«, sagte Claaß mit bebender Stimme. »So soll es geschehen.«

ALT-KASTER, IM JANUAR

»Kindchen, Kindchen, du siehst mitgenommen aus«, sagte Katharina, trat beiseite und ließ Amanda ins Haus. »Möchtest du eine Tasse Tee? Der wärmt von innen und lässt dich wieder klar denken.«

Amanda schüttelte den Kopf und sank auf einen Stapel Kissen, die am Boden lagen. Sie fühlte sich vollkommen kraftlos. Erleichtert nahm sie zur Kenntnis, dass Katharina sie nicht weiter beachtete, keine Fragen stellte, vor der Feuerstelle hantierte und dabei leise vor sich hin summte. Amanda schloss die Augen und nickte augenblicklich ein.

Als sie wieder erwachte, schmerzten ihre Glieder, und sie hatte wieder starke Kopfschmerzen. Sie wusste nicht, wie lange sie auf den Kissen gelegen hatte. In der Küche war es dunkel. Amanda streckte sich, fühlte sich aber kein bisschen ausgeruhter. Sie erhob sich vorsichtig, strich ihre Rüschenbluse glatt und fuhr sich mit den Händen durchs Haar.

Schemenhaft erkannte sie eine Tasse mit dampfendem Tee, die einige Schritte entfernt vor ihr auf dem Boden stand. Daneben saß der Junge, der einmal an Tante Hedwigs Haustür geklopft hatte und dann in ihrer Küche gesessen hatte. Er saß einfach da und spielte mit einem Holzkreisel. Nun blickte er sie aus seinen meerblauen Augen an und streckte ihr die Zunge heraus.

»Ignaz!«

Katharinas tadelnde Stimme hallte durch den Wohnraum.

Amanda fuhr herum. Die Nachbarin stand auf der untersten Sprosse der Stiege.

»Der Junge war zweimal bei mir drüben«, sagte Amanda. »Ich wusste nicht, dass er zu dir gehört.«

»Doch, er ist mein Augenstern«, sagte Katharina, lachte und fuhr dem Kleinen übers Haar.

Amanda nippte an ihrem Tee und konnte nicht aufhören, den Jungen anzustarren. Er litt an Downsyndrom, wie einer der Söhne von Tibors Tagesmutter Christa; ja, jetzt fiel es Amanda wieder ein, an wen er sie erinnerte.

Der Junge sah auf, sah ihr direkt in die Augen. Speichel lief ihm aus dem Mund. »Quis ut Deus.«

Amanda traute ihren Ohren nicht. »Was hat er gesagt?«

»Quis ut Deus«, wiederholte Katharina, als wäre es das Selbstverständlichste der Welt. »Du hast es herausgefunden, nicht wahr? Du weißt, wer dich bedroht.«

»Ja, aber …« Amanda sah abwechselnd von dem Jungen zu Katharina. Eine Furcht beschlich sie, die größer kaum sein konnte. Sie registrierte, dass ihre Atmung schneller und flacher wurde, hatte das Gefühl, dass sich ihr Herzschlag verdoppelte, und bemerkte das Zittern ihrer Hände. Heftig. Unkontrolliert. Sie roch ihren eigenen Schweiß. Beißend und aufdringlich. Ihr wurde übel, trotzdem spürte sie, dass jeder ihrer Muskeln zum Zerreißen angespannt war.

»Es ist an der Zeit, sich vorzubereiten«, flüsterte Katharina und kam näher. »Es ist kein gewöhnlicher Feind, gegen den du kämpfst. Aus diesem Grund müssen besondere Vorkehrungen getroffen werden.«

Amanda suchte die Schönheit in Katharinas Gesicht, während sie sich vergeblich bemühte, ihren Atem zu beherrschen. Sie versuchte, Katharinas Glanz wiederzuentdecken, aber es gelang ihr nicht. Sie hechelte, hatte Angst zu hyperventilieren, wusste, dass ihr Puls raste. Katharina stand jetzt dicht vor ihr.

»Halte dich nicht mit Äußerlichkeiten auf«, hörte Amanda sie sagen. »Komm mit, ich werde dir helfen, dich gegen das Böse zu wappnen.«

Die Axt wog schwer in Amandas Hand. Blacky raste vor Aufregung, lief bellend umher und ließ sie nicht aus den Augen.

»Guter Hund«, sagte Amanda und vergewisserte sich noch einmal, dass ihr Fell wirklich pechschwarz war. Dieses Detail war entscheidend, wenn der Abwehrzauber helfen sollte. Und ein gut funktionierender Schutz war zwingend notwendig, wenn das Böse nicht überhand nehmen sollte. So weit hatte sie Katharina verstanden.

Die Hündin schien zu ahnen, was ihr blühte. Sie knurrte und jaulte abwechselnd.

»Es wird schnell gehen«, flüsterte Amanda. »Ich verspreche es dir.«

Blacky tobte und bellte. Vor ihrem Maul sammelte sich Schaum und tropfte auf das Linoleum; ihr Fell am Rücken sträubte sich.

Amanda drängte die Hündin in eine Ecke des Raums, griff sie beherzt am Nackenfell und schlug ihr blitzschnell und mit voller Wucht die Axt gegen den Schädel. Blut spritzte an die Wand. Blackys Bellen verstummte. Der Hund blieb regungslos liegen. Amanda trat näher heran und spaltete den Kopf des Tieres.

Ohne zu zögern, trug sie die Hündin in den Garten, schlug ihr hinter dem Geräteschuppen den Kopf ab und fing das Blut in einem Eimer auf. Anschließend bestrich sie sämtliche Türen und den Zaun, der Tante Hedwigs Grundstück begrenzte, mit Blackys Blut. Dabei ging sie zügig vor. Katharinas Anweisungen waren unmissverständlich gewesen. Blut verklumpte schnell.

Schon nach kurzer Zeit war die Angelegenheit erledigt. Erleichtert betrachtete Amanda ihr Werk. Emotionen konnte sie sich nicht leisten; es ging um Wichtigeres.

Trotzdem lief Amanda zum Geräteschuppen, hob Blackys Überreste auf und nahm sie mit. Sie wollte Blacky vergraben, das war sie Tante Hedwig schuldig.

Danach erbrach sie sich mehrmals auf dem Rasen, krümmte sich vor Schmerzen, fiel zu Boden und schaffte es nur mit enormer Kraftanstrengung, sich ins Haus zu schleppen.

WALD BEI EPPRATH, HERZOGTUM JÜLICH, JUNI 1588

Medard Grotefels sah die Gestalt zuerst, die sich in gebückter Haltung durch den Wald bewegte. »Halt! Wer da«, rief er, legte seine Büchse an und schoss, lud nach und schoss noch einmal. Erst dann preschte die Meute vor, allen voran die aufgebrachten Hunde.

Mit wütendem Gebell stürzten sie durch das Dickicht, hinter dem der leblose Körper lag. Bis die Truppe bei den Tieren war, hatten die Hunde sich im Fleisch der Beute verbissen.

Den Männern bot sich ein schreckliches Bild.

»Es ist ein Weib«, rief Grotefels aus.

Beide Kugeln hatten die Frau getroffen, eine in die Brust, die andere ins Gesicht. Der Waldboden war von Blut getränkt, neben der Toten lag ein Korb mit Kräutern und Blumen.

Einige Männer drehten sich weg oder traten beiseite.

»Wir müssen achtsamer sein!«, rief einer aus.

»Recht hast du«, sagte Grotefels schnell. »Und den Stubbe will ich lebendig fangen. Schließlich soll ihm der Prozess gemacht werden.«

Im Unterholz knackte ein Ast.

Grotefels fuhr herum, hob die Büchse, zögerte diesmal aber. »Wer da?«

Ein Bursche trat hervor, barfuß und in zerlumpter Kleidung. Sein Gesicht war schmutzig, die Haare verfilzt.

»Das ist Hannes«, rief einer der Männer. »Ich kenne ihn. Er lebt zusammen mit seiner Großmutter ein gutes Stück des Weges von hier.«

Der Junge stürmte an den Männern vorbei, stürzte sich auf die Tote und begann zu schreien.

»Wir haben seine Großmutter getötet«, sagte einer der Jäger. »Es ist Aleidis, die Zaubersche von Lechenich, die dir vor die Büchse geraten ist, Grotefels.«

Ein Raunen ging durch die Menge. Fast jeder kannte Aleidis' Geschichte. Ihr Tod würde Stoff für manch lange Geschichte bieten, das war gewiss.

Die meisten Jäger bekreuzigten sich, manche murmelten ein Stoßgebet.

»Was ist los mit euch, werdet ihr jetzt zu Memmen?« Grotefels klang ungehalten. »Der Tod der Alten ist kein Verlust. Sie war eine Hexe, vielleicht sogar eine Todbringerin. Jedenfalls hat sie in ihrem Leben viel Unheil gestiftet, also grämt euch nicht. Mit Sicherheit wartet die Hölle auf sie. Was hat sie auch hier zu suchen!«

»Aber was geschieht nun mit dem Knaben?«, fragte einer, dem der Schreck noch ins Gesicht geschrieben stand. »Hannes ist schwachsinnig und allein verloren.«

»Dann bringst du ihn eben ins Dorf zurück, dort wird man sich schon um ihn kümmern.« Grotefels lud seine Büchse nach. »Und jetzt genug geschwätzt. Folgt mir!«

KÖLN-FÜHLINGEN, IM JANUAR

Zacharias betrat den kleinen Raum unter dem Dach seines Hauses und spürte die Anwesenheit der zweiten Person sofort. Er musste sie nicht sehen, um zu wissen, dass sie da war.

Beherzt machte er Licht und konnte nicht vermeiden, dass er, obwohl er auf alles gefasst war, zurückwich. »Mein Gott, Balduin!«

Der Mann auf der Pritsche unter dem Fenster richtete sich auf. Zacharias sah ihn nur mit Hilfe eines großen Spiegels, der an der Wand angebracht war, ein Schrank verhinderte den direkten Blick.

Sie musterten sich unverhohlen.

»Du siehst schrecklich aus«, sagte Zacharias nach einer Weile und lehnte sich gegen den Türrahmen. Es sollte lässig wirken, er wollte seine Angst nicht zeigen. »Was willst du von mir?«

»Du hast angefangen, dich einzumischen«, antwortete sein Bruder.

»Ja, das stimmt.« Zacharias wunderte sich, wie ruhig seine Stimme klang. »Deine Blutspur breitet sich rasant aus.«

Balduin schüttelte den Kopf. »Im Augenblick konzentriert sich mein Handeln überwiegend auf den Kölner Raum.«

Zacharias beugte sich vor. »Ich möchte, dass du aufhörst! Du tötest seit früher Jugend, streit es jetzt bloß nicht ab! Ich habe Knochenreste hinter dem Haus gefunden ...«

»Ich streite gar nichts ab«, antwortete Balduin ruhig. »Aber ob du es glaubst oder nicht, ich bin es leid. Ich will nicht mehr töten.«

»Dummes Gerede! Du kannst nicht aufhören, selbst wenn du es willst«, sagte Zacharias, kniff die Augen zusammen und steckte so unauffällig wie möglich die rechte Hand in die Tasche seiner Jacke. Er umschloss den Griff der Smith & Wesson, die er vor Jahren in einer zwielichtigen Videothek am Friesenplatz gekauft hatte. »Ich habe gesehen, was du vorhast. Du wirst Elvira und das Mädchen töten, wenn dich nicht endlich jemand stoppt.«

»Ich befürchte, dass du zu spät kommst, mein Lieber«, sagte Balduin. »Zumindest was Elvira Reineke angeht.«

Zacharias versuchte, ruhig zu bleiben. »Und das Mädchen? Hast du ihr etwas getan?«

»Noch nicht.«

Zacharias zog die durchgeladene Waffe aus der Tasche. »Ich werde dein Leben jetzt und hier beenden.«

»Du hast also immer noch deine Visionen«, sagte Balduin und fuhr sich mit der Hand über sein unrasiertes Kinn.

Zacharias ließ das Spiegelbild nicht aus den Augen und ging einige Schritte näher.

»Schon als Junge hast du Dinge gesehen, die es nicht gab, und ich weiß noch, dass Mutter völlig aufgeregt deswegen war.« Balduin lächelte. »Wie ist es, wenn man andauernd Tote sieht?«

Zacharias rührte sich nicht.

»Möchte man da als rechtschaffener Bürger nicht eingreifen, vor allem dann, wenn man den Mörder kennt?«

»Es hat etwas gedauert, bis ich dir auf die Spur gekommen bin«, antwortete Zacharias. »Und nachweislich waren die Menschen bisher schon tot, wenn sie in meinen Visionen auftauchten.«

»Das stimmt, alle bis auf Elvira und Amanda.« Balduin verschränkte die Arme vor der Brust. »Elvira musst du doch identifiziert haben. Sie arbeitet mit dir zusammen, und soweit mich meine Eingebungen nicht täuschen, hattest du etwas für sie übrig.«

Zacharias antwortete nicht.

»Und Amanda? Sie hast du nicht erkannt, was? Ja, sonst würden wir wohl kaum miteinander plaudern.«

Zacharias begann zu schwitzen und umfasste den Griff seiner Waffe fester.

»Amanda ist Hedwigs Patenkind, wusstest du das nicht?«

Zacharias senkte die Pistole. »Nein, das wusste ich nicht. Hedwig und ich hatten so wenig Kontakt und …«

»Ich habe Amanda auch nur einmal gesehen, aber dann habe ich mich an sie erinnert … Zurzeit lebt sie in Hedwigs Haus und fühlt sich dort ganz wohl.«

»Aber das ist doch völlig ausgeschlossen.«

»Ist es nicht.«

»Noch hast du ihr nichts angetan«, sagte Zacharias und schlug einen weicheren Ton an. »Warum sie?«

»Ach, Amanda ist nur ein Nebenkriegsschauplatz, obwohl … über sie sind wir auf ihren Stiefvater gestoßen. Ich denke, er wird mich beerben, er … ist ein würdiger Kandidat.«

»Beerben?«

»Du weißt, wovon ich spreche.«

»Balduin, ich habe dich nie um etwas gebeten«, sagte Zacharias leise. »Ich weiß auch nicht, wie du in diese schreckliche Sache geraten bist, warum du der wurdest, der du bist, aber das Mädchen kannst du doch verschonen. Ich bitte dich darum.«

»Amanda ist nicht wichtig«, sagte Balduin. »Eigentlich geht es um eine alte Rechnung, die ich mit unserer Schwester zu begleichen habe. Die Ziege hat ständig auf mir rumgehackt und mich als Kind schikaniert, im Grunde möchte ich ihr einfach nur einen Schlag versetzen.«

»Aber Hedwig ist doch schon lange …«

»Nein! Sag es nicht!«

»Irgendwann musst du dich aber den Tatsachen stellen.«

»Vielleicht, wahrscheinlich sogar, aber nicht jetzt.«

»Bitte verzichte auf deine Rache und lass das Mädchen laufen, so kannst du wenigstens eine gute Tat in deinem Leben vorweisen.« Zacharias bettelte beinahe.

»Wem sollte ich die denn vorweisen?«, spottete Balduin. »Dem Hüter der Pforte zum Paradies? Glaubst du wirklich, dass eine gute Tat hundert schlechte aufwiegen kann? Nein, darauf kommt es nicht an.«

Zacharias nahm die Pistole fest in beide Hände. »Dann muss ich dich jetzt erschießen!«

»Du?« Balduin lachte laut auf.

»Ja, ich werde abdrücken«, sagte Zacharias. »Im Lauf der Pistole sind silberne Patronen.«

»Du hast an alles gedacht.«

»Ich hatte genug Zeit, mich vorzubereiten.« Zacharias nahm die Smith & Wesson in beide Hände und zielte.

Balduin sprang blitzschnell auf, war mit einem Satz hinter Zacharias, packte ihn mit einer Hand am Hals und griff mit der anderen nach der Pistole. »Du warst schon immer zu langsam, zu unentschlossen«, flüsterte er an seinem Ohr. Tief. Heiser. Unverkennbar.

Doch Zacharias wollte sich nicht geschlagen geben. Dieses eine Mal musste er sich durchsetzen, seinen Plan zu Ende bringen. Er nahm all seine Kraft zusammen, riss sich aus Balduins Umklammerung und fuhr herum.

Ein Schuss löste sich.

BEDBURG, KRANKENHAUS ST. HUBERTUSSTIFT,
IM JANUAR

»Aber wenn ich es Ihnen doch sage.« Die Nachtschwester goss Kaffee in zwei Tassen und reichte eine dem jungen Assistenzarzt. »Frau Jansen kennt das Mädchen nicht.«

»Die Patientin ist ziemlich durcheinander«, erwiderte der Arzt. »Vielleicht fällt es ihr einfach noch schwer, sich an alle Details ihres Lebens zu erinnern. Vergessen Sie nicht, dass sie im Koma lag.«

»Natürlich habe ich auch daran gedacht, aber die alte Frau schwört, dass sie ihre Besucherin noch nie im Leben gesehen hat. Außerdem fürchtet sie sich vor ihr.«

»Wieso das denn?«

Die Schwester trank einen Schluck und zuckte mit den Achseln.

»Ich hab das Mädchen ein-, zweimal an ihrem Bett sitzen sehen, und mir ist nichts Ungewöhnliches aufgefallen, aber ich denke, es ist ihr Erscheinungsbild, das Frau Jansen Angst macht. Die junge Frau läuft ziemlich … ähm … gruftig, in schwarzen Sachen und Korsagen und so etwas herum. Außerdem ist sie ziemlich auffällig geschminkt. Wahrscheinlich ist sie völlig harmlos, aber auf Frau Jansen scheint sie bedrohlich zu wirken, jedenfalls möchte sie keinen weiteren Besuch von ihr haben.«

Der Piepser des Arztes meldete sich. Er warf einen kurzen Blick darauf, nippte an seinem Kaffee und ging zur Tür. »Dann sollten wir ihren Wunsch akzeptieren. Unterrichten Sie bitte das restliche Personal.«

Als die Nachtschwester ihren Rundgang über die Station beendet hatte und endlich Ruhe einkehrte, trug sie einen Vermerk ins Wachbuch ein, beschrieb die Besucherin und bat darum, sie nicht mehr in Frau Jansens Nähe kommen zu lassen.

WALD BEI EPPRATH, HERZOGTUM JÜLICH, NOVEMBER 1588

Grotefels und seine Männer sahen den Wolf kurz vor Epprath auf einem Hügel stehen. Es schien, als habe das Tier sie erwartet. Zuerst jubelten die Jäger. Endlich. All die Mühsal schien sich jetzt zu lohnen. Wochenlang hatten sie Fallen aufgestellt, aber die Bestie war nicht hineingegangen. Dann hatten sie Gruben ausgehoben, die Erdlöcher mit Reisig bedeckt und als Köder lebendige Zicklein geopfert. Nichts. Es schien, als wollte sie die Bestie an der Nase herumführen.

Und jetzt stand er auf der Anhöhe, direkt vor ihnen.

Schon auf die Entfernung übertraf der Wolf alle Geschichten, die sich um ihn rankten. Er war überwältigend groß, sein Fell pechschwarz, mit grauen Borsten durchzogen. Und obwohl die Distanz zwischen ihm und den Männern beträchtlich war, sahen sie seine roten Augen glühen. Die Bestie streckte die Nase in die Höhe, als nehme sie Witterung auf, und heulte furchteinflößend.

Das anfängliche Hochgefühl der Jäger verflüchtigte sich augenblicklich.

Sie verharrten wie versteinert. Keiner sprach ein Wort, und doch war für alle spürbar, dass das Band der Einigkeit schnell zerreißen konnte. Der Grad zwischen Entschlossenheit und Wankelmut war schmal, das Diesseits den meisten mehr wert als die Lobgesänge der himmlischen Heerscharen.

Medard Grotefels wusste um die Unbeständigkeit seiner Gefolgsleute. Zeit zum Nachdenken durfte man ihnen nicht geben.

»Wir müssen ihn einkreisen«, flüsterte er. »Und fürchtet euch nicht! Denkt immer daran, es ist Peter Stubbe, den wir jagen!«

Die Männer verteilten sich, ohne den Mannwolf aus den Augen zu lassen.

Doch so schnell sollte die Hatz nicht glücken, denn obwohl die Truppe aus erfahrenen Jägern bestand, gelang es dem Ungeheuer wieder, ihnen zu entwischen. Es schien, als habe es sich in Luft aufgelöst. Die Männer durchsuchten das Waldstück, aber sie wurden nicht fündig.

»Es ist unmöglich, dass er entwischt ist«, wunderten sie sich. »Wir hatten den Ring eng gezogen, es gab kein Schlupfloch!«

»Vergesst nicht, dass der Teufel selbst seine Hand im Spiel hat«, mahnte Grotefels. »Los, machen wir uns auf zu Stubbes Haus. Er war lange fort, vielleicht zieht es ihn jetzt dorthin.«

Mit Gebrüll und Wut im Herzen preschten die Männer vor. Die Hunde zerrten an ihren Stricken, und so hatten sie beinahe Peter Stubbes Haus in Epprath erreicht, als er ihnen zu ihrem Erstaunen auf halbem Weg entgegenkam.

»Halt!« Medard Grotefels stellte sich vor die Männer und legte seine Büchse an. Der Abstand zum Gejagten betrug nur wenige Schritte.

Stubbe blieb ebenfalls stehen, er schien verblüfft.

»Keinen Schritt weiter«, rief Grotefels ihm zu und drehte sich dann zu seinen Männern. »Greift ihn euch und fesselt ihn!«

Die Jäger stürmten, flankiert von ihren Hunden, vor und warfen sich auf Stubbe, bevor dieser begriff, wie ihm geschah.

***

Der flackernde Schein von Fackeln erhellte die Folterkammer im Kellergewölbe der Burg zu Bedburg. Äxte, Daumenschrauben und anderes Gerät lagen bereit, Zangen steckten in der Glut des lodernden Feuers, über dem ein großer Kupferkessel mit brodelndem Wasser hing. Der Henker behielt es sich vor, den Delinquenten zu Tode zu sieden und ihm damit einen Vorgeschmack auf das ewige Feuer der Verdammnis zu geben, sollte er sich uneinsichtig zeigen. An ihm, dem Henker, war es, Peter Stubbe vor seiner Hinrichtung, die zweifelsohne bevorstand, ein Geständnis zu entlocken. In diesem besonderen Fall hoffte der Scharfrichter insgeheim jedoch, dass der Verbrecher nicht allzu schnell gestand. Über zwei Jahrzehnte lang hatte dieser Unhold gewütet, Kinder bei lebendigem Leib verschlungen, Frauen geschändet und wahllos getötet. Nun sollte er seine gerechte Strafe erhalten, und bei Gott, die würde er auch bekommen.

Als vier Knechte den in Ketten gelegten Gefangenen brachten, gelang es dem Henker weder seine Abscheu noch seine Überraschung zu verbergen. Er hatte einen großen, bärenstarken Mann erwartet, stattdessen führte man ihm einen mickrigen Kerl mit vernarbtem Gesicht und gelben Haaren vor, stark gezeichnet von der langen Zeit im Verlies. Die Büttel warfen den Unmenschen, der nur mit zerlumpten Beinlingen bekleidet war, vor seine Füße. Stubbes Körper war von blutenden Wunden übersät, und er stöhnte schon jetzt vor Schmerzen. Der Scharfrichter bemerkte einige Bisswunden. Offenbar hatten die Ratten ihn nicht verschmäht.

»Der kratzt ja ab, bevor ich ihm die Gerätschaften erläutert hab!«, schnaubte der Henker.

»Überlasst ihn mir«, bettelte der jüngste Knecht. Er war nicht einmal siebzehn, doch erstaunlich wissbegierig und aufmerksam bei der Arbeit. Aus diesem Grund hatte der Scharfrichter ihm schon vor Wochen den nächsten Gefangenen versprochen.

Doch diesen Übeltäter wollte der Henker keinem anderen überlassen. Zu sehr freute er sich über den außerordentlichen Fang. Medard Grotefels hatte, zusammen mit seinen Mannen, den schrecklichsten Widerling, den Gottes Erde je gesehen hatte, im letzten Jahr, nach langer Hatz, dingfest gemacht. In Kaster hatte man die erfolgreichen Jäger, auf Schultern durch die Gassen getragen, und die Kunde war in Windeseile von den Dörfern zu den Städten geeilt.

»Bitte, Meister«, versuchte es der Jüngling noch einmal. »Ich bin bereit und werde Euch nicht enttäuschen.«

»Diesen übernehme ich selbst«, brummte der Henker und bedeutete den Knechten, Stubbe aufzurichten und an den Eisenringen, die ins Gemäuer geschlagen waren, anzuketten.

Der Gefangene wehrte sich nicht. Es schien, als habe er bereits mit seinem Leben abgeschlossen. Blutend hing er in den Ketten und schaffte es kaum, den Kopf zu heben.

Der Henker begann mit donnernder Stimme, die Folterwerkzeuge zu erklären und ihre Wirkungsweise zu demonstrieren. In vielen Fällen genügte diese Vorführung, um den Gefangenen zu einem Geständnis zu bewegen. Dieser zeigte jedoch zur Freude des Scharfrichters keine Regung.

Deshalb lenkte er sein Augenmerk auf die glühenden Zangen. »Die werde ich dir in dein Fleisch bohren, dass dir Hören und Sehen vergeht.« Mit diesen Worten nahm er eine der Zangen, die an den Enden tiefrot glühte, und drückte sie in eine Scheibe abgehangenen Schweinebauchs, die eigens zur Darstellung dieser Folter vor den Augen des Sünders lag. Das rohe Fleisch zischte und verströmte scharfen verbrannten Geruch. Spätestens bei dieser Vorführung gaben üblicherweise auch die Uneinsichtigsten auf. Doch Stubbe zeigte auch darauf keine Regung, obwohl er eindeutig bei Sinnen war.

Der Henker ließ sich davon nicht beeindrucken, legte die Zange beiseite und befahl den Knechten, das Schädelhaar des Verurteilten mit einem Messer zu scheren und ihm einen Marterkittel überzustreifen. Der Scharfrichter verzichtete darauf, anschließend die anderen Folterinstrumente lose anzulegen, was ansonsten üblich war, um dem Gefangenen eine weitere Ahnung der zu erwartenden Tortur zu verschaffen.

Stubbe wurde gleich auf die Streckbank gehievt. Der Henker überließ es den Knechten, ihn an Armen und Beinen auf dem Balken festzubinden. Aber das Handhebelrad, welches das Seil spannte, an das der Gefangene mit den Händen gefesselt war, bediente er persönlich. Gemächlich zog sich der Strick straff, und Stubbes Gelenke wurden langsam überdehnt. Mit einem Mal war der Delinquent doch zu eine Regung in der Lage.

»Ich gestehe!«, schrie Stubbe, als seine Knochen knackten und förmlich aus den Gelenken gerissen wurden.

»Hat er etwas gesagt?«, fragte der Henker die Knechte mit gespielt erstaunter Miene.

Die Büttel schüttelten die Köpfe; sie wussten, dass der Scharfrichter in diesem Fall alle Rechte seines Amtes ausleben wollte. Wer konnte es ihm verübeln? Peter Stubbe hatte so viel Elend verbreitet, so viele schrecklichen Dinge getan, dass es nur gerecht war, wenn auch er nun litt.

Also sahen sie zu, wie der Henker das Handhebelrad weiterdrehte, und zeigten sich ebenfalls wenig berührt von Stubbes jämmerlichen Schreien.

Der Henker war gerade dabei, Stubbe zwei Daumenschrauben anzulegen, um ihn zusätzlich zur Streckbank zu malträtieren, als die Tür aufflog. Ein Richter und einige Würdenträger der Stadt Bedburg betraten das Gewölbe. Stubbe ergriff trotz seiner Qualen sofort die Gelegenheit zum Geständnis, denn keiner durfte, wenn er seine Vergehen einräumte, weiter gefoltert werden.

»Ich bekenne alles! Ja, ich war mit dem Teufel im Bunde und habe all diese schrecklichen Morde begannen!«

»Du allein?«, fragte der Richter schnell. »Was ist mit deinem Weib und ihrer Tochter?«

Stubbe antwortete darauf nicht. Der Richter befahl dem Henker mit einem stummen Blick, die Daumenschrauben fester anzuziehen. Stubbe schrie vor Schmerzen, doch der Scharfrichter scherte sich nicht darum. Blut tropfte aus den Schrauben, die Fingerknochen knackten.

»Du musst nur gestehen, und die Tortur ist vorbei«, sagte der Richter in ruhigem Ton. »Was ist nun mit deinem Weib und ihrem Balg?«

Stubbe heulte auf, beantwortete die Frage jedoch nicht.

Da riss der Henker ihm den Marterkittel vom Leib, nahm den Kupferkessel von der Feuerstelle und übergoss Stubbes nackte Brust mit kochendem Wasser. Augenblicklich wurde die Haut feuerrot,

Blasen bildeten sich. Rohes Fleisch wurde sichtbar. Der Gestank war entsetzlich.

Stubbes Laute waren denen eines Wolfes ähnlich, sein Geheul hallte im Gewölbe wider und ließ den Männern das Blut in den Adern gefrieren.

Mitleid zeigte dennoch keiner.

Schließlich löste der Scharfrichter die Daumenschrauben und gab den Handhebel der Streckbank ein wenig frei.

»Belle und Trine … sie sind … sie haben mir geholfen …«, stöhnte Stubbe und verlor einen Augenblick später das Bewusstsein.

»Bringt das Weib und ihre Tochter her«, rief der Richter. »Aber ergreift sie lebend! Ihnen soll ebenfalls der Prozess gemacht werden!«

ALT-KASTER, IM JANUAR

Amanda starrte wie benommen auf Blackys vollen Fressnapf. Das Blut von ihren Händen hatte sie abgewischt, aus ihrem T-Shirt ließ es sich aber nicht so einfach entfernen. Sie dachte fieberhaft darüber nach, wie sie Tante Hedwig den Tod ihrer treuen Hündin erklären sollte. Als das Telefon klingelte, fuhr sie zusammen. Bisher hatte der Festnetzanschluss nicht ein einziges Mal geläutet. Irritiert und zögernd ging Amanda in die Diele und nahm den Hörer ab.

»Ich muss dich warnen! Du bist in Gefahr …«, flüsterte eine männliche Stimme.

»Wer ist da?«

»Das spielt jetzt keine Rolle! Gleich wird ein Mann an die Tür klopfen … hör mir jetzt genau zu! Lass ihn unter keinen Umständen rein. Ich lege jetzt auf, und du verlässt das Haus! Schnell! Lauf!«

Eine Sekunde später war die Leitung tot.

Amanda zögerte, beinahe gleichzeitig hämmerte jemand gegen die Haustür.

Sie war wie versteinert, konnte weder vor noch zurück. Starr vor Entsetzen stand sie da.

Das Hämmern wurde lauter.

Es gelang ihr nicht, sich zu bewegen.

»Ich weiß, dass du zu Hause bist, bitte mach die Tür auf!« Amandas Körper zitterte. Hände, Arme, Beine. Ihr Atem ging schnell und flach. »Mach die Tür auf!«

Schwankend und unter höchster Konzentration gelang es ihr, den Telefonhörer erneut in die Hand zu nehmen. Hastig wählte sie die 110 und presste die Muschel ans Ohr. Kein Freizeichen. Die Leitung war tot. Amandas Blick ging zum Kabel, das neben der Buchse auf dem Boden lag. Der altmodische Apparat war nicht angeschlossen. Sie ließ den Hörer fallen. Um sie herum begann sich alles zu drehen.

»Amanda?« Diesmal kam die Stimme von der Hintertür, die zum Garten führte.

Sie taumelte ins Wohnzimmer und sackte schwer auf einen der Sessel. Wie konnte das Telefon läuten und die Stimme des Anrufers so real klingen, wenn der Apparat nicht funktionierte?

»Amanda!«

Sie atmete tief durch und versuchte, die Situation einzuschätzen. Und in diesem Augenblick erkannte sie, wie heruntergekommen das Zimmer war, in dem sie saß. Die Wände waren untapeziert, das Mobiliar gehörte ausnahmslos auf den Sperrmüll, und es existierte kein Holzfußboden, sondern nur blanker Estrich. Lediglich die Staffelei im Erker und die Malutensilien gaben dem Raum eine gewisse Atmosphäre.

Amanda fuhr sich durch die schweißnassen Haare. Sie bekam Atemnot, hatte das Gefühl, dass ihre Luftröhre zu eng war. Spürte Panik in der Brust, eine Beklemmung, die sie noch flacher atmen ließ.

»Was ... ist ... hier los?«, hechelte sie.

In dem Moment hörte sie Glas splittern, und dieses Geräusch entsprang eindeutig nicht ihrer Phantasie. Offenbar war der Mann wieder nach vorne gelaufen und versuchte nun, den Glaseinsatz der Haustür einzuschlagen.

Amanda war wie gelähmt. Umklammerte krampfhaft die Lehnen des Sessels.

Da, wieder ein Schlag. Holz splitterte.

Mit klopfendem Herzen saß Amanda da, versuchte, einen klaren Gedanken zu fassen. Nichts hatte geholfen, der ganze Abwehrzauber half überhaupt nicht. Die Stachelbeersträuße, das Blut des Hundes. Umsonst. Alles nur Zeitverschwendung. Der Teufel selbst versuchte, ins Haus zu gelangen. Satan. Und nichts konnte ihn aufhalten.

Sie zitterte am ganzen Körper. Eiseskälte umschloss sie.

Raus hier, war alles was sie denken konnte. Sie schaffte es, aufzustehen. Auf einmal spürte sie etwas, das sie nie zuvor gespürt hatte: Überlebenswillen. Sie rannte in die Küche, taumelte an die Hintertür, schob den Riegel beiseite, stolperte auf die kleine Veranda.

Katharina. Sie oder Peer mussten helfen.

Amanda stand einen Augenblick an die Hauswand gedrückt. Sammelte sich. Erst jetzt bemerkte sie die Stille.

Das Gepolter an der Tür hatte aufgehört. Außer dem Ruf eines Käuzchens war nichts zu hören. Sie registrierte nur ihren Atem, der laut und unregelmäßig ging. Vorsichtig spähte sie um die Ecke. Niemand war zu sehen.

In gebückter Haltung lief sie über die kleine Rasenfläche zur gegenüberliegenden Hecke. Sie wollte die Pforte zu Katharinas Grundstück erreichen, den Pfad zum Haus der Nachbarin nehmen, sich in den Schutz derer begeben, die von all diesen Dingen viel mehr verstanden. Erst dann war sie in Sicherheit, dann konnte ihr nichts und niemand mehr etwas anhaben.

Sie atmete tief ein und lief los. Erreichte die Hecke.

Aber da war kein Tor. Nirgends. Mit zittrigen Beinen suchte sie das gesamte Gestrüpp ab, rüttelte an den Ästen, kroch auf allen vieren, suchte nach einer Lücke, nach einem Durchschlupf.

Sie fand nichts.

Amanda richtete sich auf, durchquerte den Garten, rannte zur Straße und lief den Bürgersteig entlang bis zu den Kastanienbäumen. Hier bog sie auf den Zugang zu Katharinas Grundstück ein. Und stockte. Da war nichts. Kein efeuumranktes Haus, kein Schuppen. Stattdessen wiegten sich die herunterhängenden Äste einer Trauerweide im Wind.

Amandas Beine waren bleiern, sie schaffte es kaum, vorwärtszugehen. Sie fühlte sich ohne Zeit, ohne Raum. Als sie die Äste der Weide fast berühren konnte, sah sie eine Gestalt.

Isabell.

Sie saß auf einem ihrer Holzräder, hatte die Ellenbogen auf die Knie gestützt und hielt sich die Hände vors Gesicht.

Amanda blieb stehen. Der Geruch von Rauch stieg ihr in die Nase. Es war bitterkalt.

Isabell sah auf. »Grotefels und seine Mannen haben alles niedergebrannt«, sagte sie tonlos.

Amanda fand keine Worte.

»Ignatius wurde ermordet«, fuhr Isabell fort. »Deshalb und wegen der vielen anderen Leichen haben sie Peter Stubbe geholt. Sie haben ihn gerädert vor Morgengrauen, ausgerechnet gerädert. Ich hoffe nicht, dass ich das Rad gebaut habe.«

Isabell schluchzte.

»Wo ist Katharina?«, stieß Amanda hervor. »Sie war doch vorhin noch hier. Wir haben in eurem Haus zusammengesessen.«

Isabell schüttelte den Kopf. »Trine haben sie verbrannt, bevor die Sonne aufging, noch bevor die Hähne krähten.«

Amanda schrie, drehte sich wieder und wieder im Kreis. Der Schmerz in ihrem Kopf überfiel sie erneut, und die Enge in ihrer Brust schnürte ihr schier die Kehle zu. Dann fiel sie zu Boden. Wimmerte, zog ihre Beine an ihren Körper und weinte.

»Meine Mutter hatte so schöne Hände«, flüsterte Isabell. »Sie konnte so wunderschön malen.« Sie lachte und sah kurz auf. »Hier hat unser Haus gestanden. Es war ein friedlicher Ort, umgeben von Sümpfen und Feldern. Alles hätte so bleiben können, wenn sie nicht einen Schuldigen gebraucht hätten. Deshalb haben sie unsere Familie abgemetzelt. Und obwohl ich den Stubbe nicht ausstehen konnte, solch ein Ende hatte er nicht verdient.«

Peers Worte drängten sich in Amandas Gedanken. *Du siehst Tote. Ich bin längst im Reich der Schatten ... Ich bin von dieser Erde gegangen, schon vor langer Zeit. Du bist eine Zaunreiterin, und wir sind Wiedergänger, wir wandeln zwischen den Welten, genau wie du, und wir wollen dich warnen ...*

»Aber das Töten ging weiter, geht weiter, bis in die heutige Zeit«, flüsterte Isabell. »Das Böse ist in der Welt, und wir, wir waren da, um dich zu warnen, denn der Höllenfürst wird an dich herantreten, wird sich dir zeigen, wird dich finden.«

Isabell erhob sich unvermittelt. »Glaube, bete, hoffe und verlasse diesen Ort!«

Ein heftiger Windstoß fuhr in Amandas Haar. »Isabell?« Sie sah sich nach allen Seiten um, aber Katharinas Tochter war wie vom Erdboden verschluckt, ebenso wie ihr Holzwagenrad. »Isabell?«

Amanda kroch zum Stamm der Trauerweide, lehnte sich mit dem Rücken dagegen, zog die Beine an und umklammerte sie mit ihren Armen, stützte das Kinn auf die Knie.

So saß sie da. Weinend, mit geschlossenen Augen. Leer. Erschöpft.

Der Wind fuhr in die Äste des mächtigen Baumes. *Verlasse diesen Ort.* Amanda vernahm die Stimme laut und deutlich. *Verlasse diesen Ort. Sofort.*

BEDBURG, HERZOGTUM JÜLICH, OKTOBER 1589

Der letzte Oktobertag des Jahres war ungemütlich. Seit den Morgenstunden fiel unaufhörlich Regen. Das Urteil gegen Peter Stubbe war verkündet: Aufs Rad sollte der Schlächter von Bedburg öffentlich geknüpft werden, alsdann erwartete ihn die Behandlung mit glühenden Zangen, mit denen ihm das Fleisch bei lebendigem Leib herausgerissen werden sollte. Stubbes Weib und dessen Tochter sollten ebenfalls öffentlich hingerichtet werden. Nach Verhören und Folter hatten sie ihre Mittäterschaft eingestanden. Allerdings erwartete sie ein vergleichsweise mildes Urteil. Für sie hatte man neben der Holztribüne, auf der Peter Stubbe gerichtet werden sollte, einen Scheiterhaufen geschichtet.

So viel war bekannt und kundgetan. Zum weiteren Verlauf dieses Spektakels drang nichts nach draußen. Und doch war diese Hinrichtung Grund für einen irrsinnigen Trubel, der in seinem Ausmaß einem Volksfest glich. Schon jetzt strömten Hunderte zur Hinrichtungsstätte nach Bedburg, in den Herbergen gab es kaum mehr ein freies Lager, unzählige Neugierige aus dem Umland wurden noch erwartet.

Als Stubbe gegen Mittag auf einen Karren geworfen und zum Rondell verbracht wurde, zeigte sich zum ersten Mal an diesem Tag die Sonne. Stubbe nahm es kaum wahr, hatte bereits mit dieser Welt abgeschlossen und hoffte lediglich, dass sein Martyrium bald ein Ende haben würde. Sein Körper war geschunden, die Haut hatte sich zu großen Teilen abgelöst, und die großflächigen verbrannten Stellen verursachten ihm Höllenqualen. Zudem waren die Finger seiner rechten Hand gebrochen und die der linken zerquetscht. Sich aufrecht halten geschweige denn laufen konnte er nicht mehr, eine Folge der Streckbank. Seit den Morgenstunden spuckte er Blut und schied unaufhörlich Galle aus, die grünlich schimmerte und ekelhaft stank.

Wie durch Nebel drang zu ihm, dass unzählige Menschen seinen letzten Weg säumten. Weiber glotzten, spuckten nach ihm oder bewarfen ihn mit Steinen. Aufgebrachte Männer stellten sich dem Fuhrwerk in den Weg, forderten seinen Kopf und versuchten, ihn vom Karren zu ziehen, was ihnen auch gelungen wäre, hätten die Gerichtsdiener nicht mit der Peitsche nach ihnen geschlagen.

Stubbe lag zusammengekrümmt auf dem Boden des Gefährts und floh in Gedanken zu seiner Trine. Auch ihr hatte man den Prozess gemacht. Einer der Kerkerwächter hatte es ihm mit Häme erzählt. Angeblich hatte man sie und Belle in ihrem Haus ergriffen, den Besitz niedergebrannt und die beiden der Buhlschaft mit dem Leibhaftigen überführt. Ein Lächeln huschte über Stubbes Lippen. Sie hatten sein Haus niedergebrannt und damit auch die Goldmünzen unter den Dielen. Welch ein Hohn. Sein Geld hatte das gleiche Schicksal ereilt, wie er es erleiden musste. Das Feuer erwartete ihn noch heute. Sein Lachen erstarb, auch weil er an Trine dachte. Wenn kein Wunder geschah, mussten sie, Belle und ihr ungeborenes Kind auf dem Scheiterhaufen sterben. Stubbe quälte die Vorstellung unsäglich, dass Trines wunderschönes Antlitz, ihr makelloser Körper und all ihr Liebreiz durch seine Schuld in den Flammen ein grausames Ende finden würden. Ihn peinigte der Gedanke, dass er ihr in ihren letzten Stunden nicht beistehen konnte.

Der Wagen hielt schließlich, und als Stubbe auf das Podest geschleift wurde, war er kaum noch bei Bewusstsein. Als ihn die Büttel des Henkers auf ein großes Holzrad banden vernahm er den lauten Jubel der Menge wie durch einen Schleier. Die groben Stricke schnitten tief in seine Gelenke. Blut lief ihm an den Unterarmen herab und tropfte auf die rohen Holzplanken des Richtplatzes. Stubbe hörte das laute Krächzen einiger Raben und hob mit letzter Kraft noch einmal den Kopf. Schon immer hatte er diese Vögel gemocht, deren vielfarbenes Federkleid sich der Legende nach erst durch Adams und Evas Sündenfall in ein pechschwarzes gefärbt hatte und die in derselben Zeit vom Singvogel zum Aasfresser verkamen. Ihr Gekrächze wandelte sich beim Tod eines Menschen angeblich zu wohlklingender Musik, und Stubbe wusste, dass nun für ihn die Stunde gekommen war und er diese Melodie vernehmen würde. Innerlich bettelte er darum, es möge schnell gehen.

Doch der Scharfrichter hatte keine Eile, zu gut wusste er, dass das Volk kein rasches Ende des Übeltäters sehen wollte. Noch einmal zählte er alle Verbrechen auf, derer Stubbe sich schuldig gemacht hatte, und blickte angewidert zu ihm herüber.

Als der Henker ihm dann endlich mit einem Beil die Kniescheiben zertrümmerte und anschließend mit glühenden Zangen das Fleisch bis auf die Knochen aus dem Körper riss, hatten sich die Raben für Peter Stubbe schon verwandelt. Sie krächzten nicht, sondern sangen. Die Melodie war so lieblich, dass sie Stubbe ein letztes Lächeln aufs Gesicht zauberte. Unter dem Gegröle der Schaulustigen schlug der Henker dem Mannwolf schließlich den Kopf vom Rumpf. Sein Kadaver wurde auf den Scheiterhaufen geworfen, auf dem Trine und ihre Tochter bereits lichterloh brannten. Stubbes Kopf wurde nach Anweisung der Obrigen auf einen Pfahl gespießt und zur Abschreckung vor den Stadttoren aufgestellt. Den Stamm des Pfahls zierte ein aufwendig geschnitzter Wolfskopf, damit ein jeder sah, welchen Verbrechens sich dieser Mann schuldig gemacht hatte. Schon kamen die schwarz gefiederten Raben herbeigeflogen, setzten sich auf den blutverkrusteten Schopf, stritten sich laut krächzend um den besten Platz und pickten gierig in Augäpfel, Nase, Zunge und Ohren.

KÖLN-KLETTENBERG, IM JANUAR

In der Villa brannte kein Licht. Amanda lief durch den Garten zum Gewächshaus und nahm den Schlüssel für die Garage aus der blauen Gießkanne. Mit zittrigen Händen öffnete sie Sekunden später das Garagentor, drückte sich an der Harley ihres Stiefvaters vorbei zum Sicherungskasten, öffnete den Deckel und nahm den dort deponierten Schlüssel an sich. Keine Minute später betrat sie das Haus ihrer Eltern.

Immerhin war Amanda in der Lage, wieder ein wenig klarer zu denken. Ihr erster Weg führte sie zum Telefon. Sie musste Dr. Schulte-Herder sprechen. Doch ihre Psychotherapeutin nahm nicht ab. Amanda hinterließ ihr eine Nachricht, ging in Aarons Zimmer hinauf und schloss sich ein. Eine Ewigkeit saß sie auf dem Bett ihres Bruders, starrte in die Dunkelheit und lauschte auf das Telefon. Doch im Haus blieb es still. Jeder Muskel ihres Körpers war angespannt.

Als es gegen Mitternacht an der Haustür klingelte, schreckte Amanda hoch und brauchte einen Moment, um sich zu orientieren. Offenbar war sie eingenickt. Es klingelte wieder. Das musste Dr. Schulte-Herder sein. Zögernd stand Amanda auf, drehte mit steifen Händen den Schlüssel im Schloss und machte sich auf den Weg nach unten. Die Klingel wurde immer heftiger gedrückt. Die Psychotherapeutin hatte offensichtlich den Ernst der Lage erkannt.

Amanda lugte durch den Spion in der Tür.

Da stand ein älterer Mann. Schwarzer Anzug. Rollkragenpullover. Schlapphut. Er trat dichter an die Tür. »Amanda? Deine Patentante Hedwig und deine Mutter schicken mich.« Seine Stimme war ohne Aufregung. Tief. Heiser. »Lass mich rein, ich muss mit dir über Zacharias reden, es ist sehr wichtig.«

Amanda rührte sich nicht.

»Bitte, Amanda, ich bin seit Stunden unterwegs, nur um mit dir zu sprechen.«

Amanda lief in die Küche, nahm das Schlachtermesser aus dem Block, schob es vorsichtig unter ihre Bluse. Erst dann öffnete sie die Tür.

Der Mann streckte ihr die Hand entgegen. Dabei blieb er auf Abstand.

Amanda ergriff sie widerwillig und begann entsetzlich zu frieren.

Er drängte sich an ihr vorbei ins Haus und ging zielstrebig in die Küche.

Amanda folgte ihm mit weichen Knien.

Der Fremde ließ sich auf einen der Stühle fallen. »Ich bin ziemlich fertig«, sagte er.

Amanda setzte sich ihm gegenüber. »Ich verstehe nicht ganz ...« Sie warf einen Blick auf die Uhr über dem Kühlschrank. »Es ist mitten in der Nacht und ehrlich gesagt ...«

»Ich bin Hedwigs älterer Bruder.«

Amanda wich zurück. Sie war sich ziemlich sicher, dass ihre Mutter ihr erzählt hatte, dass Tante Hedwigs älterer Bruder vor vielen Jahren gestorben sei. Da war wieder Peers Stimme. *Du siehst Tote.* Amanda starrte Balduin an und dachte gleichzeitig an Dr. Schulte-Herder. Warum rief sie nicht an?

Balduin erhob sich mühsam, ging zum Fenster und blickte in den dunklen Garten. Amanda bemerkte, dass er sein linkes Bein nachzog.

»Leider konnte ich nicht früher kommen«, sagte er und schnalzte mit der Zunge. »Meine Schwester und ich, wir hatten nie ein so gutes Verhältnis wie ... du und Aaron.« Bei diesen Worten drehte er sich blitzschnell um und blickte Amanda an.

Amanda zuckte zusammen. Der Mann erwähnte ihren Bruder völlig unvermittelt. Sie wollte etwas sagen, aber er sprach weiter.

»Ich hatte nichts gegen ihn persönlich. Er ...«

»Ich kann mich nicht erinnern, dass Sie meinen Bruder jemals kennengelernt haben«, sagte Amanda leise.

Balduin kam lächelnd zum Küchentisch zurück, setzte sich wieder, nahm seinen Hut und legte ihn vor sich. »Könnte ich ein Glas Wasser bekommen?«, fragte er. »Ich sterbe vor Durst.«

Unbändiger Durst. Amandas Herz schlug ihr bis zum Hals. Sie rang nach Luft, versuchte, ihre Atmung zu kontrollieren, sie musste ruhig bleiben, wenn sie in der Lage sein wollte zu handeln. Sie musterte ihr Gegenüber. Einerseits sah der Fremde ihrer Patentante tatsächlich ähnlich. Andererseits war er das genaue Gegenteil seiner Schwester. Hedwig war eine alte Frau mit Perücke, falschen Zähnen und einer Garderobe, die ihrem Alter angemessen schien. Ihr Bruder dagegen wirkte wesentlich jünger, obwohl er älter war. Die Haare waren lang und zu einem Zopf gebunden. Von Nahem betrachtet wirkte er ungepflegt, aber es war nicht sein Aussehen, das die Unsicherheit auslöste, die Amanda in seiner Gegenwart empfand. Es waren die Augen. Sie glichen denen eines Habichts und schienen sie geradewegs zu durchbohren. *Zusammengewachsene Augenbrauen.* Sie wandte den Blick ab und sah auf seine Hände. Die Nägel waren schmutzig und ziemlich lang. *Hände wie Klauen.*

Balduin stand auf, nahm ein Glas aus dem Regal, füllte es mit Leitungswasser, kam zum Tisch, setzte sich und trank, ohne Amanda aus den Augen zu lassen. In einer einzigen Bewegung stellte er das leere Glas auf den Tisch, sprang auf, preschte vor und packte Amanda am Hals. Seine langen Nägel bohrten sich in ihre Haut.

»Es wäre besser gewesen, wenn du mich nicht ins Haus gelassen hättest«, flüsterte er.

Amanda versuchte sich aus seinem Griff zu befreien, doch er drückte noch fester zu. Sie dachte an das Messer, das sie im Ärmel hatte. »Denk nicht einmal daran«, zischte Balduin und zog das Messer selbst hervor. Dabei verletzte er Amandas Arm. Blut tropfte auf die Küchenfliesen.

Sie rang nach Luft. »Was wollen Sie von mir?«, presste sie hervor. »Was … was habe ich Ihnen getan?«

»Eigentlich geht es nicht um dich, sondern um deinen Stiefvater. Ich möchte ihm einen Gefallen tun, damit er sich leichter entscheiden kann, wenn ihm ein Angebot unterbreitet wird.«

»Entscheiden? Wofür?«

»Das ist eine lange Geschichte, die hier und jetzt keine Rolle spielt. Ich möchte nur, dass du weißt, dass ich damals nicht wusste, wer der Junge im Maisfeld war, den ich gejagt habe. Er ist mir zufällig vor die Füße gelaufen.«

Amanda hörte auf, sich zu wehren, und starrte ins Leere. Auf einmal war sie wieder vierzehn, und die Erinnerungen drängten sich mit Macht in ihr Bewusstsein:

Der Sommer roch nach Freiheit und Brausepulver. Joshua hatte sich in sie verliebt und sie sich in ihn. An diesem Tag hatten sie sich heimlich von der Gruppe entfernt, waren zum Hochsitz gelaufen und hatten sich geküsst. Und alles war wunderbar, bis diese Ziege auftauchte. Wie war noch gleich ihr Name?

»Erinnerst du dich daran, wie heiß es in diesem Sommer war?«, fragte Balduin und sprach, ohne eine Antwort abzuwarten, weiter: »Ich habe Aaron durchs Feld gejagt. Spaß hat es nicht gemacht, der kleine Fettsack war nicht besonders schnell.«

Zoe. Zoe hieß die Ziege. Der Name fiel ihr schlagartig ein. Wutschnaubend war sie die Leiter hochgestürmt und auf den Hochsitz gesprungen, zu allem bereit, wie ein Pirat beim Entern. Joshua hatte sie ausgelacht, und die beiden hatten sich ein übles Wortgefecht geliefert. Amanda erinnerte sich nicht mehr daran, wie sie zurück zum Zeltlager gelangt war. Nur an das Abendessen erinnerte sie sich: Würstchen mit Kartoffelsalat. Sie hatte keinen Bissen herunterbekommen, weil Joshua sie mied und sich zum Essen auch nicht neben sie setzte. Am Abend, als sie von den Gemeinschaftswaschräumen zu ihrem Zelt ging, fing sie einer der Betreuer ab und brachte sie zum Zelt des Lagerleiters. Noch heute sah sie ihn vor sich, wie er von einem Fuß auf den anderen trat und sich ständig durch die langen Haare fuhr.

»Es geht um deinen Bruder«, hatte er gesagt, »Aaron liegt nicht in seinem Schlafsack, und er war auch nicht beim Abendessen, wie wir herausgefunden haben. Deine Mutter wird gleich hier sein. Die Polizei haben wir auch verständigt.«

»Ich habe ihn nicht gleich getötet, sondern in meinen Kombi geschleift«, hörte Amanda Balduin sagen. »Dann habe ich ihn in mein Haus gebracht. Erst dann habe ich ihn getötet.«

Amanda sah ihre Mutter vor sich. Sie saß auf einem Klappstuhl vor dem Zelt des Lagerleiters, über ihrem Kopf schwebte ein blauer Luftballon, den jemand an eine der Armlehnen geknotet hatte. »Die Polizei hat Aarons Fußballtrikot im Feld gefunden«, sagte sie tonlos. »Es muss ihm etwas Schreckliches passiert sein.«

Amanda warf sich ihrer Mutter in die Arme. Irmelis weinte hemmungslos und hatte nicht die Kraft, die Umarmung ihrer Tochter zu erwidern.

»Ich habe nicht auf ihn aufgepasst«, schluchzte Amanda und drückte sich noch näher an ihre Mutter. »Ich hätte ihn beschützen müssen, es tut mir so leid …«

»… ich könnte dich jetzt auch umbringen, dir dein Genick brechen, das Blut aus deinem Körper saugen und dein Herz essen«, fuhr Balduin mit einer Gelassenheit fort, als verkünde er das Einfahren eines Zuges. Mit diesen Worten ließ er Amanda auf einmal los, ging zur Spüle, drehte abermals den Wasserhahn auf und trank.

Amanda war so überrascht, dass sie erst einmal unbeweglich sitzen blieb. Vermutlich verließ sich Balduin auf seine Schnelligkeit und die Wirkung seiner Worte. Jedenfalls trank er in aller Ruhe.

Plötzlich ging ein Luftstoß durch die Küche. Vor Amandas Auge verschwammen die Dinge, ihre linke Hand begann heftig zu zittern. Die Tür zum Garten, die fest verschlossen war, ging einfach auf. Leise quietschend. Die Greisin von der Komödienstraße schlurfte in die Küche, kauerte sich vor die Heizung und starrte Amanda an. »Es geschehen seltsame Dinge dieser Tage, aber sie hat das Pentagramm. Es ist Silber, echtes Silber, und es beschützt vor bösem Zauber und Mannwölfen, hört sie?«

Amandas Augen huschten von der Alten zu Balduin, der immer noch mit dem Rücken zu ihr stand und trank. Er zeigte keine Reaktion. Offensichtlich konnte er die Greisin nicht hören. Amanda tastete vorsichtig mit der Hand in ihre Jeans und stellte erleichtert fest, dass sie das Amulett tatsächlich bei sich trug.

»Gutes Kind«, flüsterte die Alte und verschwand.

Balduin hatte offensichtlich seinen Durst gestillt, drehte sich zu Amanda um und fixierte sie. »Du bist verrückt«, sagte er ruhig. »Du hörst Stimmen und siehst Gestalten, die nicht existieren. Aber du und ich, wir wissen es besser. Du bist nicht wahnsinnig, sondern du sprichst mit Toten. Sie zeigen sich dir wie gewöhnliche Menschen, und du lebst mit ihnen, als seien sie real.«

Amanda wollte etwas erwidern, aber ihr Mund war zu trocken. Sie brachte keinen Ton hervor.

»Ich habe die Alte gerade auch gehört«, erklärte Balduin und lehnte sich gegen die Spüle. »Das Amulett würde dir nicht helfen, wenn ich mich entschließen sollte, dich zu töten. Aber ich muss dir nicht ein einziges Haar krümmen, denn was auch immer du von unserer Begegnung erzählst, man wird dein Gerede als Wahnvorstellung abtun.«

Amanda saß ganz still. Nur ihre linke Hand zitterte unaufhörlich.

Balduin lachte. »Wer soll dir also zuhören? Aaron, deine Patentante oder vielleicht deine Mutter?«

Amanda sprang auf. »Ja, meine Mutter!«

Balduin lehnte sich vor, sein Gesicht verzog sich zu einer Fratze. »Deine Mutter ist tot! Sie starb bei einem Verkehrsunfall! Du bist umgeben von Toten, und du scheinst es immer noch nicht zu verstehen.«

»Nein!« Amanda schrie und taumelte. Balduin schnellte vor, packte sie an den Handgelenken und drückte sie auf einen Stuhl.

Sie nahm es kaum wahr. Auf einmal waren die Bilder wieder da. Der 14. November 2008. Ein nebliger Abend. Curt rief sie ins Arbeitszimmer.

Ich muss dir leider sagen, dass deine Mutter bei einem Verkehrsunfall ums Leben gekommen ist ...

Schweigen.

Amanda?

Das kann nicht sein. Mama und ich ... wir gehen heute Nachmittag ins Einkaufszentrum ...

Jetzt fiel ihr alles wieder ein. Die Schmerzen, die Dunkelheit, die endlose Trauer, die erneute Einweisung in die geschlossene Klinik. Erst Monate später hatte Amanda aus einer Zeitung, die Curt aufbewahrt hatte, erfahren, wie ihre Mutter gestorben war: Ein Auto hatte sie erfasst, als sie die Straßenseite wechseln wollte. Der Fahranfänger, den der dichte Nebel an diesem Abend überfordert hatte, hatte außerdem 2,3 Promille im Blut. Irmelis Jordan sei wie aus dem Nichts aufgetaucht und vor sein Auto gelaufen. Er habe keine Zeit gehabt zu bremsen, schleifte sie mehrere Meter über den Asphalt. Sie war sofort tot.

Amanda starrte Balduin an, nahm wahr, dass sich seine Lippen bewegten, aber sie verstand nicht, was er sagte. Sie sah, dass er sich entfernte, die Küche verließ, und sie hörte, dass die Haustür ins Schloss fiel.

Als Dr. Schulte-Herder in Begleitung einiger Sanitäter und der Polizei die Küche mehrere Stunden später betrat, fühlte sich Amanda nicht in der Lage, eine Reaktion zu zeigen. Zu ihrer Verwunderung dämmerte draußen der Tag, und sie fragte sich, wo die Zeit geblieben war. Als ihre Psychotherapeutin ihr eine Decke um die Schultern legte und sie an sich drückte, begann Amanda zu schreien und konnte nicht wieder aufhören.

VOR DEN TOREN KÖLNS, OKTOBER 1593

Der lange Lambert trottete missmutig die Handelsstraße entlang, die von Süden nach Köln führte. Graue Nebelschwaden hingen über den abgeernteten Feldern zu beiden Seiten. Seit dem späten Nachmittag ging er im Regen, außerdem blies ein rauer Wind. Zu seinem Bedauern waren kaum Händler mit Fuhrwerken unterwegs, und wenn, dann waren sie zu brummig, um ihn mitzunehmen. Hin und wieder begegnete er einem Bauern, der aus der Stadt kommend auf dem Weg zu seinem Hof war, aber das brachte ihn ja nicht voran.

Lambert versuchte, sich mit der Aussicht auf den Abend anzutreiben, denn mit jedem Schritt wurde sein Hunger größer, und er malte sich aus, wie er im Wirtshaus saß und fetten Schweinebauch mit Kappes aß. Er ärgerte sich, dass er am Morgen das Schiff in Bonn nicht mehr rechtzeitig erreicht hatte, nur weil er am Abend zuvor die Finger nicht vom Wein hatte lassen können. So war der Kahn ohne ihn gefahren, und Lambert musste sich sputen, wollte er in die Stadt gelangen, bevor die Tore schlossen.

Immerhin, arm kam er nicht zurück. In seinem Lederbeutel klimperten ein paar Münzen, und er brannte darauf, sie am Abend beim Würfeln in der Schenke »Zur Kloog« zu verdoppeln oder damit eine dralle Dirne aus dem Hurenhaus zu bezahlen. Der Gedanke daran spornte ihn zusätzlich an.

Fast vier Jahre hatte er bei einem Müller in Mainz gearbeitet, einem ehrlichen Mann, der ihn ungern hatte wieder ziehen lassen. Aber Lambert plagte schweres Heimweh, was er nicht kundtat, denn ein Kerl wie er hatte solche Kümmernis nicht zu kennen. Tagsüber lenkte ihn die schwere Arbeit ab, dafür hatte er sich nachts auf seiner Bettstatt gewälzt und sich die Ohren zugehalten, wenn die Burschen in der Schenke, über der er Schlaf suchte, lauthals Weinlieder grölten, lachten und lärmten. Es erinnerte Lambert zu schmerzlich an die unbeschwerte Zeit in Köln oder später in Lechenich. Er vermisste seine Familie, die geselligen Abende mit den Saufkumpanen und die viel besungenen schönen Frauen seiner Geburtsstadt. Den Burschen in Mainz hätte er sich wohl anschließen mögen, aber sie hackten ständig auf ihm herum, vor allem wegen seiner gelben Zähne. Zudem hatten sie ihn mehrfach beim Kartenspiel betrogen und ihm die schwer verdienten Heller aus den Taschen gezogen. Da hatte er die Lust an ihrer Gesellschaft verloren, auch wenn er sich dadurch noch einsamer fühlte.

Doch nun konnten ihm diese Dinge gleichgültig sein. Er hatte sich entschieden, Mainz den Rücken zu kehren, und sich schon vor Tagen pfeifend Richtung Köln aufgemacht.

Mittlerweile lief Lambert an den Höfen von Sürth vorbei und wusste, dass seine Vaterstadt nahe war, auch wenn er sie durch die dichte Nebelwand, die ihn seit den Morgenstunden umgab, noch nicht sehen konnte. Er verließ die gepflasterte Handelsstraße und schlug einen Uferpfad ein, der am Rhein entlang direkt zum Kölner Bayentor führte. Sein Herz wurde ihm bei jedem Schritt leichter. Er atmete Heimatluft.

Die Dämmerung fiel zügig auf die Wiesen. Lambert war so in seine Gedanken vertieft, dass ihm der Schreck in sämtliche Glieder fuhr, als ihn jemand beim Namen rief.

»Lambert.«

Er blieb stehen und sah sich um. Eine Gestalt kam auf ihn zu.

»Warte«, rief diese winkend. »Warte auf mich.«

Als der Mann bis auf wenige Schritte herangekommen war, versuchte Lambert ihn zu erkennen. Aber er hatte das Gesicht des Burschen, das von Sommersprossen übersät und von der Sonne gebräunt war, noch nie gesehen. Da war er sich sicher. Doch woher kannte der Kerl dann seinen Namen?

»Ich bin es, Claaß!«

Lambert hob die Augenbrauen. »Wo sind wir uns begegnet? In Mainz? Auf meiner Wanderschaft?«

»Wir haben zusammen im ›Roten Ochsen‹ oben bei Lechenich gesessen«, sagte Claaß. »Erinnerst du dich an den Abend, als Andras der Zigeuner ins Wirtshaus kam und verkündet hat, dass seine Frau gemeuchelt wurde?«

Lambert antwortete nicht. Seine Stimmung verdüsterte sich noch mehr. An diese Geschehnisse wollte er nicht erinnert werden. Zu sehr plagten ihn Schuldgefühle gegenüber Peter Stubbe.

»Du warst mit deinem Kumpan Jorge dort, der dann später der Bestie zum Opfer fiel. Ich …«

»Lass gut sein! Ich möchte nicht darüber sprechen.«

Lambert setzte seinen Weg fort. Zu seinem Ärger folgte Claaß ihm pfeifend.

So gingen sie eine Weile.

»Du hast den Stubbe an Medard Grotefels geliefert«, hörte Lambert Claaß auf einmal sagen. »Am Ende wurde er auch durch deine Aussage gerichtet.«

Lambert blieb stehen. Genau deshalb hatte er sich auf Wanderschaft begeben. Er hatte weit weg sein wollen, den Ereignissen um den Werwolfprozess entfliehen, und nun holte ihn die Geschichte ein, noch bevor er die Stadtmauern Kölns erreicht hatte.

»Also gut.« Lambert drehte sich um. Doch zu seinem Erstaunen war Claaß verschwunden. Der Pfad hinter ihm lag einsam neben dem Fluss. Ungläubig spähte Lambert umher, aber von Claaß war nichts zu sehen. Er seufzte, setzte dann aber erleichtert seinen Weg fort. Zügig ging er nun weiter, vergaß Claaß alsbald und spürte, dass sein Herz einen Sprung tat, als sich nach einem kurzen Fußmarsch mit einem Mal die Stadtmauer Kölns aus dem Nebel erhob. Mächtig. Hoch und unüberwindbar. Bis hinter die sicheren Tore der Stadt waren es nur noch wenige Schritte.

»Lambert.«

Die Stimme kam von der Böschung oberhalb des Flusses. Nach Claaß klang sie diesmal nicht.

»Lambert.«

Ihn packte die Angst. Ohne sich noch einmal umzudrehen, lief er los, auf das rettende Bayentor zu. Schon konnte er den Wächter sehen, der vor dem Zugang der Stadt auf und ab ging.

»Lambert.«

Lambert hastete vorwärts. Er lief, verlor sein Bündel, die schwer verdienten Taler und auch seine Kappe. Nur noch wenige Schritte trennten ihn vom Tor, als jemand auf seinen Rücken sprang, ihn am Kragen packte, rücklings ins Gestrüpp schleifte und ihn auf den Bauch warf.

Lambert versuchte, um sich zu schlagen, aber der Angreifer drückte sein Gesicht mit solcher Wucht in den Boden, dass er kaum mehr Luft bekam. Ein brennender Schmerz durchzuckte seinen Körper, der ihn veranlasste, sich noch einmal aufzubäumen und sich gegen sein Schicksal zu stemmen. Der Angreifer riss ihn herum und schlug ihn mit dem Kopf gegen den Stamm eines Baumes. Schädelknochen knackten. Mit weit aufgerissenen Augen starrte Lambert dem Scheusal entgegen. Es umklammerte seinen Hals mit seinen entsetzlichen Klauen. Das Grauen, das ihn erfasste, hätte schlimmer nicht sein können. Die Gestalt war sowohl Mensch als auch Tier, die Fratze behaart und das Maul riesig mit spitzen Zähnen. Lambert blickte in den schwarzen Schlund der Kreatur, bevor sie ihre schrecklichen Hauer in sein Fleisch stieß, und schickte ein Stoßgebet zum Himmel. Und genau in diesem Augenblick ließ das Untier von ihm ab.

Lambert wagte nicht, sich zu bewegen. Er spürte nichts. Keinen Schmerz, keine Angst. Er wähnte sich schon bei Gott, als er, wie aus großer Entfernung, Stimmen vernahm.

»Die Bestie hat ihn angefallen! Sieh nur, er hat ihm einen Arm abgerissen!«

»Hast du den Angreifer gesehen?«

»Es war ein mächtiger Wolf!«

»Ein Wolf?«

»Ja! Weg von hier! Der arme Schlucker ist ohnehin tot!«

Lambert wollte sich bemerkbar machen, wollte hinausbrüllen, dass er noch lebte. Aber er brachte kein Wort hervor, war zu keiner Regung fähig.

Die Stimmen entfernten sich.

»Schnell, schließt die Tore! Schnell, schnell!«

Es waren die letzten Worte, die der lange Lambert in seinem Leben vernahm, bevor der Tod ihn erlöste, kurz vor den Toren seiner Vaterstadt.

ALT-KASTER, IM AUGUST

»Aber ich weiß doch genau, dass Tante Hedwig hier gewohnt hat.« Amanda sah durch die zerbrochenen Scheiben in das Haus. »Hier habe ich früher tolle Zeiten verbracht, und meine Patentante war der einzige Mensch, der sich nach dem Tod meiner Mutter um mich gekümmert hat.«

»Und deshalb haben Sie sich auch hierhin geflüchtet«, antwortete Dr. Schulte-Herder. »Aber Sie sehen es ja selbst, das Haus ist unbewohnt. Der Bruder Ihrer Patentante versuchte es seit Jahren zu verkaufen.«

»Stimmt es, dass sich Zacharias erschossen hat?«, fragte Amanda vorsichtig.

»Ja, er hat sich an dem Abend getötet, als wir Sie im Haus Ihres Stiefvaters fanden. Es muss ihm klar geworden sein, welche schrecklichen Taten er begangen hat. Seine Leiche wurde auf dem Dachboden seines Hauses in Fühlingen gefunden.«

Amandas Zähne schlugen leise aufeinander.

Dr. Schulte-Herder legte einen Arm um sie. »Was ist los?«

»Er war bei mir«, sagte Amanda. »Ich glaube, dass er mich zuerst angerufen hat, um mich zu warnen, und dann ist er hergekommen.«

»Aber das kann nicht sein«, sagte die Psychologin. »Zu dem Zeitpunkt war Zacharias schon tot, glauben Sie mir.«

»Meinen Sie etwa, dass ich mir sein Erscheinen auch nur eingebildet habe?«

»Mit Sicherheit. Zacharias kann nicht hier gewesen sein, wirklich nicht.«

»Es wirkte alles so echt«, sagte Amanda. »Ich dachte, dass er mich umbringen will. Allerdings hat er sich merkwürdigerweise Balduin genannt.«

Dr. Schulte-Herder sah Amanda fragend an. »Balduin? Sind Sie sicher?«

»Ja.«

»Das ist wirklich eigenartig«, sagte die Psychologin.

»Warum?«

»Wenn er vorhatte, zu töten, ist Zacharias in die Rolle seines verstorbenen Bruders geschlüpft. Nach Balduins Tod hat er sozusagen stellvertretend für seinen Bruder getötet.«

Amanda spürte ein flaues Gefühl in der Magengegend. »Er hat den Gürtel bekommen«, flüsterte sie.

Dr. Schulte-Herder sah sie an. »Was haben Sie da eben gesagt?«

Amanda biss sich auf die Unterlippe. »Nichts.«

»In seiner Vorstellung war Zacharias der gute, gewissenhafte Bürger, der belächelt wurde und dem nichts wirklich gelang«, fuhr die Psychologin fort. »Nur wenn er zu Balduin wurde, konnte er Verbrechen begehen. Sein Bruder war ein verurteilter Straftäter, Mörder und Vergewaltiger. Lange, sehr lange war Zacharias dies nicht bewusst, aber wir haben Aufzeichnungen in seinem Haus gefunden, er hat seine wirren Gedanken pedantisch dokumentiert. Offenbar tat Zacharias seine Taten als Visionen ab, allerdings hat er schon als Junge die Verbrechen gesehen – diejenigen, die sein Bruder Balduin begangen hat. Verstehen Sie?«

Amanda fiel es schwer, sich auf Dr. Schulte-Herders Ausführungen zu konzentrieren. Sie dachte an Peer. *Zacharias hat den Gürtel von seinem Bruder übernommen, ihn quasi beerbt. Jetzt ist er müde, er will den Gürtel nicht weiter tragen, und deshalb sucht der Dämon einen passenden Nachfolger. Das Böse wandert durch die Welt.*

»Beide Brüder waren Mörder. So etwas ist höchst selten«, hörte Amanda ihre Therapeutin sagen. »Ich habe recherchiert, mich bei Kollegen umgehört, aber so eine Geschichte ist keinem bisher untergekommen. Von fachlicher Seite gesehen ist dieser Fall sicher interessant, das kann ich nicht abstreiten, aber es ist wirklich wichtig, dass Sie sich an die Fakten halten und verstehen, dass es für all die Dinge, die Ihnen geschehen sind, ganz plausible Erklärungen gibt.«

Dr. Schulte-Herder lächelte, wahrscheinlich sollte es aufmunternd wirken, aber Amanda spürte einen Kloß im Hals. Sie konnte ihrer Therapeutin nicht zustimmen, hütete sich aber, das laut auszusprechen. Und manche Fragen ließen sich vielleicht wirklich nicht beantworten.

Amanda ließ ihren Blick über die Fassade streifen. Das Haus machte einen heruntergekommenen und verwahrlosten Eindruck, kaum etwas erinnerte an die Zeit, als Tante Hedwig es bewohnt hatte. Lediglich die blassblaue Eingangstür zeugte stumm von der Vergangenheit.

»Hat die arme Frau Jansen sich von ihrem Schock erholt?«, fragte Amanda. »Ich kann einfach nicht nachvollziehen, wie ich auf die Idee gekommen bin, sie im Krankenhaus zu besuchen, ohne zu realisieren, dass ich am Bett einer mir völlig fremden Person sitze.«

»Dabei ging es um Ihre Schuldgefühle«, antwortete Dr. Schulte-Herder. »Vergessen Sie nicht, Ihre Patentante ist vergangenes Jahr mit einem Hirnschlag in die Klinik eingeliefert worden und dort verstorben, ohne dass Sie die Möglichkeit hatten, sie zu besuchen oder sich von ihr zu verabschieden.«

Amanda weinte und versuchte erst gar nicht, ihre Tränen zurückzuhalten.

Dr. Schulte-Herder reichte ihr ein Taschentuch. »Sie müssen sich von Ihren Selbstvorwürfen freimachen, Schritt für Schritt. Und glauben Sie mir, Ihre Tante hat Ihnen längst verziehen.«

»Aber ich kann mich doch unmöglich dermaßen getäuscht haben«, sagte Amanda, nach dem sie sich die Nase geputzt hatte. »Es war alles so real. Aaron, meine Mutter, Tante Hedwig, Katharina Ebbust, Balduin oder Zacharias, Peer und der riesige Garten, der die beiden Grundstücke miteinander verband.«

»Sie sehen ja selbst, die Häuser stehen hier dicht an dicht, da gibt es keinen Platz für Vorgärten, Kieswege und lange Auffahrten.«

»Krass! Ich sehe es und kann es trotzdem nicht glauben.«

»Wahnvorstellungen können sehr realistisch sein«, sagte Dr. Schulte-Herder und öffnete behutsam die blaue Tür des Hauses. »Kommen Sie, ich möchte Ihnen etwas zeigen.«

Amanda folgte ihr zögernd.

Tante Hedwigs Heim trug immer noch ihre Handschrift. Nie-

mand hatte sich nach ihrem Tod die Mühe gemacht, das Haus auszuräumen. Die Küche und das Wohnzimmer sahen aus wie zu ihren Lebzeiten. Verstaubt und heruntergekommen, aber bewohn-
bar. Auf der Anrichte standen leere Colabecher und ein paar alte
Pizzakartons.

Dr. Schulte-Herder deutete auf die Überreste, die offensichtlich von einer Fast-Food-Kette stammten. »Sie waren hier, haben
hier gegessen und sogar geschlafen. Im ersten Stock war ein Bett
bezogen, wir haben Ihren Rucksack, die Bilder, die Sie gemalt haben, und andere persönliche Sachen von Ihnen gefunden.«

Amanda versuchte sich zu erinnern, aber die Ereignisse, die einen realen Bezug hatten, lagen im Dunkeln.

»Es muss bitterkalt gewesen sein«, sagte Dr. Schulte-Herder.

Amanda sah sich um und versuchte, einen Anhaltspunkt zu
finden, doch es gelang ihr nicht. »Ich verstehe einfach nicht, wie
ich es hier ausgehalten habe.«

»Sie haben alles, was Sie nicht sehen wollten, ausgeblendet, und
nach meiner Kenntnis waren Sie immer nur kurzzeitig hier, einige
Stunden, mal eine Nacht.«

»Längere Aufenthalte wären ja auch aufgefallen, sowohl den
Nachbarn hier als auch Curt.«

Dr. Schulte-Herder räusperte sich. »Ich denke, Ihr Stiefvater
war zu beschäftigt. Sie wissen ja, dass ihm die Gläubiger auf den
Fersen sind und er auch sonst einige Probleme bewältigen muss.«

Amanda antwortete nicht. Sie war froh, dass sie sich nicht länger um Curts Belange kümmern musste. Seit seinem überstürzten
Auszug aus der Villa vor einigen Wochen hatte sie ihn nicht wie-
dergesehen, und sie bezweifelte, dass er sie jemals in der Psychiatrie besuchen würde.

Erleichtert stellte sie fest, dass sich damit ein großes Problem
ihres Lebens in Luft aufgelöst hatte: Curt Jordan und seine Geschichten existierten nicht mehr für sie. Nach ihrem Klinikaufenthalt wollte sie zusammen mit Tibor bei ihrem leiblichen Vater in
den USA leben. Aber der Weg in ein angstfreies Leben war steinig,
und Amanda wusste, dass noch ein großer Teil dieser Strecke vor
ihr lag.

»Ich habe mir alles nur eingebildet«, sagte Amanda. Hier in Tante Hedwigs Haus fiel es leicht, diesen Teil ihrer Wahnvorstellungen nachzuvollziehen. Die Fakten waren zu eindeutig.

»Ja, Sie haben sich alles nur eingebildet. Aber ich bin wirklich sicher, dass Sie wieder ganz gesund werden.«

Amanda hörte die Worte ihrer Psychotherapeutin, aber sie bezweifelte ihre vollständige Genesung. Sie fühlte sich ausgepowert und leer.

»Kommen Sie«, sagte Dr. Schulte-Herder. »Wir müssen fahren, damit Sie pünktlich in der Klinik sind.«

Amanda schlug den Kragen ihres Mantels hoch, vergrub die Hände in den Taschen und ging durch die Diele auf die Haustür zu.

In diesem Moment stieg ihr Zigarrengeruch in die Nase, gleichzeitig registrierte sie eine dicke Rauchwolke, die aus der Küche kam. »Gehen Sie schon mal vor«, sagte sie. »Ich komme gleich nach.«

Dr. Schulte-Herder verließ das Haus.

Amanda ging in die Küche zurück. Tante Hedwig saß rauchend am Tisch. »Du bist nicht real«, stellte Amanda fest.

»Wir werden dich ab heute in Ruhe lassen«, sagte die alte Frau, sog an ihrer Zigarre und kraulte Blacky, die putzmunter auf ihrem Schoß lag. »Wir haben unsere Aufgabe erfüllt. Peer, Katharina und ich werden dich von heute an nie wieder besuchen. Das versprechen wir dir.«

»Was ist mit Peer, Katharina und Isabell? Warum wurde ich von ihnen heimgesucht?«

»Sie haben hier auf meinem Grundstück gelebt, und deshalb kamen sie zurück«, antwortete Tante Hedwig. »Sie konnten nicht gehen, keine Ruhe finden. Zu gewaltsam war ihr Ende an jenem Morgen vor über vierhundert Jahren. Sie wurden hingerichtet, hier in Bedburg um Viertel nach fünf Uhr morgens, bevor die Hähne krähen konnten. Du wirst Antworten finden, wenn du Stubbes Geschichte liest. Du wirst interessante Parallelen entdecken.«

»Gut«, sagte Amanda. »Ich bin gespannt, was mich erwartet.« Sie zog den Reißverschluss ihrer Jacke zu. »Ich bin so froh, dass ich deine Blacky nicht wirklich getötet habe.«

»Wir auch.«

Amanda atmete tief ein und wieder aus. »Was ist mit Zacharias? Wird er mich auch nun wirklich nicht mehr heimsuchen?«

»Nein«, antwortete Tante Hedwig.

Amanda drehte sich zur Tür.

»Eins noch, Kindchen«, sagte Hedwig. »Das Böse lebt fort, glaube nicht, dass der Teufel nun Ruhe gibt. Und deshalb sei niemals für einen Handel empfänglich, bei dem es um deine Seele geht, zu keiner Zeit. Versprich es uns!«

»Ich verspreche es«, erwiderte Amanda.

Sie ging in den Flur, warf noch einen Blick ins Wohnzimmer. Ihre Mutter und Aaron saßen auf dem verschlissenen Sofa.

»Auch wir werden dich ab heute in Ruhe lassen«, sagte Aaron.

»Und denk immer daran, dass wir dich nicht verantwortlich für unser Schicksal machen«, sagte Irmelis Jordan. »Lass uns gehen. In Ordnung?«

»Ja«, sagte Amanda und wischte sich die Tränen aus den Augen.

»Dein Kajal ist verschmiert«, sagte Aaron.

Amanda lächelte, und verließ endgültig das Haus ihrer geliebten Patentante in Alt-Kaster.

Sie musste loslassen, so viel hatte Amanda begriffen. Morgen sollte Aaron endlich im Familiengrab beigesetzt werden, und dann wollte sich Amanda auch endgültig und bewusst von ihrer Mutter verabschieden. Vielleicht konnte jetzt ein neues Leben beginnen.

Bevor sie in das Auto ihrer Psychotherapeutin stieg, warf sie noch einen Blick auf die Stelle, wo sich Katharina Ebbusts Haus befunden hatte, doch da war nichts. Kein Haus, kein Schuppen, kein Kiesweg.

»Können wir?«, fragte Dr. Schulte-Herder.

Amanda nickte und fühlte sich zum ersten Mal seit Monaten wie von einer schweren Last befreit.

Epilog

ALTASTENBERG, HOCHSAUERLANDKREIS, IM DEZEMBER

Die Schneemassen waren kaum zu bewältigen, meterhoch türmten sie sich zu beiden Seiten der Straßen. Streufahrzeuge und Schneepflüge waren fast pausenlos im Einsatz. Die Salzreserven der Stadt Winterberg näherten sich ihrem Ende, und man befürchtete bereits jetzt Engpässe wie im Winter davor. Trotzdem beklagte sich niemand. Nachdem vor einigen Jahren ein Sturmtief mit zweihundertzwanzig Stundenkilometern über die Region gefegt war und eine Spur der Verwüstung hinterlassen hatte, waren Schneemassen für das Sauerland ein Segen. Sämtliche Betten waren belegt, und sogar unter der Woche gestaltete sich die Zimmersuche schwierig.

Eleonore Wagner mietete sich jedes Jahr am Wochenende vor Weihnachten in der Pension »Waldblick« in Altastenberg ein, nur wenige Kilometer von Winterberg. Sie nutzte diese Tage als innere Einkehr vor den Feiertagen, löste sich vom Vorweihnachtsrummel und wurde mit Stille und einem sehr persönlichen Service belohnt: Nicht selten war Eleonore in den vergangenen Jahren der einzige Gast des Hauses gewesen, ein Umstand, den sie sehr genoss. Sie freute sich, dass die meisten Menschen an diesem speziellen Wochenende nicht die Ruhe oder die Gelegenheit hatten zu verreisen.

Umso enttäuschter war sie, als ihr klar wurde, dass sie in diesem Jahr Abstriche machen musste. Wegen der enormen Schneefälle war ihre kleine Pension ausgebucht. Ungewohnt viele Gäste lärmten durch die Flure, drängelten sich in die kleine Sauna und verursachten so viel Lärm bei den Mahlzeiten, dass Eleonore ernsthaft überlegte, abzureisen.

Nun saß sie beim Frühstück und ärgerte sich über die schlechten Tischmanieren zweier Kinder am Nachbartisch, genauer gesagt über deren Eltern, die keine Anstalten machten, ihre Sprösslinge zu ermahnen, obwohl diese Nussnougatcreme auf die Tischdecke schmierten und sie anschließend mit der Zunge aufschleckten.

Eleonore schüttelte den Kopf über so viel Ignoranz und zuckte zusammen, als eine Frau an ihren Tisch trat.

»Entschuldigen Sie bitte, darf ich mich zu Ihnen setzen? Es gibt keine freien Tische mehr.«

Eleonore gelang es nur mit großer Selbstbeherrschung, das Gesicht nicht zu verziehen, sah sich einen Moment hilfesuchend um und erinnerte sich dann an ihre eigenen Manieren. »Natürlich«, entgegnete sie und versuchte, freundlich zu klingen. Tischgespräche mit Fremden waren ihr zuwider, auch wenn die Frau sympathisch wirkte. Notgedrungen machte sie eine einladende Geste.

Eine Zeit lang aßen sie schweigend, bis Eleonore bemerkte, dass ihre Tischgenossin über das Treiben der Kinder am Nachbartisch genauso den Kopf schüttelte wie sie selbst.

»Die Eltern sind schuld, wenn sich die Kinder so benehmen«, bemerkte Eleonore.

Das Eis war gebrochen. Nun fanden sich doch Themen. Eleonores Missstimmung verflog. Sie erfuhr, dass ihr Tischgast als Psychologin für Kinder und Jugendliche in Köln arbeitete, eine Tätigkeit, die durchaus Eleonores Interesse weckte. Die beiden Frauen saßen noch am Tisch, als die offizielle Frühstückszeit längst beendet war.

Als die älteste Tochter der Pensionswirtin damit begann, den Staubsauger auszupacken, standen die Frauen auf, wünschten sich gegenseitig einen schönen Tag und vereinbarten, beim Abendessen wieder zusammenzusitzen.

Doch die Psychologin ließ sich nicht wieder blicken. Weder am Abend noch am nächsten Morgen. Eleonore musste sich eingestehen, dass sie ihre Menschenkenntnis mit den Jahren mehr und mehr im Stich ließ. Eine solche Unhöflichkeit hätte sie dieser kultivierten Person nicht zugetraut.

Um eine Enttäuschung reicher ließ sie sich am Tag ihrer Abreise die Rechnung geben.

»Ich hoffe, dass es Ihnen bei uns wieder gefallen hat«, sagte die Wirtin.

»Es war sehr viel Trubel«, antwortete Eleonore ausweichend.

»Das stimmt, und die Anwesenheit der Polizei im Haus hat auch nicht gerade zur Ruhe beigetragen.«

»Polizei?«

»Ja, haben Sie es denn nicht mitbekommen? Wir hatten gestern die Kripo im Haus.«

Eleonore schüttelte den Kopf. Sie hatte den ganzen Tag draußen verbracht und sogar ihre geliebte Mittagsruhe ausfallen lassen, um dem Lärm in der Pension zu entgehen. Gegen ihre Gewohnheit war sie erst kurz vor dem Abendessen von ihrer Tagestour zurückgekehrt.

Die Pensionswirtin lehnte sich über die Empfangstheke. »Die Frau Doktor ist einem Verbrechen zum Opfer gefallen.«

»Welche Frau Doktor?«

»Frau Dr. Schulte-Herder. Sie hat doch gestern Morgen an Ihrem Tisch gesessen. Die Psychologin aus Köln. Man hat sie blutüberströmt nicht weit vom Schwedenhang gefunden.«

Eleonore Wagner wich die Farbe aus dem Gesicht. »Um Gottes willen!«

»Ja, der Täter hat ihr den Bauch aufgeschlitzt, ihr die Augäpfel herausgerissen und die Ohren abgeschnitten, jedenfalls erzählt man sich das im Ort.«

Eleonore wurde speiübel.

»Der Mörder konnte ungesehen entkommen, trotz der vielen Menschen, die gestern unterwegs waren. Das ist ziemlich sonderbar, wenn Sie mich fragen. Nicht weit von der Leiche wurde allerdings ein roter Seidenschal gefunden ...«

Nachwort

Die Figur Peter Stubbe ist historisch. Er ging als »Werwolf von Bedburg« in die Geschichte ein und wurde am 31. Oktober 1589 hingerichtet. Angeblich soll er fünfundzwanzig Jahre lang bestialische Morde an Frauen, Männern und Kindern verübt haben. Sein Tod fand weit über die Grenzen Bedburgs und Kölns hinaus Beachtung. Von überallher strömten die Menschen, um zu sehen, wie er aufs Rad gebunden wurde und qualvoll starb. Sogar im fernen England druckte man »Flugblätter«, auf denen in Zeichnungen seine widerwärtigen Taten abgedruckt waren. Auch Stubbes Geliebte Katharina Trompin und seine Tochter Belle wurden hingerichtet, weil es als erwiesen galt, dass sie ihn bei der Durchführung seiner abscheulichen Verbrechen unterstützt hatten.

Dank

Bedanken möchte ich mich wieder von Herzen bei allen, die mir geholfen haben: Anette Gerke, Cedric Waßer, Kathrin Barth, Maren Leisner, Ralf Waßer, Sabine Barth, Tanja Au und bei Uschi Zich-Waßer. Mein besonderer Dank gilt diesmal Stefanie Rahnfeld.

Myriane Angelowski
GEGEN DIE ZEIT
Broschur, 256 Seiten
ISBN 978-3-89705-486-8

»*Spannend bis zur letzten Seite ist der Wettlauf ›gegen die Zeit‹ – und am Ende möchte man unbedingt wissen, wie es weitergeht im Leben der Hauptkommissarin Lou Vanheyden.*«
Kölner Stadt-Anzeiger

»*Der Kriminalroman ist so spannend, dass man ihn ungern aus der Hand legt.*« Kölnische Rundschau

Myriane Angelowski
TÖDLICHES IRRLICHT
Broschur, 240 Seiten
ISBN 978-3-89705-632-9

»*Ein spannender Thriller, der auch Einblick in aktuelle Entwicklungen der Stadt gibt.*« Westdeutsche Zeitung

»*Überaus spannend ist nicht nur die Handlung, sondern auch das Rätsel um die historischen Hintergründe der Taten.*« Kölner Stadt-Anzeiger

www.emons-verlag.de